DUO
À QUATRE

EMILY GIFFIN

DUO
À QUATRE

Traduit de l'américain par Agnès Girard

J'AI LU

Pretty
COMÉDIE

Titre original :
Something Blue
Éditeur original : St. Martin's Press, New York

Pour Buddy, et pour Edward et George

Remerciements

Je tiens à remercier mes parents, mon agent, Stephany Evans, mon éditeur, Jennifer Enderlin, et mon attaché de presse, Stephen Lee.

Merci également à Mary Ann Elgin, Sarah Giffin, Nancy LeCroy Mohler, Doug Elgin et Brian Spainhour, Allyson Wenig Jacoutot, Jennifer New.

Merci à tous les lecteurs de *Duo à trois*[1], et un grand merci à mon mari, Buddy Blaha, et à mes fils jumeaux, Edward et George.

1. Éditions J'ai lu, n° 8217.

Prologue

Je suis née belle. Bébé-césarienne, j'ai commencé dans la vie en évitant la tête en forme d'œuf et les blessures de guerre qui sont de série sur tous les bébés que l'on force à passer par une voie soi-disant naturelle. J'ai donc fait mon entrée avec un petit nez délicat, des lèvres en arc de cercle et des sourcils parfaits. J'avais exactement ce qu'il fallait de duvet sur le crâne, avec une implantation idéale, ce qui me promettait une belle tignasse.

Et ça n'a pas manqué. Mes cheveux ont poussé, épais, soyeux, couleur café. Tous les matins, je me prêtais de bonne grâce à une séance coiffure, ma mère enveloppant mes cheveux autour d'énormes rouleaux chauffés ou les tressant de manière toujours plus compliquée. À la maternelle, les autres petites filles – souvent affligées d'une affreuse coupe au bol – se battaient pour faire la sieste à côté de moi, et pouvoir toucher ma couette. Sans hésiter, elles partageaient leur pâte à modeler ou me laissaient leur tour au toboggan. Pour être mon amie, elles étaient prêtes à tout. C'est à cette époque que j'ai découvert que, dans la vie, il y avait une hiérarchie, et que l'apparence jouait un rôle dans sa mise en place. En d'autres termes, j'ai compris à l'âge de trois ans qu'avec la beauté sont livrés les privilèges et le pouvoir.

Avec le temps, cela n'a fait que se confirmer. J'ai exercé mon règne de fille superbe dans des cercles de plus en plus importants, où la concurrence était rude. Au collège, au lycée, la plus belle, c'était moi. Mais contrairement aux personnages de mes films préférés, ma notoriété et ma beauté ne m'ont jamais rendue méchante. J'étais un dictateur bienveillant, qui jouait les chiens de garde et remettait à leur place celles qui cherchaient à abuser du pouvoir que leur conférait leur popularité. Faire partie d'une bande ne m'intéressait pas, je préférais rester fidèle à ma meilleure amie, Rachel, qui, elle, avait un cerveau. J'étais suffisamment appréciée pour édicter mes propres règles.

Bien sûr, j'avais mes moments d'incertitude. Je me souviens du jour, en sixième, où Rachel et moi jouions au psy, un de nos passe-temps favoris. En général, je faisais le patient, en disant des trucs comme : « J'ai tellement peur des araignées, docteur, que je ne sors plus de chez moi en été. »

Rachel remontait ses lunettes sur son nez, griffonnait quelques notes sur un carnet puis répondait : « Bien. Je vous recommande de regarder *Le petit monde de Charlotte*… ou de partir vous installer en Sibérie, où il n'y a pas d'araignées. Et prenez ça, aussi. » Elle me tendait deux vitamines à croquer en forme de personnages de la famille Pierrafeu avec un petit hochement de tête d'encouragement.

Cet après-midi-là, Rachel m'a suggéré, au lieu de m'inventer un problème, de lui parler de quelque chose qui me tracassait vraiment. Alors j'ai pensé à la façon dont mon petit frère Jeremy monopolisait tous les soirs la conversation pendant le dîner, avec des blagues à deux balles et d'obscures révélations concernant le règne animal. Je lui ai avoué que mes parents semblaient préférer Jeremy – en tout cas qu'ils l'écoutaient plus qu'ils ne m'écoutaient moi.

Rachel a toussoté, a réfléchi une seconde puis m'a exposé une vague théorie, selon laquelle on encourageait les petits garçons à être intelligents et drôles, tandis que les petites filles, on les admirait juste parce qu'elles étaient mignonnes. Pour elle, il s'agissait là d'un « piège dangereux » pour les filles, qui pouvaient devenir des « femmes creuses ».

— Tu as entendu ça où ? je lui ai demandé, ne sachant pas exactement ce qu'elle voulait dire par « creuses ».

— Nulle part. C'est ce que je pense, voilà tout, elle a répondu, prouvant par là même qu'elle ne risquait pas de tomber un jour dans le piège de la jolie petite fille qu'elle venait de décrire.

À vrai dire, sa théorie s'appliquait parfaitement à nous deux. J'étais la fille jolie avec des notes moyennes, et elle la fille intelligente avec un look moyen. J'ai tout à coup été jalouse. J'aurais aimé, moi aussi, avoir plein d'idées importantes et connaître des mots savants pour les exprimer.

Puis j'ai rapidement étudié ses cheveux tout fins d'un châtain fadasse, qui frisottaient n'importe comment et ça m'a réconfortée : j'avais les bonnes cartes en main. J'étais incapable de trouver le Pakistan ou le Pérou sur une carte, de convertir des fractions en pourcentage, mais ma beauté allait me catapulter dans un monde de Jaguar, de grandes maisons et de dîners avec trois fourchettes à gauche de mon assiette en porcelaine fine. Tout ce que j'avais à faire, c'était un beau mariage, comme ma mère. Ce n'était pas un génie, elle n'avait pas fait plus de trois semestres dans une fac de province, mais son joli visage et sa silhouette bien proportionnée, assortis d'un goût impeccable, avaient séduit mon intelligent de père, un dentiste, et aujourd'hui elle avait la belle vie. Pour moi, c'était un excellent modèle.

C'est dans cet état d'esprit que j'ai traversé l'adolescence et que je suis entrée à l'université d'Indiana avec comme objectif « te foule pas, ça ira ». Pendant quatre ans, j'ai été la fille la plus populaire du campus, je suis sortie avec les garçons les plus sexy. J'ai décroché mon diplôme avec juste ce qu'il fallait de points et j'ai suivi Rachel, qui était toujours ma meilleure amie, à New York, où elle a fait la fac de droit. Pendant qu'elle s'abîmait les yeux dans des bibliothèques mal éclairées pour ensuite intégrer un grand cabinet juridique, j'ai continué sur la voie du glamour et du bon temps, ne tardant pas à m'apercevoir que les choses les plus raffinées l'étaient plus encore à New York. J'ai découvert les boîtes les plus branchées, les meilleurs restaurants et les meilleurs partis de la ville. Et j'avais toujours des cheveux de rêve.

De vingt à trente ans, Rachel et moi avons poursuivi nos chemins respectifs. De temps en temps, elle me posait *la* question un peu critique : « Tu ne t'inquiètes pas pour ton karma ? » Je précise qu'elle me l'avait posée pour la première fois au collège, juste après que j'avais triché à une interro de math. À l'époque, j'ignorais le sens de ce mot et je n'avais pas vraiment cherché à comprendre. Plus tard, j'ai compris ce qu'elle voulait dire. Travailler dur, être honnête et intègre finit toujours par paier, tandis que surfer sur la vague de la superficialité et de l'apparence a quelque chose de criminel. Et comme le jour où nous jouions au psy, il m'arrivait de m'inquiéter en pensant qu'elle avait raison.

Mais je finissais toujours par me rassurer en me disant que je n'étais pas obligée d'avoir le nez dans le guidon et de faire du bénévolat à la soupe populaire pour avoir un bon karma. Je n'avais peut-être pas suivi les voies traditionnelles pour obtenir le succès, mais mon job glamour dans les relations publiques, ma bande de copains, et mon fantastique fiancé, Dex Thaler, je les avais *gagnés*. Je *méritais* mon appartement avec terrasse sur Central Park, et le caillou incolore et carrément géant qui ornait ma main gauche.

Ça, c'était à l'époque où je pensais que j'avais *tout* prévu. Je ne comprenais simplement pas pourquoi des gens, et Rachel en particulier, insistaient pour rendre les choses beaucoup plus compliquées qu'elles ne l'étaient en réalité. Elle avait peut-être respecté les règles, mais voilà elle se retrouvait à trente ans, célibataire, à faire des heures sup à n'en plus finir pour un cabinet d'avocats qu'elle méprisait. Pendant ce temps, j'étais heureuse, comme je l'avais été tout au long de mon enfance. Je me souviens avoir essayé de la coacher, en lui conseillant de faire entrer un peu de fantaisie dans sa vie tristounette et disciplinée. Je lui disais des trucs comme : « Pour commencer, donne des chaussures sans intérêt au Secours populaire et achète-toi quelques paires de Manolo Blahnik. Tu te sentiras mieux, tu verras. »

Je sais, ça suinte la superficialité. Je me rends compte que, pour moi, tout n'était qu'apparence. Mais à l'époque, franchement, je ne pensais faire de mal à personne, même pas à moi. Bon, pour tout dire, je ne pensais pas beaucoup, point. Oui, j'étais belle, et j'avais de la chance en amour, mais j'étais aussi réellement convaincue que j'étais quelqu'un de bien, qui méritait cette bonne fortune. Je ne voyais pas pourquoi, après ces trois premières décennies de rêve, ma vie n'aurait pas continué sur le même mode, le mode conte de fées.

Et puis quelque chose est arrivé, qui m'a fait tout remettre en question : Rachel, ma copine aux cheveux frisottés couleur germe de blé, pas franchement canon mais tellement charitable, à qui j'avais demandé d'être ma demoiselle d'honneur, m'a piqué mon fiancé.

1

Un sacré direct du droit.

C'était une des expressions favorites de mon frère cadet Jeremy quand nous étions petits. Il l'utilisait tout en se régalant des bagarres qui éclataient à l'arrêt de bus ou dans les couloirs de l'école. De sa petite voix haut perchée, vibrante d'excitation, les lèvres brillantes de salive, il commentait: «Paf! boum! Sacré direct du droit, mec!» Et il ponctuait en frappant sa paume gauche de son poing droit. C'était il y a longtemps. Aujourd'hui, Jeremy est dentiste, il partage son cabinet avec notre père, et je suis sûre qu'il n'a pas vu, reçu ou mimé un sacré direct du droit depuis une bonne décennie.

En ce qui me concerne, ces mots n'avaient plus traversé mon esprit depuis au moins aussi longtemps – jusqu'à cette mémorable course en taxi. Je venais de quitter l'appartement de Rachel et je racontais au chauffeur quelle horrible découverte avait été la mienne.

— Eh ben, il a dit avec un accent du Queens très prononcé. Elle vous a mis un sacré direct du droit, votre copine, hein?

— Vous pouvez le dire! j'ai hoqueté entre deux sanglots.

Rachel, loyale, fidèle, ma meilleure amie depuis vingt-cinq ans, qui avait toujours fait passer mes intérêts avant, ou au moins en même temps que les siens, venait de – paf! boum! – me coller un sacré direct du droit, de me prendre par surprise. C'est d'ailleurs le côté surprise de cette trahison que j'avais trouvé le plus douloureux. Je n'avais rien vu venir. C'était aussi inattendu qu'un chien d'aveugle entraînant délibérément son maître sous les roues d'un 35 tonnes.

Pour être honnête, les choses n'étaient pas aussi simples que ce que j'en avais dit à mon chauffeur de taxi. Je ne tenais pas à ce qu'il perde de vue l'essentiel du problème : ce que Rachel m'avait fait à moi. De mon côté, j'avais commis quelques erreurs, mais je n'avais jamais trahi notre amitié.

C'était une semaine avant le jour qui aurait dû être celui de mon mariage, et j'étais allée chez Rachel pour lui annoncer que tout était annulé. Mon fiancé, Dexter, avait prononcé en premier ces mots difficiles – « Peut-être qu'on ne devrait pas se marier » –, mais j'étais assez vite tombée d'accord avec lui parce que j'avais une liaison avec Marcus, un ami de Dexter. Une chose en avait entraîné une autre et, après une nuit particulièrement torride, je m'étais retrouvée enceinte. Tout cela faisait beaucoup à la fois, et je savais que le plus dur serait d'annoncer la chose à Rachel qui, au début de l'été, s'était un peu intéressée à Marcus. Ils étaient sortis ensemble deux ou trois fois, puis les choses avaient tourné court lorsque, à son insu, ma relation avec Marcus avait commencé. Je n'étais pas franchement fière de moi – parce que je trompais Dex, mais surtout parce que je mentais à Rachel. Pourtant, j'avais décidé de tout raconter à ma meilleure amie. J'étais sûre qu'elle comprendrait. Elle comprenait toujours.

Donc ce jour-là, stoïque, j'ai sonné chez Rachel, dans l'Upper East Side.

— Qu'est-ce qui t'arrive ? a-t-elle demandé en ouvrant la porte.

J'ai senti une vague de réconfort m'envahir. Ces mots étaient à la fois tellement apaisants et familiers. Rachel était une meilleure amie maternelle, plus maternelle que ma propre mère. J'ai repensé aux nombreuses occasions qu'elle avait eues de me poser cette question. Comme la fois où j'avais laissé le toit ouvrant de mon père ouvert pendant un orage, ou celle où j'avais eu mes règles avec mon jean blanc Guess. Chaque fois, elle avait été là avec son « qu'est-ce qui t'arrive ? », suivi de son « ça va aller, ne t'en fais pas », le tout d'un ton compétent qui me convainquait qu'elle avait raison. Rachel pouvait résoudre n'importe quel problème. Me remonter le moral quand personne d'autre n'y arrivait. Même là, alors qu'elle pouvait être déçue d'apprendre que Marcus m'avait préférée à elle, j'étais sûre qu'elle n'hésiterait pas à me rassurer en me disant que j'avais fait le bon choix, que les choses n'arrivaient jamais par hasard, que je n'étais pas une méchante fille, que j'avais raison de suivre mon cœur, qu'elle comprenait tout à fait, et que Dex finirait par comprendre lui aussi.

J'ai inspiré un grand coup et je suis entrée tandis qu'elle embrayait sur le mariage, et sur le fait qu'elle était à mon service, prête à m'aider pour tous les détails de dernière minute.

— Il n'y aura pas de mariage, ai-je lâché.

— Quoi?

Elle s'est assise sur son lit et m'a demandé qui avait annulé.

Sa réaction m'a ramenée des années plus tôt, au lycée. Après une rupture, événement toujours largement discuté en public, les garçons et les filles demandaient: «C'est qui?» Tout le monde voulait savoir qui avait largué et qui avait été largué, de façon à répartir correctement les reproches d'un côté, et la pitié de l'autre.

J'ai dit ce que je n'avais jamais dit à l'époque parce que, pour être honnête, je n'avais jamais été larguée.

— Consentement mutuel... Enfin, techniquement, c'est Dexter qui en a parlé le premier. Il m'a dit ce matin qu'il ne pouvait pas aller jusqu'au bout. Il ne pense pas m'aimer.

J'ai levé les yeux au ciel. Un argument pareil, je n'y croyais pas une seconde. Pour moi, la seule raison pour laquelle Dexter jetait l'éponge, c'était parce qu'il sentait que je m'éloignais de lui. Il sentait l'indifférence qui s'installe dans un couple lorsque l'un des deux tombe amoureux de quelqu'un d'autre.

— J'y crois pas. C'est dingue. Comment tu te sens?

J'ai regardé mes sandales Prada rose à strass et mon vernis à ongles assorti, j'ai inspiré un bon coup, et puis je lui ai dit que j'avais une liaison avec Marcus. Je ne me sentais pas vraiment coupable, après tout, Rachel n'avait jamais couché avec lui, et leur dernière soirée ensemble remontait à plusieurs semaines. Cette nouvelle ne pouvait décemment pas la bouleverser.

— Alors tu as couché avec lui? a demandé Rachel d'un ton un peu forcé, bizarre.

Elle avait les joues rouges – signe indiscutable qu'elle était en colère. J'ai continué, en lui donnant tous les détails, à lui raconter comment notre liaison avait commencé, comment nous avions essayé d'y mettre un terme mais sans arriver à surmonter cette attirance folle qui nous aimantait l'un à l'autre. J'ai encore inspiré un bon coup et je lui ai annoncé que j'étais enceinte de Marcus et que nous envisagions de nous marier. Je me suis préparée à quelques larmes, mais Rachel est restée très digne. Elle m'a posé quelques questions, auxquelles j'ai répondu en toute honnêteté. Puis je l'ai remerciée de ne pas me détester, soulagée de voir que, malgré tous ces bouleversements dans ma vie, il me restait mon point d'attache, ma meilleure amie.

— Ouais... non, je ne te déteste pas, a dit Rachel en ramenant une mèche de cheveux derrière son oreille.

— J'espère que Dexter le prendra aussi bien. Pour Marcus, en tout cas. Il va le détester pendant quelque temps, c'est forcé. Dex est un type rationnel. Personne n'a fait ça exprès pour qu'il souffre. C'est arrivé, voilà tout.

Et là, juste comme j'allais lui demander si elle voulait bien être ma demoiselle d'honneur malgré tout, à mon mariage avec Marcus, tout s'est effondré autour de moi. J'ai tout de suite compris que les choses ne seraient plus jamais pareilles, et que d'ailleurs elles n'avaient jamais été ce que je croyais. Sur la table de nuit de Rachel, j'ai vu la montre de Dex. Une Rolex vintage reconnaissable entre toutes.

— Mais qu'est-ce qu'elle fait là, la montre de Dex? j'ai demandé en priant intérieurement pour que Rachel ait une réponse logique et imparable.

Au lieu de cela, elle a haussé les épaules et bredouillé qu'elle ne savait pas. Elle a ajouté que c'était sa montre, eh oui, qu'elle avait la même que lui. Ce qui n'était absolument pas plausible parce que j'avais mis des mois à la trouver, cette montre, et qu'ensuite, j'avais acheté un nouveau bracelet en croco pour en faire une vraie montre originale. Et puis même s'il s'était agi de la Rolex Oyster Perpetual de base qu'on trouve partout, Rachel avait la voix qui tremblait, et elle était encore plus pâle que d'habitude. Ma copine savait faire plein de choses très bien, mais mentir, non. C'est là que j'ai compris. J'ai compris que ma meilleure amie au monde avait commis un impardonnable acte de trahison.

Le reste a suivi comme au ralenti. J'entendais presque les effets sonores de *Super Jaimie*, une de mes séries préférées. Une de *nos* séries préférées, dans la mesure où nous avions vu tous les épisodes ensemble. Je me suis levée, j'ai pris la montre et je l'ai retournée pour lire à voix haute l'inscription qu'elle portait: «Avec tout mon amour, Darcy». J'ai senti les mots peiner dans ma gorge au moment où me revenait le souvenir du jour où j'avais fait graver la montre. J'avais appelé Rachel pour lui demander des conseils sur la formulation. «Avec tout mon amour» avait été sa suggestion.

J'ai attendu en la regardant, mais elle n'a rien dit. Elle me regardait juste, de ses grands yeux marron.

— C'est quoi ce bordel? j'ai demandé d'un ton plat.

Et puis j'ai répété la question, mais en hurlant, cette fois, quand j'ai réalisé que Dex devait encore être dans l'appartement, caché quelque part. J'ai poussé Rachel pour aller vers la salle de bains, où j'ai tiré d'un grand coup le rideau de douche. Personne. Alors je me suis ruée vers le placard.

— Darcy, non... a dit Rachel en s'interposant.

— Pousse-toi! j'ai aboyé. Je sais qu'il est là-dedans!

Alors elle s'est écartée et j'ai ouvert la porte. Il était là, accroupi au fond, en caleçon rayé bleu marine. Encore un cadeau de moi.

— Espèce de menteur! ai-je lancé.

Déjà, la tête me tournait. Il faut dire que j'ai une tendance à l'hyperventilation. Pourtant, la tragédie, ça me connaît. J'en vis, pour ainsi dire, ça me va bien au teint. Mais pas ce genre de tragédie. Pas celle que je n'ai pas orchestrée ou sur laquelle je n'exerce pas un contrôle dès le départ.

Dex s'est levé et s'est habillé calmement. Avec un air de défi, même. Il n'y avait pas l'once d'une trace de culpabilité sur son visage. Comme si je venais juste de l'accuser de prendre toute la couverture ou d'avoir fini mon pot de glace vanille-cerise.

— Tu m'as menti ! j'ai hurlé, encore plus fort.

— Tu plaisantes, j'espère, il a répondu d'une voix sourde. Va te faire foutre, Darcy.

C'était la première fois qu'il me parlait ainsi depuis qu'on se connaissait. En général, ces mots-là, c'était moi qui les prononçait en dernier recours, pas lui.

— Tu m'as affirmé qu'il n'y avait personne d'autre ! j'ai repris. Et tu baises ma meilleure amie !

À vrai dire, je ne savais même plus vers qui diriger ma colère. Cette double trahison, c'était trop.

Je voulais qu'il me dise que non, malgré les apparences, ils n'avaient pas couché ensemble. À la place, il a eu un sourire en coin et m'a lancé :

— Ce serait pas un peu l'hôpital qui se fout de la charité, Darcy? Toi et Marcus, hein? Vous allez avoir un bébé? Les félicitations sont à l'ordre du jour, n'est-ce pas?

Je n'ai rien trouvé à répondre, alors j'ai essayé de le déstabiliser.

— Je le savais depuis le début.

C'était absolument faux. Jamais je n'aurais pu imaginer chose pareille. Le choc était trop dur à encaisser. C'est toujours comme ça avec le super direct du droit, on ne voit rien venir, et c'est presque aussi vexant que de se faire éclater la tête en public.

— Je vous déteste, tous les deux !

Je me suis fait l'impression d'une gamine qui veut choquer, provoquer, et ne trouve qu'un faible « c'est moche » dans son vocabulaire. D'ailleurs, cette déclaration bien peu venimeuse a semblé amuser Dex plus qu'autre chose, et du coup j'ai senti les larmes monter. J'en ai déduit qu'il fallait que je me tire de là avant de me mettre à beugler comme une vache.

— Darcy? m'a lancé Dex tandis que je me dirigeais vers la porte.

— Quoi?

Je me suis retournée en priant pour qu'il me dise que tout cela n'était qu'une plaisanterie, un quiproquo. Peut-être même qu'ils allaient éclater de rire et me demander comment je pouvais imaginer un truc pareil. Avec un peu de chance, on finirait par s'embrasser tous les trois en se serrant les uns contre les autres.

— Tu peux me rendre ma montre, s'il te plaît?

J'ai attendu une demi-seconde, et puis je lui ai lancé sa montre, en visant les yeux. Elle a heurté le mur et est tombée sur le plancher, quasiment sur les pieds nus de Dexter. Mes yeux ont quitté la montre pour se poser sur Rachel.

— Quant à toi, je ne veux plus jamais te voir. En ce qui me concerne, tu es morte.

2

Je ne sais pas trop comment je me suis retrouvée dans le hall de l'immeuble de Rachel (où j'ai exposé les grandes lignes de mon histoire au portier), puis dans un taxi (où, là encore, j'ai raconté ce qui m'arrivait), et enfin chez Marcus. J'ai fait irruption dans son appartement bordélique et je l'ai trouvé assis par terre en tailleur, en train de jouer de la guitare.

Il m'a regardée, avec une expression où se mêlaient agacement et amusement.

— Alors, qu'est-ce qui ne va pas, *cette* fois ?

Ce « cette fois » ne m'a pas beaucoup plu. Il semblait sous-entendre que j'avais toujours un problème. Comme si ce qui venait de m'arriver était ma faute. Je lui ai tout raconté en détail. J'aurais aimé un air outré de la part de mon nouvel amoureux ou au moins un signe d'étonnement. Mais non. J'ai eu beau essayer de le faire réagir, impossible de le faire sortir de ses gonds. Il s'est contenté de me répéter : « Comment peux-tu leur en vouloir alors qu'on leur a fait exactement la même chose ? » et « Mais ce qu'on veut, c'est que nos amis soient aussi heureux que nous, non ? ».

Je lui ai répondu que nos remords n'avaient rien à faire là-dedans et « bordel, non, je n'ai pas envie qu'ils soient heureux ! ».

Marcus a continué de gratter sa guitare avec un sourire en coin.

— Qu'est-ce qu'il y a de si drôle ? ai-je demandé, exaspérée. Tu trouves ça drôle, toi ?

— Oh, peut-être pas drôle à se tordre de rire, mais drôle dans le sens ironique !

— Il n'y a rien, tu m'entends, rien de drôle dans cette histoire, quel que soit l'angle d'approche, Marcus ! Et arrête avec cette guitare !

Marcus a plaqué un dernier accord et a rangé son instrument dans son étui. Puis il s'est remis en tailleur et a lâché une nouvelle fois :

— Je ne vois pas pourquoi tu pètes un câble alors qu'on leur a fait la même chose…

— Ce n'est pas du tout pareil ! J'ai peut-être trompé Dex avec toi, mais je n'ai rien fait à Rachel !

— On est quand même sortis un peu ensemble elle et moi. C'était une affaire qui démarrait bien, avant que tu débarques.

— Vous avez passé trois malheureuses soirées ensemble alors que moi, j'étais *fiancée* à Dex ! Faut être un peu tordu, pour brancher le fiancé de sa meilleure amie, non ?

Il a croisé les bras et m'a regardée d'un air entendu.

— Darcy ?

— Quoi ?

— Tu en as un en face de toi, de tordu. Je ne sais pas si tu te rappelles, mais j'étais un des garçons d'honneur de Dexter.

J'ai reniflé. D'accord, Marcus et Dexter avaient été copains de fac, amis de longue date, mais ce n'était pas comparable.

— C'est pas pareil. Les amitiés entre filles, c'est sacré. Plus qu'entre les garçons. Rachel et moi, ça dure depuis toujours. C'était ma meilleure amie au monde alors que toi, tu étais… la solution de secours à notre problème de garçons d'honneur. Dex ne t'aurait sans doute pas choisi s'il n'avait pas eu besoin d'un cinquième garçon pour aller avec ma cinquième demoiselle.

— Merci. Ça me touche beaucoup ce que tu me dis là.

Ignorant le sarcasme, j'ai ajouté :

— En plus, tu ne t'es jamais présenté comme un saint, que je sache. Alors que lui, oui.

— Là, tu as raison. Je suis loin d'être un saint.

— On ne couche pas avec le fiancé ou l'ex-fiancé de sa meilleure amie, point barre. Même après des millions d'années, ce n'est pas possible. Quant à sauter dans son lit le lendemain de la rupture, je ne t'en parle même pas…

A suivi toute une série de questions du genre : «Tu penses que c'est une passade, toi, ou est-ce qu'ils vont vraiment se lancer dans une relation durable ? Tu crois qu'ils peuvent tomber amoureux ? À ton avis, ça va durer combien de temps, leur histoire ?»

Questions auxquelles Marcus a répondu d'un haussement d'épaules et diverses versions de «*Je ne sais pas et je m'en fous.*»

Réponses auxquelles j'ai opposé d'impatients «Eh ben devine ! Tu pourrais faire un effort !» et «Si c'est comme ça que tu comptes me remonter le moral !».

Finalement, il a cédé et a répondu de manière satisfaisante à mes questions en me tapotant le bras. Il est tombé d'accord pour dire que ce n'était sans doute qu'une passade entre Rachel et Dex, que Dex s'était tourné vers Rachel parce qu'il était perdu, qu'être avec elle, c'était un peu être avec moi, et que Rachel, elle, avait cru bien faire.

— Bon, ai-je fini par conclure. Qu'est-ce qu'il faut que je fasse, à ton avis ?

— Il n'y a rien que tu puisses faire, a répondu Marcus en tendant la main vers une boîte de pizza posée à côté de son étui à guitare. Elle est froide, mais sers-toi, si tu veux.

— Comme si je pouvais avaler quelque chose dans un moment pareil ! ai-je lâché avec un soupir théâtral avant de m'allonger par terre, bras et jambes écartés. Moi, je ne vois que deux solutions. Le meurtre ou le suicide. Tu sais, je crois que les tuer ne me poserait aucun problème.

Je voulais qu'il me fixe, bouche bée, après des paroles pareilles. Une fois de plus, j'ai été déçue. Il s'est contenté de reprendre une part de pizza qu'il a pliée en deux avant de l'enfourner. Il a mâché un moment, et puis, la bouche pleine, il m'a fait remarquer que je serais forcément le suspect numéro un. Le seul, d'ailleurs, tout bien considéré.

— Tu finirais dans une prison pour femmes au nord de l'État. Avec une nuque à l'allemande. Je t'imagine déjà, à servir la soupe, la brise décoiffant un peu ta nuque longue.

J'ai réfléchi un moment et j'ai décidé que je préférais cent fois la mort à une nuque à l'allemande.

— D'accord. Donc le meurtre n'est pas envisageable. Reste le suicide. Ils seraient très embêtés, si je me tuais, non?

Je posais plus la question par provocation qu'autre chose. Je voulais que Marcus me réponde qu'il ne pouvait pas vivre sans moi, mais contrairement à Rachel, qui avait mordu à l'hameçon suicide quand nous étions au collège et avait promis de passer outre à la sélection de morceaux classiques de ma mère et de faire en sorte que l'on passe les Pink Floyd à mon enterrement, Marcus, lui, est resté de marbre.

— Ils s'en mordraient les doigts, si je me suicidais, ai-je répété. Tu crois qu'ils viendraient à l'enterrement? Qu'ils s'excuseraient auprès de mes parents?

— Ouais. Probablement. Mais les gens passent vite à autre chose, tu sais. Je suis sûr que des fois, même, ils t'oublient *pendant* la cérémonie. Et après, à la réception, si les petits fours sont bons, je t'en parle même pas.

— Et le sentiment de culpabilité? Tu crois qu'ils arriveraient à vivre avec?

Selon lui, un bon thérapeute permettait de surmonter cette épreuve sans difficulté. Quelques séances sur un divan en cuir, et celui qui était arrivé bourré de remords et de «et si?» finissait par comprendre que seul un esprit profondément dérangé avait pu décider de se supprimer, et qu'un unique acte de trahison, même important, ne pouvait pas pousser quelqu'un d'équilibré à sauter sous une rame de la ligne 6.

Je savais que Marcus avait raison. Quand Rachel et moi étions au lycée, un de nos camarades de classe, Ben Murray, s'était tiré une balle dans la tête avec le revolver de son père, dans sa chambre, pendant que ses parents regardaient la télé en bas. Il y avait différentes versions, mais nous savions tous que cela avait à voir avec une dispute qu'il avait eue avec sa petite amie, Amber Lucetti, qui l'avait largué pour un type de la fac. Aucun d'entre nous n'avait pu oublier le moment où un conseiller d'éducation était venu chercher Amber en classe pour lui annoncer l'horrible nouvelle. Pas plus que nous n'avions pu oublier ses gémissements et ses pleurs, qui avaient résonné dans les couloirs à ce moment-là. Nous pensions tous qu'elle allait devenir folle et finirait en institution spécialisée.

Pourtant, quelques jours plus tard, Amber était de retour en classe et faisait un exposé sur la récente chute de la Bourse. J'avais fait le mien sur les produits de beauté en grande surface – bien plus avantageux et aux effets identiques à ceux des grandes marques. Le cran d'Amber m'avait impressionnée, elle regardait à peine ses notes et ne tremblait pas d'un poil alors que son ex-petit ami était six pieds sous terre. Et cet exposé brillant n'était rien à côté du barouf qu'elle avait provoqué en se bécotant à pleine bouche avec Alan Haysack au bal de printemps, moins de trois mois après la mort de Ben.

Donc, si mon objectif était de pourrir la vie de Dex et celle de Rachel, mieux valait trouver autre chose que le suicide. Ce qui me laissait une solution : continuer mon existence de conte de fées. Ne dit-on pas que le bonheur est la meilleure des revanches ? J'allais épouser Marcus, avoir notre bébé, et m'éloigner dans le soleil couchant sans jamais me retourner.

— Oh et puis donne-m'en une part, tiens, après tout ! ai-je dit à Marcus. Je mange pour deux, maintenant.

Ce soir-là, j'ai appelé mes parents et je leur ai annoncé la nouvelle. Je leur avais demandé de prendre chacun un combiné.

— Maman, papa, le mariage est annulé. Je suis désolée, ai-je déclaré, stoïque.

Peut-être un peu trop, d'ailleurs, parce qu'ils ont aussitôt supposé que tout était de mon fait. Ce brave Dex n'aurait jamais fait une chose pareille une semaine avant le mariage. Ma mère a éclaté en sanglots et a aussitôt raconté en hoquetant combien elle aimait Dexter, pendant que mon père lui criait dessus sur le ton « Arrête ton cinéma, Nancy ». C'est là que je leur ai lancé ma bombe H dans les oreilles. À l'autre bout du fil, silence total pendant plusieurs secondes, un exploit. J'ai même cru à un moment qu'on avait été coupés. Et puis mon père a fini par dire qu'il devait y avoir une erreur, parce que jamais Rachel ne ferait une chose pareille. Je leur ai dit que j'avais du mal à y croire moi-même, et pourtant je l'avais vu de mes yeux : Dex en caleçon dans le placard de

Rachel. Inutile de préciser que je n'ai pas parlé de Marcus, et encore moins du bébé. J'avais besoin de leur soutien psychologique et financier. Je voulais qu'ils en veuillent à Rachel, cette fille si gentille qui les lâchait comme elle m'avait lâchée moi. Rachel, si parfaite, digne de confiance, loyale, fidèle, prévisible.

— Qu'allons-nous faire, Hugh? a demandé ma mère à mon père de sa voix de petite fille.

— Je m'occupe de tout, a-t-il répondu. Tout ira bien. Darcy, ne t'inquiète de rien. Nous avons la liste des invités, nous appellerons la famille. Je verrai avec le photographe, et avec l'hôtel, aussi. Toi, tu ne bouges pas. Veux-tu que vous venions quand même comme prévu jeudi, ou préfères-tu que je t'envoie un billet pour venir à la maison? C'est comme tu veux, ma chérie.

Mon père avait mis sa tenue de combat, la gestion de crise, il adorait ça, depuis toujours. Cyclone, tempête de neige ou vieux chat aveugle perdu dans les rues, il montait au créneau pendant que ma mère et moi jouions les pauvres femmes désemparées, secrètement ravies.

— Je ne sais pas, papa. Je n'arrive pas à penser, pour l'instant.

Mon père a soupiré.

— Veux-tu que j'appelle Dex? Que j'essaie de le raisonner?

— Non, papa. Ça ne servirait à rien. C'est fini. S'il te plaît, ne l'appelle pas. J'ai ma fierté.

— Quel salaud! a ponctué ma mère. Et Rachel! Quelle petite traînée! Je n'arrive pas à y croire.

— Dee, tu ne nous aides pas beaucoup, a dit mon père.

— Je sais. Mais je n'arrive pas à croire qu'elle ait pu faire une chose pareille. Et comment Dex peut-il avoir envie d'être avec elle?

— C'est exactement ce que je me suis dit! ai-je renchéri. Je ne vois pas comment ils peuvent être ensemble! Comment pourrait-il l'aimer, elle?

— C'est impossible, a répondu ma mère.

— Je suis sûre que Rachel est désolée, a conclu mon père. Ce n'était vraiment pas correct de sa part.

— Pas correct? Je ne dirais pas ça, a lancé ma mère.

Mon père a revu sa copie.

— C'est de la trahison? De l'arrivisme?

Ma mère a acquiescé.

— En fait, elle avait probablement des vues sur lui depuis que vous êtes ensemble.

— Peut-être.

J'ai éprouvé un bref sentiment de regret à l'idée d'avoir laissé partir Dex. Pour tout le monde, cet homme était comme une récompense. J'ai regardé Marcus pour me rassurer, me convaincre que j'avais fait le bon choix, mais il était absorbé par sa PlayStation.

— Est-ce que Rachel t'a appelée, pour s'excuser, ou s'expliquer, au moins? a demandé mon père.

— Pas encore.

— Elle le fera, a assuré ma mère. En attendant, sois forte, ma chérie. Tout ira bien. Tu es une femme magnifique, tu trouveras quelqu'un d'autre. Quelqu'un de mieux. Dis-lui, Hugh.

— Tu es la plus belle femme du monde, a dit mon père. Tout ira bien. Je te le promets.

3

Ironie du sort, c'est Rachel qui nous avait présentés, Dexter et moi. Ils étaient tous les deux en première année de droit à l'université de New York, et comme Rachel disait qu'elle faisait du droit pour devenir avocat, pas pour en épouser un, elle m'avait pour ainsi dire refilé Dex, son ami, le meilleur parti du campus.

Je me souviens très bien de notre première rencontre. On était toutes les deux dans un bar de Greenwich Village et on attendait Dex. Quand il est entré, j'ai tout de suite compris que ce n'était pas n'importe qui. On aurait dit un personnage de pub pour Ralph Lauren, les yeux plissés face au soleil sur un voilier, ou qui se penche sur un échiquier, concentré, avec en toile de fond un feu de cheminée. J'étais certaine qu'il n'était jamais débraillé, ne buvait jamais trop, ne jurait jamais devant sa mère, et qu'il utilisait un après-rasage très cher. Il aimait forcément l'Opéra, faisait les mots croisés du *Times* et commandait un bon porto après le dîner. Si, si, c'est la vérité, j'ai compris tout cela au premier regard. J'ai vu que j'avais là mon idéal masculin, raffiné, originaire de la côte Est, celui qu'il me fallait pour vivre la même existence que ma mère, version Manhattan.

Ce soir-là, Dex et moi avons beaucoup parlé, mais il lui a fallu quelques semaines avant de m'appeler et de m'inviter à dîner – ce qui n'a fait qu'augmenter mon désir de le conquérir. Juste après son coup de fil, j'ai largué le garçon avec qui je sortais à l'époque, parce que j'étais certaine que quelque chose de formidable s'apprêtait à commencer. J'avais raison. Dex et moi sommes bientôt devenus un couple, et tout était parfait. *Dex* était parfait. Au point qu'il m'arrivait de penser que je n'étais pas à la hauteur. Je savais que j'étais très belle, mais de temps en temps j'avais peur de ne pas être assez intelligente ou intéressante pour quelqu'un comme lui, et je redoutais qu'il ne veuille plus de moi une fois qu'il s'en serait aperçu.

Rachel ne m'aidait pas beaucoup, en l'occurrence, parce que, comme d'habitude, elle semblait avoir le don de faire ressortir mes défauts, de souligner mon apathie intellectuelle et mon indifférence face aux sujets auxquels Dex et elle attachaient tant d'importance : ce qui se passait dans le tiers monde, la situation économique, qui pensait quoi au Congrès. Tous les deux n'écoutaient que des radios sans musique, c'est dingue, non ? Moi, rien que d'entendre ces voix, j'avais les yeux qui papillonnaient. Je ne parle même pas de ce qu'elles disaient. Bref, après quelques mois épuisants à feindre de l'intérêt pour des trucs dont je me fichais royalement, j'ai décidé de me montrer telle que j'étais. Alors un soir, alors que Dex était rivé à un documentaire consacré à un événement politique au Chili, j'ai pris la télécommande et j'ai zappé sur une rediffusion des *Razmokets* sur Nickelodeon.

— Hé ! je regardais un truc ! s'est exclamé Dex.

— J'en ai marre, des pauvres, ai-je répondu en glissant la télécommande entre mes cuisses.

Dex a eu un rire attendri.

— Je sais, ma chérie. Ils sont agaçants, hein ?

Je me suis rendu compte tout à coup que, si Dex était quelqu'un de profond, le regard superficiel que je jetais sur le reste de la terre lui importait peu. Pas plus que le zèle invétéré avec lequel j'aspirais à une vie facile et confortable. Au lieu de cela, je crois qu'il admirait ma franchise, l'honnêteté avec laquelle j'affichais mes positions. Je n'étais peut-être pas la fille la plus cultivée, mais je ne cherchais pas à faire croire le contraire.

Bref, Dex et moi divergions sur quelques points, mais je le rendais heureux. Et pour l'essentiel, j'ai été une petite amie agréable et fidèle. Avant Marcus, mon attirance pour le sexe opposé n'avait glissé que deux fois vers quelque chose d'un peu plus… appuyé – ce qui, en sept ans, relève à mon sens de l'exploit.

Le premier petit dérapage avait eu lieu quelques années plus tôt, avec Jack, un jeunot de vingt-deux ans rencontré au Lemon Bar, un soir où Rachel, Claire et moi étions sorties prendre un verre. Claire était ma meilleure copine au boulot, j'avais partagé un appartement avec elle pendant quelque temps, et c'était surtout la fille au carnet d'adresses le plus branché de toute la côte Est. Rachel et Claire se ressemblaient à peu près autant que Laura Ingalls et Paris Hilton, mais elles étaient toutes les deux mes amies, toutes les deux célibataires, et nous sortions souvent ensemble. Nous étions accoudées au bar lorsque Jack et ses potes nous ont branchées, un peu maladroitement. Jack était le plus déluré du groupe, débordant du charme et de l'exubérance de la jeunesse, racontant ses exploits au polo pendant ses années encore toutes proches à Princeton. Je venais d'avoir vingt-sept ans et je me sentais un peu fatiguée et vieille. Alors, quand le jeune Jack s'est intéressé à moi, j'ai été flattée. Je l'ai fait rire pendant que ses deux copains draguaient Rachel et Claire.

On a bu des cocktails, flirté, puis les trois garçons ont voulu aller dans un endroit plus animé (prouvant que j'avais raison avec ma théorie selon laquelle le nombre de fois où vous changez de bar dans une soirée est inversement proportionnel à votre âge). On a pris un taxi pour aller à une fête dans SoHo. Seulement, Jack et ses potes avaient la mauvaise adresse, et le mauvais numéro de portable de l'ami de l'ami de celui qui faisait la fête. C'étaient des jeunes. Ils se sont engueulés un petit moment, puis Rachel et Claire en ont eu marre et ont décidé de rentrer en partageant un taxi parce qu'elles habitaient dans l'Upper East Side toutes les deux. Les copains de Jack sont partis de leur côté, décidés à trouver cette foutue fête. Jack et moi on s'est retrouvés seuls dans la rue. J'étais pompette, et Jack avait l'air tellement épris d'amour que je lui ai fait deux ou trois petits bisous sans conséquence. Enfin, pour moi.

Ça n'a pas manqué, le lendemain, Jack m'a appelée plusieurs fois, laissant une foultitude de messages sur mon portable. J'ai fini par le rappeler et lui avouer que j'avais un petit ami, que c'était sérieux, qu'il ne fallait plus qu'il m'appelle. Je lui ai dit que j'étais désolée.

— Je comprends, a-t-il répondu, de toute évidence très déçu. Ton copain a vraiment du pot. Si un jour vous rompez, appelle-moi.

Il m'a laissé son numéro au bureau, chez lui, et son numéro de portable, que j'ai griffonnés sur un emballage de nouilles chinoises. J'ai jeté le tout le jour même, sans m'en rendre compte.

Après coup, je me suis senti un peu coupable, et je me suis demandé pourquoi j'avais embrassé Jack. Tout bien considéré, j'en suis arrivée à la conclusion que, si je l'avais fait, c'était parce que j'en avais envie. Peut-être par ennui. Peut-être parce que la folie du début, avec Dex, quand il semblait dingue de moi, me manquait. L'espace d'un instant, j'ai eu peur que mon geste ne soit la preuve de l'existence d'un problème entre Dex et moi, puis je me suis dit qu'un baiser, ce n'était rien qu'un baiser. Il ne fallait pas aller chercher plus loin. Je n'en ai même pas parlé à Rachel, c'était passé, terminé, il était inutile de la faire monter sur ses grands chevaux, comme quand je trompais mes petits amis au lycée et à la fac.

Après Jack, j'ai été une petite amie modèle, idéale, pendant assez longtemps, presque un an. Ensuite, j'ai rencontré Lair à une soirée organisée par mon agence pour le lancement d'une nouvelle ligne de vêtements sportswear. Lair était un mannequin sud-africain beau comme un dieu, avec la peau caramel et des yeux si bleus qu'on les aurait dits assortis au jogging turquoise qu'il portait.

Après qu'il m'eut souri deux fois, je l'ai abordé.

— Il faut que je sache, ai-je hurlé pour qu'il m'entende malgré la musique. Est-ce qu'ils sont vrais?

— Quoi?

— Vos yeux. Vous portez des lentilles bleues?

Il a rigolé.

— Non, non. C'est ma couleur.

Je l'ai étudié d'un peu plus près pour voir s'il ne se fichait pas de moi, mais non. Pas la moindre trace de lentilles de contact. Il a encore rigolé, exposant un sourire renversant, et des dents d'une blancheur incroyable. Il m'a tendu la main.

— Lair.

— Darcy.

— Enchanté, Darcy. Drôlement réussi, a-t-il dit en regardant autour de lui la soirée que je préparais depuis des mois.

— Merci.

J'ai ajouté un petit laïus très pro sur le défi que représente un lancement pareil sur un marché si concurrentiel, et j'ai conclu, avec un mouvement de cheveux super glamour :

— Mais c'est super, aussi. Je peux rencontrer des gens comme vous.

On a discuté un bon moment, interrompus régulièrement par mes collègues ou des invités. Une certaine Kimmy, mannequin de son état, qui portait un jogging en polaire rose avec un énorme 69 bleu marine sur les fesses, et un petit haut assorti, a cherché à s'accaparer Lair à plusieurs reprises, entre autres en le photographiant.

— Souris, chéri, disait-elle pendant que je faisais de mon mieux pour me glisser dans le cadre.

Malgré les avances de Kimmy, Lair est resté concentré sur moi, et notre conversation, d'abord sur le mode flirt, est devenue plus sérieuse. Nous avons parlé de son pays, et j'ai reconnu ne rien en savoir sinon qu'il y avait l'apartheid jusqu'à ce que Nelson Mandela soit libéré de prison. Alors il m'a parlé de la politique du pays, du problème de la criminalité dans sa ville natale, Johannesburg, et de la beauté du parc national Kruger. C'est là que j'ai réalisé que je n'avais pas en face de moi qu'un beau mec. Il m'a expliqué qu'il faisait le mannequin pour paier ses études, et j'ai compris pourquoi il s'exprimait d'une façon bien plus châtiée que la plupart de ses condisciples.

Après la soirée, on a pris un taxi ensemble. Mes intentions étaient pures : je voulais juste un petit bisou, dans la rue, comme avec Jack. Lair m'a chuchoté à l'oreille :

— Darcy, serait-il possible que tu envisages de me raccompagner à mon hôtel ?

Je n'ai pas pu résister. Je me suis retrouvée au Palace, convaincue qu'on allait se faire des papouilles sur le canapé, peut-être pousser un peu plus loin, mais rien de grave.

C'est d'ailleurs plus ou moins ce que nous avons fait. Vers trois heures du matin, je me suis levée, habillée, et je lui ai dit qu'il fallait vraiment que je rentre. J'aurais pu rester, Dex était en déplacement pour le boulot, mais m'endormir avec un autre homme me donnait vraiment le sentiment de le tromper. Jusque-là, je n'avais pas été encore totalement infidèle. Même si, en vérité, je pense que le seuil, dans ce domaine, est assez facile à déterminer : si l'on montre une vidéo de ce qui s'est passé à votre partenaire, se considérera-t-il comme trompé ou non ? La même chose est possible si l'on imagine son partenaire faire ce que l'on est en train de faire. Se considère-t-on alors comme trompé ? Dans les deux cas, j'avais franchi le seuil haut la main, mais je n'étais pas allée jusqu'au bout, et j'étais quand même assez fière de moi.

Lair était accro. Pendant plusieurs semaines, on a échangé des mails carré blanc. Puis la vie a repris son cours, on s'est parlé de moins en moins, avant de nous perdre de vue complètement. Le souvenir de cette soirée s'est progressivement estompé dans ma mémoire, et j'aurais presque oublié ces yeux incroyables si je n'étais pas tombée sur Lair, en caleçon blanc, qui me souriait du haut d'un énorme panneau publicitaire de Times Square. Du coup, je me suis demandé ce qui serait arrivé si j'avais quitté Dex pour Lair, et je nous ai vus habitant Johannesburg, au milieu des éléphants et des voleurs de voiture. J'en ai conclu que j'avais pris la bonne décision en quittant le Palace au petit matin.

Dex et moi nous sommes fiancés quelques mois plus tard, et je me suis juré que je lui serais fidèle pour toujours. Bon, nous n'avions pas beaucoup de points communs et il ne me faisait pas grimper aux rideaux toutes les cinq minutes, mais c'était quand même une super prise, et un type adorable par-dessus le marché. J'allais l'épouser, et nous serions heureux dans notre grand appartement de l'Upper West Side. D'accord, peut-être que nous finirions par emménager sur la Cinquième Avenue, mais en dehors de petits couacs de ce genre, finalement mineurs, ma vie était toute tracée.

Je n'avais tout simplement pas prévu Marcus.

4

Pendant des années, Marcus n'était pour moi que le copain décontracté avec qui Dexter avait partagé un appartement pendant sa première année à l'université de Georgetown. Par la suite, Marcus avait péniblement obtenu son diplôme en fumant joint sur joint, tandis que Dexter avait décroché le sien avec les honneurs et sans jamais toucher à quoi que ce soit d'illégal. Une première année ensemble, c'est une expérience qui marque et, malgré des différences, ils ne s'étaient jamais perdus de vue.

Moi, son copain de fac, je m'en fichais comme de ma première chaussette, jusqu'à ce que Dexter envisage d'en faire son garçon d'honneur. J'avais cinq demoiselles d'honneur, dont Rachel, et lui seulement quatre. La symétrie dans ce domaine étant un must – sinon, c'est un coup à flinguer une cérémonie de mariage –, il fallait un cinquième larron. Alors Dex a appelé Marcus et lui a confié cet honneur. Les deux garçons ont papoté un moment, et puis Marcus a demandé à me parler, ce que j'ai trouvé plutôt bien, surtout dans la mesure où nous ne nous étions jamais rencontrés. Il m'a servi les félicitations de circonstance et puis a promis de ne pas cuiter le marié plus que de mesure la veille du mariage. J'ai rigolé, et je lui ai répondu qu'il avait intérêt à tenir sa promesse, sans imaginer un instant qu'il aurait plutôt dû promettre de ne pas coucher avec moi avant le mariage.

À vrai dire, je ne pensais par le rencontrer avant le jour J, mais quelques semaines plus tard il a commencé un nouveau boulot et s'est installé à Manhattan. Pour fêter ça, j'ai réservé chez Aureole, contre l'avis de Dex qui affirmait que Marcus n'était pas un type très branché.

Dex et moi sommes arrivés les premiers au restaurant et nous avons attendu Marcus au bar. Il est enfin arrivé, en baggy, chemise froissée, et barbe d'au moins deux jours. Bref, pas du tout le genre de mec que je regarde deux fois.

— Dexter! a-t-il lancé en nous rejoignant, avant de donner une bonne claque bien virile dans le dos de mon futur époux. Putain, je suis content de te voir!

— Moi aussi, a répondu Dexter avant de me présenter, avec un large geste de la main, très gentleman. Voici Darcy.

Je me suis levée pour embrasser le cinquième garçon d'honneur sur la joue, qu'il avait piquante.

Marcus m'a regardée avec un grand sourire.

— Voici donc l'infâme Darcy.

J'aime bien qu'on m'appelle «l'infâme», malgré la connotation négative. Alors j'ai ri, j'ai posé une main sur ma poitrine, et j'ai répondu:

— Rien de tout ce qu'on t'a raconté n'est vrai.

— Dommage, a répondu Marcus à mi-voix, avant de se tourner vers la rousse sculpturale qui se tenait à ses côtés. Au fait, je vous présente Stacy. On a bossé ensemble pendant un moment.

J'avais vu cette femme entrer, mais je n'avais pas compris qu'elle était avec Marcus. Ils n'avaient absolument rien en commun. Stacy était une gravure de mode, en petit blouson de cuir et jolis escarpins en lézard. Tandis qu'un serveur nous conduisait jusqu'à notre table, j'ai fusillé Dexter du regard. En me voyant sortir de la salle de bains avec ma cape blanche Vuitton et mon bustier en taffetas rose, un peu plus tôt, il avait suggéré qu'un brin de sobriété ne lui aurait pas déplu. Du coup, je me retrouvais avec ma veste en tweed noir et blanc, carrément fadasse à côté de Stacy. Je l'ai jaugée une nouvelle fois, pour voir si elle était plus belle que moi. Je suis rapidement arrivée à la conclusion que c'était moi la plus belle, mais elle la plus grande, ce qui m'a agacée. J'aime bien être les deux.

Heureusement, Stacy était loin d'être aussi fascinante que sa garde-robe, et je n'ai eu aucun mal à prouver ma supériorité. Marcus était extrêmement distrayant et nous a fait rigoler toute la soirée. Ce n'était pas le genre à enfiler les histoires drôles comme des perles, mais il avait le don de faire de petites remarques hilarantes sur le restaurant, les gens autour de nous, les serveurs, la nourriture. À la façon dont Stacy posait sa main sur son bras lorsqu'elle riait, j'ai compris qu'ils ne sortaient peut-être pas encore ensemble, mais que c'était en bonne voie. À la fin de la soirée, j'avais changé d'opinion sur Marcus, qui avait gagné pas mal de points dans mon estime. Il y avait l'intérêt que lui portait Stacy, son sens de l'humour, et autre chose. Un truc tout simplement sexy chez lui, l'éclat de son regard brun, la fossette de son menton. J'ai pensé à Danny Zuko dans *Grease* (la première scène, sur la plage, a longtemps illustré pour moi l'idylle idéale).

Après le dîner, dans le taxi qui nous ramenait Dex et moi, j'ai dit :

— Il est sympa, Marcus. Vraiment très marrant, et puis il a un sex-appeal d'enfer.

Dex avait l'habitude de la franchise de mes commentaires en matière d'hommes, donc il ne s'est pas formalisé et a juste ajouté :

— Oui, c'est vraiment un personnage.

J'ai attendu qu'il ajoute qu'il voyait bien que Marcus pensait la même chose de moi. Comme rien ne venait, j'ai demandé :

— Qu'est-ce qu'il t'a dit, au moment de sortir, quand vous êtes allés chercher nos manteaux ? Il t'a parlé de moi ?

Je m'attendais au moins à un « Tu t'es trouvé une sacrée fille, là, dis donc » ou à un « Elle est vachement plus sexy que la nana que tu avais à la fac » ou même un « J'aime beaucoup Darcy, elle est super », gentil, direct.

J'ai eu beau insister, tout ce que Dexter a fini par me dire, c'est que Marcus lui avait confié que Stacy et lui sortaient ensemble et que, même si elle faisait « des pipes à se damner », il allait rompre parce qu'elle attendait trop de lui. Inutile de préciser que le simple fait que Marcus obtienne des pipes d'une fille comme Stacy l'a fait remonter encore un peu plus dans mon estime.

Ensuite, plus Dex et moi avons vu Marcus, plus je l'ai trouvé sympa. Pourtant il n'était rien d'autre pour moi que l'ami de Dexter et un garçon d'honneur à notre mariage, jusqu'au jour où, quelques mois plus tard, j'ai organisé une petite fête surprise pour les trente ans de Rachel. C'était au Prohibition, notre bar de prédilection dans l'Upper West Side. Je me revois, à un moment donné, me glisser près de Marcus et lui chuchoter qu'il avait peut-être eu une sacrée descente à la fac mais que, aujourd'hui, je le battais quand je voulais.

Il a eu un sourire goguenard et a tapé sur le bar en disant :

— Ah ouais? Fais voir un peu, espèce de vantarde.

On a commencé un concours de cul-sec. Une vraie expérience qui rapproche, pas seulement parce qu'on buvait ensemble, mais parce qu'en plus, il fallait qu'on se cache de Dex, qui déteste quand je bois trop. *Cela ne te va pas. C'est puéril. C'est mauvais pour la santé. C'est dangereux*, voilà les propos moralisateurs auxquels j'aurais eu droit. Ça ne m'empêchait pas de le faire pour autant. Et ce soir-là encore moins que les autres. À un moment, juste avant notre dernière tournée, Dex s'est approché du bar et m'a regardé d'un œil méfiant.

— Vous faites un concours de cul-sec? a-t-il demandé en regardant les deux petits verres posés devant nous.

— C'est Marcus, ai-je répondu. Il vient d'en avaler deux.

— Oui, oui, a confirmé Marcus.

Quand Dex s'est éloigné, dubitatif, Marcus m'a fait un clin d'œil. J'ai rigolé.

— Il est tellement coincé, des fois! Merci de m'avoir couverte.

— De rien.

À partir de là, on avait notre secret, et avoir un secret, même de rien du tout, cela tisse un lien entre deux personnes. Je me souviens avoir pensé que Marcus était vraiment plus marrant que Dex, qui se contrôlait toujours, en toutes circonstances. En plus, ce soir-là, Marcus n'était pas seulement marrant, il était carrément sexy. Son polo n'était pas trop large, et laissait deviner un corps bien fait et bien entretenu. Tout en sirotant mon Martini, je lui ai demandé s'il faisait de la gym, passant pour une fieffée dragueuse au mieux, ou pour une sale petite curieuse au pire. Je m'en fichais, je voulais savoir.

— De temps en temps, a-t-il répondu.

— Arrête, t'as un corps super. Tu soulèves de la fonte? Tu cours?

Il a répondu qu'il ne courait que si on lui courait après. Puis il m'a raconté que, l'autre jour, il avait accepté d'aller faire un jogging avec une fille.

— Je n'aurais jamais dû, a-t-il dit en se massant les cuisses. Je le paie encore. En plus, je ne suis arrivé à rien avec la fille.

— C'était Stacy?

— Qui?

— Stacy. La rousse avec qui tu es venu à l'Aureole.

— Ah, *cette* Stacy? Non, ça, c'est de l'histoire ancienne.

— C'est bien. J'étais pas fan. Elle était rasoir.

Marcus a rigolé.

— Oui, elle était un peu ralentie du bulbe.

— Alors c'était qui, la fille du jogging?

— Oh, juste une nana!

— Et elle a un nom, cette nana?

— Disons qu'elle s'appelle Wanda.

— Bon. Wanda, donc. Et... est-ce que Wanda te fait des pipes aussi bonnes que celles de Stacy? ai-je demandé, fière de faire de la provoc.

Il a eu un sourire en coin, a préparé une réplique bien sentie, mais à ce moment-là Rachel et Dexter nous ont rejoints et je n'ai jamais eu ma réponse, seulement un petit clin d'œil coquin. Une idée m'a traversé l'esprit: j'aurais aimé lui montrer de quoi j'étais capable dans ce domaine, mais pas le jour du mariage, hein. Non, en fait, c'était juste un petit fantasme de fille pompette et sous le charme.

Mes souvenirs de cette soirée s'arrêtent peu après, en dehors du très vague souvenir de Dexter m'aidant à sortir du bar et de celui, plus vague encore, d'une cuvette en plastique à côté de notre lit, dans laquelle j'ai vomi.

Après cela, je n'ai plus pensé à Marcus pendant quelques jours, jusqu'à ce qu'il appelle à la maison pour parler à Dex.

Celui-ci était encore au bureau, et j'ai réalisé que j'étais ravie d'avoir l'occasion de parler à Marcus.

— Il travaille trop, a dit Marcus.

— Ne m'en parle pas… Alors, comment ça va? Quoi de neuf? Tu penses avoir bien rentabilisé ta soirée, l'autre jour?

Après m'avoir raccompagnée, Dex était ressorti avec Marcus, et ils avaient passé le reste de la nuit dehors, jusqu'à sept heures du matin.

— Oh, oui, c'est vrai! Désolé pour l'autre soir.

— Vous n'avez pas fait de bêtises, au moins?

— Non.

— Donc vous n'avez parlé à aucune fille?

Il a rigolé.

— Tu sais bien que je parle toujours aux dames, moi, je ne peux pas m'en empêcher.

Je me suis souvenue alors de cette attirance que j'avais éprouvée pour lui au bar.

— Mais, oui, c'est vrai, je suis bien placée pour le savoir, ai-je dit d'un ton plein de sous-entendus. Et Wanda, comment elle va?

— Wanda?

— Wanda, celle qui fait du jogging.

— Ah, *cette* Wanda? Oh, ça n'a pas marché avec elle, finalement! Mais… en fait, je me demandais…

— Oui…?

Il m'a semblé qu'il était sur le point de se remettre à flirter avec moi. Au lieu de cela, il m'a demandé:

— Rachel, elle en est où?

J'en suis restée comme deux ronds de flan.

— Comment ça, elle en est où?

— Elle a quelqu'un?

— Non. Pourquoi?

Je réagissais comme si Marcus empiétait sur mon territoire, et comme si j'étais jalouse qu'il s'intéresse à mon amie. J'étais consciente du côté irrationnel d'une telle réaction, c'était égoïste, dans la mesure où Rachel était célibataire, et moi pas. Mais bon, on ne fait pas toujours ce que l'on veut.

— Elle est assez sexy, dans son genre.

— Oui, elle est mignonne.

Entendre un homme qualifier Rachel de sexy me faisait tout drôle, même si j'avais récemment remarqué qu'elle semblait faire des efforts de ce côté-là par rapport à nos années au lycée et à la fac. Je pense que cela venait de sa peau. Elle n'avait pas autant de rides autour des yeux que les autres filles de son âge. En tombant un bon jour, où elle travaillait un peu son apparence, on aurait presque pu dire qu'elle était jolie. Mais sexy, c'était aller un peu loin.

— Attention, si tu veux sortir avec ma copine, tu dois passer par moi, ai-je ajouté sur le ton de la plaisanterie, mais tout à fait sérieuse sur le fond.

— Bon. Alors dis-lui que j'aimerais l'inviter, un soir. Et aussi qu'elle a intérêt à accepter l'invitation, sinon…

— Sinon, quoi?

— Sinon ce sera la plus grosse erreur de sa vie.

— Tu vaux le coup à ce point?

— Parfaitement. Je vaux le coup à ce point.

Et là, j'ai à nouveau ressenti ce drôle de petit pincement à l'estomac. Ce léger regret à l'idée de ne pas pouvoir essayer Marcus avant d'épouser Dex. Au-delà de tout sentiment infime que je pouvais éprouver pour Marcus, je crois que je regrettais de ne plus connaître l'ivresse d'un premier baiser, de ne plus retomber amoureuse. Je crois que la plupart des hommes éprouvent ce genre de chose quand ils sont en couple, en général juste avant de craquer et d'acheter la bague de fiançailles. D'après ce que j'ai pu comprendre, les femmes ne sont pas comme cela – du moins ne le reconnaissent-elles pas. Elles trouvent un homme qui leur convient, et basta. Elles semblent soulagées que la quête soit terminée. Elles sont satisfaites, elles s'impliquent, sont à fond pour le long terme. Sans doute que de ce point de vue-là, je ressemble plus à un mec.

Pourtant, même si j'avais hésité à deux ou trois reprises, je savais que rien ne pouvait arriver entre Marcus et moi. Alors j'ai agi noblement, j'ai encouragé Rachel à sortir avec Marcus, et je me suis intéressée de près à la relation qui pouvait voir le jour entre eux. Lorsqu'ils sont effectivement sortis ensemble, j'ai été contente pour eux.

Mais voilà qu'une fois la chose lancée, les deux principaux protagonistes ont refusé de me communiquer les détails de leur soirée. Ça m'a beaucoup énervée, dans la mesure où je les connaissais respectivement bien mieux l'un et l'autre qu'ils ne se connaissaient entre eux. Rachel n'a même pas voulu me dire s'ils s'étaient embrassés et, du coup, j'en suis arrivée à me demander s'ils n'étaient pas allés encore plus loin. Plus je posais de questions, plus ils se fermaient comme des huîtres, et plus j'étais attirée par Marcus. C'était un cercle vicieux. Du coup, pendant les semaines qui ont suivi, chaque fois que Marcus appelait pour parler à Dex, je me fixais pour objectif de le garder le plus longtemps possible au téléphone. Je suis même allée jusqu'à l'appeler au bureau, prétextant une question à poser à propos de la maison dont nous partagions la location dans les Hamptons, ou un problème avec l'organisation du mariage. Après avoir raccroché, je confirmais d'un e-mail particulièrement bien tourné. Il me répondait à la vitesse de la lumière, et notre conversation se poursuivait sur le ton de l'espièglerie pendant le reste de la journée. Rien de bien criminel.

Et puis pour le week-end du 4 juillet, Dex et Rachel nous ont annoncé qu'ils restaient à New York pour travailler plutôt que de rejoindre tout le monde dans les Hamptons. Ça m'embêtait, mais au fond j'étais assez excitée à l'idée de passer du temps sans eux avec Marcus. Je n'avais rien de particulier en tête. Juste un peu de piment.

Et ça n'a pas manqué, le piment a commencé à piquer au Talkhouse, avec le second round de notre petit jeu de « cul-sec », sans le filet de sécurité Dexter cette fois. J'en ai bu quelques-uns de trop, mais sans pour autant être malade, ni me comporter comme une idiote. Il n'en restait pas moins que j'étais ronde comme une queue de pelle, et que Marcus ne valait pas mieux. Nous avons dansé jusqu'à deux heures du matin, et puis lui, Claire et moi sommes rentrés. Claire est allée se coucher tout de suite, mais Marcus et moi avons continué à faire la fête, d'abord dans le salon, puis dans le jardin.

On se charriait un peu, on rigolait, c'était sympa. Ensuite les échanges un peu turbulents ont cédé le pas à quelques gentilles petites tapes dans le dos, et ça a fini en lutte gréco-romaine dans la pelouse détrempée. Je me souviens avoir hurlé à Marcus d'arrêter après qu'il m'eut plaquée au sol sous un arbre, parce que j'allais tacher ma robe blanche dos nu. Au fond, je n'avais pas vraiment envie qu'il s'arrête, et je pense qu'il le savait parce qu'il a continué. Il m'a même bloqué le bras dans le dos, m'empêchant complètement de bouger, et j'avoue que j'ai trouvé ça excitant. En tout cas ça l'était avec Marcus. Je sentais bien qu'il était aussi excité, vu qu'il était plaqué sur moi. Ce qui, bien sûr, n'a fait que m'exciter un peu plus.

À un moment, il a commencé à pleuvoir, mais ni lui ni moi n'avons fait mine de rentrer nous mettre à l'abri. On est restés collés l'un à l'autre, lui sur moi. Puis on a arrêté de rire. On ne souriait même plus, on se regardait, simplement, yeux dans les yeux, nos visages si proches que nos nez se touchaient. Au bout d'un long moment comme ça, dans ce qui ressemblait à des limbes sexuels, j'ai penché la tête sur le côté et mes lèvres ont effleuré les siennes. Un petit aller-retour, léger, innocent. J'aurais aimé que ce soit lui qui m'embrasse en premier, mais j'attendais depuis trop longtemps. Ces courtes secondes de contact, je les ai trouvées délicieuses. Lui aussi, je l'ai bien vu, mais il s'est écarté et a dit :

— Qu'est-ce qui se passe, là?

J'ai cherché ses lèvres à nouveau, et cette fois, ça a été un vrai baiser. Je me souviens que tous mes sens étaient en émoi, en alerte.

— Je t'embrasse, ai-je répondu.

— Et… c'est normal? a-t-il demandé, sans bouger d'un pouce, son corps pesant sur le mien.

— Sans doute que non, mais c'est ce qui arrive quand même.

Je l'ai embrassé une nouvelle fois, il m'a embrassé en retour. On a continué un long moment sous la pluie tiède, avec le tonnerre qui grondait au loin. Je sais qu'on pensait tous les deux qu'il ne fallait pas, qu'on ne pouvait pas aller plus loin qu'un baiser, mais on ne se résolvait à l'admettre. Il a dit des trucs comme «Il faut arrêter», et «C'est complètement dingue, on ne peut pas faire ça», et «Et si Claire déboule et nous trouve comme ça?» mais ni lui ni moi n'avons arrêté, ou même essayé de calmer le jeu.

Au lieu de cela, j'ai pris sa main et je l'ai fait remonter sous ma robe. Après, il n'a plus eu besoin de mes indications, il a très bien su quoi faire. Si j'avais eu des doutes quant à ses capacités d'amant, je n'en avais plus un seul. Je me rappelle avoir dit que Dex était peut-être beau, mais qu'il était incapable de faire ça. Pas comme ça. Et même s'il l'avait fait, je n'aurais pas éprouvé la même chose. Et là, l'idée que je n'aurais jamais avec Dex ce que Marcus avait à m'offrir m'est devenue insupportable et m'a fait murmurer dans son oreille:

— J'ai envie de toi.

— On ne peut pas, a dit Marcus, une main entre mes cuisses.

— Pourquoi?

— Tu sais très bien pourquoi.

— Mais j'en ai envie.

— Non, ce n'est pas vrai.

— Oh si! J'en ai plus qu'envie.

— Putain, non! On ne peut pas.

Mais déjà, j'enlevais mon string et je défaisais sa ceinture pour me glisser dans la chaleur de son caleçon, décidée à le faire haleter aussi fort que moi. On a pris notre temps, comme pour retarder l'inévitable, mais il a fini par arriver. Là, sous l'arbre, et sous une pluie battante.

J'aimerais pouvoir dire que j'avais en tête des questions de la plus haute importance sur les conséquences possibles de mes actes sur mon avenir, mes fiançailles, ma relation avec Dex. Mais non. Ce que j'avais en tête, c'était: «Est-ce que je fais ça mieux que les autres filles?», «Est-ce que Dex l'apprendra?», «Est-ce que Marcus va ressortir avec Rachel?», «Pourquoi est-ce que c'est si bon?».

On a tenu un grand moment, peut-être parce qu'on avait pas mal bu l'un et l'autre, mais je préférais me dire que c'était parce que le courant passait à la perfection entre nous et que Marcus était une bête de sexe. Après, on a roulé sur le dos, le souffle court, les yeux clos. La pluie s'est arrêtée subitement. On était trempés jusqu'aux os.

— Waouh! a dit Marcus. Merde...

J'ai compris que je lui avais fait impression, et j'ai souri.

— On n'aurait pas dû, a continué Marcus.

— Trop tard, ai-je répondu en glissant ma main dans la sienne.

Il l'a serrée fort.

— C'est rien de le dire... Meeeerde...

— Tu ne diras rien à Dex, hein?

— T'es dingue? Pas question. À personne. Jamais. Et toi non plus, a-t-il répondu, sur le ton de la panique.

— Bien sûr que non. À personne.

J'ai pensé à Rachel, tout à coup, j'ai vu son expression passer de la surprise à la douleur puis à la contrition. Non, surtout pas à Rachel.

Marcus a laissé glisser sa main sur ma cuisse.

— On devrait rentrer, prendre une douche.

— Tous les deux?

Il a eu un petit rire nerveux.

— Non, pas tous les deux. Je crois qu'on a fait assez de bêtises pour ce soir.

J'avais envie de lui demander ce qui allait se passer, à partir de là. Je voulais savoir ce que cela signifiait pour lui, si c'était l'aventure d'un soir ou s'il y aurait d'autres séances. La fatigue commençait à se faire sentir, je ne savais plus trop où j'en étais, et l'angoisse pointait sournoisement le bout de son nez. Alors on est rentrés, on s'est souhaité bonne nuit et on est allés prendre notre douche chacun de notre côté. J'ai quand même un petit peu pleuré en regardant le magnifique solitaire qui brillait à ma main gauche, et j'ai pensé à Dexter, qui dormait dans notre lit, à New York. Pourtant, pas un instant je n'ai éprouvé de remords.

Après ma douche, j'ai essayé de frotter ma robe avec un peu de Woolite trouvé sous l'évier, pour faire disparaître les taches d'herbe, mais c'était peine perdue, et je savais que la Javel bousillerait complètement le tissu. Alors j'ai roulé en boule ma robe, et je l'ai bourrée au fond de la poubelle, sous une peau de banane et une boîte de céréales vide. Je n'allais pas me focaliser sur une petite robe, comme la première Monica Lewinski venue.

5

Le lendemain, j'avais la bouche sèche parfumée à la tequila, et un mal de crâne à se taper la tête contre les murs. Il était presque midi. La soirée de la veille n'était qu'un souvenir un peu flou dans ma mémoire. Flou, mais tellement agréable... J'avais hâte de retrouver Marcus. Je me suis levée, brossé les dents, coiffée, poudré le museau, et puis je me suis glissée dans une petite jupe citron vert et un haut blanc de chez Juicy Couture avant de me lancer à sa recherche d'un pas guilleret.

Il était seul dans le salon et regardait la télé.

— Coucou, ai-je dit en me laissant tomber à côté de lui.

Il m'a regardée, a plissé les yeux et a lâché d'une voix rauque :

— 'jour.

Et il s'est retourné vers l'écran.

— Où sont les autres ?

Il m'a expliqué que Claire était allée bruncher quelque part et que Hillary, avec qui nous partagions aussi la maison, n'était pas rentrée de sa soirée de la veille.

— Elle a peut-être eu une soirée agitée, elle aussi, ai-je remarqué pour briser la glace.

— Ouais. Peut-être.

J'ai retenté le coup.

— Alors, comment ça va, toi ?

— J'ai la tête dans le seau, a-t-il répondu en zappant, et en continuant d'éviter mon regard. C'était pas une très bonne idée, cette partie de cul-sec.

— Ah, je vois ! Donc tout ce qui s'est passé, c'est la faute de l'alcool, n'est-ce pas ?

Il a secoué la tête, et je voyais bien qu'il faisait un effort pour ne pas sourire.

— J'ai toujours su que tu m'attirerais des ennuis, Darcy Rhone.

Qu'il ait cette impression n'était pas pour me déplaire, mais en même temps je ne voulais pas qu'il me prenne pour une salope qui trompait son fiancé tous les quatre matins. Alors j'ai mis les choses au point en lui disant que c'était la première fois qu'une chose pareille arrivait. Ce qui, techniquement, était la vérité.

— De toute façon, ça n'arrivera plus. Retour sur terre, a conclu Marcus.

Cette façon de me traiter sans particulièrement mettre de gants m'a bousculé l'ego, et m'a blessée. Après tout, nous avions tout de même connu une nuit de passion. Une passion que personnellement je n'avais pas ressentie depuis plusieurs années. Peut-être même que je ne l'avais jamais ressentie. J'aime à me considérer comme une femme qui a vécu, et j'avais eu ma part de situations originales dans ce domaine – un parking, un champ de maïs, la salle d'attente du cabinet de mon père, pour ne citer que quelques exemples. Mais sous la pluie battante en plein orage, en ce qui me concernait, c'était une grande première, et le fait que Marcus n'accorde pas à cette histoire l'attention qu'elle méritait m'a agacée.

— Donc tu regrettes? ai-je demandé.

— Évidemment!

J'ai soupiré et j'ai attaqué par un autre biais.

— Donc, ça ne t'a pas plu?

Cette fois, enfin, il m'a regardée et m'a souri.

— Là n'est absolument pas la question, mademoiselle.

— Arrête avec tes mademoiselles. Tu ne m'appelais pas mademoiselle, hier soir.

— Hier soir, c'était de la folie. Je crois qu'il vaut mieux qu'on oublie.

— Non.

— Non?

— Non. Moi, je ne peux pas oublier. C'est arrivé. On ne peut pas l'effacer.

— Je sais bien, mais il faut quand même qu'on oublie. C'était une connerie. Tu es fiancée… et Dex est mon pote. Voilà. C'est tout.

Je l'ai dévisagé d'un regard assez provocateur.

— Ben, voyons.

Il a croisé les jambes, pour faire plus sérieux.

— C'était une connerie.

Qu'il s'inquiète plus pour Dex que pour moi m'a carrément énervée.

— Marcus.

— Quoi?

— Je pense que nous devons parler de ce qui s'est passé. Je pense que nous devons trouver *pourquoi* c'est arrivé.

Je voulais tâter le terrain, voir à quel point je lui plaisais et si je pouvais l'avoir à nouveau si j'en avais envie. Ce qui était un peu le cas. Après tout, une fois qu'on a trompé, est-ce que c'est vraiment plus grave de le faire deux ou trois fois?

— C'est arrivé parce qu'on avait trop bu.

— Ce n'est pas la *vraie* raison. Il y avait autre chose. Ce n'est pas avec Claire que tu as batifolé dans le jardin.

Il s'est raclé la gorge, mais n'a pas répondu.

— Et si cela voulait dire que Dex et moi on n'est pas faits l'un pour l'autre?

— Alors il vaut mieux annuler le mariage tout de suite.

— C'est ce que tu voudrais que je fasse?

— Non, je n'ai pas dit ça. Tu dois épouser Dex.

Sa voix était juste assez froide pour me donner l'envie de lui donner une claque.

— Et si c'était nous, qui étions faits l'un pour l'autre? ai-je demandé en le regardant droit dans les yeux.

Il a détourné le regard.

— Impossible.

— Pourquoi?

— Pas possible.

— Pourquoi?

— Parce que.

Il s'est levé pour aller dans la cuisine et en revenir avec une bouteille de jus d'orange.

— C'était une erreur. Un de ces trucs qui arrivent, et voilà.

— Tu n'éprouves pas le plus petit sentiment pour moi?

C'était un piège. Il ne pouvait pas nier ses sentiments, cela aurait fait de lui un enfoiré après ce que nous avions fait ensemble. Mais s'il reconnaissait éprouver des sentiments, alors la porte ne se refermait pas complètement.

Il a réfléchi une seconde et a répondu :

— Bien sûr que j'ai des sentiments pour toi, Darcy. Tu es mon *amie.*

— Alors tu fais ça avec toutes tes *amies*? ai-je répliqué du tac au tac.

Il a croisé les bras, et m'a regardée.

— Darcy, j'ai profondément... *apprécié* ce que nous avons fait hier, mais c'était purement sexuel. Et je le regrette. C'était une erreur.

J'ai pris l'air outré.

— Une erreur?

— Oui. Une erreur. Un dégât collatéral de l'alcool.

— Mais est-ce que cela signifait quelque chose, pour toi?

Il a étouffé un bâillement.

— Ouais. Comme je te l'ai précisé, j'ai beaucoup apprécié. Mais c'est fini. Terminé.

— Ah bon, très bien. Tu ne vas pas continuer à sortir avec Rachel, si?

— Je n'en sais rien. Peut-être que si. Pourquoi?

— Tu vas sortir avec elle?

Mon indignation lui a fait lever les yeux. Il a bu une gorgée de jus d'orange.

— Pourquoi pas?

— Tu ne trouves pas ça un peu bizarre, maintenant? Il n'y a pas conflit d'intérêt quelque part, pour toi?

Un haussement d'épaules m'a fait comprendre que non, il ne voyait pas en quoi cela pouvait poser problème.

— Tu ne vas tout de même pas coucher avec elle, ai-je dit, supposant qu'il ne l'avait pas encore fait – je connaissais Rachel.

Il a ri.

— Ça reste une possibilité, si.

— Tu rigoles? Ce serait trop bizarre. C'est ma meilleure amie!

Nouveau haussement d'épaules.

— Écoute. Si j'étais célibataire, tu préférerais qui, Rachel ou moi? ai-je demandé.

J'avais une idée assez précise de sa réponse, mais je voulais l'entendre de sa propre voix.

Il a rigolé.

— T'es vraiment trop.

— Allez, réponds.

— D'accord. Je vais te dire la vérité. J'essaierais de vous draguer toutes les deux en même temps.

Je lui ai donné un bon coup dans le bras.

— Sois sérieux, un peu!

— Vous ne faites jamais ça, vous les filles?

— Non, on ne fait jamais ça! C'est dégoûtant! J'aime bien varier mais, quand j'ai quelqu'un, je préfère ne pas partager... Non, allez, tu dois choisir. Rachel ou moi?

— Difficile de choisir.

— À cause de Dex, c'est ça? Mais tu es attiré par moi, non?

J'avais besoin qu'il me le dise. Pas forcément pour gagner contre Rachel, mais elle avait son domaine – le boulot, l'excellence intellectuelle – et moi le mien – j'étais sexy et désirée par les hommes, c'était de là que je tirais l'essentiel de mon amour-propre. Et je tenais à ce que les frontières restent bien nettes.

Marcus me refusait cette satisfaction.

— Vous êtes jolies chacune à votre façon, a-t-il déclaré en prenant un ton sérieux pour me faire comprendre que la conversation était terminée.

Il m'a évitée pendant le reste du week-end, en conséquence de quoi je n'ai plus pensé qu'à lui. De retour à New York, c'est devenu une obsession. Je ne voulais pas forcément avoir une liaison avec lui, je voulais qu'il ait envie de moi.

Pourtant, malgré un tir nourri de mails et de coups de fil de ma part, Marcus m'a ignorée. Donc une semaine plus tard, j'ai pris des mesures draconiennes et je suis allée sonner à sa porte avec six bières et un DVD de *Pulp Fiction*, un film que tous les mecs adorent. Marcus m'a ouvert par l'interphone et m'attendait sur le pas de sa porte, bras croisés, sourire aux lèvres. En jogging taché et tee-shirt informe, il arrivait quand même à être sexy.

— Je peux entrer? J'ai apporté des douceurs.

— Non, a-t-il répondu, toujours en souriant.

J'ai insisté.

— S'il te plaît?

Il a secoué la tête et n'a pas bougé.

— Allez, j'ai juste envie de passer un peu de temps avec toi. En amis. Rien qu'en amis. Il n'y a pas de mal à ça, quand même…

Il a eu un soupir exaspéré et s'est écarté juste assez pour que je puisse me faufiler à l'intérieur.

— T'es incroyable.

— J'ai juste envie de te voir. En amis, promis.

D'un coup d'œil circulaire, j'ai parcouru son appartement de célibataire. Typique. Des fringues sales partout, des journaux aussi. Un plat de lasagnes surgelées traînait sur sa table basse. Son lit n'était pas fait, le drap de dessous peinant à dissimuler un matelas tout raplapla. Et dans un coin, un grand aquarium avait bien besoin d'être nettoyé, juste à côté d'une télé à écran plasma et de dizaines de jeux vidéo.

— Je n'attendais personne, a-t-il remarqué devant mon regard impressionné.

— Je sais. Bien sûr. Mais comme tu ne me rappelais pas, il a bien fallu que j'emploie les grands moyens.

— Je les connais, tes grands moyens. Allez, assieds-toi.

Il m'a indiqué un futon, en face de son fauteuil en cuir spécial télé.

— Écoute, Marcus, on doit pouvoir s'asseoir tous les deux à côté l'un de l'autre. Je te jure qu'il ne se passera rien.

C'était faux, et on le savait tous les deux.

Et c'est en plein milieu du film, après que Marcus eut opéré un rapprochement discret, qu'on a commis notre deuxième grosse «erreur». Je dois avouer que sur un canapé confortable, et sec, j'ai encore mieux aimé que la première fois.

6

Après la nuit sur le canapé, Marcus a cessé de résister et d'appeler ça une erreur. Même si c'était rarement lui qui prenait l'initiative d'un rendez-vous, il était toujours disponible lorsque je lui demandais si on pouvait se voir, que ce soit à midi, pendant la pause déjeuner, ou le soir, quand Dexter travaillait tard. Tout mon temps libre lui était consacré. Quand je n'étais pas avec Marcus, je pensais à lui, je fantasmais sur lui. Côté sexe, c'était complètement fou, carrément dément, du jamais-vu pour ma part, j'étais persuadée que ça n'existait que dans des films comme *Neuf semaines et demie*, un truc pareil. J'avais en permanence envie de lui, et de toute évidence il me retournait le compliment. Il essayait de se la jouer cool mais, de temps en temps, aux intonations de sa voix quand je l'appelais ou à la façon dont il me regardait après l'amour, quand je me baladais toute nue dans son appartement, je sentais bien que, pour lui aussi, c'était de la puissance dix.

Pourtant, malgré notre histoire partie sur les chapeaux de roues et ne montrant aucun signe de ralentissement, jamais Marcus n'abordait le problème de mon mariage. Pas une seule fois il n'y a fait allusion. Même pas quand j'ai insisté lourdement, en lui demandant de but en blanc si je devais me marier comme prévu.

— C'est toi qui vois, Darcy, répondait-il chaque fois.

Ou, plus insupportable encore, il déclarait que je devais épouser Dex. Je savais que le remords y était pour beaucoup, mais ça me mettait hors de moi quand même. Bon, je n'avais personnellement aucune intention d'annuler le mariage, et j'aurais dû profiter de la liberté qui va avec une histoire d'amour où l'on ne vous demande rien, mais j'avais besoin que Marcus me dise qu'il ne pouvait pas partager et que, si je ne racontais pas tout à Dex, il le ferait, lui. De telles mesures auraient été à la hauteur de l'idée passionnée que j'avais de nous deux, de cette force irrépressible qui nous attirait l'un vers l'autre. Mais ce n'était pas le style de Marcus. Même s'il avait franchi la ligne blanche en couchant avec la fiancée d'un ami, il n'avait aucune envie de pousser le bouchon plus loin en sabotant le mariage.

C'est ainsi que mes fiançailles avec Dex sont restées d'actualité et que ma vie s'est cloisonnée. Je quittais l'appartement de Marcus pour rejoindre le mien et, ce faisant, je changeais complètement de mode de fonctionnement, récupérant mes listes de mariage et commandant trois cents aumônières garnies de dragées sans hésiter une seconde. J'avais Marcus dans la tête, mais j'appartenais toujours au couple en or et j'étais persuadé qu'à long terme, j'étais encore celle qu'il fallait à Dexter. Du moins sur le papier. Sur le papier, Dex battait Marcus à plates coutures dans tous les domaines. D'abord, il était plus beau. Marcus était plus petit, ses cheveux étaient moins épais et ses traits n'étaient pas aussi fins. Dans d'autres catégories aussi Marcus arrivait en second. Il était moins soigné, était d'une déontologie limite au boulot, ne gagnait pas autant d'argent, n'était pas issu d'une aussi bonne famille, n'avait pas de goûts aussi raffinés, avait trompé certaines de ses ex, et était capable de mentir à un ami.

Marcus l'emportait de cette façon un peu floue, intangible, qui importe soit beaucoup, soit très peu, selon la personne à qui l'on pose la question. Au bout du compte, ce qui nous définit vraiment n'est-il pas tout ce que l'on n'arrive pas à définir? Le sexe, la passion, l'attirance physique. Il était irrésistible, quelles que soient ses imperfections, et je ne pouvais pas m'empêcher d'en redemander. D'accord, je n'ai pas vraiment essayé. J'ai continué ma petite vie, continué à préparer mon mariage, à rentrer aux côtés de Dex après des parties de jambes en l'air intenses, débridées avec son garçon d'honneur. Je me rassurais en me disant que je réglerais tout cela juste avant le mariage, et qu'ensuite je serais une femme fidèle. Ce que je vivais là, c'était juste un baroud d'honneur, en quelque sorte. Il fallait que je me lâche. Plein de types faisaient la même chose. Alors pourquoi pas moi?

Bien sûr, je n'ai parlé à personne de ma liaison. Pas à ma mère, avec qui pourtant je partageais tout. Pas à Claire, qui aurait été absolument incapable de comprendre pourquoi je trompais quelqu'un comme Dexter, compromettant ainsi mon avenir. Et certainement pas à Rachel. Parce qu'elle ne peut pas s'empêcher de juger et parce que je savais qu'elle avait un petit faible pour Marcus.

Une seule fois j'ai été sur le point de déballer toute la vérité. C'était juste après avoir égaré ma bague de fiançailles chez Marcus et accusé sa bonne de l'avoir volée. J'ai paniqué, je ne savais pas comment la remplacer avant le mariage, ni comment annoncer à Dex que je l'avais perdue. De plus, les premiers doutes m'assaillaient, je ne savais plus si je devais me marier. En désespoir de cause, j'ai demandé conseil à Rachel. Elle avait toujours été celle qui prenait les décisions pour moi, même pour les choses les plus futiles comme, par exemple, choisir entre chocolat et café au lait pour des bottes Gucci (mais sur le moment, cela ne m'avait pas semblé futile du tout), alors je savais qu'elle ne raterait pas l'occasion de me donner son avis. Je lui ai parlé de ma liaison, mais j'en ai minimisé l'importance en disant que nous n'avions couché ensemble qu'une fois. Et puis je lui ai dit qu'il s'agissait d'un collègue de bureau, pour l'épargner un peu et parce que je ne pensais pas, à l'époque, que la vérité éclaterait au grand jour.

Comme à son habitude, Rachel a été de bon conseil. Elle m'a convaincue que cette liaison était simplement une façon pour moi d'exprimer ma peur, une peur que seul un homme – ou une femme très demandée – peut comprendre. Grâce à elle, j'ai compris que, s'il était difficile de résister à la passion initiale d'une liaison torride, ce que j'avais avec Dex était mieux et plus durable. Donc j'ai décidé que j'allais épouser Dex.

Et puis une nuit, trois semaines avant le mariage, il s'est passé une chose qui m'a fait remettre ma décision en question. J'avais un dîner professionnel, qui a été annulé à la dernière minute, alors je suis passée chez Marcus à l'improviste, pour lui faire la surprise. Il n'était pas encore rentré, mais j'ai convaincu le portier de son immeuble de me confier sa clé pour que je puisse l'attendre à l'intérieur. Une fois chez lui, je me suis déshabillée, je n'ai gardé que des chaussures à talons en imprimé léopard et je me suis allongée sur son canapé, impatiente qu'il rentre et me trouve comme ça.

Une heure a passé, et je commençais à piquer du nez quand j'ai entendu un gloussement féminin sur le palier, et la voix de Marcus, de toute évidence responsable du gloussement. Je me suis précipitée pour me rhabiller, mais pas assez vite, et je me suis retrouvée nez à nez avec Marcus et une blonde qui m'a rappelé Stacy. Elle était plutôt mignonne, mais carrément large du bas et, pire, elle portait des Nine West d'il y avait au moins trois ans. On s'est regardées, j'étais toujours complètement à poil en dehors de mes Manolo Blahnik en léopard.

— Merde, Darcy, tu m'as foutu une de ces trouilles… a dit Marcus, qui n'avait pas l'air plus surpris que ça. Le portier ne m'a pas dit que tu étais là.

J'ai passé un tee-shirt qui traînait sur le dossier du canapé, non sans noter le regard envieux de la fille.

— Il a dû oublier, ai-je répondu sèchement.

— Bon, je vais y aller, a dit la blonde en reculant comme une biche prise au piège.

— C'est ça, ai-je dit en montrant la porte.

— Heu, ben, salut, Angie, a bredouillé Marcus. Je…

— Il vous appelle demain, Angie, j'ai craché un peu sarcastiquement. Bye.

Dès que la porte a été fermée, je me suis ruée sur lui pour essayer de le frapper, tout en hurlant que c'était un salaud, un enfoiré, qu'il avait bousillé mes fiançailles, foutu ma vie en l'air.

Au fond de moi, je savais que je n'avais pas le droit de me mettre en colère, et, en même temps, il me semblait que si, j'en avais tout à fait le droit. Alors j'ai continué à essayer de le frapper et il a continué à arrêter mes coups avec ses mains ou ses avant-bras, sans produire d'effort particulier, comme mon coach personnel le fait pendant mes cours de kickboxing.

Ça a duré un moment, jusqu'à ce que Marcus se mette enfin en colère. Il m'a attrapée par les poignets, m'a secouée un petit peu et a hurlé :

— Tu pensais qu'il allait arriver quoi, exactement, Darcy?

— Avec Angie? ai-je demandé, espérant qu'il allait me dire qu'Angie et lui n'étaient qu'amis, rien de plus.

— Mais non, enfin! a-t-il répondu d'un air dégoûté. Tu pensais qu'il allait se passer quoi, après ton mariage? Est-ce que tu t'es seulement posé la question une seconde?

Évidemment que je me l'étais posée, et c'est ce que j'ai répondu, un peu déstabilisée parce que je n'avais pas prévu ce genre de question.

— Et?

— Je ne sais même pas si je vais me marier.

En fait, j'en avais tout à fait l'intention, mais à mes yeux mon indignation était d'autant plus justifiée si mon mariage était à l'eau.

— Bon, en admettant que tu te maries, a dit Marcus. Tu pensais qu'on allait continuer à se voir?

— Non! je me suis écriée, l'air outré.

— Parce que franchement, Darcy, je suis déjà pas fier de coucher avec la fiancée de mon copain, alors pour moi, c'est la limite, là. Je ne coucherai pas avec sa femme, au cas où ce serait ce que tu avais imaginé.

— Je n'ai rien imaginé de ce genre.

— Alors quoi? Tu pensais qu'après toi, j'allais opter pour le célibat? Que j'allais passer le restant de mes jours à te regretter? Que j'allais continuer à sortir avec Dex et toi tout en me disant : « Il en a, du bol. Si seulement j'étais à sa place! »?

— Non.

Je ne l'ai pas dit, mais l'idée d'un amour contrarié me plaisait assez. À qui ne plaît-elle pas, d'ailleurs? Si *Roméo et Juliette* a tant de succès, c'est qu'il doit y avoir une raison.

— Alors qu'est-ce que tu attends de moi, Darcy?

Il avait haussé le ton et s'était mis à aller et venir dans son salon. J'ai réfléchi un moment, et d'une petite voix pitoyable, avec mon expression de biche perdue dans la tourmente, j'ai lâché :

— Je voudrais que tu m'aimes.

Il a poussé une espèce de « han » et m'a regardée d'un air dégoûté. Tout me revenait dans la figure. Pourquoi étais-je tout à coup la fille à abattre ?

Je me suis assise, en tirant son tee-shirt par-dessus mes genoux repliés. Les larmes ont roulé sur mes joues. Pleurer, ça marchait toujours, avec Dex. Mais Marcus n'a pas cédé.

— Oh, s'il te plaît, arrête de pleurer ! Arrête tout de suite !

— Mais est-ce que tu m'aimes ? ai-je insisté, pleine d'espoir.

Il a secoué la tête.

— Je refuse de jouer au petit jeu de la manipulation avec toi, Darcy.

— Je ne te manipule pas... Pourquoi refuses-tu de répondre à ma question ?

Je n'avais soudain plus qu'un seul objectif.

— Pourquoi refuses-tu de répondre à la mienne ? Et puis dis-moi un peu quelle différence ça ferait, que je t'aime ? Hein ? Dis-moi.

Il était tout rouge, ses mains s'agitaient dans tous les sens. En dehors de certaines retransmissions sportives à la télé, je ne l'avais jamais vu aussi agité, et encore moins en colère ou bouleversé.

L'espace d'un instant, l'intensité de sa réaction m'a enchantée, tout autant que les mots « je t'aime » dans sa bouche. Après tout, jamais il ne m'avait vraiment dit qu'il avait de réels sentiments pour moi. Et puis j'ai repensé à Angie, et la fureur m'a reprise.

— Mais si tu m'aimes, pourquoi Angie, alors ? Qu'est-ce qu'elle faisait là ? Et c'est qui, d'abord ?

— C'est personne.

— Si c'est personne, pourquoi allais-tu coucher avec elle ?

Je m'attendais qu'il nie, au lieu de quoi il m'a regardée avec un air de défi.

— Tu allais coucher avec elle ?

Il a attendu un moment, et puis il a lâché :

— Ouais. Pour tout te dire, c'était ce qui était prévu.

Je lui ai balancé un direct du droit dans l'épaule. J'ai cru que ma main avait explosé, et il n'a pas bougé d'un pouce.

— Quel connard tu fais. Je te déteste!

Il m'a fixé d'un regard un peu vide, et puis il a dit:

— Va-t'en, Darcy. Barre-toi. Maintenant. C'est fini. On se verra à ton mariage.

J'ai bien vu qu'il était sincère. Ça m'a fait un choc, je n'arrivais pas à croire que tout allait finir comme ça.

— C'est vraiment ce que tu veux?

Il a eu un rire dédaigneux.

— De toute façon, cette histoire n'a jamais été autre chose que ce que *tu* voulais.

— Arrête ton char, je t'en prie. Comme si tu n'avais pas aimé chaque seconde de ce qu'on a vécu.

— Oh ça, c'est sûr, on s'est bien marrés!

— C'est tout? C'était *marrant*?

— Ben oui. Marrant. L'éclate. Une vraie partie de plaisir. Le top du top. Qu'est-ce que tu veux que je dise? Qu'est-ce que tu attends de moi, exactement?

J'ai réfléchi une seconde, et j'ai répondu franchement.

— Je veux que tu me veuilles. Pour autre chose que pour te marrer. Pour autre chose qu'un super plan cul. Je veux que tu me veuilles pour de vrai.

Il a soupiré, a eu un petit rire et a secoué la tête.

— D'accord, Darcy. Je te veux. Je te *veux*. Je te veux rien que pour moi. Tu es contente?

Sans me laisser le temps de répondre, il a tourné les talons et est entré dans la salle de bains, dont il a claqué la porte. J'ai attendu un moment et puis je l'ai rejoint. Il était appuyé contre le lavabo, dans l'obscurité. Grâce à la lumière d'à côté, j'ai vu son visage dans le miroir. Il avait l'air triste, et cela m'a à la fois surprise et amadouée.

— Oui, ai-je dit doucement.

— Oui, quoi?

— Oui à ta question. Je suis contente que tu me veuilles. Et moi aussi, je t'aime.

Il a eu un regard perdu, et j'ai eu ma réponse. Marcus m'aimait. J'ai senti en moi une vague de bonheur, un mélange de triomphe et de passion. Et finalement, j'ai lâché:

— Je vais annuler le mariage.

Silence.

— Tu as entendu?

— J'ai entendu.

— Et qu'en penses-tu?

— Tu es sûre que c'est ce que tu veux?

— Oui. J'en suis sûre.

En vérité, je n'étais sûre de rien du tout. Mais pour la première fois, je m'imaginais réellement le faire – couper le long cordon de sécurité qui me reliait à Dex et me lancer dans une nouvelle vie. Peut-être avait-il fallu que je voie Marcus en compagnie d'une autre femme et que je réalise que tout pouvait finir en quelques jours si je ne prenais pas une décision. Peut-être son visage triste, dans le miroir de la salle de bains, avait-il suffi. Peut-être que c'était l'entendre prononcer les mots «je t'aime». Et peut-être simplement que l'émotion étant à son comble, je n'avais pas eu d'autre solution.

Je n'ai rien ajouté d'autre, ça aurait fait retomber le soufflé.

Quelques instants plus tard, Marcus et moi faisions l'amour plus passionnément que jamais, et sans préservatif.

Au moment le plus crucial, quand Marcus a voulu se retirer, je l'en ai empêché, et j'ai continué jusqu'à ce qu'il jouisse, en me fichant complètement du fait que j'étais en plein milieu de mon cycle, sans doute dans les millisecondes les plus dangereuses du mois.

— Mais ça va pas? s'est-il écrié. Tu veux tomber enceinte?

Sur le moment l'idée ne m'a pas déplu – la solution la plus romantique, idéale.

— Pourquoi pas?

Il a eu un demi-sourire et m'a dit que j'étais folle.

— De toi, oui.

— Ne refais jamais ça, en tout cas. Je suis sérieux.

— D'accord, papa.

En réalité, pas une seconde je n'ai pensé qu'on avait décroché le jackpot. À de nombreuses reprises dans ma vie, et en particulier à la fac, j'avais oublié de prendre ma pilule ou n'avais pas pris suffisamment de précautions, et jamais je n'étais tombée enceinte. Au point qu'au fond de moi, je n'étais pas loin de penser que je ne pouvais pas avoir d'enfants. Ce qui m'allait tout à fait. Lorsque le moment serait venu, je prendrais l'avion pour aller choisir un bébé au Cambodge ou en Chine. Comme Nicole Kidman ou Angelina Jolie. Et *presto,* je deviendrais une super maman avec un corps intact, toujours aussi parfait.

— Ce n'est pas drôle, a dit Marcus en souriant. Va faire quelque chose. S'il te plaît.

— Pas question, ai-je répondu en remontant les genoux, une technique que ma copine de lycée Annelise m'avait décrite quand son mari et elle essayaient d'avoir un bébé. Allez, petits spermatozoïdes, nagez, nagez bien !

Marcus a éclaté de rire et m'a embrassé sur le nez.

— Tu es folle.

— Oui, mais tu m'aimes. Dis-le-moi encore.

— Encore ? Mais je ne l'ai jamais dit !

— Oh que si ! Allez, redis-le-moi.

Il a soupiré et m'a regardée avec tendresse.

— Je crois bien que je t'aime, ma folle.

J'ai souri, en pensant que j'y étais arrivée. Marcus était à moi si je le voulais. Pendant les jours qui ont suivi, j'ai un peu pataugé, à la recherche d'un signe, n'importe lequel. Devais-je choisir Dex ou Marcus ? Le mariage ou le sexe ? La sécurité ou la fantaisie ?

Et puis un jour, au début du mois de septembre, une semaine avant mon mariage, j'ai enfin eu ma réponse, sous la forme de deux lignes roses parallèles dans une petite fenêtre, sur une tige en plastique.

7

— Alors, ça dit quoi? a demandé Marcus comme j'émergeais de la salle de bains, mon test à la main.

Il attendait sur le canapé en feuilletant un magazine de sport.

— Ça dit… «Félicitations, papa.»

— Arrête.

— Je t'assure.

— Tu déconnes.

— Non. Je suis enceinte.

Il a refermé son magazine et s'est laissé aller contre le dossier du canapé. Je me suis assise à côté de lui, j'ai pris ses mains dans les miennes, et j'ai attendu. Un bisou, une caresse, quelques larmes, pourquoi pas? Quelque chose, quoi.

— Et… tu es sûr… que c'est moi le père?

— Oui. Je trouve ta question insultante et blessante. Je n'ai pas fait l'amour avec Dex depuis… depuis une éternité, et tu le sais.

— Tu es sûre? Même pas une fois ce mois-ci? Ce n'est pas le moment d'en rajouter, Darcy.

— Oui, j'en suis sûre.

Et c'était la vérité, Dieu merci.

J'ai repensé à mon ami Ethan, qui est blond aux yeux bleus, et qui avait épousé sa petite amie enceinte, Brandi, elle aussi blonde aux yeux bleus. Quelques mois plus tard, elle avait accouché d'un bébé à la peau pain d'épice et aux yeux de la couleur d'un Pépito (côté chocolat, évidemment). Rachel et moi avions beaucoup plaint Ethan, pour la déception amoureuse et l'humiliation qu'il avait subies pendant toute la procédure de divorce. Mais j'avais plaint Brandi presque de la même manière. Sans savoir pourquoi, je voyais en elle une semblable, elle aussi aimait briser les règles. Je savais qu'elle avait dû souffrir terriblement pendant ces neuf mois, à espérer et à prier pour que son bébé ressemble à son mari et non à l'Esquimau d'Alaska avec qui elle faisait fondre les igloos pendant son temps libre. Cette attente avait dû être insupportable. Alors j'avais beaucoup de chance de ne pas avoir fait l'amour avec Dexter depuis plus d'un mois. J'étais sûre que le bébé était bien de Marcus.

J'ai posé le test sur la table basse, et j'ai fixé les deux traits roses.

— Pfff... un test positif. Mince alors, c'est la première fois que j'en vois un. Et pourtant, j'en ai fait un paquet.

— Tu ne crois pas qu'on devrait en faire un autre? Pour être sûrs? a demandé Marcus en en sortant un autre du sac de la pharmacie. J'ai pris deux marques différentes.

— Je ne crois pas qu'on ait beaucoup de faux résultats positifs, avec les tests de grossesse. C'est surtout dans l'autre sens, qu'il peut y avoir un risque d'erreur.

— S'il te plaît, fais-moi plaisir, a dit Marcus en déballant l'autre.

J'ai soupiré et je suis retournée dans la salle de bains. J'avais fait pipi dans une tasse, j'ai plongé le test dedans.

— T'as pris ma tasse des Broncos?

— Heu... oui.

Il a fait la grimace.

— C'était ma préférée.

— Oh, arrête de faire ta chochote! Tu la laveras. Et puis l'urine, c'est complètement stérile, tu ne savais pas?

La grimace s'est accentuée.

— Et depuis quand tu traques le microbe, toi, d'abord? ai-je demandé en jetant un regard circulaire sur la porcherie qui lui servait d'appartement.

— Je ne vais jamais plus pouvoir boire dans cette tasse, a-t-il marmonné.

J'ai levé les yeux au ciel et j'ai plongé mon test dans sa précieuse tasse. J'ai compté jusqu'à cinq très lentement, puis j'ai retiré le test, je lui ai remis son capuchon et je l'ai posé sur la table basse, à côté du premier.

Marcus avait encore les yeux rivés à la grande aiguille de sa montre quand j'ai crié :

— Une croix ! Ça veut dire que c'est positif !

— Fais voir.

Les yeux écarquillés, visiblement sous le choc, il a examiné le test sous toutes les coutures, l'a comparé au diagramme imprimé au dos de l'emballage.

— C'est un peu pâle, par rapport au dessin.

— Une croix, même pâle, c'est que c'est bon. C'est toute l'idée du « On ne peut pas être un tout petit peu enceinte ». Tiens. Lis les conseils d'utilisation.

Marcus a parcouru la notice, cherchant probablement un paragraphe sur les faux résultats positifs. Quand il a reposé le papier sur la table, j'ai vu la peur sur son visage.

— Qu'est-ce qu'on va faire ?

— Pour commencer, on va avoir un bébé dans environ neuf mois, ai-je répondu d'un ton jubilatoire.

— T'es pas sérieuse.

Il avait dit cela d'un ton assez dur, je lui ai lancé un regard qui criait : « Si, je suis tout ce qu'il y a de plus sérieux ! » Et puis je lui ai pris les mains. Il s'est raidi.

— Tu es sûre que c'est ce que tu veux ? Parce qu'il y a d'autres solutions.

Le sous-entendu était clair. J'ai relevé le menton.

— Je suis contre l'avortement.

Je ne sais pas trop pourquoi j'ai dit ça, parce qu'en fait, je suis pour. En plus, je n'avais pas particulièrement envie de me retrouver maman à ce moment-là de ma vie. Je n'éprouvais aucune de ces envies viscérales dont mes amies parlaient de plus en plus souvent, à l'approche de la trentaine. Je n'avais absolument pas envie de prendre du poids, ni d'écoper de toutes les responsabilités qui vous tombent dessus quand vous devenez parent. Sans parler des ajustements nécessaires côté vie privée et vie nocturne.

Mais là, inexplicablement, j'étais heureuse que mes tests soient positifs. Avoir un bébé me semblait une excellente idée. Vu ce que je vivais avec Marcus, c'était l'acte romantique ultime. Ou peut-être que ce qui me plaisait, c'était l'idée que nos destins soient liés. Je ne remettais pas son attachement en question, je voyais bien qu'il était fou de moi, à sa façon. Mais je voyais aussi qu'il était de ces hommes qu'on ne contrôle jamais complètement. Porter son enfant, c'était un moyen comme un autre de resserrer l'emprise que j'avais sur lui. Ce qui ne voulait pas signifier pour autant que j'étais délibérément tombée enceinte. Pas vraiment. J'ai repensé à notre réconciliation. C'était bien de cela qu'il s'était agi, uniquement de réconciliation. Donc cette grossesse, c'était le destin, c'était évident.

Tout aussi évident que l'annulation de mon mariage. Le soulagement que j'ai éprouvé en m'en rendant compte m'a prouvé à quel point j'avais la vraie réponse : je ne voulais pas épouser Dex. En un instant, j'ai senti que je tournais la page Dex et le mariage de conte de fées, ravie d'opter pour un autre rôle dans une autre histoire, plus théâtrale encore.

— Je vais parler à Dex. Aujourd'hui, ai-je annoncé avec un aplomb qui m'a surprise moi-même.

— Tu vas lui dire que tu es enceinte ? s'est écrié Marcus.

— Non, juste que le mariage est annulé.

— Tu es sûre que c'est ce que tu veux ? Tu es sûre que tu veux avoir un bébé ?

Cette fois, il avait l'air complètement paniqué.

— Positif, ai-je répondu en regardant mes deux tests. J'en suis certaine.

Il s'est tu, il avait l'air abasourdi, et un peu vénère, aussi.

— Ça ne te fait même pas un tout petit peu plaisir ? lui ai-je demandé.

— Heu... si. Mais... mais je pense qu'il ne faut pas aller trop vite. On doit étudier les options... qui se présentent. Je... j'aurais juré que t'étais pour l'avortement.

— Bon, d'accord, je suis pour, ai-je répondu d'un ton agacé. Je suis pour que les femmes puissent *choisir*. Et je choisis d'avoir ce bébé. Notre bébé.

— Tu dois prendre le temps de la réflexion...

— Tu es en train de me faire de la peine, là.

— Pourquoi ?

Cette fois, je me suis un peu énervée.

— Parce que je *veux* avoir ce bébé ! Et j'aurais aimé qu'il en aille de même pour toi. Je... j'arrive pas à croire que tu ne m'as même pas encore prise dans tes bras !

Marcus a poussé un soupir et a passé ses bras autour de moi.

— Dis-moi que tu es content. Un tout petit peu content, lui ai-je murmuré à l'oreille.

Il m'a regardée et, d'un ton absolument pas convaincu, il a lâché :

— Je suis content. Je disais juste que peut-être on ne devrait pas se précipiter et prendre le temps de réfléchir. Peut-être que tu devrais parler à quelqu'un.

— Tu veux que j'aille voir un psy ?

— Un truc comme ça, oui.

— C'est ridicule ! Les gens vont voir le psy quand ils sont désespérés ! Moi je suis aux anges !

— Ça n'empêche pas que tu puisses avoir besoin de discuter de certains trucs à ce sujet.

Quand il parlait de notre relation, Marcus se cantonnait toujours à des généralités. *Certains trucs, ce sujet, des problèmes, la situation*... et il ajoutait un petit geste léger de la main pour préciser. Le fait qu'il puisse penser qu'un petit geste de la main pouvait restituer l'essence de notre relation me mettait hors de moi. Nous étions tellement plus que cela. Surtout maintenant. Nous allions être parents.

— Je n'ai aucun problème. Je t'aime. Je veux garder notre bébé. C'est tout.

En le disant, je savais que ce n'était pas tout, justement. Avec moi, le « tout » s'accordait volontiers du « peut-être » ou du « avec un peu de » ou encore du « avec le reste ». Mais j'ai continué sur ma lancée, d'un ton résolu.

— Maintenant, si tu veux bien m'excuser, j'ai un mariage à annuler.

Et c'est exactement ce que j'ai fait. Je suis allée tout annoncer à mon fiancé. J'ai trouvé Dex à la maison, en train de ranger les vêtements qu'il était passé chercher au pressing, déchirant les enveloppes de plastique, classant les chemises blanches et les chemises bleues. Ça n'est pas sorti tout de suite. Je n'arrivais pas à dire à Dex qu'après toutes ces années ensemble, c'était fini. Et puis j'ai pensé à Marcus, et j'ai retrouvé confiance en moi.

— Il faut qu'on parle, ai-je dit d'un ton près pro.

— D'accord, a répondu Dexter.

Et j'ai compris qu'il savait exactement ce que j'allais dire. Cela faisait des semaines qu'il semblait ne rien remarquer, mais son expression m'a fait clairement comprendre que même les hommes ont des intuitions.

À peine quelques phrases plus tard, notre mariage était officiellement dans les choux. C'était presque étrange de voir la facilité et la rapidité avec lesquelles la chose s'était faite. Techniquement, Dex est celui qui a tiré le premier, en disant que nous marier était une erreur. L'entendre utiliser le mot erreur pour sa relation avec moi m'a fait reculer pendant quelques instants, et puis je me suis convaincue du fait qu'il ne faisait qu'énoncer une réalité dont j'étais l'instigatrice. Il réagissait à mon éloignement physique et émotionnel. Je l'ai regardé, avec tout ce plastique roulé en boule à ses pieds, et je l'ai plaint.

Je l'ai embrassé sur la joue et je lui ai dit ce que disent tous ceux qui quittent quelqu'un en douceur. Que je lui souhaitais tout le bien possible, que j'étais certaine qu'il trouverait le bonheur, qu'il le méritait, etc. J'étais sincère. Après tout, je n'avais aucune envie que Dex meure seul comme un chien. Mais au fond, honnêtement, j'avais quand même envie qu'il mette un certain temps à se consoler avant de se chercher une nouvelle petite amie. Petite amie qui, je l'espérais, ne m'arriverait jamais à la cheville. J'étais loin de me douter qu'il irait chercher cette concurrente du côté de chez ma meilleure amie.

•

8

Le lendemain du grand fiasco du placard, je me suis réveillée dans le lit de Marcus et, l'espace d'un instant, je me suis demandé où j'étais. Je n'avais passé la nuit chez lui qu'une seule fois jusque-là, quand Dex était à Dallas pour le boulot, mais j'étais partie très tôt le lendemain matin, il faisait encore nuit. Donc ça ne comptait pas vraiment comme un «découchage» complet.

Ce matin-là, c'était différent. Tout était différent. J'ai regardé autour de moi, remarquant combien le soleil du matin illuminait l'appartement. C'était comme si je découvrais l'endroit pour la première fois, comme si je voyais Marcus pour la première fois. J'ai regardé son profil, et son front, qu'un début de calvitie agrandissait, mais sans parvenir à le rendre moins sexy, et j'ai réalisé que Marcus et moi étions une affaire qui roulait, avec un bébé sur le feu. Il n'y avait plus de Dex auprès de qui rentrer. J'ai senti une montée d'adrénaline en imaginant l'effet qu'allait avoir cette nouvelle sur tous mes amis, collègues et autres connaissances. Je me suis demandé quelle explication Dex allait donner à ses amis et à sa famille. J'ai repensé à toutes les ruptures people, et j'ai regretté de ne pas avoir un porte-parole qui se mettrait d'accord avec le sien quant à la déclaration conjointe à faire. Mais au bout de sept ans, on finit par bien connaître les gens, et j'étais pratiquement sûre que Dex garderait les détails de l'affaire pour lui. Ce qui signifiait que, de mon côté, je pouvais faire monter un peu la mayonnaise. J'ai passé les différentes possibilités en revue. Je pouvais dire toute la vérité, rien que la vérité, et avouer ma relation avec Marcus. Je pouvais aussi me taire à propos de Marcus, et faire porter tous les griefs sur Dexter et

Rachel. Je pouvais enfin garder une part de mystère sur toute l'affaire.

Il était tentant de divulguer l'épisode du placard et braquer les gens contre Dex et Rachel, mais je n'avais pas du tout envie de passer pour une pauvre fille qu'on laisse tomber comme une vieille chaussette. Il fallait que je pense à ma réputation de diva. Et les divas, ça ne se laisse pas rouler dans la farine. Alors j'ai décidé de dire que j'avais rompu avec Dex, et que j'étais très triste qu'il en soit ainsi mais que c'était le mieux parce qu'au fond, nous n'étions pas faits l'un pour l'autre. Le tout sur un ton du style « mais je vais m'en sortir ». Cela génèrerait une certaine compassion à mon égard, mais inspirerait dans le même temps un vrai respect pour celle qui était capable de rompre avec un grand brun très beau. J'allais laisser Marcus de côté pour l'instant, et le bébé aussi, évidemment. Passer pour une femme qui sait ce qu'elle veut, soit, pour une cavaleuse insatiable, pas question. Mon public apprendrait forcément la chose à un moment, j'aurais bien le temps de me faire du souci plus tard.

En attendant, il ne me restait plus qu'à croiser les doigts et à espérer que personne n'apprenne ce qui s'était passé entre Rachel et Dexter, qui allaient rompre, *forcément*. Qu'ils continuent ensemble était impossible. D'abord, elle n'était pas son type. Il ne faisait que se servir d'elle en ces moments de profond désarroi. Il se sentait perdu, elle était là, présente, réconfortante. Quant à Rachel, elle n'avait fait que succomber à l'homme le plus séduisant qui ait jamais croisé son radar. Une fille comme Rachel ne tombait sur une occasion pareille qu'une seule fois dans sa vie. Elle allait se reprendre et retourner aux Joe de base. Il existait une règle cardinale entre copines, c'était de ne jamais sortir avec l'ex de l'autre s'il avait compté. Et pour Rachel, la règle, c'était la pierre angulaire de tout comportement. J'étais persuadée qu'elle se morfondait déjà, rongée par le remords, regrettant amèrement cet instant de faiblesse. Je l'attendais d'un jour à l'autre, le regard baissé, détaillant à quel point elle regrettait ce qui s'était passé. Et si elle me suppliait suffisamment longtemps, si elle évoquait notre amitié avec énormément de passion, peut-être que je la laisserais redevenir mon amie. Mais il lui faudrait longtemps, très longtemps avant d'obtenir de moi le qualificatif de meilleure amie.

J'ai à nouveau regardé Marcus, qui dormait avec une main sous la tête, l'autre pendant en dehors du lit. Il fronçait les sourcils, il semblait calculer des divisions à virgule pendant son sommeil. Puis il a fait une moue adorable, qui accentuait la fossette de son menton. Tout à coup, son visage s'est transformé en celui de Dexter, comme à la fin du clip «Black and White» de Michael Jackson.

Je l'ai secoué.

— Marcus, réveille-toi, je commence à délirer.

Rien. Je me suis penchée et je l'ai embrassé. Il a émis un drôle de bruit guttural, a ouvert un œil et a marmonné :

— 'jour, Darcy.

— Tu crois qu'ils sont ensemble, en ce moment?

— Je te l'ai déjà dit...

Il faisait sans doute référence à la bonne dizaine de fois où je lui avais posé cette question pendant la nuit.

— Redis-le-moi.

— Non... j'en doute. Je suis sûr que tu leur as bousillé l'ambiance, et qu'après, il est parti.

J'ai décidé de le croire.

— D'accord... mais quand même, je ne pense pas que je vais pouvoir aller bosser, aujourd'hui. J'ai trop de choses en tête. Tu appelles au bureau, toi aussi? Pour dire que t'es malade?

En sept ans, pas une seule fois je n'avais vu Dexter appeler son bureau pour dire qu'il ne viendrait pas, à moins d'être au bord de l'extrême-onction. Les choses allaient être différentes avec Marcus. Notre vie serait bien plus spontanée, et plus drôle.

Ça n'a pas manqué, Marcus a soupiré :

— Bon, puisque tu me forces la main... Je fais la grasse mat'.

J'ai éprouvé un bref sentiment de victoire, et puis je me suis rendu compte qu'au fond, j'avais hâte de voir la tête de mes collègues au bureau. Je suis un peu tordue, je sais. Alors j'ai poussé un soupir de martyre, et puis j'ai dit :

— Tu sais, finalement, je crois qu'il vaut mieux que j'y aille et que j'en finisse.

— Que t'en finisses avec quoi?

— Ben, tu sais... avec l'annonce de l'annulation du mariage.

— Hum...

— Comment tu crois qu'il faut que je le dise?

Pas de réponse.

— Marcus!

Il a roulé sur le côté pour me faire face.

— T'es pas obligé de dire quoi que ce soit. C'est pas leurs affaires, à tes collègues.

— Bien sûr que je dois le leur dire. Ils pensent tous que je vais me marier samedi prochain. Il y en a même qui sont invités.

J'admirais l'approche très décontractée que Marcus avait de la vie, mais j'avais là l'exemple parfait de la façon dont il sous-estimait l'effort à fournir pour accomplir quoi que ce soit. Cela pouvait même devenir problématique à terme, s'il sous-estimait mon désir de recevoir de belles choses pour mon anniversaire, pour Noël, pour la Saint-Valentin et d'une manière générale toute l'année, parce que les cadeaux, on a beau dire, ça entretient l'amour. Dex connaissait la chanson. Les fleurs arrivaient tous les deux mois, c'était réglé comme du papier à musique. Cela signifiait qu'il avait ouvert un compte chez le fleuriste. On était loin de la manifestation spontanée de sentiments passionnés, mais moi, ça m'allait. L'attention, c'est l'attention. Un beau cadeau, c'est un beau cadeau.

J'étais certaine de pouvoir faire changer Marcus. N'importe quel homme peut changer. Je trouvais stimulant la perspective de devoir faire du nouvel homme de ma vie un mari et un père responsable, mais toujours aussi sexy et spontané. Pour l'heure, il fallait que je lui fasse comprendre qu'annoncer la nouvelle à mes collègues allait être une épreuve, émotionnellement parlant, et que j'allais avoir besoin de son soutien, c'est-à-dire de coups de fil et de mails tout au long de cette rude journée. Peut-être même qu'un article de luxe m'attendant à mon retour, chez lui, ne serait pas de trop. Je l'ai imaginé dans le séjour, avec une boîte orange de chez Hermès entre les mains et un sourire amoureux aux lèvres.

— Je sais bien qu'il faut que tu préviennes ceux que tu as invités, a dit Marcus, mais je pense qu'il n'est pas nécessaire de tout expliquer en détail. Tu n'as qu'à envoyer un mail collectif et tu seras débarrassée.

— Mais ils vont me demander ce qui s'est passé, ai-je répliqué, en pensant que, s'ils ne le faisaient pas, je serais déçue.

Les gens veulent toujours des détails.

— Je sais que toi tu en voudrais, curieuse comme tu es, mais tout le monde n'est pas comme toi.

— Dans les relations publiques, tout le monde est comme moi, tu peux me faire confiance. C'est notre boulot, de collecter les détails croustillants, les accumuler, les disperser. Et là, pour être croustillant, c'est croustillant.

— Tout ce que je veux dire, c'est que tu as le droit de dire aux gens de s'occuper de leurs fesses, voilà tout.

J'ai répondu que ce n'était pas mon style. Et puis je me suis levée, vite, résistant à l'envie de faire l'amour. Après tout, j'avais devant moi une longue journée. J'ai pris ma douche, je me suis préparée – j'avais apporté mes affaires la veille au soir, le placard de Marcus débordait. Escada, Versace, Ferragamo, j'étais assez contente de moi. Au moment de partir, j'ai passé la tête dans la salle de bains pour dire au revoir à Marcus, qui chantait *Purple Rain* à tue-tête, et juste, étonnamment.

— À ce soir, mon chéri !

Il s'est tu et a tiré un bout du rideau de douche.

— Ça me paraît être un bon programme. Viens me faire un bisou.

— Impossible, la vapeur va bousiller ma coiffure, ai-je dit en lui envoyant un baiser.

Sur le chemin du bureau, j'ai peaufiné ma stratégie d'annonce. Je pouvais tout confier à Claire, collègue et, à compter de ce jour, nouvelle meilleure amie, et lui dire qu'elle pouvait le répéter. Puis je me suis souvenue qu'elle avait un rendez-vous à l'extérieur toute la matinée. Je ne pouvais pas supporter l'idée d'attendre son retour, donc j'ai décidé d'envoyer un mail collectif, comme l'avait suggéré Marcus. Le tout étant de trouver le ton qui convenait. Je m'y suis mise dès mon arrivée au bureau.

Bonjour à tous. Juste un petit mot pour vous dire que mon mariage, prévu samedi prochain, n'aura pas lieu. La décision a été difficile à prendre, mais je crois que c'est pour le mieux. Je sais que le mail collectif est une étrange façon d'annoncer ce genre de nouvelle, mais j'ai pensé que c'était la plus facile.

Parfait. C'était fort, mais plein d'émotion aussi. Et le plus important, c'était que mon message indiquait clairement que c'était moi qui avais rompu. Je l'ai relu, en trouvant qu'il manquait quelque chose. J'ai ajouté des points de suspension à la fin. La petite touche parfaite qui laissait parfaitement planer le mystère. Bon, l'objet, maintenant. «Mariage» ou «Annulé», ou «Pour info»? Rien ne semblait convenir, alors j'ai laissé le champ en blanc. Et puis j'ai sélectionné les adresses de ceux qui étaient concernés. J'allais envoyer tout ça dans le cyberespace quand mon téléphone a sonné.

— Darcy? Comment va?

C'était mon patron, Cal, avec sa voix efféminée.

— Pas terrible, j'ai répondu sur le ton «je ne suis pas en état de recevoir des ordres, pour l'instant».

Il le connaissait bien, ce ton-là. C'était le gros avantage qu'il y avait à travailler avec Cal. On faisait de lui ce qu'on voulait.

— Hum… je peux te voir en salle de conférence C ?

— Pourquoi?

— Il faut qu'on parle du Challenge des célébrités, le truc de golf.

— Maintenant?

— Oui, ce serait bien. S'il te plaît.

J'ai soupiré à fendre l'âme.

— D'accord… j'y serai dès que possible.

Flûte. Si j'étais arrivée quelques minutes plus tôt, il aurait eu le temps d'ouvrir mon mail et aurait appelé quelqu'un d'autre pour ce foutu tournoi de golf. J'étais sûre qu'une fois que je lui aurais annoncé ma rupture, il passerait le projet à quelqu'un d'autre. Surtout si j'arrivais à lâcher quelques larmes. À vrai dire, j'étais presque sûre que mes difficultés sentimentales me vaudraient quelques semaines un peu relax au boulot. Peut-être même bien que Marcus et moi pourrions partir quelques jours ensemble. J'ai revu mon mail à la baisse, décidant que j'y ajouterais la touche finale et passerais le correcteur orthographique juste avant de l'envoyer. Je suis descendue à la salle de conférence, dont j'ai poussé la porte avec une expression de basset artésien qui aurait perdu ses croquettes.

Et là, le personnel tout entier de Carolyn Morgan and Associates a hurlé: «Surprise!» avant de se ruer sur moi pour me féliciter. Une énorme boîte bleue de chez Tiffany trônait sur une des tables, juste à côté d'un gâteau au glaçage ivoire, décoré de rose.

— On savait que tu t'attendais à une fête plus tard dans la semaine! s'est exclamée Claire. On t'a bien eue, hein? Tu pensais vraiment que tu allais à une réunion, hein?

Elle avait raison. Ils m'avaient bien eue. Mais moi, j'allais les avoir encore plus fort. J'allais faire mieux que leur «Surprise!». J'ai eu un sourire hésitant.

— Vous n'auriez pas dû...

— Bien sûr qu'on aurait dû, a dit Claire.

— Non. Vous n'auriez *vraiment* pas dû.

Cal s'est approché et a passé un bras autour de mes épaules.

— Un discours, un discours!

— Je suis sans voix. Et je n'ai littéralement rien à dire.

— Ah ça, c'est impossible! Ça fait un paquet d'années que je te pratique, et je ne t'ai jamais vue à court de mots.

Les rires ont fusé un peu partout dans la salle, confirmant que j'avais effectivement la plus grande gueule de la boîte. Je me suis raclé la gorge et j'ai fait un pas en avant, avec un sourire navré, cette fois.

— Bon... Alors... je vous remercie tous du fond du cœur, mais... il n'y aura pas de noces. Je ne me marie plus.

Cal et d'autres ont à nouveau laissé échapper un petit rire.

— Ouais, ouais, c'est ça. Arrête ton char, tu vas y passer, comme nous autres, tu vas te faire mettre le grappin dessus.

— Non. En fait, j'ai annulé le mariage ce week-end.

— Noooooon! s'est écriée Claire avant de prendre les choses en main, à la manière d'une bénévole de la Croix-Rouge gérant un incendie dans un orphelinat.

Sans perdre une seconde, elle s'est ruée sur moi, et m'a entraînée hors de la salle de conférence et jusqu'à mon bureau, en me soutenant par la taille comme si je risquais de défaillir à tout instant.

— Mais qu'est-ce qui s'est passé? a-t-elle enfin demandé, une fois seule avec moi dans mon bureau.

— C'est fini, ai-je lâché en reniflant.

— Mais *pourquoi*? Dex et toi vous formez le couple parfait! Qu'est-ce qui est arrivé?

— C'est un peu long à raconter…

En repensant à Dex dans le placard de Rachel, les larmes me sont montées aux yeux et, malgré mon intention de taire l'incident, je n'ai pas pu résister. J'avais besoin de son soutien, de sa compassion, j'avais besoin qu'elle me dise que Dex ne pouvait décemment pas s'intéresser à cet éteignoir qu'était Rachel. Donc j'ai lâché ma bombe.

— Nous avons rompu ce week-end, et hier après-midi, j'ai surpris Dex et Rachel ensemble.

Claire en est restée bouche bée.

— Quoi?

— Je ne te le fais pas dire.

— Qu'est-ce que tu veux dire, ensemble? Tu es sûre?

— Oui. Je suis passée chez Rachel pour lui raconter ce qui nous arrivait, et j'y ai trouvé Dex, en caleçon, accroupi au fond de son placard.

— *Nooon!*

— Si.

Claire a couvert sa bouche de ses mains, puis a secoué la tête.

— Je… je ne sais pas quoi dire, tellement c'est… mais qu'est-ce qu'il lui est passé par la tête? Et par sa tête à elle! Comment ont-ils pu?

— S'il te plaît, n'en parle à personne. C'est assez humiliant comme ça. C'est vrai, quoi, ma demoiselle d'honneur!

— Bien sûr que non, je garde ça pour moi, tu peux me faire confiance. Juré craché, a dit Claire en levant une main.

Puis elle a laissé planer pendant quelques secondes un silence respectueux avant de se mettre en mode Question/Réponse.

— Tu crois que c'était un coup pour rire?

— Forcément. Tu ne crois pas?

— Bien sûr, je crois. Dex ne peut pas aimer une fille pareille.

— Exactement. Je ne vois pas comment ce serait possible. C'est impossible, hein?

— Impossible. Il ne peut pas passer d'une fille comme toi à une fille comme elle. Elle est tellement… monotone, et puis… je ne sais pas… je sais que c'est ta meilleure amie, et je ne voudrais pas faire ma langue de vipère, mais…

— Quoi? Ce n'est plus ma meilleure amie, tu peux me croire. Je la méprise.

— Comment te le reprocher? a déclaré Claire d'un ton solennel, prête à sauter dans les pantoufles de Rachel et être adoubée meilleure amie.

Alors je lui ai jeté l'os qu'elle attendait si impatiemment.

— C'est toi ma meilleure amie, désormais.

Claire a joint ses mains et m'a regardée comme si elle allait se mettre à pleurer. Depuis l'époque où nous partagions un appartement toutes les deux, elle rongeait son frein, cherchant comment décrocher cette place de meilleure amie. Il pouvait même lui arriver d'être carrément servile. Mais c'était exactement ce dont j'avais besoin, à ce moment-là.

— Oh, Darcy, je suis là, tu sais! Tu peux compter sur moi à cent pour cent.

— Merci. J'apprécie ton soutien.

— Tu vas voir, on va s'éclater comme des folles à sortir toutes les deux en célibataires. Qu'est-ce que tu fais, ce soir? Il y a une grande soirée chez Lotus, c'est Henry Fabuss qui organise, pour ses trente ans. On devrait absolument y aller. Il est tellement chou! Et puis il est carrément en phase, c'est trop cool. Il y aura tout le monde! Ça te changerait les idées, non?

— Pas ce soir. J'ai besoin d'être un peu seule pour l'instant. D'ailleurs, je crois que je vais rentrer. Je ne peux pas rester, et je ne veux pas qu'on me voie pleurer.

— Tu veux que je te raccompagne chez toi? Je suis sûre que Cal n'y verrait pas d'inconvénient. On pourrait faire un peu de shopping en route. La thérapie carte bleue, ça fait toujours du bien.

— Non, c'est sympa, mais je crois que j'ai envie d'être seule, ai-je répondu alors que j'avais prévu de rejoindre Marcus.

Claire a eu du mal à cacher sa déception.

— Bon. Je comprends.

— Il faut juste que j'envoie mon mail avant de partir. Tu veux bien le lire et me dire ce que tu en penses?

Réécrire mes mails avait longtemps été le rôle de Rachel. Elle était tellement douée pour ça. J'aurais aimé la bannir de mes pensées. Alors j'ai décidé qu'elle serait *persona non grata* jusqu'à ce qu'elle s'excuse en lettres de fumée dans le ciel. En attendant, Claire a pris son boulot très au sérieux, s'est penchée sur mon écran et a relu le mail deux fois. Puis elle a levé les yeux, a opiné du chef et a déclaré que c'était bien, très bien. Alors j'ai appuyé sur Envoi et j'ai quitté mon bureau, pas mécontente des regards et des murmures qui m'ont accompagnée dans les couloirs.

9

Marcus a quitté son bureau un peu plus tôt, et nous nous sommes retrouvés chez lui, où nous avons fait l'amour comme des fous. Après, j'ai posé ma tête sur son torse, et je lui ai raconté la surprise de la salle de conférence.

— Et tu ne t'es pas tirée avec la boîte Tiffany? Ça m'étonne de toi.

— J'aurais bien aimé. Ça devait être un chouette cadeau... Mais bon, on en aura un autre quand on se mariera.

Silence.

— Tu veux qu'on en parle? j'ai demandé en lui donnant un petit coup dans le bras.

— Qu'on parle de quoi?

— De notre mariage.

— Mouais. Et de quoi tu veux parler exactement?

— Eh bien... tu ne veux pas qu'on s'en occupe avant la naissance du bébé?

J'avais le sentiment que je ne pourrais pas bien me concentrer sur ma grossesse tant que ces «détails» ne seraient pas réglés. Et puis j'étais partie pour me marier, j'avais de l'entraînement, question préparation des festivités, alors autant en profiter. Je projetais même de garder ma robe, convaincue que de toute façon je n'en trouverais pas de plus belle.

— Moi je pense qu'il faut qu'on en parle, non?

— Ouais, peut-être, a-t-il lâché à contrecœur.

J'ai préféré ignorer le ton sur lequel il avait dit cela, et j'ai continué sur ma lancée.

— Bon, alors... à ton avis, quand est-ce qu'il vaut mieux qu'on organise la cérémonie?

— Je sais pas. Dans six mois?

— Quand j'aurai le ventre comme une pastèque? Ah non, merci!

— Cinq mois?

— Marcus!

— Quatre?

— Non, c'est trop loin. Je pense que le mieux c'est tout de suite. Enfin, dès qu'on aura tout réglé.

— Je croyais que tu voulais une cérémonie simple.

C'était vrai, j'avais, je ne me souvenais même plus quand, mentionné le fait que je voulais un mariage discret. C'était quand je m'inquiétais de la réaction de Dexter. Et à l'époque, je n'étais même pas sûre que Marcus et moi continuerions ce que nous avions commencé. Mais maintenant, j'avais envie d'un bon gros mariage, rien que pour embêter Dex et Rachel et inviter tous nos amis communs. J'allais inviter les parents de Rachel, aussi, pour qu'ils puissent lui faire un rapport circonstancié. Comme j'étais belle! Comme je semblais épanouie dans ma nouvelle histoire d'amour! Comme le discours de Claire avait été émouvant!

— On pourrait avoir une petite cérémonie quand même, quelque chose de pas trop lourd. Cinquante personnes max.

J'avais en tête un chiffre qui tournait plutôt autour des cent ou cent vingt-cinq, mais je savais que je pourrais le lui faire avaler plus tard.

— Cinquante? La famille proche, quoi... a-t-il dit en se grattant la nuque.

— Oui. Et puis nos meilleurs amis.

— Dex et Rachel, par exemple?

Il avait lancé ça avec un sourire en coin, je l'ai fusillé du regard. Il a fait mine de s'étonner.

— Non? Pas Dex et Rachel?

— Sois sérieux, un peu! Qu'est-ce que tu penses d'un vrai mariage?

Il a haussé les épaules.

— Je ne sais pas. C'est pas trop mon truc, toutes ces histoires. Je persiste à penser qu'une cérémonie intime, c'est plus cool. Ou alors on pourrait s'enfuir tous les deux, comme de vrais amants. J'en sais rien. Il faut vraiment qu'on en parle maintenant?

— Bon, bon, d'accord, j'ai soupiré, me résignant au fait qu'un grand mariage n'obtiendrait probablement pas son aval.

Mais après tout, les mecs ne sont jamais vraiment pour ce genre de réjouissances. Ça les gave plus qu'autre chose.

Un peu plus tard ce soir-là, quand Marcus et moi sommes rentrés après avoir dîné au restaurant, j'ai vérifié mes messages. J'en avais vingt-deux au bureau, quatorze à la maison. Trente-six messages en huit heures, dont seulement deux concernant le boulot. Trente-quatre messages personnels en si peu de temps, c'était un record. Assise à la table de Marcus, j'ai écouté tous ces mots de réconfort en prenant des notes. Après le dernier, j'ai regardé Marcus.

— Ils n'ont pas appelé. Ni l'un ni l'autre.

— Tu pensais vraiment qu'ils le feraient?

— Oui. Ils me *doivent* cet appel. Surtout Rachel.

— Je croyais que tu ne voulais plus jamais lui parler?

— Il n'empêche qu'elle devrait quand même essayer de m'appeler pour s'excuser.

Marcus a haussé les épaules.

— Quant à Dex, il faut que je lui parle. On a des problèmes logistiques à régler. Pour le mariage. Je n'arrive pas à croire qu'ils n'aient pas appelé.

Nouveau haussement d'épaules.

— Je sais pas quoi te dire, moi…

— Bon, alors on va mettre les choses au clair tout de suite: je *hais* cette expression.

— Quelle expression?

— Je ne sais pas quoi te dire.

— Mais c'est la vérité! Je ne sais pas quoi te dire.

— Je ne sais pas quoi te dire, j'ai répété en l'imitant. C'est ce que les réparateurs disent quand ils ne savent pas comment réparer ce qui est cassé. Tu leur expliques que tu viens d'acheter cette voiture, cet ordinateur ou ce sèche-linge, tu es à leur merci, et ils te balancent dans les dents un «je ne sais pas quoi vous dire» qui signifie en réalité «ce n'est pas mon problème et de toute façon je m'en contrefiche».

Marcus a souri.

— Désolé. Je ne le dirai plus.

— Merci. Tu crois que je devrais appeler Dex?

— Tu en as envie? m'a demandé Marcus en examinant ses orteils.

— La question n'est pas d'avoir envie, ai-je répondu en lui donnant une petite tape sur la main pour qu'il laisse son pied tranquille. La question est que j'ai *besoin* de l'appeler. On a des problèmes à régler. Il faut annuler le photographe, le traiteur, l'orchestre. Et tous les invités. Il y a aussi les billets pour la lune de miel, et son déménagement.

— Alors appelle-le.

— Mais c'est lui qui devrait m'appeler.

— Alors attends qu'il t'appelle.

— Bon, écoutez-moi bien, cher monsieur: j'apprécierais que vous preniez une part un peu plus active à cette histoire. Au cas où cela vous aurait échappé, vous faites partie de l'équipage de cette galère. Il vaudrait peut-être mieux que vous ayez une opinion sur tous les sujets y ayant trait.

Marcus a fait la grimace, comme s'il avait trouvé une autre façon de me dire «je ne sais pas quoi te dire».

Les jours qui ont suivi ont été marqués par une succession de coups de fil, de mails et de longues conversations avec Claire sur ce qui avait bien pu pousser Dex à sortir avec Rachel, et de conversations plus longues encore avec ma mère, qui pleurait tout le temps et n'arrivait pas à admettre que Dex et moi n'allions pas nous réconcilier.

Mais de Dex ou de Rachel, toujours rien. Cela me mettait hors de moi. Au point que j'ai fini par craquer et j'ai composé le numéro de Dexter. Nous avons discuté de choses pratiques: l'argent qu'il me devait, le temps qu'il lui fallait pour quitter mon appartement, ce genre de choses. Ensuite, je me suis tue, attendant qu'il me dise qu'avec Rachel, ce n'était qu'une passade, qu'il ne se servait d'elle que pour se venger de moi. Comme il n'ajoutait rien, j'ai pensé qu'il était tellement en colère contre Marcus qu'il allait tout faire pour que j'imagine le pire. Donc il était hors de question que je lui fasse le plaisir de poser une question sur elle. Pas plus que je ne chercherais à savoir où il logeait. Le connaissant comme je le connaissais, il avait dû prendre une chambre à l'hôtel, lui qui détestait s'imposer chez ses amis.

— Bon, ben… salut, ai-je dit avec emphase.

C'était le moment ou jamais. Sa dernière chance de formuler une déclaration définitive, de plaider sa cause ou même de m'avouer qu'il était désolé et que je lui manquais.

— Salut, Darcy, a-t-il répondu sans la moindre trace d'émotion.

Je me suis dit que c'était parce qu'il n'avait pas encore tout à fait réalisé ce qui lui arrivait et que, lorsqu'il s'en rendrait enfin compte, il allait y avoir de la dépression salée dans l'air.

Le soir de ce qui aurait dû être ma nuit de noces, Marcus et moi on est restés chez lui, on a commandé des plats chinois et on a fait l'amour deux fois. Je n'ai pas arrêté de répéter combien j'étais heureuse de ne pas être en train de faire «la plus grosse connerie de ma vie». En vérité, j'avais quand même un peu de vague à l'âme. Pas parce que je regrettais de ne pas épouser Dex. Pas parce que Rachel me manquait. J'étais encore bien trop indignée pour être nostalgique. C'était plus à cause du mariage, de la fête qui avait failli avoir lieu et qui aurait été l'événement de l'année, ai-je expliqué à Marcus.

— Et moi, alors… je ne sais pas si tu te rends compte que je pourrais être avec mes potes de la fac, à boire à l'œil… a dit Marcus.

Je lui ai donné un coup de poing et j'ai exigé qu'il retire ce qu'il venait de dire. Il a obtempéré de bonne grâce, avant de boire une gorgée de sa troisième bière.

— De toute façon, je n'étais pas d'humeur à m'habiller en pingouin. Je déteste les smokings.

Sa réaction aurait pu me vexer, mais je voyais bien qu'au fond, il était vraiment heureux d'avoir gagné le gros lot Darcy. J'étais au cœur d'un triangle amoureux, Marcus était le vainqueur et Dexter, à terre, n'avait d'autre ressource que de se tourner vers Rachel, un bien piètre lot de consolation. Du moins était-ce la façon dont je voyais les choses, en cette douce époque de nos débuts, à Marcus et à moi.

10

Je crois que je n'ai vraiment réalisé que j'étais enceinte que la semaine suivante, quand je suis allée à ma première visite prénatale. Marcus m'a accompagnée, mais vraiment pour me faire plaisir. Dans la salle d'attente, pendant que je remplissais tous les papiers, il s'est plongé dans un *Time* avec la tête de celui qui préférerait être n'importe où ailleurs dans le monde. Lorsque la réceptionniste m'a appelée, il n'a pas bougé.

— Tu viens? ai-je dit d'un ton impatient, déjà debout.

— Je peux pas attendre ici?

Une femme enceinte qui attendait avec son mari a jeté à Marcus un regard méprisant.

— Allez, lève-toi, j'ai soufflé.

Il s'est levé en poussant un gros soupir, presque un grognement.

On a suivi une infirmière dans un couloir, où elle m'a demandé de monter sur une balance.

— Toute habillée?

— Oui, a-t-elle répondu un peu sèchement.

J'ai enlevé mes Tod's, tendu mon lourd bracelet d'argent à Marcus en lui demandant de se retourner, ce qu'il a fait, non sans lever les yeux au ciel.

J'ai grimpé sur la balance, l'infirmière a fait glisser les poids le long de la tige à petits coups jusqu'à ce qu'elle se stabilise sur 57, 4.

— 57 kilos 500, a-t-elle annoncé.

J'ai eu un regard méchant. Pourquoi croyait-elle que je demandais à Marcus de se retourner?

— J'ai cru voir 57, 4.

Elle m'a ignorée, et a noté 57,5 sur mon dossier.

Quand même, c'était une bonne nouvelle. 57,4 habillée, cela voulait dire environ 56 toute nue. Je n'avais pas encore pris de poids.

— Vous mesurez combien? m'a demandé l'infirmière.

— 1 mètre 78 m.

Elle a noté aussi, et nous a conduits jusqu'à une petite salle d'examen froide et sinistre.

— Le docteur ne va pas tarder.

Je me suis installée sur la table pendant que Marcus jetait son dévolu sur une nouvelle pile de magazines. Constatant qu'elle se résumait à des vieux *Parents* et *Famili*, il a préféré ne rien lire. Quelques minutes plus tard, une jeune femme blonde, pas très grande, qui faisait à peine vingt-cinq ans, est entrée dans la salle. Ses cheveux courts mettaient en valeur les deux énormes diamants qui ornaient ses oreilles. Des bottes cavalières en cuir noir montaient jusqu'à l'ourlet de sa blouse d'un blanc immaculé.

— Bonjour, je m'appelle Jan Stein. Je suis un peu en retard aujourd'hui, je vous prie de m'excuser.

Le tout avec un sourire rayonnant. Elle me rappelait Tammy Baxter, la capitaine de notre équipe de cheerleaders au lycée, qui était toujours au sommet de la pyramide alors que j'étais condamnée à maintenir son pied en place.

— Darcy Rhone, ai-je répondu en remarquant qu'elle avait beaucoup de poitrine pour une femme de cette taille.

Un médecin ne se ferait jamais poser des implants mammaires. Donc, c'était du vrai. Étant moi-même relativement peu dotée de ce côté-là, les filles bien fichues avec l'avant-scène qu'il fallait m'agaçaient profondément. Des seins et des fesses pleines de cellulite, d'accord. Mais là, Jan avait des atouts carrément indécents. En le présentant comme «le père», je me suis dit que Marcus ne le remarquerait peut-être pas.

— C'est bien que vous soyez venus tous les deux, a dit Jan avec un grand sourire.

Marcus a souri pareillement, et j'ai regretté d'avoir pris un médecin femme.

— Je dois me déshabiller? ai-je demandé avant qu'ils n'échangent leurs numéros de téléphone.

— Non, nous allons commencer par discuter un moment. Je voudrais que vous me parliez de votre santé, et puis je répondrai à vos questions. Je suis sûre que vous n'en manquez pas.

— D'accord, ai-je répondu, même si je n'en avais aucune, sauf peut-être celle de savoir s'il était possible de boire un café ou un verre de vin de temps en temps.

Jan s'est assise en face de nous, s'est approchée un peu en faisant rouler son fauteuil et a regardé ma feuille.

— Bon. D'abord, pouvez-vous me donner la date de vos dernières règles?

— Oui, j'ai acquiescé, toute fière d'avoir pensé à regarder sur mon calendrier le matin même. Le 8 août.

Elle a noté sur ma feuille pendant que je fixais l'énorme émeraude qui brillait à son doigt. En tout, elle avait au moins cent mille dollars de pierres précieuses sur elle. À tous les coups, elle était fiancée à un chirurgien plus vieux qu'elle, aux tempes grisonnantes. J'en ai éprouvé un soupçon de nostalgie pour ma bague de fiançailles, que j'avais prévu de vendre, et puis je me suis consolée en me disant que c'était branché d'aller à une visite prénatale avec son compagnon plutôt qu'avec son mari. C'était comme les people. J'en connaissais plein qui avaient sauté la case mariage pour passer directement à la case naissance.

— Alors, il est pour quand? ai-je demandé. Je savais que c'était aux environs de début mai, mais j'avais envie d'entendre une date précise, une vraie date, quoi.

Jan a sorti une sorte de roue en carton qu'elle a fait tourner et a vérifié les dates.

— Votre date prévue d'accouchement, ou DPA, comme vous m'entendrez probablement le dire souvent, est le 2 mai.

Le jour des trente-cinq ans de Dexter. J'ai regardé Marcus, qui n'avait pas la moindre idée de ce que cette date signifiait. Je m'étonne toujours de voir à quel point les mecs sont incapables de retenir la date d'anniversaire de leurs copains. Et puis j'ai annoncé à Jan et à Marcus:

— J'espère que je serai en retard, ou en avance, parce que c'est l'anniversaire de mon ex-fiancé.

Marcus a levé les yeux au ciel. Pendant que le Dr Stein rigolait, avant de me rassurer en me disant que seuls dix pour cent des bébés naissaient le jour prévu.

— Comment ça se fait?

Elle a eu l'air dérouté par ma question, ce qui ne m'a pas semblé bon signe.

— La DPA donne un ordre d'idée, c'est assez utile.

— Ah!

Un médecin plus chevronné aurait sûrement eu une explication un peu plus convaincante que ça, non? Ou alors un plus jeune mais moins séduisant. Jan avait sûrement terminé dernière de sa promo. Si ça se trouvait, sans son mari chirurgien, elle n'aurait jamais eu ce poste.

— Bien, a-t-elle repris d'un ton plus sec, j'aimerais que l'on discute un peu de votre santé, maintenant.

— D'accord.

Au même moment, j'ai surpris un regard de Marcus, qui détaillait sa cuisse gauche, *a priori* très ferme. J'ai froncé les sourcils, pendant que Jan se lançait dans une série de questions. Elle voulait tout savoir. Mon âge (j'étais contente d'avoir vingt-neuf ans, et pas encore trente), mon passé médical, les médicaments que je prenais et tout un tas de détails sur mon style de vie: combien de fois par semaine je buvais, faisais de l'exercice, si je fumais, ce que je mangeais, etc. Une fois qu'elle a eu un aperçu de l'ensemble de mon existence, elle a levé les yeux et elle a souri. Elle était vraiment très maquillée.

— Alors, comment vous sentez-vous? Vous avez ressenti des symptômes? Des nausées?

— J'ai un peu mal aux seins.

Marcus a eu l'air mal à l'aise, alors j'en ai rajouté une louche.

— Surtout quand il les touche.

Jan a hoché la tête comme pour dire «ça ne m'étonne pas», et Marcus a fait la grimace. J'ai continué.

— Et puis ils sont un peu plus gros, plus gonflés... et les aréoles sont plus foncées... Mais sinon, je me sens comme d'habitude, et je n'ai pas pris de poids, ai-je conclu, fièrement.

— Vous n'êtes enceinte que de cinq semaines et demie, donc il est un peu tôt pour la prise de poids. Mais il est possible que vous remarquiez déjà une augmentation de votre appétit.

— Non, non. Et je n'ai pas l'intention de faire partie de ces femmes enceintes qui dévorent tout ce qui leur tombe sous la main. Je suis sûre que vous en voyez beaucoup.

Jan a hoché la tête et a noté quelque chose sur sa feuille. Puis elle a annoncé qu'on allait procéder à l'examen médical.

— Je dois vous laisser, peut-être? a suggéré Marcus, plein d'espoir.

— Vous pouvez tout à fait rester, a dit Jan.

— Je te l'avais dit, tu vois, lui ai-je fait remarquer. Il est un peu mal à l'aise, ai-je ajouté à l'intention de Jan.

— Il ne devrait pas. C'est bien de s'investir dans la grossesse, pour le futur papa.

— On n'est pas encore mariés, me suis-je crue obligée de préciser, mais il est déjà très impliqué.

Jan a souri et puis m'a demandé de m'installer avant de s'absenter quelques minutes. Dès qu'elle est sortie, j'ai demandé à Marcus s'il trouvait notre médecin jolie.

— Pas mal. Elle est mignonne, oui.

— Tu dirais qu'elle a quel âge?

— Vingt-huit.

— Je suis plus jolie qu'elle?

— Oui, Darcy, tu es plus jolie.

— Est-ce que je serai toujours plus jolie quand j'aurai dix kilos de plus?

— Oui.

Sa réponse manquait singulièrement de conviction.

Jan est revenue, a pris ma tension et a écouté mon cœur, mes poumons, puis a examiné mes seins.

— Bien, je vais examiner votre col.

— Est-ce que cela confirme la grossesse?

— Vous allez faire une analyse de sang et d'urine pour la confirmation, mais oui, cet examen va nous donner plus de détails sur la date approximative du début de la grossesse, et va nous aider à évaluer la taille et la forme de votre pelvis. Bien, détendez-vous.

J'ai écarté les jambes, et j'ai regardé Marcus, qui faisait comme s'il n'était pas là.

Après m'être rhabillée, je suis allée aux toilettes, j'ai fait pipi dans un gobelet, puis je suis allée me faire faire une prise de sang dans un petit labo avant de retourner dans la salle d'examen, où Jan m'a dit qu'elle m'appellerait pour me donner les résultats.

— En attendant, Darcy, je vais vous faire une ordonnance de vitamines spéciales pour la grossesse. Elles contiennent de l'acide folique, qui est très important pour la formation et le développement de la moelle épinière de votre bébé. Il faut les prendre l'estomac plein.

Elle a rédigé son ordonnance d'une écriture étonnamment lisible pour un médecin (encore un mauvais signe, les écritures de vrais toubibs, c'est forcément des pattes de mouche) et me l'a tendue.

— Voilà. Et félicitations à tous les deux. On se revoit dans quatre semaines pour la première échographie.

On lui a serré la main et on est partis, direction la pharmacie pour mes vitamines. Je ne sais pas pourquoi, mais je me rappelle très bien de ce moment. C'était une belle journée d'automne, il faisait très beau, mais frais, et j'ai resserré les pans de mon trench-coat en daim bleu autour de ma taille encore mince avant de faire deux ou trois petits pas de gamine. Je me sentais gaie comme une enfant. Alors qu'on attendait à un feu pour traverser, Marcus a pris ma main sans que je lui demande rien, et m'a souri. Ce sourire-là est figé dans mon esprit. Il était chaud, généreux, et également sincère. C'était le genre de sourire que vous fait un homme lorsqu'il est heureux d'être avec vous, heureux de vous épouser, heureux que vous portiez son enfant.

11

Le contenu de mon appartement n'a pas vraiment changé après le départ de Dexter. Il n'a pris que la table de la cuisine, deux lampes et une commode. J'étais assez contente de voir partir tout ça, en particulier la table de la cuisine en pin rustique, qu'on aurait dit tout droit sortie d'une maison amish. J'avais en tête pour la remplacer quelque chose de beaucoup plus design, avec des lignes élancées, plus contemporaines, qui iraient parfaitement avec l'appartement chic en étage élevé que Marcus et moi allions acheter ensemble. Le goût de Dexter pour l'ancien, beaucoup de charme et pas un placard, j'en avais soupé.

Donc, environ deux semaines après ce qui aurait dû être le jour de mon mariage, j'ai entraîné Marcus dans une expédition meubles. En poussant les portes de chez Crate and Barrel, sur Madison Avenue, j'ai eu comme un petit coup de blues. Je me souvenais de ma dernière visite en ces lieux, où Dexter et moi avions déposé une partie de notre liste de mariage. J'en ai parlé à Marcus, qui avait fini par mettre au point une réponse standard à ce genre de remarques.

— Ah, le bon vieux temps !

J'ai avisé une table en cerisier, de forme oblongue, avec des pieds évasés vers le haut. C'était exactement ce que j'avais en tête, mais je n'avais jamais imaginé la trouver si vite. J'ai caressé le plateau.

— Elle est géniale, non ? Elle te plaît ? Comment tu la trouves ? Imagine-la avec des chaises tapissées tout autour. Dans les tons vert acidulé, peut-être ?

Haussement d'épaules du côté de Marcus.

— Mouais. C'est bien.

Il regardait autre chose, derrière moi, et a ajouté, d'un ton qui m'a fait comprendre que ce n'était pas une plaisanterie:

— Heu… Darcy? Il y a Dexter et Rachel, là-bas.

Je me suis figée, et je suis sûre que mon cœur s'est arrêté au moins deux secondes.

— *Quoi?* Où? j'ai murmuré.

— À gauche, derrière toi. À côté du canapé marron.

Lentement, je me suis retournée. Et à moins de dix mètres, sur ma gauche, j'ai repéré l'ennemi, qui examinait sous toutes les coutures un canapé en velours de la couleur d'une couche de nourrisson. Une couche pleine, s'entend. Ils étaient tous les deux en tenue de week-end, jean et tennis. Dex portait son sweat de la fac de Georgetown, et Rachel un pull bleu marine très BCBG que je l'avais aidée à choisir chez Bloomingdale l'année passée. Le week-end avant que Dexter ne me demande en mariage, d'ailleurs. Il y avait une éternité de cela.

— Merde! De quoi j'ai l'air? ai-je bredouillé en farfouillant dans mon Prada à la recherche de mon poudrier, avant de me souvenir que je l'avais sorti à la dernière minute pour me remettre du blush et que je l'avais laissé sur la table de Marcus.

Je n'avais donc pas de miroir sur moi. Il fallait que je compte sur Marcus.

— Alors? ai-je demandé. Je suis comment?

— T'es très bien, a-t-il répondu en me regardant à peine, obnubilé qu'il était par Rachel et Dex.

— Qu'est-ce qu'on fait? On s'en va? Je crois que je vais vomir…

J'avais les genoux en coton, tout à coup, et je me suis appuyée sur la table qui me plaisait tant.

— On devrait peut-être aller les voir et bavarder un peu, a dit Marcus, très sérieux. Ce serait responsable et correct, comme attitude, non?

— Non mais ça va pas? Je n'ai pas du tout envie de *bavarder*, moi!

Marcus a haussé les épaules. Dex l'avait appelé quelques jours plus tôt pour lui dire qu'il «ne lui en voulait pas, et félicitations pour le bébé». Ils avaient largement commenté cette nouvelle, sans prononcer une seule fois ni mon nom ni celui de Rachel. D'après Marcus, l'un et l'autre étaient un peu gênés, et la conversation n'avait pas duré plus de trois minutes. Elle s'était achevée sur l'accord tacite de la fin de leur amitié, parce que, même pour des mecs, notre situation était un peu trop difficile à avaler.

— Bon, allez, on se tire d'ici, a dit Marcus. De toute façon, la réunion des anciens, là, je suis pas d'humeur.

Il m'a montré l'escalier qui redescendait au rez-de-chaussée. Il était à deux pas, nous n'avions pas encore été vus, bref, le retrait des troupes pouvait s'effectuer dans le calme et la dignité. De leur côté, Dex et Rachel discutaient gaiement, ignorant tout de la coïncidence du siècle.

Je voulais tourner les talons et descendre l'escalier mais, bizarrement, je n'y arrivais pas. C'était comme regarder une scène horrible dans un film d'horreur. On ne veut pas voir la fille se faire décapiter, mais on finit toujours par écarter deux doigts pour voir un peu quand même. Alors je me suis cachée derrière une bibliothèque et j'ai tiré Marcus à mon côté. On a regardé Dex et Rachel avancer vers un autre canapé, dans notre direction. Il était plus confortable que l'autre et, selon moi, bien mieux. Dex l'a regardé, puis a fait la grimace. Trop moderne pour lui, à tous les coups. J'ai traduit ce qui se passait à l'intention de Marcus.

— Tu vois? Il n'aime pas les lignes pures.

— Darcy, je me fous complètement du canapé qu'ils achètent.

— Qu'*ils* achètent? Tu veux dire qu'à ton avis, c'est un achat en commun?

— Ils achètent, il achète, elle achète, a dit Marcus, comme s'il conjuguait un verbe dans le désordre.

— Comment tu la trouves? Elle a l'air heureuse, à ton avis?

— Allez, viens, Darcy, on y va, maintenant.

Mais je ne pouvais pas les quitter des yeux, et je sentais mon estomac qui se nouait.

— Non, mais dis-moi juste. Est-ce qu'elle est plus jolie que d'habitude? Plus mince, peut-être?

On a regardé Dex et Rachel retourner vers leur canapé en velours sans surprise. Elle s'y est assise, et puis elle a levé les yeux vers Dex et lui a dit quelque chose. Il nous tournait le dos, mais je l'ai vu acquiescer de la tête, puis il s'est penché pour prendre un échantillonneur de tissus sur la table basse à côté du canapé.

— Tu crois qu'ils vont s'installer ensemble? ai-je demandé.

— Comment veux-tu que je le sache?

— Est-ce qu'il t'en a parlé, quand il t'a téléphoné?

Soupir.

— Je t'ai déjà répété cette conversation mot pour mot au moins dix fois.

— Alors il remplace juste notre vieux canapé. Et elle l'aide, c'est ça?

Gros soupir, un peu exaspéré.

— Je n'en sais rien, Darcy, et je m'en fous.

— Oh, du calme, hein! C'est important, quand même!

C'est vrai, quoi. Deux semaines plus tôt, ces deux personnes étaient celles que je connaissais le mieux au monde. Ma meilleure amie, et mon fiancé. Et voilà qu'ils me semblaient totalement étrangers, un peu comme s'ils étaient partis loin, longtemps, et qu'à leur retour je ne les reconnaissais plus. Quand Rachel a tourné la tête, j'ai vu qu'elle avait les pointes effilées, un changement radical par rapport à son éternelle coupe au carré.

— Comment tu trouves sa coupe? ai-je demandé à Marcus.

— Pas mal, ça change.

Je l'ai regardé, et il a compris que ce n'était pas la bonne réponse.

— D'accord. C'est nul, moche.

— Arrête! Regarde-la, au moins! Et donne-moi vraiment ton avis.

Je sentais l'excitation monter, j'aurais aimé que Claire soit là. Elle trouverait quoi critiquer, elle. Les tennis, la coupe de cheveux, quelque chose, quoi.

Marcus a plongé ses mains dans ses poches et a examiné Rachel.

— Je ne vois pas ce qu'elle a de changé, personnellement.

— Non, non, non, ils ont tous les deux l'air mieux que d'habitude. À quoi ça tient, tu crois? C'est le temps qui passe?

Et puis, juste au moment où Dex s'est assis à côté de Rachel, j'ai compris. Dex était bronzé, et Rachel n'avait pas son teint d'endive habituel. Ils étaient allés ensemble à Hawaii! J'ai lâché un petit cri.

— Mon Dieu! Ils sont bronzés. Elle a fait *mon* voyage à Hawaii! Elle a fait *mon* voyage de noces! C'est pas possible! Je peux pas laisser passer ça!

J'ai fait un pas en avant, Marcus m'a attrapée par le bras.

— Darcy, n'y va pas. Viens, on s'en va. *Tout de suite.*

— Il m'avait dit qu'il allait manger ces billets! Comment a-t-elle pu *oser* faire mon voyage de noces!

Cette fois, je pleurais. Un couple qui se tenait juste à côté de notre bibliothèque-bunker m'a regardée, puis s'est tourné vers Rachel et Dex.

— Tu m'as dit qu'il te les avait proposés, ces billets, a remarqué Marcus.

— Et alors? Jamais je ne t'aurais emmené à Hawaii!

Il a haussé les sourcils, songeur, et puis a lâché:

— Ouais, t'as raison, c'est un peu tordu, comme truc.

— Elle a fait mon voyage de noces! Quel genre de nana dérangée fait le voyage de noces de sa copine?

J'avais un peu haussé le ton. Marcus a tourné les talons.

— Moi, je me tire.

Il s'est lancé dans l'escalier, et je l'ai suivi. Juste avant de descendre, je me suis retournée, et j'ai vu un truc terrible, qui m'a carrément donné la nausée. Dex se penchait vers Rachel et l'embrassait. Sur les lèvres. Bronzés, heureux, amoureux, et futurs propriétaires d'un canapé neuf.

Les larmes aux yeux, j'ai dégringolé l'escalier quatre à quatre, j'ai doublé Marcus et je me suis ruée dehors.

— Je sais, je sais, ma chérie, c'est dur pour toi, a dit Marcus quand il est arrivé à me rattraper.

Pour la première fois, il semblait réellement compatir à la terrible épreuve qui était la mienne. Sa gentillesse m'a fait sangloter plus fort encore.

— Je n'arrive pas à croire qu'elle soit partie à Hawaii! Mais qui peut faire un truc pareil? Je la déteste! Qu'elle crève!

— Allons, allons, tu ne penses pas ce que tu dis.

— D'accord, crever, peut-être pas. Mais qu'elle fasse une giga poussée d'herpès que même l'Activir ne soignera pas !

Après tout, c'était pire que la mort, une chose pareille, et pour les bisous, elle pouvait se brosser pendant un bout de temps.

— Essaie de les oublier, Darcy, m'a conseillé Marcus en passant un bras autour de mes épaules. Ce n'est pas si important que ça, finalement.

— Mais si, c'est important !

Dex et Rachel formaient un couple, un vrai, je ne pouvais pas ne pas l'admettre. J'ai senti une vague de remords monter en moi, et je me suis demandé si je n'aurais pas dû rester avec Dex, rien que pour empêcher ce qui arrivait avec Rachel. Au début de ma liaison avec Marcus, l'herbe était tellement plus verte avec lui, mais maintenant que j'avais vu mon ex-fiancé acheter un canapé, les prés de Dexter semblaient délicieusement bucoliques.

Marcus a hélé un taxi et m'a aidée à monter. J'ai pleuré pendant tout le trajet du retour, imaginant Rachel et Dexter dans toutes les scènes que j'avais regardées en feuilletant les brochures de notre voyage de noces. Sirotant du champagne dans un jacuzzi… À une soirée typique avec des danseuses en pagne… Batifolant dans les eaux turquoise… Faisant l'amour sous un cocotier…

Je me suis souvenue que j'avais dit à Dex que nous étions un plus beau couple que tous ceux qui figuraient sur ces brochures. Il avait rigolé et m'avait demandé d'où je tenais une modestie pareille.

— On pourra aller à Hawaii pour notre voyage de noces? ai-je demandé à Marcus quand on est arrivés chez lui.

— Tout ce que tu veux, a-t-il répondu en se laissant tomber sur le lit avant de me faire signe de le rejoindre.

— En fait, on devrait aller dans un endroit encore plus exotique. C'est Dex, qui avait choisi Hawaii, et moi, je trouve que c'est banal, Hawaii. Tout le monde y va.

— Ouais, a répondu Marcus, avec sa tête qui dit : « Moi j'ai envie de faire l'amour, là, tout de suite. » Tout le monde y va. Allez, viens.

— On va aller où, alors? ai-je demandé en le rejoignant, un peu à reculons.

— La Turquie. La Grèce. Bali, les îles Fidji. Où tu veux.

— Tu me le promets?

Il m'a attirée sur lui.

— Juré craché.

— Et puis aussi, est-ce qu'on pourrait prendre un appart plus neuf, plus grand? ai-je suggéré en regardant les murs nus, le placard qui débordait, le parquet tout rayé et les kilomètres de fils qui convergeaient vers sa chaîne hi-fi de la taille – et de l'époque, sans doute aussi – d'un tyrannosaure.

— Bien sûr.

J'ai souri. Un petit sourire triste, mais pas désespéré.

— En attendant, a-t-il ajouté, je sais comment te faire aller mieux.

— Attends, juste une seconde, ai-je répliqué en prenant le téléphone sans fil qui traînait à côté du lit.

Marcus a soupiré, agacé.

— Qui tu appelles? Pas eux, j'espère, hein?

— Je ne les appelle pas. Je me fiche d'eux, j'ai menti. J'appelle chez Crate and Barrel, je veux cette table.

Rachel m'avait peut-être piqué mon voyage à Hawaii, mais moi, j'allais avoir une table bien plus belle que leur canapé. Et toc.

Mais ni la table (qu'ils avaient en stock) ni l'amour avec Marcus (fantastique, comme d'habitude) ne sont parvenus à me redonner ma bonne humeur. Je n'arrivais tout simplement pas à concevoir que Rachel et Dex soient ensemble, que leur relation soit réelle. Suffisamment réelle pour qu'ils achètent un canapé ensemble, ou pour qu'il partent à Hawaii.

À partir de là, j'ai été complètement obsédée par Rachel et Dex. Ces deux personnes étaient sorties de ma vie, et pourtant, de mon point de vue, nous étions tous les trois plus inextricablement et définitivement unis que jamais.

12

Les choses n'ont fait qu'empirer quand j'ai eu trente ans. Je me suis réveillée le jour de mon anniversaire avec ma première nausée matinale. J'étais au lit avec Marcus, du côté le plus éloigné de la salle de bains, et j'ai à peine eu le temps de l'enjamber pour aller vomir mon dîner tex-mex de la veille au soir. J'ai tiré la chasse, j'ai fait un bain de bouche, je me suis lavé les dents. Et paf, rebelote ! Il restait des tacos, apparemment. J'ai retiré la chasse, refait un bain de bouche, me suis relavé les dents, et puis je me suis laissée glisser par terre en gémissant, dans l'espoir que Marcus se réveille et vienne à la rescousse. Raté.

Je n'ai pas pu m'empêcher de me dire que Dexter, lui, m'aurait entendue vomir. Il avait le sommeil très léger mais, dans les circonstances, c'était sa plus grande capacité de commisération à laquelle je pensais. Peut-être que Marcus ne se préoccupait pas assez de moi, de mon bien-être. J'ai gémi encore un coup, plus fort. Comme Marcus ne bougeait pas, je me suis relevée et je suis retournée me coucher en lâchant d'une petite voix :

— Prends-moi dans tes bras.

J'ai eu droit à un ronflement en guise de réponse.

Je me suis blottie contre lui et j'ai fait des petits bruits tout en surveillant son réveil du coin de l'œil. Sept heures trente-trois. Il était réglé sur sept heures quarante-cinq. J'avais encore douze minutes avant qu'il me souhaite officiellement un joyeux anniversaire. J'ai fermé les yeux et je me suis demandé ce que Dexter et Rachel faisaient au même moment et – plus important encore – ce qu'ils allaient faire pour mon anniversaire. C'était leur *dernière chance*, avais-je déclaré à ma mère et à Marcus, la veille. Je ne savais pas vraiment quoi espérer de leur part, mais un coup de fil ou un mail me semblait être un bon début.

J'étais certaine que Dex et Rachel en avaient parlé à l'approche de la date fatidique, et j'imaginais très bien Dex choisir de me laisser tranquille tandis que Rachel déciderait d'appeler.

— Ça fait vingt-cinq ans que je lui souhaite son anniversaire, dirait-elle à Dex. Je ne peux pas laisser passer celui-là. Il faut que je l'appelle.

Et j'entendais Dex lui répondre :

— Mieux vaut ne rien faire. Je sais que c'est dur, mais il n'en sortira rien de bon.

Combien de temps avaient-ils discuté de cela ? Peut-être même avaient-ils fini par se disputer à ce propos, au point qu'une faille s'était ouverte dans leur relation. Malheureusement, ni Dex ni Rachel n'étaient vraiment têtus ou enclins à discuter des heures. Plutôt conciliants de nature tous les deux, je savais que leur conversation avait été calme, rationnelle et avait débouché sur une conclusion unanime sur la façon de traiter mon anniversaire.

J'étais sûre d'une chose, en tous les cas : si Dex et Rachel ne me souhaitaient pas un joyeux anniversaire sous une forme ou sous une autre, il n'y aurait pas de pardon. Jamais. Ma haine envers eux croissait et multipliait plus vite que les drosophiles de nos expériences de biologie au lycée. J'ai essayé de me souvenir ce que ces expériences cherchaient à prouver. Entre autres, une histoire de couleur d'yeux, je crois. Rachel était mon binôme, je n'avais pas eu à m'intéresser de trop près à la chose, elle avait fait tout le boulot. Une idée en entraînant une autre, je me suis mise à penser à la couleur des yeux de mon bébé. J'espérais qu'ils seraient bleus, ou au moins verts, comme les miens. Tout le monde sait que les yeux bleus sont plus jolis, pour une fille en tout cas. J'ai écouté Marcus ronfler tout en jouant avec les poils de son torse. Il en avait juste comme il fallait.

— Hum… a-t-il marmonné en roulant sur moi.

Étant donné que je venais de vomir, je n'avais pas trop la tête à la gaudriole, mais j'ai cédé. C'était une bonne façon de commencer ma journée d'anniversaire. Donc après un petit coup rapide, un peu pour la forme, j'ai attendu qu'il ouvre les yeux et me souhaite un bon anniversaire, me chuchote qu'il m'aimait, me rassure en me disant que trente ans, ce n'était pas vieux et qu'il me restait six bonnes années au moins avant de penser à la chirurgie esthétique. Dix, quinze, vingt secondes ont passé, et il ne disait toujours rien.

— Tu t'es rendormi ? ai-je demandé.

— Non, non, a-t-il marmonné en papillonnant des cils.

Le réveil s'est déclenché, avec sa série de bips de plus en plus forts et de plus en plus stridents. Marcus l'a assommé d'un revers de la main. J'ai attendu, attendu. Après tout ce que j'avais vécu ces dernières semaines, ces quelques instants m'ont semblé durer des heures. Déjà que mon anniversaire tombait un lundi et que j'avais vomi deux fois ce matin, si en plus le père de mon enfant n'arrivait même pas à sortir un tout petit « bon anniversaire » un peu sincère juste après avoir satisfait ses envies personnelles, où allait-on ?

J'ai essayé un nouvel angle d'attaque.

— Je suis malade. Des nausées. J'ai vomi deux fois.

Il a roulé sur le côté, m'a tourné le dos.

— Et tu te sens mieux, maintenant ? m'a-t-il demandé, sa voix étouffée par la couette.

— Non, pire.

— Hum... je suis désolé, mon cœur.

J'ai lâché un grand soupir et puis j'ai dit, sur le ton le plus sardonique possible :

— Joyeux anniversaire, Darcy !

Je m'attendais que ses yeux s'ouvrent d'un coup et qu'aussitôt les excuses pleuvent de ses lèvres. Mais il a juste marmonné, le visage toujours sous la couette :

— Joyeux anniversaire, Darcy ! J'allais te le souhaiter.

— Ben voyons ! T'avais complètement oublié, oui !

— Pas du tout ! Je viens de te donner ton cadeau.

Je ne voyais pas son visage, mais je savais qu'il était goguenard.

— Je ne trouve pas ça drôle, j'ai rétorqué.

Et je suis allée prendre une douche.

— Surtout, surtout, reste bien au chaud et détends-toi, ai-je lancé avant de refermer la porte de la salle de bains.

Marcus a essayé de se faire pardonner après ma douche, mais il manquait d'arguments. Il était évident qu'il ne m'avait encore acheté ni carte ni cadeau. Pas plus qu'il n'avait pensé à acheter des petits pains à la cannelle et à y planter des bougies roses, comme c'était la tradition familiale, tradition que Dex avait perpétuée pendant sept ans. À la place, j'ai eu droit à quelques « mon cœur » et « mon bébé », et à un paquet de crackers qui restait de son dîner de la veille.

— Tiens, j'ai entendu dire qu'en cas de nausées matinales, c'est bien d'en avoir dans la poche.

Je me demandais bien où il avait entendu une chose pareille. Avait-il déjà mis une autre fille enceinte ? Il faudrait que je tire cela au clair. Plus tard.

— Tu es trop bon avec moi, ai-je répliqué en lui arrachant le paquet des mains. Vraiment, Marcus, tu n'aurais pas dû voir aussi grand. Ces gestes démesurés en ma faveur, c'est beaucoup trop.

Il s'est levé, nu, et a soupiré en se dirigeant vers la salle de bains.

— Oh, ça va, t'inquiète pas, j'y ai pensé à ton cadeau, figure-toi. Tu l'auras ce soir. En attendant, va jouer avec les autres.

J'ai mis mes escarpins préférés de chez Marc Jacobs et je lui ai fait un petit signe de la main.

— Bye, baby ! Bon shopping !

— Mais qu'est-ce qui te fait croire que je n'ai pas encore acheté ton cadeau ?

— Je te connais, monsieur Dernière Minute. Et je te préviens : je veux un super truc. Provenance Cinquième Avenue minimum.

Quand je suis arrivée au boulot, Claire m'attendait dans mon bureau avec un bouquet de roses jaunes.

— Joyeux anniversaire !

— Oh, tu t'en es souvenue ! Elles sont magnifiques !

— Évidemment que je m'en suis souvenue, tu es bête ! Alors, tu te sens comment, aujourd'hui ?

Je ne tenais pas à ce qu'elle sache que j'avais eu des nausées.

— Ça va. Pourquoi?

— Je me demandais juste ce que cela faisait d'avoir trente ans, a-t-elle chuchoté.

Avec ses vingt-huit ans, Claire était encore dans la zone de sécurité.

— Pas grand-chose. Rien de terrible, en tout cas.

— De toute façon, l'âge ne compte pas, quand on est une fille comme toi.

Depuis ma rupture avec Dex, Claire ne tarissait pas de compliments à mon égard. Ce n'était pas pour me déplaire, évidemment, même si parfois j'avais le sentiment qu'on frisait la remarque apitoyée.

— On te donne facilement vingt-sept ans, a-t-elle ajouté, continuant sur sa lancée.

— Merci.

J'aurais aimé la croire.

— Tiens, c'est pour toi. Ouvre!

Elle m'a tendu un petit paquet. Claire avait beaucoup de goût et ne ratait jamais une occasion de faire un cadeau. J'ai déchiré le papier et découvert un petit coffret rouge portant la marque Baccarat. Très satisfaisant d'entrée. À l'intérieur, j'ai trouvé un cœur vert en cristal taillé sur une cordelière en soie noire.

— Claire! Il est superbe! Je l'adore!

— C'est vrai? Il te plaît? J'ai un ticket-cadeau, au cas où tu voudrais changer pour une autre couleur. Le violet était très beau aussi, mais je me suis dit que celui-ci irait bien avec tes yeux...

— Pas question de changer! Il est parfait! Tu es géniale!

Rachel aurait sans doute opté pour un bouquin en édition limitée, un truc à mourir d'ennui. J'ai embrassé Claire en retirant silencieusement toutes les critiques que j'avais pu faire à son égard, toutes les petites remarques mesquines. Sur sa façon de s'accrocher à vous quand elle avait trop bu, de raconter cent fois les mêmes histoires de sa jeunesse à Greenwich, et de ne pas perdre un gramme malgré les séances répétées au club de gym. Avec Rachel, on rigolait en disant qu'elle devait avoir une réserve de Mars dans son vestiaire.

— Le vert est assorti à celui de tes yeux.

— Je l'adore ! me suis-je exclamée en me contemplant dans le miroir de mon poudrier.

Le cœur tombait exactement au bon endroit, soulignant la finesse de mes clavicules.

À midi, Claire m'a invitée à déjeuner. J'ai laissé mon portable allumé, juste pour le cas où Dexter ou Rachel décideraient que l'heure du repas était la plus appropriée pour appeler, s'excuser de manière répétée, implorer mon pardon et me souhaiter un bon anniversaire. J'ai eu cinq appels, dont quatre d'amis qui se souvenaient que c'était le jour J, et un du salon de beauté qui me rappelait que j'avais réservé pour un soin complet du visage à dix-sept heures, mais de Rachel et Dexter, pas de nouvelles.

Je savais que Claire pensait à la même chose que moi, dans la mesure où à chaque appel, elle articulait « qui ? ».

Après le cinquième, elle m'a carrément posé la question.

— Tu as eu un coup de fil de Rachel, aujourd'hui ?

— Non.

— Et de Dex ?

— Non plus.

— C'est nul de ne pas appeler pour ton anniversaire et essayer de vous réconcilier.

— À qui le dis-tu !

— Tu les as revus, depuis l'épisode chez Crate and Barrel ?

— Non, et toi ?

— Non. *Personne* ne les a vus depuis un bout de temps.

Dans la bouche de Claire, étant donné l'épaisseur de son carnet d'adresses, ce « personne » en disait très long. En dehors de faire appel à un détective privé (et j'y avais pensé), le mieux était d'avoir Claire comme amie pour savoir ce qui se passait en ville.

— Peut-être qu'ils ont rompu.

— Probablement. Le remords a dû les miner.

— Ou alors ils sont partis faire un nouveau petit voyage sous les tropiques, ai-je lâché en soupirant.

Claire m'a tapoté le bras en signe de compassion et m'a commandé un deuxième verre de chardonnay. Je n'aurais pas dû boire, mais le Dr Stein avait précisé que c'était permis pour certaines occasions.

— J'ai quand même un petit truc nouveau, ai-je dit en inspirant un grand coup, impatiente de lui annoncer l'existence de Marcus.

La grossesse, ce serait pour plus tard.

— Ah oui?

Elle a croisé les bras et s'est penchée vers moi.

— J'ai rencontré quelqu'un.

Elle a écarquillé les yeux.

— Qui ça?

J'ai cru détecter dans le ton une pointe de jalousie. Claire, bénie soit-elle, cherchait en permanence à jouer les entremetteuses, mais sans jamais parvenir à ses fins pour son propre compte.

J'ai affiché un sourire mystérieux, bu une gorgée d'eau et effacé du pouce les traces de rouge à lèvres sur mon verre.

— Marcus.

— Marcus? Tu veux dire Marcus… *le* Marcus?

J'ai répondu d'un hochement de tête.

— Vraiment?

— Eh oui! C'est dingue, non?

Une expression a rapidement traversé son regard, que j'ai eu du mal à interpréter. Était-ce de la jalousie de voir que, pour quelqu'un qui sortait d'une rupture de fiançailles, je me remettais plutôt vite? Le trouvait-elle, elle aussi, sexy à sa manière? Ou était-ce de la désapprobation? J'ai bien vite écarté cette dernière possibilité. J'avais absolument besoin qu'on me confirme que Marcus pouvait devenir un membre de l'élite «manhattanienne». J'avais besoin de sortir avec quelqu'un que tous les autres désiraient.

— Quand est-ce arrivé? a-t-elle demandé.

— Oh, c'est récent! ai-je répondu, très vague.

— Je… pour une surprise, c'est une surprise.

Elle aurait été moins surprise si elle n'avait pas dormi aussi profondément cette nuit de juillet, dans notre maison des Hamptons.

— Je sais. Qui aurait cru, hein? Mais il me plaît *vraiment*.

— *Vraiment?*

Cette fois, le soupçon de désapprobation était sans équivoque.

— Pourquoi es-tu si surprise?

— C'est juste que... je sais pas. Je ne pensais pas que Marcus était ton type d'homme.

— Tu veux parler de son physique? Du fait que je suis mieux que lui?

— Comment dire... oui, en quelque sorte. Je sais pas, c'est un tout, en fait. C'est un mec sympa, drôle, mais...

Elle avait du mal à trouver ses mots et a laissé sa phrase en suspens.

— Tu ne le trouves pas sexy? Moi, il me fait un effet... je ne te raconte pas.

Claire m'a regardé d'un air affligé. Sa réponse était sans appel: elle ne le trouvait pas sexy, mais alors pas du tout.

— Ben moi, si, je le trouve super sexy, ai-je insisté, un peu vexée.

— Et c'est tout ce qui compte, finalement, a-t-elle conclu en me tapotant l'avant-bras avec condescendance.

— Exactement, ai-je répliqué, en sachant très bien que non, ce n'était pas tout ce qui comptait. Je n'arrive pas à croire que tu ne le trouves pas mignon.

— Je suppose que... d'une certaine façon... ce côté un peu... étudiant?

— En tout cas, au lit, c'est un super coup.

Il fallait bien que j'essaie de convaincre Claire – et de me convaincre moi – que cette seule qualité compensait tous ses défauts...

À dix-sept heures, j'avais reçu une bonne quinzaine de mails et de coups de fil d'anniversaire, et bon nombre de mes collègues avaient défilé dans mon bureau. Mais toujours rien de Dex ou Rachel. Il restait une dernière explication: peut-être avaient-ils envoyé une carte, un mot ou un cadeau à mon appartement, où je n'étais pas passée depuis plusieurs jours. C'est pourquoi, après mon soin du visage, j'ai pris un taxi pour aller récupérer les excuses qui, à coup sûr, m'y attendaient.

J'avais reçu des cartes du gang habituel : mes parents, Jeremy, mon frère, Blaine, un petit ami de l'époque du lycée, toujours fou amoureux de moi, ma grand-mère, et ma deuxième plus vieille amie, Annalise. La dernière ne comportait pas d'adresse de l'expéditeur. Elle était forcément de Rachel ou de Dex ! Je l'ai déchirée en vitesse pour découvrir une carte postale de chiots golden retriever entassés dans un panier en osier blanc, avec une banderole «*Joyeux anniversaire*» au-dessus, chaque lettre imprimée dans une nuance de rose différente. Très problablement une idée de ma tante Clarice, qui me traitait encore comme si j'avais dix ans. À moins que Rachel n'ait décidé d'opter pour le style «copines depuis l'enfance». Lentement, j'ai ouvert la carte, encore pleine d'espoir, et puis j'ai vu le coin du billet de dix dollars scotché à l'intérieur, et la signature tremblotante de ma tante Clarice en dessous du texte «*Que cette journée t'apporte des paniers de bonheur !*».

Et rien d'autre. Il fallait que je me rende à l'évidence, Rachel et Dexter avaient zappé mon trentième anniversaire. J'ai fondu en larmes, réduisant à néant les effets du soin antigonflement des yeux que je venais de faire rajouter à mon soin habituel. J'ai appelé le portable de Marcus pour me faire plaindre un peu.

— Où es-tu ? ai-je demandé.

— À toi de deviner.

En bruit de fond, j'entendais la circulation, qui devait être assez dense. Je l'ai imaginé sur la Cinquième Avenue, les bras pleins de paquets.

— Ils n'ont pas appelé. Ni l'un ni l'autre. Pas de coup de fil, pas de carte, pas de mail. Rien.

Il savait très bien de qui je voulais parler.

— Franchement, les gens sont d'une muflerie, parfois, a-t-il en rigolant.

— Ce n'est pas drôle ! Tu te rends compte de ce qu'ils ont fait ?

— Darcy, ce n'est pas toi qui leur as dit que tu ne voulais plus jamais leur parler ? Que pour toi – comment as-tu formulé ça, déjà ? ah, oui : ils étaient morts ?

Je dois dire qu'il m'a bluffée en se rappelant mot pour mot de ce que j'avais effectivement dit.

— Mais au moins, ils auraient pu essayer de se faire pardonner ! Ils n'ont même pas fait cet effort ! J'ai trente ans aujourd'hui, quand même !

— Je sais, mon bébé. Et on va fêter ça dignement, tu vas voir. Alors ramène tes petites fesses par ici.

Il avait raison, mes fesses étaient *encore* petites. Cette remarque me redonna du baume au cœur.

— Tu crois que je vais être du style ballon de basket?

— C'est-à-dire ?

— Tu sais, ces femmes enceintes qui donnent l'impression d'avoir en réalité un ballon de basket sous leur pull, parce qu'à part ça, leurs jambes sont toujours aussi fines et leur visage inchangé ? Et puis le ballon descend, et hop, les voilà mamans, et toujours parfaites !

— Mais bien sûr, mon bébé, j'en suis sûr. Allez, arrive !

Il a raccroché avant que j'aie pu lui demander si on sortait pour le dîner et s'il fallait que je sois sur mon trente et un. Oh, et puis on n'est jamais trop habillée, ai-je songé en sortant du placard ma toute petite robe noire avant de choisir mes talons aiguilles de chez Jimmy Choo, les plus hauts, et de compléter le tout par une étole en mousseline carrément… mousseuse. J'ai disposé ma tenue sur mon lit, puis je suis allée prendre une douche, me faire un brushing et me maquiller, optant pour des lèvres neutres et des yeux charbonneux.

« Trente ans, et absolument resplendissante », je me suis lancée à moi-même dans le miroir, en essayant de ne pas voir les petites pattes-d'oie au coin de mes yeux. Ni de m'inquiéter du fait que je ne faisais plus partie des « vingt ans et quelques », et donc que j'abordais la route menant à la perte de mes deux atouts les plus précieux : la jeunesse et la beauté. Un sentiment inhabituel de doute m'a envahie, mais je l'ai repoussé aux confins de mon esprit, j'ai pris les dix dollars de ma tante Clarice pour le taxi et je suis partie.

Un quart d'heure plus tard, j'entrais chez Marcus avec une démarche de top model.

Il a sifflé.

— Waouh ! T'es super.

— Merci.

J'ai souri, tout en remarquant qu'il portait un vieux pantalon de velours, un pull gris complètement bouloché et des chaussures qui avaient connu des jours meilleurs. J'ai revu l'expression désapprobatrice de Claire quand je lui avais parlé de Marcus. Peut-être était-ce à cause de cela. Il était négligé. Mais pas négligé haute couture, avec le jean Dolce & Gabbana taille basse et le marcel Hanes très cool. Non, juste négligé mal fagoté.

— Ne le prends pas mal, mais de mon côté j'aurais du mal à te renvoyer le compliment, ai-je remarqué en pensant à Rachel, qui m'avait un jour fait comprendre que chaque fois que je commençais une phrase par « ne le prends pas mal », c'était que j'allais probablement dire un truc que j'aurais mieux fait de garder pour moi.

— Je ne le prends pas mal, a répondu Marcus.

— S'il te plaît, change-toi, et remonte un tout petit peu le niveau. Et puis, pour info, le marron et le gris ne vont pas ensemble, généralement… même si Matt Lauer réussit je ne sais pas comment à faire s'accorder ces deux couleurs.

— J'ai pas envie de me changer, a-t-il répliqué avec un air buté.

— Arrête, Marcus. Tu ne peux pas juste mettre un pantalon en toile et un pull acheté il y a moins de six ans ?

— Je reste comme ça.

On a discuté pendant quelques instants, et puis j'ai cédé. Personne ne regarderait Marcus, de toute façon. Pas avec moi à son bras. Au moment où on sortait, j'ai entendu un grondement de tonnerre, et j'ai demandé à Marcus de prendre un parapluie.

— Je n'en ai pas, a-t-il répondu, avec une certaine fierté. Ça fait des années que je m'en passe.

— Et comment je vais faire pour me protéger de la pluie, moi ?

Il m'a tendu un sac en plastique de la pharmacie.

— Tiens, prends ça.

Je le lui ai arraché des mains.

— Vraiment élégant, merci.

La soirée ne démarrait pas sous les meilleurs augures.

Les choses ne se sont pas arrangées quand on est sortis et qu'il a fallu trouver un taxi, ce qui est pratiquement impossible quand il pleut. Marcus a suggéré qu'on coure jusqu'au métro.

J'ai râlé en disant que je ne pouvais pas courir avec mes talons aiguilles. Et puis des Jimmy Choo, ça n'est pas fait pour arpenter le monde souterrain. Enfin, un taxi est arrivé, et j'ai coincé mon talon gauche dans une grille d'égout en voulant monter dedans. J'ai dû ôter ma chaussure et tirer dessus pour la récupérer. Pendant que j'examinais le talon abîmé, un coup de vent a emporté le sac en plastique et j'ai pris la pluie en plein front.

Marcus a rigolé.

— Elles auraient mieux fait d'arpenter le monde souterrain, tes pompes, hein?

Je l'ai fusillé du regard tandis qu'il montait devant moi et s'installait en donnant l'adresse au chauffeur. Cette adresse ne me disait rien, mais il avait intérêt à ce que l'endroit soit digne d'un trentième anniversaire. Quelque chose avec des étoiles, des fourchettes, des toques, n'importe quoi, mais du top.

Quelques minutes plus tard, j'ai découvert que pour Marcus, le restaurant idéal pour fêter un trentième anniversaire était l'endroit où moi j'aurais imaginé fêter un vingt-sixième anniversaire si le mec est quasi fauché et pas plus accro que ça à la fille. Il avait choisi un restaurant italien dont je n'avais jamais entendu parler, dans une petite rue du Village dans laquelle je n'avais jamais pris la peine de m'aventurer. Inutile de préciser que j'étais la seule à porter des Jimmy Choo dans tout l'établissement. Et la bouffe était immonde. Le pain était rassis, recyclé de table en table dans un panier en plastique rouge tapissé d'un papier sulfurisé, et les pâtes étaient carrément trop cuites. La seule et unique raison pour laquelle j'ai tenu bon et commandé un dessert, c'était pour voir si Marcus avait au moins pensé à demander qu'on mette une bougie sur mon gâteau, ou qu'on fasse quelque chose d'un peu spécial, pour marquer le coup. Évidemment, mon tiramisu est arrivé tout nu, pas un trait de coulis de framboise, même pas une présentation un peu différente. Comme je prenais ma cuillère, Marcus m'a demandé si je voulais mon cadeau.

— Oui, pourquoi pas, ai-je répondu en haussant les épaules.

Il m'a tendu une boîte de chez Tiffany, et l'espace d'un instant, mon cœur a palpité un peu plus fort. Mais comme pour le restaurant, il avait fixé la barre assez bas. Des boucles d'oreilles Peretti en argent, en forme de fayot. Même pas en platine ou en or blanc. D'accord, elles venaient de chez Tiffany, mais c'était du Tiffany de seconde zone, produit en masse pour la clientèle de banlieue. Là encore, on était plus près du vingt-sixième anniversaire que du trentième. Claire s'en était mieux sortie. Au moins son cadeau était-il en forme de cœur, et pas de légumineux qui donne des gaz.

Comme Marcus réglait l'addition, j'ai retenu une remarque acerbe sur l'éventualité peu probable que les boucles d'oreilles en fayot soient un coup monté pour me détourner du solitaire caché dans la poche intérieure de son blouson en cuir. À la place, je l'ai remercié gentiment, en les remettant dans leur boîte.

— Tu ne les mets pas? a demandé Marcus.

— Pas ce soir, ai-je répondu.

Il n'était pas question que je retire mes boucles en diamant – un cadeau de Dex pour mon vingt-sixième anniversaire. L'ironie de la chose me laissait sans voix.

Après le dîner, on est allés boire un verre au Plaza (mon idée) et puis on est rentrés chez lui et on a fait l'amour (son idée). Pour la première fois depuis qu'on couchait ensemble, je n'ai pas eu d'orgasme. Même pas un tout petit de rien du tout. Le pire, c'est qu'il n'a même pas semblé le remarquer. Pourtant, après, j'ai froncé les sourcils et j'ai soupiré, bref, j'ai fait la femme frustrée. Mais de son côté, la respiration s'est faite plus profonde, plus régulière. Il s'endormait. Ma journée se terminait aussi lamentablement qu'elle avait commencé.

— Bon, je suppose que ce n'est pas encore aujourd'hui que j'aurai ma bague de fiançailles, j'ai remarqué à voix haute.

Il n'a pas répondu à ma pique, alors j'en ai lancé une deuxième, du même tonneau. Du style : « Ce qu'on perd d'un côté on le gagne de l'autre. »

Il a soupiré, s'est assis dans le lit.

— C'est quoi, ton problème ?

Et là, c'est parti. On s'est acheminés plein pot vers une dispute. Je l'ai traité d'insensible, il m'a traitée d'exigeante. Je l'ai traité de radin, il m'a traitée de petite fille gâtée. Je lui ai dit que ses boucles d'oreilles n'étaient pas acceptables, il m'a répondu qu'il se les ferait rembourser. Et puis je crois que j'ai dit que je regrettais de ne plus être avec Dexter et que peut-être on ne devrait pas se marier. Il n'a pas répondu. Il m'a juste regardée d'un air froid, ce qui n'était pas la réaction que j'attendais. Rachel m'avait dit un jour : « L'opposé de l'amour ce n'est pas la haine, c'est l'indifférence. » L'expression de Marcus, c'était l'illustration parfaite de l'indifférence.

— T'as envie qu'on te foute la paix, c'est ça ? j'ai crié en lui tournant le dos pour pleurer dans mon oreiller.

Au bout d'un long moment, Marcus m'a prise dans ses bras.

— Allez, on arrête nos conneries, Darcy. Pardonne-moi.

Le ton n'était pas très convaincu, mais au moins il s'excusait. Je lui ai dit que j'étais désolée d'avoir dit toutes ces choses pas sympas, surtout à propos de Dex, et puis je lui ai dit que je l'aimais. Pour la deuxième fois de notre relation seulement, il m'a dit qu'il m'aimait, lui aussi. Mais quand il s'est endormi, son bras encore autour de mes épaules, j'ai pris conscience que quelque chose n'allait pas dans notre relation. Et surtout, je savais que c'était ainsi depuis le départ. Bien sûr, nous avions eu un moment de passion sous un arbre à East Hampton, et après cela, quelques bons moments, mais qu'avions-nous d'autre en commun ? Je me suis répété que Marcus était le père de mon bébé et j'ai fait le serment de m'appliquer pour que les choses aillent mieux entre nous. Puis j'ai essayé de trouver des prénoms pour notre fille, j'ai imaginé notre vie ensemble, imaginé nos albums photos, beaucoup de rose sur du papier crème.

Mais juste avant de m'endormir, dans cette semi-inconscience où ce que l'on pense a un effet sur les rêves qui vont suivre, j'ai revu le regard désapprobateur de Claire et j'ai à nouveau éprouvé mes propres sentiments de désenchantement. Puis mon esprit s'est envolé vers le passé, et s'est fixé sur Dex et Rachel, et sur ce qui ne serait jamais plus.

13

Pendant les semaines qui ont suivi, les choses sont allées de plus en plus mal entre Marcus et moi. Même le sexe, pierre angulaire de notre relation, est devenu un peu routinier. J'ai essayé de me persuader que tout cela n'était dû qu'au stress imposé par les bouleversements intervenus dans nos vies respectives : l'appartement qu'il nous fallait trouver, le mariage qu'il nous fallait préparer, et le bébé qui arrivait.

Quand j'ai demandé à Marcus pourquoi, à son avis, nous nous disputions autant, il m'a répondu que tout venait de la fixation que je faisais sur Rachel et Dexter, qu'il n'en pouvait plus de mes interrogations incessantes sur leurs faits et gestes, qu'à son avis, c'était malsain comme attitude, et que je devrais plutôt me concentrer sur ma vie à moi. J'ai promis de parler d'eux moins souvent, persuadée que d'ici à quelques semaines, tout cela ne m'intéresserait plus. Mais au fond, j'étais taraudée par le sentiment que ce n'était pas si simple et, que malgré mes efforts, Marcus et moi étions au bord de la rupture.

Mais plus que l'idée de rupture, ce qui me minait était le doute qui grandissait en moi à propos du bébé. Je faisais la fière, la future maman ravie, mais finalement je n'étais pas si sûre de vouloir un enfant. Depuis l'adolescence, mon identité, c'était être mince, belle, drôle et libre. Un bébé remettait tout cela en question. Quelle personne allais-je devenir, je l'ignorais. Et je ne me sentais absolument pas mère.

Ma mère, elle, m'appelait toutes les deux heures pour savoir comment j'allais. Pour elle, être célibataire était pire que tout, et c'est pour cela qu'un soir, lassée de ses questions posées sur un ton chaque fois plus inquiet ou préoccupé, j'ai lâché le morceau et lui ai annoncé que j'avais rencontré quelqu'un.

J'étais chez Marcus, et je téléphonais pendant qu'il mangeait une pizza. J'avais décidé de sauter le dîner, j'avais déjà largement dépassé mon quota journalier de graisses et de sucres.

— Eh bien, tu as fait vite, a-t-elle répondu d'un ton satisfait.

Pas une once de désapprobation, seulement la fierté de savoir que sa fille était remontée en selle, brave petit soldat.

— Il s'appelle comment?

— Marcus.

J'espérais qu'elle ne se souviendrait pas qu'un des garçons d'honneur s'appelait comme ça. Je voulais lui annoncer cette partie-là un peu plus en douceur. Quant à la partie du bébé, je n'avais aucune intention de lui en parler avant un certain temps.

— Il est noir? Marcus, ça fait noir, comme prénom.

— Non, il est blanc.

— Et son vrai nom, c'est Mark?

— Non, Marcus, point.

— Marcus comment?

— Marcus Peter Lawson, j'ai annoncé fièrement.

— Ah, j'aime beaucoup! Personnellement, Dexter, ça ne m'a jamais beaucoup plu, comme prénom. Pas toi?

— Pas vraiment, ai-je répondu, alors que j'adorais ce prénom qui, à, mon sens, avait un certain panache.

— Et il ressemble à quoi? Raconte-moi tout. Comment vous êtes-vous rencontrés?

— Et si tu faisais sa connaissance, maman? On vient vous voir ce week-end, je viens de réserver les billets.

Marcus a relevé la tête d'un mouvement brusque. Il n'était pas au courant, je n'avais pas encore eu le temps de le prévenir.

— Formidable! s'est écriée ma mère.

Derrière elle, j'ai entendu mon père demander si Dex et moi nous étions réconciliés. Ma mère a couvert le combiné, mais je l'ai quand même entendu dire: «Non, Hugh, Darcy a un nouveau petit ami.»

De son côté, Marcus me disait quelque chose à voix basse, en agitant frénétiquement les mains. D'un geste, je lui ai demandé de se taire. Alors il a mimé un swing de golf et a déclaré en haussant la voix qu'il avait quelque chose de prévu.

J'ai secoué la tête et articulé à son intention : « Annule ».

— Mais donne-moi quand même un avant-goût, a dit ma mère. À quoi ressemble-t-il ?

— Il est beau, j'ai répondu. Il te plaira. D'ailleurs, il est là, à côté de moi, et il faut que j'y aille.

— Oh ! Laisse-moi lui dire bonjour, alors.

— Non, maman. Tu le rencontreras bientôt !

— Vivement ce week-end, alors.

— Il te plaira plus que Dexter, tu verras, j'ai dit en faisant un clin d'œil à Marcus. J'en suis certaine.

— Dex ? a rigolé ma mère. Dex qui ?

J'ai raccroché en souriant.

— C'est quoi, cette histoire ? a demandé Marcus d'un air renfrogné.

— J'ai oublié de t'en parler. J'ai réservé des billets pour Indianapolis.

Il a jeté son morceau de pizza dans la boîte tachée de graisse.

— Pas question que j'aille à Indianapolis ce week-end.

— Je t'ai demandé si tu avais prévu quelque chose, tu te souviens ? Et tu m'as répondu que non.

— Tu m'as posé la question pour vendredi ou samedi soir. Samedi après-midi, je suis au golf.

— Avec qui ? Dexter ?

Il a levé les yeux au ciel.

— J'ai d'autres amis dans cette ville, au cas où tu l'ignorerais.

Si peu, j'ai pensé. C'était d'ailleurs un problème dans notre couple. Quand j'étais avec Dex, nous faisions toujours tout en groupe, avec un tas d'amis. Avec Marcus, il n'y avait toujours que nous deux, la plupart du temps chez lui. Je savais que j'allais devoir soigneusement organiser l'annonce de notre relation, mais pour l'instant je n'étais pas prête à affronter l'œil critique de mes copains branchés sur mon nouveau petit ami. Il fallait avant tout que je lui renouvelle sa garde-robe.

— Darcy, tu ne peux pas organiser un voyage comme ça sans m'en parler, a continué Marcus. C'est pas cool.

— Allez, Marcus, c'est très important pour moi ! S'il te plaît.

Il a secoué la tête.

— Il faut bien que tu rencontres ta belle-famille, ai-je dit, en souriant. Il faut que l'on commence à se montrer tous les deux ensemble, non?

Il a poussé un long soupir.

— À l'avenir, tu es priée de ne pas faire des choses pour moi sans m'en parler. Pour cette fois, j'accepte.

Comme si tu avais le choix, ai-je pensé.

Pour la première fois de ma longue vie amoureuse, je réalisais que mes parents avaient réellement envie d'aimer le garçon que je ramenais à la maison. Dans le passé, leur instinct avait toujours été de juger et de désapprouver. Mon père prenait mon prétendant entre quat'z'yeux dans le salon, s'assurait qu'on ne prenait pas son heure limite de retour pour une plaisanterie, et se posait en gardien de ma vertu. Même si je suis certaine qu'il ressentait effectivement un instinct de protection envers moi, j'ai toujours pensé qu'il aimait aussi beaucoup nous faire son numéro de chef de famille impliqué. Je savais que ma mère adorait ce numéro, justement, à la façon qu'elle avait d'en reparler ensuite. « Tu as vu comme ton père a remonté les bretelles de Blaine ? » me demandait-elle le lendemain d'une sortie.

Mais tandis que mon père affichait une sévérité de surface, ma mère, elle, était très dure en privé, après avoir été adorable en présence du jeune homme. Elle avait de grandes ambitions pour moi. En particulier, tout garçon sortant avec moi devait être aussi beau que j'étais jolie. Et d'une beauté classique, en plus. Pas question de tolérer une beauté sortant de l'ordinaire. Il fallait aussi qu'il soit intelligent, même si ce dernier critère pouvait être laissé de côté en cas de portefeuille bien garni. Et il fallait qu'il ait des manières, mais ne soit pas guindé. Elle appelait cela l'aisance en public, moi faire bonne impression sur les voisins. Dex avait tout cela. Il avait été reçu haut la main dans toutes les catégories.

Marcus, en revanche, était loin d'être parfait, mais une chose importante jouait en sa faveur : mes parents avaient réellement *besoin* de l'aimer. Quelle autre solution avaient-ils ? Voir leur fille de trente ans rester célibataire ? Rien qu'à cette idée, ils frissonnaient d'horreur. Enfin, ma mère frissonnait d'horreur, et donc mon père finissait par trouver cela problématique aussi. Ma mère adorait le fait que j'ai un boulot très glamour et bien payé, mais elle m'avait bien fait comprendre qu'il fallait que je me marie, que j'aie des enfants et que je me consacre à ma vie de mère au foyer ayant beaucoup de loisirs. C'était son projet, et il n'était pas question d'en discuter. Mon boulot était sympa, soit, mais rien ne l'était autant qu'un massage chez Bliss, suivi d'une séance shopping chez Bendel, et d'un déjeuner chez Bolo.

Le vendredi, donc, Marcus et moi on a pris l'avion pour Indianapolis, en vue des présentations officielles. Mon père nous attendait vers les bagages, tout sourires. Mon père est ce que l'on peut appeler un homme bien mis. Cheveux bruns épais toujours bien coiffés, polo et pull sur pantalon de toile, le tout parfaitement repassé, mocassins à glands. Dentition quasi fluorescente, à la hauteur de sa réputation de meilleur dentiste de la ville.

— Papa ! je me suis écriée en le voyant.

— Bonjour, mon bébé, a-t-il répondu en ouvrant les bras pour m'embrasser.

— Je suis contente de te voir, ai-je dit de ma voix de petite fille à son papa, limite bébé.

— Moi aussi, mon trésor.

Mon père et moi n'avions pas d'autre moyen de communiquer. Quand nous étions seuls, au bout d'un moment nous n'avions plus rien à nous dire, et un certain malaise s'installait. Mais en surface, en public, nous jouions nos rôles respectifs, traditionnels, des rôles qui nous mettaient à l'aise tous les deux. Je crois que je ne me serais jamais rendu compte de cela si je n'avais pas vu Rachel avec son père. Ils se parlaient comme de vrais amis, d'égale à égal.

Je me suis retournée vers Marcus, qui se dandinait d'un pied sur l'autre, visiblement très mal à l'aise.

— Papa, je te présente Marcus.

Mon père s'est redressé un peu, a fait un pas en avant et a serré vigoureusement la main de Marcus.

— Bonjour, Marcus. Moi, c'est Hugh. Bienvenu à Indianapolis. Je suis ravi de vous rencontrer, a-t-il lâché d'un coup, sur le ton enthousiaste du dentiste bien établi.

Marcus a hoché la tête et marmonné qu'il était heureux de le rencontrer aussi. Je l'ai regardé en écarquillant les yeux, comme pour dire : « Tu peux sûrement faire mieux, non ? » Je l'avais pourtant longuement briefé dans l'avion, je lui avais expliqué que, pour mes parents, le plus important était l'image. « La première impression est la dernière impression », affirmait toujours mon père. Je l'avais bien répété à Marcus.

J'ai attendu qu'il ajoute quelque chose, mais il a détourné le regard en direction du tapis roulant qui apportait les bagages.

— C'est ton sac ? m'a-t-il demandé en montrant ma valise Vuitton.

— Oui. Tu peux me l'attraper, s'il te plaît ?

Marcus s'est penché et a saisi la valise.

— Purée, a-t-il lâché à mi-voix.

C'était la quatrième fois depuis notre départ qu'il faisait un commentaire sur mon excédent de bagage.

— Laissez, Marcus, laissez, je m'en occupe, a dit mon père en tendant la main vers ma valise.

Marcus a haussé les épaules et la lui a donnée.

— Si vous insistez.

Je n'ai pas pu retenir une grimace d'agacement. Il aurait au moins pu protester une fois, pour la forme.

— C'est tout, papa. Marcus n'a pris qu'un bagage à main, ai-je dit avec un regard sur le sac polochon vert bouteille à la lanière effilochée, décoré d'un logo pour un serveur Internet défunt.

Et j'ai remarqué que mon père le voyait aussi.

— Parfait, alors on y va!

Tandis qu'il mettait les bagages dans le coffre de sa BMW, il nous a raconté l'amende qu'il avait prise sur le chemin de l'aéroport.

— Pour même pas dix kilomètres de plus que la limite, c'est dingue.

— Papa, tu es sûr que ce n'était que dix kilomètres?

— Promis, juré. Dix kilomètres. Marcus, il faut que vous sachiez, dans cette ville, les flics sont intraitables.

— C'est ce que je te disais quand j'étais au lycée! je me suis exclamée en lui donnant une petite tape dans le bras. Et, comme par hasard, tu ne voulais quand même rien savoir!

— Boire de la vodka dans le parking du Burger King à seize ans? Moi je n'appelle pas ça de l'excès de zèle policier, a rigolé mon père. Marcus, j'ai un paquet d'histoires à vous raconter à propos de notre donzelle.

Notre donzelle. Pour une concession, c'était une concession. Ce «notre» et le fait qu'il soit d'aussi bonne humeur après avoir pris une prune montraient à quel point il était déterminé à aimer le nouvel homme de ma vie.

— J'imagine, a dit Marcus depuis le siège arrière, visiblement ailleurs, pas concerné.

Soit il ne voyait pas les perches que mon père lui tendait, soit il refusait délibérément de prendre part à la jovialité ambiante.

Je me suis retournée, mais son visage était dans l'obscurité et je n'ai pas vu son expression. Pendant le reste du trajet, il n'a pratiquement rien dit, malgré les efforts de mon père pour en obtenir quelques mots.

Quand nous sommes arrivés dans notre rue, j'ai montré la maison des parents de Rachel à Marcus, qui a accusé réception d'un vague «Mouais».

— Est-ce que les White sont ici? ai-je demandé à mon père, remarquant qu'il n'y avait pas de lumière.

Il s'est penché vers moi et a posé sa main sur mon genou.

— Oui, je crois.

— Peut-être qu'ils savaient que je venais et qu'ils n'ont pas pu supporter l'idée de me voir.

— Souviens-toi que ce n'est pas leur faute, mon bébé. C'est celle de Rachel.

— Je sais, mais ils ont quand même élevé une traîtresse.

Mon père a hoché la tête, comme pour dire que je n'avais pas tort.

— Tu crois que ta mère nous en voudra si on passe par-derrière ?

Pour ma mère, les invités devaient toujours passer par l'entrée principale – mais Marcus n'aurait pas vu la différence, de toute façon.

Ça n'a pas manqué, elle est arrivée dans le garage et a chuchoté, comme si Marcus et moi ne pouvions pas l'entendre :

— Hugh, la porte de *devant*.

— Les enfants ont des bagages, a répondu mon père.

Ma mère s'est forcée à sourire.

— Bien ! Alors entrez, entrez !

Comme à son habitude, elle était parfaitement maquillée – ma mère se maquille pour aller acheter le pain. Elle avait attaché ses cheveux avec une barrette-bijou que je lui avais offerte et était vêtue de blanc ivoire des pieds à la tête. Elle était très belle et j'étais fière que Marcus la rencontre. S'il souscrivait à l'adage voulant qu'une fille finissait par ressembler à sa mère, il serait particulièrement content.

Marcus et mon père se sont occupés des bagages, qu'il fallait faire passer entre la tondeuse et la voiture, pendant que ma mère reprochait à mon père de s'être garé trop à gauche.

— Je suis parfaitement au centre, Dee, a répondu mon père, agacé.

Mes parents se chamaillent en permanence, un peu plus chaque année, mais je savais qu'ils ne se sépareraient jamais. L'amour n'était peut-être plus tout à fait là, mais ils aimaient tous les deux l'image d'un foyer idéal, uni, intact.

— Je suis parfaitement au centre, a-t-il répété.

Ma mère a résisté à l'envie de lui répondre et nous a ouvert la porte. Puis elle m'a embrassée, et j'ai pu constater qu'elle y était allée un peu plus fort que d'habitude avec le

Chanel n°5. Ensuite, elle s'est tournée vers Marcus, a pris son visage entre ses mains et a déposé un baiser à droite de sa bouche.

— Marcus! Soyez le bienvenu! Je suis tellement contente de vous rencontrer!

— Ravi de vous rencontrer, a marmonné Marcus.

Ma mère déteste les gens qui marmonnent. J'ai prié pour que la honte de devoir accueillir un invité entre le garage et la buanderie l'empêche de remarquer que mon petit ami ne savait pas articuler. Elle nous a fait passer dans la cuisine. Un plateau avec du fromage, des olives et ses célèbres petits choux à la crevette attendait sur le plan de travail.

Mon frère, Jeremy, et sa petite amie, Lauren, ont déboulé sur nous comme deux chiots surexcités. Ni l'un ni l'autre n'étaient jamais de mauvaise humeur. Mon père répète souvent que tous les deux ne fonctionnent que sur deux positions: sommeil ou enthousiasme débordant. Fidèle à elle-même, Lauren, les présentations faites, s'est lancée dans une histoire démente à propos d'un de nos voisins. Je connais Lauren depuis qu'elle est bébé, elle vivait un peu plus bas dans notre rue et il est arrivé à Rachel de la garder le soir quand ses parents sortaient, donc je savais qu'elle était du style à monopoliser la conversation en parlant pour ne rien dire. La météo, les soldes chez les Tissus JoAnn ou le dernier bingo de l'hiver à Good Haven, la maison de retraite où elle travaillait, tout y passait.

Mon père a profité de la fin d'une phrase pour proposer un verre à Marcus.

— Une bière, je veux bien, a-t-il répondu.

— Va lui chercher un verre bien froid, Hugh, a dit ma mère pendant que mon père décapsulait une Budweiser.

— Oh, c'est pas la peine! Mais merci, a dit Marcus en prenant la bouteille que lui tendait mon père.

D'un regard je lui ai fait comprendre qu'il aurait dû accepter le verre, puis nous avons tous suivi ma mère jusqu'au salon. Lauren s'est assise sur le canapé à côté de mon frère dont elle ne lâchait pas le bras. À sa façon, Jeremy est un peu à part, lui aussi, mais en observant le sweat de sa copine avec le logo de Good Haven, son jean cigarette délavé à l'acide, ses Keds sans chaussettes (un look que je ne suis jamais arrivée à trouver sympa, même lors de la brève époque où il était très à la mode, c'est-à-dire quand j'étais au lycée...), je me suis dit une nouvelle fois qu'il pouvait faire mieux. Marcus et moi on s'est installés sur le canapé d'en face, et mes parents ont pris les fauteuils.

— Alors, a dit ma mère en croisant les chevilles.

J'en ai déduit que l'interrogatoire allait commencer. J'étais un peu nerveuse, mais aussi excitée, espérant que Marcus allait profiter de l'occasion pour me rendre fière. Mais au lieu de s'intéresser à lui, ma mère a déclaré :

— Jeremy et Lauren ont quelque chose à vous annoncer !

Lauren s'est tortillée en pouffant et a projeté sa main gauche en avant, révélant ce qui, depuis l'endroit où j'étais assise, ressemblait fort à un diamant taille princesse, monté sur du platine ou de l'or blanc.

— Surprise !

J'ai regardé mon frère. Pour être surprise, j'étais surprise que ça ne soit pas une taille marquise montée sur or jaune.

— On va se marier, a confirmé Jeremy.

Marcus m'a devancée.

— Félicitations, a-t-il dit en levant sa bière.

Jeremy lui a retourné le geste avec son Coca.

— Merci, mec.

Jeremy ne devrait pas dire « mec ». Ça ne lui va pas du tout. Mon frère n'a rien de cool.

— Félicitations, j'ai répété, d'une voix pas naturelle du tout.

Je me suis levée pour examiner la marchandise, repérant rapidement que même si le diamant était d'une taille honnête, il était légèrement jaune.

— Très joli, ai-je dit en reposant la main de Lauren sur le genou de mon frère.

Ma mère a commencé à évoquer un mariage en mai, à Indianapolis, et une réception au country club dont nous étions membres.

Je leur ai dit que j'étais ravie pour eux, et ma bouche a fait l'effort de produire un sourire factice pendant que je repoussais les assauts de la jalousie. Je ne comprenais pas comment je pouvais être jalouse de mon petit frère et de cette fille à la frange de travers et aux cuisses trop épaisses pour son petit jean riquiqui à l'acide. Et pourtant, je l'étais. L'enthousiasme de ma mère me dérangeait. Le fait que Lauren me remplace dans la catégorie future mariée – la préférée de ma mère — me dérangeait. Et ce qui me dérangeait le plus était que leur mariage au printemps allait nous empêcher, mon bébé et moi, d'être l'objet de toutes les attentions.

— Tu crois que je lui demande maintenant?

Lauren regardait Jeremy, impatiente.

— Vas-y, lui a répondu mon frère avec un grand sourire.

— Me demander quoi?

— On voudrait que tu sois ma demoiselle d'honneur. Parce que pour moi, tu as toujours été comme une grande sœur.

Elle s'est tournée vers Marcus et a précisé :

— Darcy me gardait, quand j'étais petite.

— Je ne t'ai jamais gardée. C'est Rachel, qui te gardait.

Le sourire de Lauren a baissé d'un ton.

— Ah oui, c'est vrai !

Mentionner le nom de Rachel avait jeté un froid. Ce n'était pas pour me déplaire, c'était une façon comme une autre de rappeler à l'assistance l'épreuve dont je sortais difficilement. Mais le froid n'a pas duré. Le sourire de Lauren est redevenu radieux.

— Mais tu étais toujours là pour l'aider. Tu étais *tellement marrante* ! Alors, tu es d'accord?

J'ai fait semblant de ne pas comprendre.

— Pour?

— Pour être demoiselle d'honneur.

— Oui, bien sûr.

Lauren a applaudi et s'est exclamée d'une voix haut perchée :

— Super ! Et puis je voudrais que tu m'aides, aussi. J'ai *besoin* que tu m'aides. Tu es tellement douée pour ce genre de choses !

Elle n'en ratait pas une, celle-là, décidément.

— Pourquoi? Parce que maintenant que j'ai passé un an à en préparer un qui n'a pas eu lieu, je suis une experte en mariage?

Lauren a accusé le coup, mais cette fois encore s'en est remise très vite.

— Non, pas seulement. C'est surtout parce que tu as très bon goût. Un goût incroyable, elle a ajouté à l'intention de Marcus. Personne n'a aussi bon goût que Darcy.

Ce qui n'était pas faux.

Marcus a eu un hochement de tête et a avalé une nouvelle gorgée de bière.

— Donc j'ai besoin de ton aide, a repris Lauren.

D'accord. On va commencer par le jean, ensuite les Keds, et puis ta frange, aussi.

J'ai regardé ma mère, espérant qu'elle penserait la même chose. En général, quand il s'agissait de critiquer Lauren, elle n'était pas en reste. Sa façon de mettre du blush en particulier lui donnait des maux de tête. Deux cercles roses autour des yeux, qui laissaient complètement les pommettes de côté, l'horreur. Déjà que question pommettes Lauren n'était pas particulièrement bien servie… côté gènes, elle n'amenait pas les meilleurs dans sa corbeille de noces, ça non. Mais là, de toute évidence, ma mère n'était pas d'humeur à critiquer. Elle était hypnotisée par le halo rosé d'un nouveau mariage à organiser. Elle contemplait avec adoration le nouveau couple de l'année.

— Lauren mourait d'envie de t'appeler, mais Jeremy et moi nous sommes arrivés à la convaincre qu'il valait mieux qu'elle te le dise en personne.

— Vous avez tellement bien fait, ai-je lâché d'un ton plat.

— Vous aviez raison, maman, a dit Lauren.

Maman? J'avais bien entendu?

— Tu l'appelles «maman», maintenant? ai-je demandé à Lauren.

D'ici peu, elle allait réclamer sa part de bijoux, le service en porcelaine et les petites cuillères en argent.

Lauren a eu un petit rire et a pressé la main de Jeremy contre sa joue. Le genre de manifestation d'affection qui me donne la nausée. Déjà que je n'avais pas besoin de ça…

— Oui. Cela faisait longtemps que je ressentais ce genre d'attachement pour elle, et maintenant, pour moi, c'est naturel de l'appeler ainsi.

— Je vois, ai-je dit d'un ton que j'espérais particulièrement désapprobateur.

Et puis je me suis tournée vers Marcus, qui finissait sa bière.

— Tu en veux une autre? ai-je demandé en me levant.

— Ouais.

— Alors viens la chercher avec moi.

Marcus m'a suivie jusqu'à la cuisine, où j'ai ouvert les vannes du ressentiment.

— Comment peuvent-ils me rebattre les oreilles avec ce mariage en sachant ce que je viens de vivre? Comment peut-on être aussi insensible? Tu te rends compte de ce qu'ils me font subir? Moi je voulais leur annoncer qu'on allait se marier, et maintenant ce n'est plus le bon moment. Et comme en plus je n'ai pas de bague de fiançailles, *moi*...

Je n'aurais pas dû tout mettre sur le compte de Marcus, comme ça, mais je n'ai pas pu m'en empêcher. Trouver une tête de Turc, c'est instinctif, chez moi, quand je suis en colère.

Marcus s'est contenté de me regarder et puis a demandé:

— Je peux avoir ma bière?

J'ai ouvert le frigo avec une telle violence qu'une bouteille de ketchup a jailli de la porte et est tombée par terre.

— Tout va bien? a demandé ma mère depuis le salon.

— Oui, oui! ai-je répondu pendant que Marcus remettait le ketchup à sa place et prenait une bière.

J'ai inspiré un grand coup et on est retournés dans le salon. Lauren et ma mère discutaient liste d'invités.

— Deux cents, ça me semble bien, disait Lauren.

— Tu vas voir, a répondu ma mère, tu vas très vite te rendre compte que deux cents, c'est le strict minimum. Si tes parents invitent vingt couples et que nous invitons vingt couples, tu as déjà quatre-vingts invités.

— C'est vrai. Et en plus, je voudrais inviter pas mal de gens de Good Heaven.

— Eh ben, ça devrait vous faire faire des économies question alcool fort, a lâché Marcus avec un petit rire.

— Oh, détrompe-toi ! a répondu Lauren sans se démonter. Tu serais surpris de voir ce qu'ils sont capables de boire. À chaque fête de Noël, ils prennent de ces cuites…

— Dit donc, ça a l'air rock'n'roll, ton boulot, j'ai remarqué.

— Et… ça leur arrive de… enfin, tu vois… de conclure, quoi ? a demandé Marcus.

Génial. Sa première contribution substantielle à la conversation évoquait le comportement sexuel du quatrième âge. Charmant.

Lauren a pouffé et puis s'est lancée dans le récit des aventures de Walter et Myrtle, qui faisaient crac-crac dans la chambre de Myrtle. Quand on en a eu terminé avec la saga carnet rose à la maison de retraite, ma mère s'est enfin tournée vers mon petit ami et a dit :

— Alors, Marcus, parlez-nous un peu de vous.

— Qu'est-ce que vous voulez savoir ?

Dex aurait posé la même question, mais sur un tout autre ton.

— Tout ce qui nous permettra de mieux vous connaître. Nous en avons très envie.

— Ah, bon ! Je viens du Montana. Je suis allé à la fac de Georgetown. Et j'ai un boulot pas folichon dans le marketing. En gros, c'est tout.

Ma mère a haussé les sourcils et recroisé les pieds.

— Dans le marketing ? Comme c'est intéressant !

— Non, pas vraiment. Mais ça paie les factures. Enfin, tout juste.

— Je ne suis jamais allé dans le Montana, a remarqué Jeremy.

— Moi non plus, a dit Lauren.

Avant qu'elle ait le temps de nous raconter son voyage au Grand Canyon quand elle avait dix ans, j'ai demandé :

— Qu'est-ce qu'on mange ce soir ?

— Des lasagnes. Maman et moi on les a préparées ensemble.

— Ah, bon ! Maman et toi.

— Tu sais quoi ? s'est exclamée Lauren, aux anges, tu vas être ma sœur, bientôt ! Comme la sœur que je n'ai jamais eue ! Oh, c'est tellement merveilleux !

— Hum.

— Alors, Marcus, avez-vous des frères et sœurs? a demandé maman.

— Mouais. Un frère.

— Plus jeune ou plus âgé?

— De quatre ans plus âgé.

— C'est bien.

Marcus a eu un sourire fugace, tendu, et a bu une gorgée de bière. Je me suis soudain souvenue que j'avais eu envie de l'embrasser, le soir de l'anniversaire de Rachel, en le regardant boire une bière au bar. Où avaient donc disparu ces sensations-là?

Enfin, le moment est arrivé de passer à table.

— Marcus, vous voulez bien vous asseoir là-bas? a demandé ma mère en indiquant la place où elle avait coutume d'installer Dexter.

J'ai bien vu que cela la peinait. Dex lui manquait. Mais sur son visage se lisait une autre expression, celle de la détermination.

Malgré tous ses efforts, pourtant, le dîner a été éprouvant. Mes parents posaient des questions d'un ton guindé, auxquelles Marcus répondait sans enthousiasme, tout en continuant de téter sa bouteille de bière entre deux bouchées. Et puis il a fait la remarque qui restera dans l'histoire.

Ça a commencé avec Jeremy, qui a raconté qu'un de ses patients, un homme assez âgé, venait de quitter sa femme pour une plus jeune, de trente et un ans sa cadette.

— Quelle honte! a commenté Lauren.

— Je trouve cela choquant, vraiment, a ajouté ma mère. Même mon père, que je suspectais d'avoir de son côté été voir de quoi il retournait du côté des jeunes générations, a secoué la tête avec un air de dégoût.

Pour une raison que j'ignore, Marcus ne pouvait pas, ne voulait pas faire comme tout le monde et désapprouver le comportement de cet homme, ou simplement ne rien dire du tout, une option que jusqu'à présent il avait plutôt bien maîtrisée. Au lieu de cela, il a ouvert la bouche et a lâché:

— Trente et un ans, hein? Ce qui veut dire que ma seconde femme n'est pas encore née.

Mon père et Jeremy ont échangé un regard, les sourcils en accent circonflexe. Ma mère s'est un peu affaissée sur son siège, on aurait dit qu'elle s'accrochait au pied de son verre en cristal. Lauren a eu un rire nerveux et a dit :

— Très drôle, Marcus. Elle est vraiment très bonne !

Il a eu un petit sourire gêné, réalisant que sa plaisanterie passait mal auprès de son auditoire.

Et là, tout à coup, je n'ai plus eu envie de faire des efforts pour sauver la soirée et l'image de mon nouveau petit ami. Je me suis levée, j'ai emporté mon assiette dans la cuisine, droite comme un piquet. Derrière moi, j'ai entendu ma mère qui s'excusait et m'emboîtait le pas dans un claquement de talons

— Ma chérie, il essayait juste d'être drôle, a-t-elle avancé à mi-voix une fois dans la cuisine. Sans doute est-il un peu nerveux de rencontrer sa belle-famille pour la première fois ? Ton père peut être intimidant, tu sais.

Je voyais bien qu'elle ne croyait pas un mot de ce qu'elle disait. Elle trouvait Marcus grossier, pas du tout à notre niveau, et loin, très loin de valoir Dexter.

— Il n'est pas comme ça, d'habitude. Il est aussi charmant que Dexter, quand il s'en donne la peine.

Mais, tandis que j'essayais de convaincre ma mère, j'ai réalisé que Marcus n'avait absolument rien en commun avec Dexter. Rien du tout.

Le café finissait de passer dans la cafetière électrique, et les dernières gouttes sont tombées dans le pot au même rythme que la pensée qui me hantait désormais : « Je me suis plantée. »

Maman et moi on a regagné la salle à manger, où tout le monde a fait semblant de se régaler d'une charlotte à la fraise de chez Crawford que ma mère s'est excusée deux fois de ne pas avoir faite elle-même.

— Moi, j'adore les gâteaux de chez Crawford, s'est exclamée Lauren. Ils sont aussi bons que ceux qu'on fait soi-même.

Mon père sifflotait l'air du générique de *La Petite Maison dans la prairie* entre deux bouchées, jusqu'à ce que ma mère lui intime l'ordre d'arrêter d'un regard furieux. Au bout de quelques instants vraiment très difficiles, j'ai repoussé mon assiette.

— Je n'ai pas envie de gâteau. Je vais me coucher. Bonne nuit.

Marcus s'est levé à son tour, a déclaré qu'il était complètement «cassé» lui aussi. Puis il a remercié ma mère pour le dîner et m'a suivie en silence.

On est montés au premier, et je me suis arrêtée devant la chambre d'amis.

— Voilà ta chambre. Bonne nuit.

J'étais trop fatiguée pour me lancer dans une dispute.

Marcus m'a prise par les épaules et a commencé à me masser.

— Allez, Darcy...

— Tu es fier de toi?

Il a eu un sourire en coin, ce qui n'a pas arrangé mon humeur.

— Comment as-tu pu me faire honte à ce point?

— C'était une plaisanterie.

— Elle n'était pas drôle!

— Je suis désolé.

— Non, tu ne l'es pas.

— Si, je suis désolé.

— Comment veux-tu que je leur annonce qu'on va se marier et qu'on attend un bébé, maintenant? ai-je chuchoté. Papa, maman, voici l'homme qui projette de me quitter dans trente ans pour une femme plus jeune.

Je me suis sentie vulnérable, pour la première fois. C'était une impression horrible.

— Tu sais très bien que je plaisantais.

— Bonne nuit, Marcus.

Je suis allée dans ma chambre, en espérant qu'il m'y suivrait. Il ne l'a pas fait. Alors je me suis assise et j'ai contemplé mes murs lavande couverts de photos prises dans des jours meilleurs. Elles avaient jauni, et leurs coins étaient cornés, ce qui m'a rappelé à quel point le temps avait passé. L'époque du lycée était bien loin. J'ai regardé les photos de Rachel, d'Annalise et de moi après un match de foot. On était toutes les trois en uniforme de cheerleader, Blaine venait de réussir le coup qui assurait à l'équipe une place en quart de finale. Il avait ôté son casque, le visage et les cheveux ruisselants de sueur, comme les stars des pubs pour Gatorade. Et là, depuis la ligne de touche, tandis que la foule hurlait sa joie, il avait pointé son doigt vers moi, comme pour dire : « Celui-là, il est pour toi, baby. » J'avais eu l'impression que tout le stade suivait son doigt jusqu'à moi.

La vie était belle, et je me suis mise à pleurer. Pas tant par nostalgie de cette époque, même si je la regrettais un peu quand même. Non, c'était plus parce que je savais que je devenais une de ces filles que les photos de leur adolescence rendent mélancoliques.

14

Le lendemain, on a frappé doucement à ma porte, et j'ai entendu la voix de ma mère.

— Darcy? Tu es réveillée?

Ce ton apaisant, pas naturel du tout chez elle, n'a fait qu'aggraver mon état.

— Entre, ai-je dit en sentant la nausée arriver.

Elle a ouvert la porte et est venue s'asseoir au pied de mon lit.

— Ma chérie, ne te mets pas dans un état pareil, a-t-elle dit en me tapotant une jambe à travers les couvertures.

— Je ne peux pas m'empêcher. J'ai bien vu que tu le détestais.

— Non, j'aime bien Marcus.

Pour la conviction, elle repasserait.

— Ce n'est pas vrai. Et comment pourrais-tu, après le dîner d'hier soir? Il n'a pratiquement rien dit, sauf pour annoncer qu'il envisageait de me quitter un jour.

Elle m'a regardée, interloquée.

— Te quitter?

— La remarque sur la seconde femme, tu sais bien…

— De toute façon, tu n'envisages pas d'épouser ce garçon, si?

Elle avait dit cela à mi-voix, mais sa façon de prononcer «ce garçon» ne laissait aucun doute sur son opinion.

— Peut-être, si…

Cette fois, elle a eu l'air inquiet.

— Marcus n'est que le garçon qui t'aide à te sortir de l'histoire avec Dexter. C'est une histoire, comment dirais-je… intermédiaire, en quelque sorte, tu ne crois pas?

J'ai reniflé et je l'ai regardée en me demandant si c'était le moment de lui annoncer la grande nouvelle. «Dans quelques mois tu seras grand-mère.» Au lieu de quoi j'ai juste dit:

— Il traverse une période difficile, ces derniers temps.

— Certes mais, s'il ne se reprend pas rapidement, romps et passe à quelqu'un d'autre. Tu peux avoir qui tu veux, tu le sais.

Si seulement c'était aussi simple. Si seulement je pouvais retourner au tableau, effacer et corriger mon erreur. Penser que c'était impossible, que j'étais coincée avec Marcus m'a donné la nausée encore plus fort. J'ai expliqué à ma mère que je ne me sentais pas très bien et que j'allais essayer de dormir encore un peu.

— Bien sûr, ma chérie, repose-toi. Je vais faire ta lessive, en attendant.

Chez nous, c'était toujours la bonne qui faisait la lessive, alors le simple fait que ma mère propose de s'en charger montrait à quel point elle avait pitié de moi et de ma situation.

— Mon linge sale est dans le filet bleu turquoise, lui ai-je dit en fermant les yeux. Et s'il te plaît, ne mets pas mon soutien-gorge La Perla dans le séchoir, il est très fragile.

— Très bien, ma chérie.

Je l'ai entendue ouvrir ma valise et en sortir mes vêtements. Et puis j'ai entendu un petit cri étouffé, et un long silence. Ces petits cris, c'est un peu une marque déposée, chez ma mère, elle s'en sert pour tout et n'importe quoi. L'espace d'un instant, j'ai cru que c'était sa façon de me signifier que j'y allais un peu fort avec le linge sale, et puis je me suis souvenue de ce que j'avais glissé au dernier moment dans mes bagages: *Attendre un enfant: à quoi s'attendre?*

— Mais qu'est-ce que c'est que ça?

Je n'avais pas d'autre choix que de trancher dans le vif. J'ai ouvert les yeux, je me suis redressée, et j'ai murmuré:

— Maman, je suis enceinte.

Nouveau petit cri étouffé. Elle a plaqué ses mains contre ses tempes et a secoué la tête.

— Non. Non, c'est impossible.

— Si, c'est possible.

— De Dexter? a-t-elle demandé, pleine d'espoir.

Elle ne désirait qu'une seule chose : que je lui dise au moins que Dex était le père. Elle voulait croire que je pouvais me réconcilier avec l'homme idéal, retrouver ma vie de conte de fées.

— Non. De Marcus.

Ma mère s'est laissée tomber sur le lit, a tapé des poings sur la couverture et puis s'est mise à pleurer. Pas exactement l'explosion de joie et la liesse dont j'avais rêvé jusque-là pour une annonce pareille.

— Maman, je t'en prie, tu es censée être heureuse pour moi !

Sur son visage, j'ai vu le chagrin se muer en colère.

— Comment as-tu pu ficher ta vie en l'air de cette façon? Ce garçon est infect !

— Il n'est pas infect. Il peut être charmant et vraiment drôle, ai-je dit en réalisant que cela n'avait pas été le cas depuis déjà un moment. Je vais l'épouser, maman. Point barre.

— Non, Darcy, tu ne peux pas faire ça !

— Si, je peux.

— Tu massacres ta vie en faisant une chose pareille ! Il n'est pas assez bien pour toi. Il ne t'arrive même pas à la cheville !

— Tu dis cela à cause d'un seul commentaire?

— À cause de beaucoup de choses. Parce que vous n'allez pas ensemble, parce qu'il s'est comporté comme un rustre hier soir. Dex n'aurait jamais…

— Laisse Dex où il est, tu veux bien? Je suis avec Marcus, maintenant ! ai-je crié, en me fichant qu'on m'entende dans le reste de la maison.

— Tu fous ta vie en l'air ! a-t-elle crié. Il est hors de question que ton père et moi nous te regardions faire sans intervenir !

— Je ne fous pas ma vie en l'air, maman. J'aime Marcus, et nous allons nous marier et avoir cet enfant. Alors autant que tu te fasses tout de suite à cette idée. Sinon, tu pourras participer à ton talk-show préféré en tant que grand-mère qui n'a jamais rencontré ses petits-enfants.

Sur ce, je me suis levée et je me suis dirigée vers la chambre d'amis et les bras de mon futur mari.

Après tout, il n'y a rien de tel qu'une mère vous disant que vous prenez une mauvaise décision pour vous convaincre du contraire.

Quelques instants plus tard, Marcus et moi avions fait nos bagages et attendions sur le trottoir le taxi que j'avais commandé. Personne, pas même mon petit frère, n'a cherché à nous empêcher de partir. Le taxi nous a déposés à l'Holiday Inn de l'aéroport, où Marcus a au moins fait semblant de regretter ce qui s'était passé. J'ai accepté ses excuses et on a passé le reste du week-end à faire l'amour et à regarder la télé dans une pièce sombre qui sentait le détergent et la cigarette. L'ensemble était indéniablement déprimant, mais aussi étonnamment romantique, et propice au rapprochement. Après avoir discuté plusieurs fois de la dispute avec ma mère, on est arrivés à la conclusion qu'elle n'était qu'une sale bourgeoise sans cœur.

De retour à New York, les choses ont continué à aller bien entre nous – ou du moins à ne pas aller mal. Mais la paix a été de courte durée et, quelques semaines plus tard, c'était reparti pour un tour, on se disputait pour tout et n'importe quoi. Je lui reprochais essentiellement ses bien trop fréquentes soirées poker en compagnie de nouveaux amis rencontrés dans les bas-fonds de Manhattan, sa garde-robe élimée et son refus de venir chez moi. Il me reprochait essentiellement mon désintérêt soudain pour la fellation, le fait que je baisse toujours le thermostat chez lui et mon côté obsessionnel à propos de Dexter et Rachel.

Puis un samedi matin, après une discussion houleuse sur le choix du prénom du bébé (il a osé suggérer Julie, alors que je savais qu'il avait perdu son pucelage avec une Julie), Marcus m'a jetée dehors, prétextant qu'il avait besoin de passer un peu de temps seul. Je suis allée faire du shopping en me disant que ce n'était qu'une dispute de plus. En fin de journée, j'ai attendu qu'il appelle et s'excuse, mais rien. Il n'a pas appelé. C'est moi qui ai dû le faire. Il n'a pas répondu. J'ai appelé, rappelé, j'ai laissé des messages furieux, puis menaçants, avant de passer aux messages hystériques, pathétiques, pour finir par le supplier de me rappeler. Quand il a finalement daigné le faire, je ne ressentais plus ni rage ni tristesse. Juste une froide incertitude.

— Qu'est-ce que tu as fait pendant tout le week-end? ai-je demandé en me sentant pitoyable.

— J'ai réfléchi.

— À propos de nous?

— Mouais.

— Tu réfléchissais à quoi exactement? À si tu voulais continuer avec moi?

— Plus ou moins…

Là, j'ai compris que c'était Marcus qui avait la main, le pouvoir. J'ai repensé à toutes les fois où j'avais rompu, en particulier avec Blaine, mon petit ami au lycée. Il avait dit:

— Je veux qu'on reste ensemble, et tu veux qu'on se sépare. Comment ça se fait que ce soit toi qui gagnes?

— Parce que c'est comme ça que les choses fonctionnent, avais-je répondu. Celui qui veut que ça s'arrête est celui qui obtient satisfaction. Par définition.

Cette triste vérité, je la prenais en pleine figure, cette fois. Si Marcus décidait de rompre, je ne pouvais absolument rien faire pour l'en empêcher.

J'ai quand même essayé, d'une voix tremblotante.

— Marcus, je t'en prie! Ne fais pas cela!

— Écoute, il vaut mieux qu'on en parle face à face. J'arrive.

— Tu vas rompre? C'est ça? Dis-le-moi maintenant. S'il te plaît!

J'avais attendu qu'il téléphone pendant tout le week-end, et là, tout à coup, la perspective de devoir attendre vingt minutes de plus m'était insupportable.

— J'arrive.

Le ton était neutre. Dénué d'émotion.

Environ une heure plus tard, il était chez moi.

— Tu me largues, n'est-ce pas? ai-je lancé avant même qu'il se soit assis.

Il a débouché une petite bouteille de Sprite, a bu une gorgée, et a acquiescé de la tête.

— Seigneur ! Comment est-ce qu'on a fait pour en arriver là ? Comment peux-tu me larguer ? J'attends ton bébé ! Comment peux-tu faire une chose pareille ?

— Je suis désolé, Darcy. C'est juste que je n'ai pas envie d'être avec toi.

Je n'avais jamais rien entendu de plus surprenant. Je trouvais ça plus choquant encore que quand Dex était sorti du placard. Peut-être parce que cette décision était résolument unilatérale. Je voulais Marcus. Marcus ne voulait plus de moi. Fin de l'histoire.

— Pourquoi ? ai-je demandé. Parce qu'on s'est encore un peu disputés ?

Il a secoué la tête.

— Tu sais très bien que ce n'est pas à cause d'une dispute, quelle qu'elle soit.

— Alors pourquoi ?

— Parce que je ne peux pas m'imaginer t'épouser.

— Très bien, alors on ne se mariera pas. Plein de gens célèbres font ça.

— Non.

— Mais j'attends ton bébé !

— Je sais. C'est un problème. Un problème qui comporte différentes solutions.

— Je te l'ai déjà dit un million de fois, je n'avorterai pas !

— C'est ta décision, Darcy. Tout comme tomber enceinte était ta décision, *à toi seule*. Tu t'en souviens ? a-t-il insisté, hargneux. Et maintenant, nous voilà… et je veux juste que tu saches à quoi t'attendre…

— Qu'est-ce que ça veut dire, tout ça ?

— Ça veut dire que je ne veux pas être avec toi, et encore moins avoir un enfant. Je t'aiderai financièrement si tu persistes dans ta décision, mais je ne veux pas… m'impliquer. Du tout.

Cette fois, il avait l'air soulagé.

— Je rêve !

— Je suis désolé.

Il avait l'air tout sauf désolé.

Je l'ai supplié. J'ai pleuré. J'ai promis que je ferais de mon mieux.

Et puis il m'a balancé l'insulte suprême.

— C'est juste que tu me branches plus.

Et il est parti.

C'était comme avec Dex sauf que, cette fois, je n'avais pas de solution de rechange. Pas de courtisan qui attendait en coulisses. Pour la première fois de mon existence, j'étais complètement seule.

15

Le lendemain, j'ai ravalé ma fierté et j'ai fait l'impensable : j'ai appelé Dex. C'était un geste pathétique et désespéré, mais il fallait bien que je regarde les choses en face, j'étais une fille pathétique et désespérée.

— Salut, Dex !

À l'autre bout du fil, j'ai entendu ce qui pouvait être un rire, ou un raclement de gorge, suivi d'un silence.

— C'est Darcy, ai-je dit.

— J'avais compris.

— Comment vas-tu ? ai-je demandé d'une voix aussi ferme que possible.

— Ça va bien. Et toi ?

— Ça va. Je me demandais… tu peux parler un instant ? Je ne te dérange pas ?

— Hum… à vrai dire, j'allais sortir.

— Et un peu plus tard ? Est-ce qu'on peut se voir après le boulot ?

— Je ne crois pas.

— Je t'en prie. J'ai vraiment besoin de te parler d'un truc.

En disant cela, j'ai réalisé que Dexter se fichait désormais de mes besoins. Et ça n'a pas manqué, il a répété :

— Je ne crois pas.

— Pourquoi ?

— Parce que je pense que ça n'est pas une bonne idée.

— À cause de Rachel ?

— Darcy, qu'est-ce que tu veux ?

— J'ai juste besoin de te voir. Il faut que je te parle. Je suis sûre qu'elle comprendrait.

J'avais envie qu'il m'avoue qu'il ne sortait plus avec Rachel, qu'ils avaient rompu. J'aurais donné n'importe quoi pour entendre ces mots. Au lieu de cela, il a dit :

— Rachel ne verrait aucun inconvénient à ce que je te voie.

Cela pouvait vouloir signifier qu'elle se sentait suffisamment forte dans leur relation. Cela pouvait aussi signifier qu'il n'y avait pas de relation. Il faudrait tirer cela au clair, mais plus tard.

— Alors pourquoi tu ne veux pas me voir ?

— Darcy, tu dois tourner la page.

— Elle est tournée, la page. J'ai juste besoin de te parler de quelque chose.

Il a soupiré et puis il a cédé.

— D'accord. Comme tu veux.

J'ai retrouvé le moral. Mon plan allait marcher. Dex avait cédé parce que, en secret, il avait envie de me revoir lui aussi.

— On se retrouve à notre bar ? À vingt heures ?

— *Notre* bar ?

— Tu vois bien où.

— Non. Je ne veux pas aller là-bas. Trouve un autre endroit.

Avait-il en tête un bon restaurant ?

— À toi de choisir, alors.

— Le Session 73 ?

Le fait que ce bar soit à quelques rues de chez Rachel ne m'a pas échappé.

— Pourquoi là-bas ? ai-je demandé d'un ton aigre. C'est ton nouveau bar de prédilection dans l'Upper East Side ?

— Darcy, tu marches sur des œufs.

C'était une expression qu'il employait souvent pour plaisanter quand je tirais un peu sur la ficelle. J'ai senti la nostalgie m'envahir et je me suis demandé s'il éprouvait la même chose.

— Pourquoi ne pas se retrouver à l'appartement ?

— Tu pousses un peu, là.

— Mais j'ai des trucs à te donner.

— Quels trucs ? J'ai tout récupéré.

— Juste un carton.

— Avec quoi dedans ?

— Des cartes, des manuels d'entretien, quelques lettres…

— Jette tout.

— Tu ne peux pas venir quand même? On parle dix minutes, tu prends ton carton et tu t'en vas.

— Non. Tu n'as qu'à l'apporter au Session 73.

— Il est trop lourd.

— Ah oui, c'est vrai, j'oubliais! Tu es enceinte.

Il avait dit cela d'un ton amer. J'ai pensé que c'était bon signe. Il n'aurait pas été amer s'il n'avait plus rien éprouvé pour moi.

— D'accord, je passe chez toi à vingt heures. S'il te plaît, sois prête.

— D'accord. À ce soir, Dex.

Un peu plus tard dans la journée, j'ai filé chez Bendel's, où j'ai trouvé un fabuleux pull en cachemire verre d'eau décolleté dans le dos. Dexter aimait beaucoup mon dos. Il était le plus beau, le plus tonique, et mon soutien-gorge n'y faisait aucun bourrelet. Rachel avait forcément du gras dans le dos, ai-je songé en traversant la Cinquième Avenue pour aller à mon rendez-vous chez le coiffeur. Je me suis changée dans une cabine du salon de coiffure. Au cas où Dex arriverait avant moi, je voulais être prête.

Et ça n'a pas manqué, quand je suis arrivée, il était là, assis sur le perron, et feuilletait un dossier. Dieu qu'il était beau! Mon cœur s'est mis à battre comme la première fois où je l'avais vu entrer dans ce bar du Village, tant d'années auparavant. Son bronzage avait un peu pâli, mais il avait encore très bonne mine. Il avait les pattes plus longues que d'habitude, cela lui donnait un petit côté sexy qui ne m'a pas déplu. Mais de toute façon, avec ou sans pattes, Dex était beau. Il fallait que je le récupère.

— Salut, ai-je dit en souriant. Tu es en avance.

Dex a fait une grimace, a fourré son dossier dans son attaché-case, qu'il a refermé d'un claquement sec, puis il s'est levé et m'a regardée droit dans les yeux.

— Salut, Darcy.

J'ai commencé à monter l'escalier d'une démarche aussi séduisante que possible. Dex détestait que je prenne l'ascenseur pour trois étages, et je voulais lui montrer que je pouvais changer. Il m'a suivie sans un mot, puis a attendu d'un air sévère que je trouve mes clés et que j'ouvre ma porte. Je suis entrée, mais il est resté sur le seuil.

— Tu n'entres pas?

— Où sont mes affaires? a-t-il demandé, refusant de faire un pas de plus.

J'ai levé les yeux au ciel.

— Tu veux bien entrer et t'asseoir, quand même? Il faut que je te parle une seconde.

— J'ai un truc de prévu à vingt et une heures.

— Mais il n'est que vingt heures.

Il a jeté un regard nerveux dans l'appartement. Puis il a poussé un soupir et est entré. Il s'est assis tout au bord du canapé, a posé son attaché-case entre ses pieds. J'ai repensé à toutes les fois où il s'était laissé tombé exactement au même endroit avant d'enlever ses chaussures et de se détendre un peu. Nous avions pris d'innombrables repas sur ce canapé, vu des centaines de films et d'émissions, et même fait l'amour quelque fois, au début. Maintenant, Dex y semblait mal à l'aise. C'était étrange.

Je lui ai souri, histoire de réchauffer l'ambiance.

— Bon, Darcy, tu te bouges un peu? Il faut que j'y aille.

— Tu vas où?

— Cela ne te regarde pas.

— Tu sors avec Rachel? Vous en êtes où, tous les deux?

J'espérais qu'il me répondrait que leur histoire, partie sur de mauvaises bases, avait tourné court, détruisant leur amitié au passage.

— On va peut-être éviter de jouer la comédie en se demandant des nouvelles de nos vies respectives, comme si on était des amis.

— Qu'est-ce que tu veux dire?

— Comment ça, qu'est-ce que je veux dire?

— «Comme si on était des amis».

— On n'est *pas* des amis.

— On sort ensemble pendant sept ans, et voilà qu'on n'est même plus *amis*? Comme ça?

— C'est ça. Comme ça.

— Ah, bon! Mais qu'on soit amis ou pas, pourquoi est-ce que tu ne peux pas me dire si tu es encore avec Rachel? C'est quoi le problème?

J'ai prié pour qu'il me dise: «Ne sois pas ridicule, Rachel et moi, on n'est pas ensemble. Ce qui s'est produit cet après-midi-là...» ou, mieux: «Ce qui a failli se produire cet après-midi-là...» Peut-être même que j'avais mal vu, chez Crate and Barrel, ils n'étaient pas plus bronzés que ça.

— Il n'y a pas de problème. Je pense juste qu'il vaut mieux que nous ne parlions pas de nos vies privées respectives.

— Pourquoi? Je peux entendre les choses, tu sais. Pas toi?

Cette fois, il a soupiré bruyamment, a secoué la tête, et a lâché:

— Bon, très bien. Puisque tu insistes. Tout va bien entre Rachel et moi. Tout va très bien, même, en fait.

— Alors vous sortez réellement ensemble?

— Tu vois? C'est exactement pour cette raison que je ne voulais pas parler de ma vie avec toi.

— D'accord, ai-je dit en reniflant. Tes affaires sont dans la chambre. Tu te souviens du chemin?

— Va les chercher. Je ne tiens pas à retourner dans la chambre.

Je suis allée dans la chambre, où j'avais prévu de l'entraîner après un ou deux verres de vin. De toute évidence, les choses n'allaient pas se passer tout à fait comme prévu. Alors j'ai pris une boîte à chaussures, je l'ai vidée et j'ai farfouillé dans mon secrétaire jusqu'à ce que je trouve deux notices, une pour une calculatrice qu'il avait achetée, et l'autre pour ma chaîne hi-fi. J'y ai ajouté quelques cartes de Washington, où habitait son père, et puis notre photo de fiançailles, prise par un professionnel, en studio. Je savais que c'était une des photos de moi que préférait Dexter. Je suis retournée dans le salon et je lui ai fourré la boîte dans les mains.

— Tiens.

— C'est le gros carton très lourd que tu ne pouvais pas porter? a-t-il demandé d'un air dégoûté avant de se lever, prêt à partir.

C'est là que j'ai craqué et fondu en larmes. Dex était vraiment avec Rachel. Il me quittait pour aller la rejoindre. Derrière un rideau de larmes, je l'ai supplié.

— Je t'en prie, ne t'en va pas. S'il te plaît.

Il s'est rassis.

— Darcy, pourquoi fais-tu cela?

— C'est plus fort que moi. Je suis tellement triste.

— Tu te comportes comme si c'était moi qui t'avais fait ça.

— Tu m'as effectivement fait quelque chose.

— Et toi aussi. Tu te souviens?

Il a indiqué mon ventre du doigt.

— Bon, d'accord, moi aussi. Mais... j'ai besoin de certaines réponses avant de pouvoir tourner la page. S'il te plaît, Dexter.

Il m'a regardé et, dans ses yeux, j'ai lu: «Tu n'as pas le choix, la page est tournée. Je me tire de là.»

J'ai tout de même posé ma question.

— Quand est-ce que ça a commencé exactement, entre Rachel et toi? Le jour de notre rupture?

— Darcy, arrête. Ça n'a plus aucun sens.

— Dis-le-moi. Tu avais besoin d'être consolé? C'est pour cela que tu es allé chez Rachel?

— Darcy, stop. Je veux que tu sois heureuse. Je veux que Marcus et toi soyez heureux. Tu ne peux pas simplement me souhaiter la même chose?

— Marcus et moi on a rompu.

Et voilà. Tout ce qu'il me restait de fierté était passé par la fenêtre, cette fois.

Dex a eu l'air vraiment surpris, sa bouche a articulé l'amorce qu'une question – un «quand», ou peut-être un «pourquoi». Et puis il a finalement opté pour un simple:

— Oh, je suis désolé!

— Tu me manques, Dex. J'aimerais que l'on soit à nouveau ensemble.

— Tu sais que c'est impossible.

J'ai refermé mon bras autour du sien.

— Je t'aime encore et je suis persuadée qu'il y a encore quelque chose entre...

Il s'est dégagé d'un mouvement brusque. Sur son visage est apparue une expression que je connaissais bien, celle qui signifiait: «Ma patience a des limites et elles sont atteintes.»

L'expression qu'il arborait quand je posais la même question une dizaine de fois.

— Je suis avec Rachel, maintenant. Je suis désolé. Il est hors de question que nous recommencions quelque chose, toi et moi.

— Pourquoi es-tu si cruel?

— Ce n'est pas mon intention. Je veux juste que tu saches à quoi t'en tenir.

J'ai enfoui mon visage dans mes mains et je me suis mise à sangloter. Puis j'ai eu une idée, une idée horrible, méprisable, mais je n'avais pas le choix. Du moins était-ce mon sentiment. J'ai ravalé mes larmes, je l'ai regardé en coin et j'ai lâché:

— Le bébé est de toi.

Dexter a à peine réagi.

— Ce bébé n'est pas de moi, et nous le savons tous les deux. Je sais quand nous avons fait l'amour pour la dernière fois.

— La grossesse remonte à plus longtemps que je ne le croyais. C'est le tien. À ton avis, pourquoi est-ce qu'on a rompu, Marcus et moi?

Cette fois, il a haussé le ton.

— Darcy, ne fais pas ça.

— Dex, c'est ton bébé. Mon médecin a fait une échographie pour confirmer l'âge du fœtus. C'est arrivé plus tôt que ce que je croyais. Il est de toi.

J'étais moi-même choquée par mes propos, par cette stratégie honteuse. Pour me rassurer, je me suis dit que je m'amenderais plus tard. J'avais juste besoin de gagner un peu de temps avec Dexter, un peu de temps pour faire fonctionner mon charme et le récupérer. Il ne pourrait pas me résister comme Marcus l'avait fait. Dexter était à moi depuis toujours, les sentiments ne disparaissaient jamais complètement.

— Mentir à propos d'un truc pareil, c'est impardonnable, a lancé Dex, d'une voix presque tremblante. Je veux la vérité. Immédiatement.

J'ai inspiré un grand coup, expiré lentement, et je l'ai regardé droit dans les yeux.

— Il est de toi.

— Je vais exiger un test de paternité.

Je me suis exhortée à rester calme.

— Oui. Et tu constateras que c'est le tien.

— Darcy?

— Quoi?

Dex a passé lentement une main dans ses cheveux avant de me regarder.

— Darcy… Même si c'est le mien… il faut que tu comprennes que ce bébé ne changera rien entre nous. Rien du tout. Tu saisis?

— Qu'est-ce que tu veux dire, exactement? ai-je demandé, même si je voyais assez précisément à quoi il voulait en venir. Après tout, Marcus m'avait fait exactement le même coup la veille au soir. Je saisissais l'idée.

— Nous deux, c'est fini. Terminé. Il n'y aura plus jamais rien entre nous. Bébé ou pas. Je suis avec Rachel, désormais.

Je l'ai fixé, sentant la rage monter en moi. C'était tellement inconcevable! Tellement incroyable! Comment pouvait-il être avec Rachel? Je me suis levée pour aller jusqu'à la fenêtre, en essayant de me calmer.

— Alors dis-moi la vérité, maintenant. Ce bébé est-il de moi?

Je me suis retournée. Il ne céderait pas. En sept ans, on apprend à connaître assez bien une personne, et je savais qu'une fois que Dexter avait pris une décision, il s'y tenait. Rien ne pouvait le faire changer d'avis. Il avait les mâchoires serrées, il était complètement fermé à moi. Et puis j'avais beau être prête à tout, j'étais consciente de ne pas être en mesure de continuer à mentir bien longtemps. C'était tellement horrible. Comment avais-je pu oser imaginer un idée pareille?

— Non, c'est celui de Marcus. Tu es content?

— Pour tout dire, oui, je suis content, Darcy. Non, ravi serait plutôt le mot. Et le fait que tu aies pu mentir à propos d'un sujet pareil me confirme que…

— Excuse-moi. C'était vraiment nul… c'est juste que… je ne sais plus quoi faire. Tout s'effondre autour de moi. Et…

et tu es avec Rachel. Tu as fait avec elle notre voyage de noces ! Comment as-tu pu ?

Il n'a pas répondu.

— C'est bien ça, hein ? Tu es allé à Hawaii avec elle ?

— Les billets n'étaient pas remboursables, Darcy. Même l'hôtel était déjà réglé.

Il n'avait pas l'air très fier de lui.

— Comment as-tu pu faire un truc pareil ? Hein ? Et puis voilà que je tombe sur vous chez Crate and Barrel, tout bronzés, à la recherche d'un canapé, c'est comme ça que j'ai compris pour Hawaii, vous étiez bronzés, heureux, et vous achetiez un canapé… Vous allez emménager ensemble ?

Les mots sortaient n'importe comment, je ne savais plus où j'en étais, je ne maîtrisais plus la situation. J'étais pitoyable.

— Pas tout de suite.

— Pas tout de suite ? Mais vous l'envisagez ? Tu plaisantes ?

— Darcy, je t'en prie. Rachel et moi n'avons pas fait cela pour te blesser, tout comme tu n'es pas tombée enceinte pour me blesser. J'ai raison, n'est-ce pas ?

J'ai regardé une nouvelle fois par la fenêtre, avant de me retourner vers Dex.

— S'il te plaît, donne-moi une nouvelle chance. Nous avons passé sept ans ensemble, et c'était bien. Nous pouvons nous pardonner l'un l'autre et reprendre les choses où nous les avons laissées.

Je me suis approchée et j'ai essayé de le prendre dans mes bras. Je l'ai senti se raidir, comme un chiot qui résiste à une enfant trop affectueuse.

— Dex ? S'il te plaît ?

— Non, Darcy. Nous ne sommes pas faits l'un pour l'autre.

— Tu l'aimes ? ai-je murmuré, m'attendant réellement à ce qu'il me dise non, ou qu'il ne savait pas, ou même qu'il ne réponde pas à la question.

Au lieu de cela, il a lâché :

— Oui, je l'aime.

Et j'ai vu dans son regard qu'il ne disait pas cela par méchanceté, il le disait parce qu'il lui vouait une réelle loyauté. Il avait cette expression décidée, résolue que je lui connaissais bien. C'était celle de l'homme droit, bon, fidèle à sa nouvelle petite amie. Je n'ai pas pu m'empêcher de penser combien il était facile de détruire des liens noués pendant plusieurs années et de les remplacer par d'autres. J'avais conscience que je l'avais perdu, mais j'éprouvais un indicible besoin de regagner malgré tout ne serait-ce qu'un coin infime de son cœur. Pour qu'il n'oublie pas ce qu'il avait autrefois ressenti pour moi.

— Plus que tu ne m'as jamais aimée?

— Arrête, Darcy.

— J'ai besoin de savoir, Dex, vraiment.

— Pourquoi?

— J'en ai besoin, c'est tout. Dis-moi.

Il a fixé la table basse pendant un long moment, puis a regardé autour de lui, ses yeux se sont posés sur un tableau que nous avions acheté ensemble à La Nouvelle-Orléans, au tout début de notre relation. C'était notre premier gros achat «de couple», une acceptation implicite de notre engagement l'un envers l'autre. Un peu comme si on avait pris un chien. Je me suis souvenue que, dans la galerie où il était exposé, Dex m'avait expliqué qu'il aimait beaucoup la lumière rasante de début de soirée, sur le perron de la maison, et que le crépuscule était son moment préféré de la journée. Je me suis souvenue que nous ne pouron plus nous empêcher de nous sourire pendant que le vendeur emballait notre tableau. Ensuite, nous étions rentrés à l'hôtel, où nous avions fait l'amour avant de commander un banana-split. Avait-il oublié tout cela?

Sans doute avais-je oublié, moi aussi, au moment où je m'étais lancée dans mon aventure avec Marcus. Mais maintenant, ces souvenirs ne cessaient de me revenir. J'étais assaillie par les regrets. J'aurais tout donné pour revenir en arrière, effacer ce qui s'était passé avec Marcus. J'ai regardé Dex et j'ai reposé ma question.

— Est-ce que tu l'aimes plus que tu ne m'as jamais aimée?

J'ai attendu. Puis il a hoché la tête et, dans un murmure, a dit:

— Oui. Je suis vraiment désolé, Darcy.

Je l'ai fixé, incrédule, essayant de comprendre. Comprendre comment il pouvait aimer Rachel à ce point. Elle n'était pas si belle que ça. Elle n'était pas si drôle que ça. Qu'avait-elle de plus que moi, en dehors de quelques point de QI?

— Je comprends que tu n'es pas dans une situation facile, aujourd'hui, Darcy, a repris Dexter. J'aimerais pouvoir t'aider, mais je sais que cela ne marchera pas. Je ne peux pas te consoler. Tu as des amis, de la famille vers qui te tourner. Et moi, il faut vraiment que j'y aille, maintenant.

Sa voix était distante, son regard ailleurs. Dans quelques instants, il allait s'en aller, héler un taxi et partir retrouver Rachel. Elle l'accueillerait à la porte, son regard plein de compassion, lui demandant comme s'était passé notre entrevue. Il lui raconterait tout, le mensonge à propos du bébé, mes supplications, mes larmes. Elle éprouverait à la fois de la pitié et du mépris pour moi.

— D'accord, va-t'en. Je ne veux plus jamais vous parler, ni à l'un ni à l'autre, ai-je lancé en réalisant que c'était à peu près ce que j'avais dit chez Rachel, quelques mois plus tôt.

Cette fois, mes paroles semblaient fades, sans impact.

Dex s'est mordu la lèvre.

— Prends soin de toi, s'il te plaît, a-t-il dit en ramassant son attaché-case et sa boîte à chaussures, dont il ne voulait pas plus qu'il ne voulait de moi.

Puis il s'est levé et il est parti, me quittant pour de bon.

16

C'était incompréhensible. De toute ma vie, au lycée, à la fac et ensuite, jamais un garçon ne m'avait dit des trucs pareils. Jamais je n'avais été larguée. Pas une seule fois on ne m'avait posé un lapin, ni même manqué d'égards. Et voilà qu'en l'espace de deux jours, je prenais deux vestes. J'étais complètement seule, je n'avais même pas quelqu'un en vue.

Et je n'avais pas Rachel, ma pourvoyeuse de réconfort pendant toutes ces années, chaque fois qu'un événement me déstabilisait. Je n'avais pas ma mère non plus. Je me refusais à lui téléphoner pour entendre une variante inédite de «Je te l'avais bien dit». Restait Claire, qui est passée me voir après que j'ai appelé trois jours de suite au bureau pour prévenir que j'étais malade. J'ai trouvé qu'elle mettait un peu de temps à voler à mon secours mais, après tout, comment aurait-elle pu deviner les affres dans lesquelles j'étais plongée? Jusqu'à présent, dans ma vie, ma définition de «coup dur» se résumait à des règles particulièrement douloureuses.

— Qu'est-ce qui t'arrive? a demandé Claire en constatant l'état de mon appartement. Je me suis fait un de ces soucis. Pourquoi tu ne rappelles jamais?

— Marcus m'a larguée, ai-je annoncé, sinistre.

J'étais tombée trop bas pour tenter de donner un côté positif aux choses.

Elle a remonté les stores dans le salon.

— Marcus t'a larguée? *Toi?*

J'ai reniflé en acquiesçant.

— C'est ridicule! Il s'est regardé dans une glace? Qu'est-ce qui lui a pris?

— Je ne sais pas. Il a juste dit qu'il n'avait plus envie d'être avec moi.

— Alors là, c'est le monde à l'envers! D'abord Dexter et Rachel, et maintenant, ça! Je veux dire… Arrête! C'est complètement dingue! J'imprime pas. On est en plein dans un épisode de *La Quatrième Dimension*.

J'ai senti une larme rouler sur ma joue.

Claire s'est précipitée pour me prendre dans ses bras.

— De toute façon, c'est un mal pour un bien. Marcus était tellement… à l'ouest. Tu es beaucoup mieux sans lui.

Sur ce elle s'est dirigée vers la cuisine, avec à la main un sac en plastique contenant tout ce qu'il fallait pour préparer des margaritas.

— Crois-moi, un bon verre et tout ira mieux. En plus, j'ai un homme bien plus raffiné à te présenter.

Je me suis mouchée et je l'ai regardée. L'espoir revenait.

— Qui ça?

— Tu te souviens de Josh Levine?

— Pas vraiment.

— Je te le résume en deux mots: sexy et blindé. Bon, il a le nez un peu large, mais sans être repoussant non plus. Votre fille devra sans doute se faire faire une petite retouche de ce côté-là mais, à part ça, c'est un excellent parti.

Elle a remonté ses manches et s'est occupée de vider l'évier des assiettes sales qui l'encombraient.

— Tu l'avais rencontré une fois, dans la maison des Hamptons, tu te souviens, dans le jacuzzi? Bon, il y avait dix-huit autres personnes, mais tu ne vois pas? C'est un copain d'Eric Kiefer et de sa bande.

J'ai vaguement entrevu un beau gosse bien habillé, cadre dans une banque, la trentaine avec des cheveux bruns ondulés et des dents carrées.

— Ah, oui, je vois! Il ne sortait pas avec un mannequin ou une actrice?

— Il avait effectivement une petite amie. Amanda quelque chose. En effet, elle est mannequin, mais pour catalogues de VPC, je ne sais pas si tu vois. Pas vraiment la grande classe. De toute façon, Josh l'a larguée il y a deux jours.

Elle a levé les yeux vers moi et a ajouté:
— C'est ce qui s'appelle de la nouvelle fraîche, pas vrai?
Claire adorait être détentrice d'un scoop.
— Pourquoi ont-ils rompu? Est-ce que Josh a surpris son meilleur ami caché dans le placard d'Amanda?
Claire a rigolé.
— Non. D'après la rumeur, elle était trop bête pour lui. Elle a autant de conversation qu'un poisson rouge. Il paraît qu'elle croyait que paparazzi était le nom de famille d'un vrai photographe italien. Apparemment, elle a dit un truc du style: «C'est qui, ce M. Paparazzi, et pourquoi est-ce qu'on ne l'a pas arrêté il y a des années, quand il a tué la princesse Diana?»
J'ai ri, pour la première fois depuis plusieurs semaines.
— Bref, a repris Claire, Josh est sur le marché.
J'ai eu un doute, tout à coup.
— Et pourquoi tu n'en veux pas?
— Tu sais bien que mes épiscopaliens de parents, coincés comme ils sont, ne me laisseront jamais conclure avec un Juif. Sinon, j'aurais pas hésité. Mais tu as intérêt à te grouiller, parce que toutes les filles de la ville sont en train d'affûter leurs regards de biche.
— Ouais, il ne faut pas que Jocelyne apprenne ça…
Jocelyne Silver travaillait avec nous et, à petites doses, je m'entendais bien avec elle, mais ses dents rayaient beaucoup trop le parquet pour que je lui fasse entièrement confiance. Elle ressemblait par ailleurs énormément à Uma Thurman et, si je la voyais encore une fois prendre l'air offusqué quand un inconnu lui demandait si elle était Uma, j'allais vomir. Ce que, par ailleurs, Jocelyne faisait après chaque repas.
— Tu rigoles? Je ne lui en ai pas parlé. De toute façon, même si elle l'apprenait, Josh te préférerait de loin à elle.
J'ai pris un air faussement modeste.
— Alors, qu'est-ce que tu en penses? Je fais en sorte qu'il soit au vernissage, à notre club, la semaine prochaine? Jocelyne n'y sera pas, elle a le mariage de sa cousine… Donc tu arrêtes de te lamenter sur Marcus. De toute façon, franchement, c'était quoi, cette histoire? Il était peut-être marrant, mais de là à te laisser aller comme ça, non!

Je retrouvais peu à peu le moral en pensant à la réputation de bons époux qu'ont les hommes de tradition israélite.

— Tu as raison. Josh a l'air super, et je suis sûre que j'arriverai à le convaincre de faire un sapin de Noël.

— Tu pourrais convaincre n'importe qui de faire n'importe quoi.

J'ai souri. Sa théorie s'était révélée quelque peu erronée ces derniers jours, mais j'allais à n'en pas douter me remettre en selle et retrouver ma vie de conte de fées.

— Et j'ai pensé à un autre truc, en venant, a lancé Claire avec un sourire un peu mystérieux.

— Quoi donc?

Elle a débouché une bouteille de tequila.

— Qu'est-ce que tu dirais de partager à nouveau un appart toutes les deux? Mon bail arrive à expiration, et tu as une chambre d'amis. On économiserait un max en loyer, et on pourrait s'éclater. Qu'est-ce que tu en penses?

— C'est une idée géniale!

J'avais d'excellents souvenirs de notre cohabitation, avant que j'emménage avec Dexter. Claire et moi nous faisions la même pointure, avions les mêmes goûts musicaux et le même penchant pour les cocktails fruités que nous consommions en grande quantité tout en nous préparant pour nos soirées d'enfer. Et puis ce serait bien de l'avoir sous la main au moment de la naissance du bébé. J'étais sûre qu'elle ne verrait pas d'inconvénient à se lever la nuit de temps en temps pour lui donner le biberon. Je l'ai regardée couper un citron vert et en accrocher un morceau au rebord de nos verres. Elle était assez douée pour les petits détails qui améliorent le quotidien, encore un avantage à vivre avec elle.

— Quand est-ce que tu emménages?

Elle a poussé un petit cri de joie.

— Super! Mon bail expire le mois prochain.

— Il y a juste un truc qu'il faut que tu saches, ai-je dit comme elle me rejoignait sur le canapé, un verre dans chaque main. Je suis enceinte.

— Arrête.

Elle m'a tendu une margarita.

— Tiens, il faut qu'on trinque. À notre nouvelle cohabitation !

De toute évidence, elle avait pris ma révélation pour une plaisanterie. J'ai fait tinter mon verre contre le sien et bu une gorgée.

— Je suis vraiment enceinte, tu sais. Donc je ne devrais sans doute pas boire. Mais bon, quelques gorgées, ça ne peut pas faire de mal. Et puis ce n'est pas si fort, n'est-ce pas ?

Elle m'a regardée de côté.

— Tu plaisantes, j'espère ?

J'ai fait non de la tête.

— Darcy !

Elle s'est figée, un sourire un peu anxieux sur les lèvres.

— Je ne plaisante pas.

— Jure-le

— Je le jure.

Il m'a fallu un bon moment pour arriver à la convaincre que non, je ne lui montais pas un bateau, que oui, j'étais bien enceinte de l'homme qu'elle considérait comme totalement inapte à me satisfaire. Tandis que je lui racontais mes nausées, ma DPA, les problèmes avec ma mère, elle a avalé sa margarita en trois gorgées, ce qui ne lui ressemblait pas du tout. Claire gardait des manières impeccables en toutes circonstances. Elle n'oubliait jamais de croiser les jambes sur un tabouret de bar, ou de retirer ses coudes de la table, et elle ne rotait jamais. Mais là, c'était plus fort qu'elle.

— Alors, qu'est-ce que tu en dis ? lui ai-je demandé.

Elle m'a regardée avec un sourire figé, comme si elle n'était plus très sûre de savoir avec qui elle était en train de boire un verre. De mon côté, je m'attendais qu'elle soit surprise, mais j'aurais préféré la surprise enthousiaste à la surprise paniquée. Je me suis rassurée en me disant que c'était normal, elle n'avait rien vu venir, elle avait besoin de quelques minutes pour digérer tout ça. J'en ai profité pour lui faire un petit laïus très digne sur le fait que pas un instant je n'avais envisagé d'avorter ou d'abandonner le bébé. Pour être franche, j'avais pas mal réfléchi à ces deux options au cours des quarante-huit heures précédentes, mais quelque chose m'avait empêchée d'y donner suite. J'aimerais pouvoir dire que c'était une certaine force de caractère, assortie de valeurs morales solides, mais je crois que cela se situait plutôt du côté d'un orgueil tenace.

— Félicitations, quelle super nouvelle! a fini par lâcher Claire d'une petite voix totalement dénuée de sincérité.

On aurait dit un animateur de jeu télévisé annonçant au perdant qu'il ne part pas les mains vides, mais avec un bon d'achat de cinq dollars chez l'épicier du coin.

— Je sais que tu vas très bien t'en sortir... Et je serai là pour t'aider, si je peux.

Elle avait ajouté cette dernière phrase sur le ton de l'obligation plutôt que celui du désir sincère de s'impliquer dans la vie de mon bébé ou dans la mienne, en l'occurrence.

— Merci.

Étais-je trop critique? Trop parano?

Idéalement, j'aurais aimé qu'elle me demande si elle pouvait être la marraine, ou si elle pouvait s'occuper d'organiser une grande fête pour célébrer l'événement. J'aurais surtout aimé qu'elle me reparle de s'installer avec moi ou de rencontrer Josh le plus vite possible, tant que mon corps était encore au meilleur de sa forme. Elle s'est contentée de rire nerveusement et de dire:

— C'est... tellement... super.

— Oui, vraiment. Et je ne vois aucune raison de ne pas sortir avec quelqu'un d'autre d'ici là.

— Bien sûr que tu vas rencontrer d'autres hommes!

— Tu crois que Josh y verra un inconvénient?

Nouveau petit rire nerveux.

— Au fait que tu es enceinte?

— Oui.

— Eh bien... à vrai dire, je n'en sais trop rien. Je ne le connais pas si bien que ça, tu sais.

Il était parfaitement clair qu'elle était sûre que Josh y verrait un inconvénient énorme. Aussi énorme que celui qu'elle voyait à vivre avec moi et un nouveau-né. Pour changer de sujet, elle a embrayé sur la réaction que cette nouvelle allait susciter parmi nos collègues et m'a demandé si j'en avais parlé autour de moi.

J'ai répondu que non, je n'étais pas encore prête pour l'annoncer au reste du monde.

— Je comprends. Bouche cousue, alors.

J'ai bien insisté sur le fait que je n'avais aucune honte de cette grossesse, et puis j'ai aligné quelques généralités sur le fait que ma personnalité ne changerait pas, en citant par exemple Rachel dans *Friends* et Miranda dans *Sex and the City*. Ces deux femmes étaient parvenues à conserver leur vie d'avant tout en devenant maman. Je ne voyais aucune raison de ne pas arriver à faire de même.

— Oh, je sais! a dit Claire avec condescendance. Rien ne t'empêche de tout faire et de tout avoir. Sois une femme moderne!

J'ai observé son grand sourire factice et j'y ai soudain vu les contours exacts de notre amitié superficielle. Claire m'aimait bien, c'était certain, parce qu'avec moi on rigolait, et parce que j'attirais les mecs, même quand je portais la bague de fiançailles de Dex. Elle m'aimait parce que j'étais un atout de grande valeur. Avec son pedigree et mon physique, rien ne pouvait nous arrêter. Le duo des attachées de presse glamour que tout le monde connaissait ou désirait connaître.

Mais en l'espace d'une margarita, mes actions avaient perdu les trois quarts de leur valeur à ses yeux. J'étais devenue une mère-célibataire en galère. J'aurais eu des bigoudis dans les cheveux et un chèque des services sociaux dans la main qu'elle n'aurait pas été plus dégoûtée. Je ne lui servais plus à rien.

Elle a contemplé son verre vide, puis le mien, plein.

— Je peux?

— Je t'en prie.

Elle en a bu quelques gorgées, puis elle a regardé sa montre.

— Hou là! Tu as vu l'heure?

— On t'attend quelque part?

— Oui, j'ai dit à Jocelyne que je l'appellerais, elle voulait sortir, ce soir. Je ne t'en ai pas parlé?

— Non, tu ne m'en as pas parlé.

Claire a eu un sourire tendu.

— Oh, juste un dîner et un ou deux verres! Tu peux venir, si tu veux, hein! Même si tu ne peux pas boire. On serait ravies de t'avoir avec nous.

Claire était en train de me faire à moi, Darcy Rhone, la charité d'une invitation. J'étais tentée d'accepter, juste pour leur prouver que je savais encore m'amuser. Mais j'étais trop indignée pour accepter une invitation aussi facilement. J'ai répondu que non, j'avais des coups de fil à passer. Je pensais qu'elle insisterait un peu, mais elle s'est levée, a remporté les verres à la cuisine, a jeté son Prada par-dessus son épaule et m'a lancé, avec tout l'enthousiasme du monde :

— Bon, ben, ma chérie... encore toutes mes félicitations. Et bonne soirée. Prends soin de toi, OK?

Inutile de préciser que la semaine a passé et que Claire n'a pas reparlé de s'installer avec moi. Au lieu de cela, une autre fille de notre service m'a raconté que Jocelyne et Claire cherchaient un truc ensemble à Greenwich Village. Quelques jours plus tard, j'ai appris de la bouche même de Jocelyne, dans les toilettes du bureau, après sa purge postprandiale, qu'elle avait rencontré un mec super, un certain Josh Levine, est-ce que je le connaissais? Ça a été la goutte d'eau qui a fait déborder le vase, la pincée de sel sur ma blessure ouverte, sanguinolente, infectée. Même Claire, si accro à moi, si attentionnée, avait rejoint les rangs de la traîtrise. Je suis retournée dans mon bureau, stupéfaite, en larmes, ne sachant comment réagir. Sans même y réfléchir vraiment, je me suis retrouvée dans le bureau de Cal, à qui j'ai demandé un congé sans solde, à compter de tout de suite. J'ai prétexté avoir des problèmes familiaux, il m'a demandé s'il pouvait faire quelque chose pour moi. J'ai répondu que non, j'avais juste besoin de m'éloigner un peu. Il a déclaré que ça tombait bien, que l'agence avait trop de personnel en ce moment, que la récession frappait les boîtes de relations publiques de plein fouet et que je pouvais prendre tout le temps que je voulais, et revenir quand je serais prête. Et puis il a eu un regard appuyé sur mon ventre. Il connaissait mon secret.

Claire, la commère number one de Manhattan, avait fait son travail. Alors je l'ai ajoutée à ma liste d'ennemis, de gens qui un jour regretteraient de m'avoir mise en colère.

17

J'ai passé les jours suivants seule chez moi à écouter *I will survive* en boucle, en essayant de trouver comment me sortir de cette situation, échapper à la honte de ce rejet. J'avais besoin d'un nouveau départ, de changer d'endroit, de revoir la distribution des rôles. J'ai passé en revue mon carnet d'adresses, mais tout le monde y était d'une manière ou d'une autre lié à Dex ou Rachel, ou à mon boulot. Bref, je ne trouvais pas de solution. Au moment où je touchais le désespoir du doigt, j'ai eu un coup de fil d'Indianapolis. C'était Annalise, ma dernière amie en lice.

— Salut, Annalise !

J'éprouvais soudain des remords de l'avoir si souvent considérée comme rasoir, de ne jamais l'avoir rappelée lorsqu'elle me laissait des messages et de m'être moquée de sa petite existence de provinciale maîtresse de maternelle.

Et surtout, surtout, j'avais honte de ne pas être allée faire la connaissance de son bébé, une petite Hannah, lors de ma visite à Indianapolis.

— Comment vas-tu ? Comment va le bébé ?

Je l'ai écoutée patiemment se gargariser à propos de sa fille et se plaindre du manque de sommeil. Puis elle m'a demandé comment j'allais, d'un ton qui sous-entendait qu'elle était déjà au courant de mes soucis. Pour le cas où il lui aurait manqué quelques détails, je lui ai dressé un tableau assez précis de la situation.

— Tout se casse la figure autour de moi, et je ne sais pas quoi faire ! ai-je pleuré dans le combiné.

— Darcy… Je me fais du souci pour toi.

— Je suis au bout du rouleau. Et tout ça à cause de Rachel, tu te rends compte?

J'aurais tout donné pour un commentaire désobligeant à l'égard de Rachel. Rien qu'un tout petit, minuscule. Ça m'aurait fait un bien fou. Mais Annalise ignorait la méchanceté, et elle a juste poussé un soupir inquiet.

— Tu ne penses pas que vous pourriez essayer de vous réconcilier, toutes les deux? C'est tellement triste.

— Ah, ça, jamais!

Annalise a fait un autre commentaire sur le pardon, et j'ai reconnu là l'influence de son mari, Greg, un furieux côté religion.

— Jamais, ai-je insisté. Je ne lui pardonnerai jamais.

Annalise a soupiré de nouveau, pendant que, derrière elle, Hannah lançait des cris de plus en plus aigus qui n'éveillaient pas précisément mon instinct maternel.

— Enfin, bref, je pense qu'il faut que je change d'air. J'ai envisagé le bénévolat dans un pays lointain, mais ce n'est pas trop mon style. J'aime mon confort. Surtout maintenant que je suis enceinte.

— Pourquoi tu ne reviens pas à Indianapolis, chez tes parents, pour avoir le bébé ici? a suggéré Annalise. Ce serait super de t'avoir avec nous. Je fais partie d'un groupe de parents, à la paroisse, qui est vraiment génial. Tu adorerais. Ce serait un excellent moyen pour te poser, retrouver une certaine stabilité.

— Je n'ai pas envie de stabilité, moi. Au contraire. J'ai besoin de m'échapper, de partir. Je ne peux pas revenir à Indianapolis, ce serait… comme une défaite.

— D'accord! a rigolé Annalise. J'ai compris. On sait qu'on est des péquenots, pas vrai?

Cette fois, Hannah s'est mise à hurler.

— Tu sais bien ce que je veux dire. Toi, ça te plaît, tu y es bien. Moi, les petites villes, c'est tout simplement pas mon truc. Et en plus, je me suis fâchée avec ma mère, qui a très mal pris la nouvelle de ma grossesse.

— Alors pourquoi tu n'irais pas à Londres, chez Ethan?

Elle voulait parler d'Ethan Ainsley, notre copain de lycée, qui était parti vivre à Londres, où il se consacrait à l'écriture d'un bouquin.

À la seconde où elle a dit cela, j'ai su que j'avais ma solution. C'était tellement évident que je ne comprenais pas comment je n'y avais pas pensé plus tôt. J'allais sous-louer mon appartement et partir pour cette bonne vieille Angleterre.

— Annalise, c'est une idée géniale.

Déjà, j'imaginais tout le monde apprenant la nouvelle de mon départ pour l'autre côté de l'Atlantique. Claire, qui se targuait de beaucoup voyager, en serait malade de jalousie. Marcus, qui ne m'avait toujours pas rappelée pour savoir comment j'allais, serait assailli par le remords et l'envie de changer d'avis en découvrant que son bébé allait voir le jour à des milliers de kilomètres de là. Rachel, qui avait toujours été plus proche que moi d'Ethan, serait verte de voir que je m'entendais si bien avec son cher ami d'enfance. Dex se demanderait comment il avait pu laisser filer une femme aussi indépendante, aventureuse, et courageuse.

C'était l'idée du siècle. Il ne me restait plus qu'à convaincre Ethan de me laisser m'installer chez lui.

Je connaissais Ethan depuis le cours élémentaire. Il était arrivé en milieu d'année. Un nouveau, cela provoquait toujours une vague d'intrigues. Tout le monde était excité par le sang frais. Notre maîtresse de l'époque avait posé la main sur son épaule malingre et nous avait annoncé :

— Je vous présente Ethan Ainsley. Il arrive de l'île de Long Island et je vous demande de lui souhaiter la bienvenue.

Tandis qu'on marmonnait tous un « Bienvenu, Ethan », je me suis demandé où se trouvait cette île dont il venait – dans l'Atlantique ou dans le Pacifique ? – et comment un garçon arrivant tout droit des tropiques pouvait avoir la peau aussi claire et les cheveux aussi blonds. Je l'imaginais se promenant à demi nu, grimpant aux arbres pour cueillir les noix de coco qui le nourrissaient. Avait-il été retrouvé par des sauveteurs ? Envoyé dans une famille d'accueil dans l'Indiana ? C'était peut-être la première fois qu'il portait de vrais vêtements…

À la récréation, Ethan s'est assis seul dans un coin, derrière la cage à écureuil, et écrivait dans la poussière avec un bâton.

On le regardait tous du coin de l'œil, curieux, intrigués, et trop timides pour oser aller lui parler. J'ai finalement réussi à convaincre Annalise et Rachel qu'on y aille toutes les trois.

— Salut, Ethan. Je m'appelle Darcy. Et voilà Rachel et Annalise.

Ethan a plissé les yeux derrière ses immenses lunettes.

— Salut.

— C'est loin comment, ton pays ? ai-je demandé, curieuse de tout savoir sur son enfance exotique.

— New York ? C'est à peu près à 1 300 kilomètres d'ici, a-t-il répondu en articulant chaque mot, donnant l'impression d'être très intelligent, et pas du tout conforme à l'idée que je me faisais d'un jeune sauvage.

— New York ? Mais la maîtresse a dit que tu venais d'une île.

Rachel et lui ont échangé un regard amusé – le premier instant d'une connivence entre « grosses têtes » qui ne faisait que commencer.

— Qu'est-ce qu'il y a de drôle ? ai-je lancé, indignée. Elle a bien dit que tu venais d'une île, non ? Annalise, elle l'a dit, hein ?

Annalise a acquiescé d'un air sérieux.

— De l'île de *Long Island*, ont précisé Rachel et Ethan en chœur, avec le même sourire narquois.

Bon, et alors ? Longue, courte, on s'en fichait. Ça ne m'avançait pas beaucoup.

— Long Island est une partie de l'État de New York, a ajouté Rachel sur le ton de Mlle Je-Sais-Tout.

— Ah, bien sûr, je le savais. J'avais mal entendu, ai-je menti. Tu avais bien entendu, toi, Annalise ?

— Non, non.

Annalise n'était pas du genre à vous enfoncer, c'était une de ses plus grandes qualités. Ça, et le fait qu'elle prêtait toujours ses affaires.

— Long Island est la partie la plus à l'est de l'État de New York, a expliqué Ethan d'un ton condescendant qui m'a bien fait comprendre qu'il n'était pas dupe.

Cette attitude m'a vraiment agacée, et j'ai aussitôt regretté d'avoir voulu être gentille avec le nouveau.

— Et qu'est-ce que tu fais là, alors? ai-je demandé pour changer de sujet.

Il nous a expliqué que ses parents avaient divorcé et que sa mère était revenue s'installer à Indianapolis, pour être près de ses parents à elle. Annalise, dont les parents étaient eux aussi divorcés, lui a demandé si son père vivait toujours à New York.

— Oui. J'y vais aux petites et aux grandes vacances.

J'aurais dû le plaindre – le divorce, à cette époque, me semblait la pire chose qui puisse arriver à un enfant, avec le fait de devoir porter une perruque après une chimio pour leucémie. Mais il est difficile de plaindre quelqu'un qui vous prend pour une idiote parce que vous ne connaissez pas votre géographie sur le bout des doigts.

Rachel a changé de sujet à son tour, passant du divorce à la vie à New York, et j'en ai vite eu assez des «il y a ceci, et il y a cela, et je faisais ci, et je faisais là» d'Ethan.

— Nous aussi, on a des monuments et des musées, j'ai fini par lâcher avant d'entraîner Annalise dans une partie de quatre coins avec d'autres enfants.

Ensuite, je n'ai plus guère prêté attention à Ethan, jusqu'à ce que Rachel et lui soient sélectionnés pour le programme «Talentueux et Doués», destinés aux meilleurs élèves. Je détestais ce programme, je détestais l'idée d'en être exclue, de ne pas être à la hauteur, et je ne supportais pas le petit air supérieur que ces élèves affichaient lorsqu'ils se dirigeaient vers la salle mystérieuse qui leur était réservée et dont ils sortaient toujours surexcités, racontant leurs expériences idiotes. Pour ne pas passer pour une aigrie, je répétais à Rachel que j'avais raté les sélections d'un point seulement parce que, ce jour-là, j'avais une angine et je ne pouvais pas me concentrer sur autre chose que mes difficultés à avaler. (La partie sur l'angine était vraie, celle sur *le* point probablement pas. Ma mère m'avait dit que le score importait peu et que je n'avais pas besoin de ce programme pour être une petite fille adorable.)

Bref, étant donné l'agacement qui était le mien face à la supériorité d'Ethan, tout le monde a été assez surpris, moi comprise lorsque, au bout du compte, mon premier vrai petit ami a été lui. C'était aussi surprenant parce que Rachel avait eu un faible pour lui depuis le jour de son arrivée, alors que j'étais éprise de Doug Jackson. Doug était le garçon le plus populaire de notre classe, et j'étais convaincue que lui et moi allions former un couple super glamour, jusqu'à ce qu'il accroche une photo de Heather Locklear à son vélo en disant qu'il préférait les blondes aux filles châtain clair. Du coup, j'ai décidé de chercher un autre prétendant, peut-être même un de cours moyen. Inutile de dire qu'Ethan, pâle, maigrichon, ne m'a pas traversé l'esprit tout de suite.

Mais un jour, je l'ai aperçu de loin à la bibliothèque, et j'ai vu ce dont Rachel me rebattait les oreilles sans arrêt. Il était plutôt mignon. Alors j'ai fait semblant de lui rentrer dedans, il m'a regardée, étonné, puis il a souri, et j'ai adoré ses fossettes.

Quand j'en ai parlé à Rachel quelques jours plus tard, je pensais qu'elle serait contente de voir que j'étais enfin d'accord avec elle, et qu'on avait une chose de plus en commun. Après tout, les meilleures amies doivent être d'accord sur tout, en tout cas sur les sujets aussi importants que les petits amis potentiels. Mais Rachel n'a pas été contente du tout. À vrai dire, elle a même été furieuse, on aurait dit qu'Ethan lui appartenait, elle répétait sans cesse que c'était elle qui avait aimé Ethan en premier.

Ce n'était pas faux. Mais puisqu'elle l'aimait tant, pourquoi est-ce qu'elle n'agissait pas? Et par agir, je ne voulais pas dire écrire ses initiales sur la buée d'une vitre. Mais l'action, c'était plutôt mon domaine à moi, pas celui de Rachel.

Alors quelques jours plus tard, j'ai écrit un petit mot à Ethan en lui demandant s'il voulait sortir avec moi, avec des instructions pour cocher les cases «*oui*», «*non*», «*peut-être*». Et il a répondu: «Oui.» Et on est sortis ensemble. On se téléphonait, et on flirtait à la récréation. Pendant quelques semaines, on a eu des «papillons» dans le ventre chaque fois qu'on se voyait, ça picotait et c'était très agréable.

Et puis Doug a changé d'avis et a décidé qu'il préférait les filles châtain clair, finalement, alors j'ai rompu avec Ethan et je me suis remise en lice côté Doug. Heureusement, notre rupture a coïncidé avec la naissance de la grande passion d'Ethan pour le monstre du Loch Ness. Il ne parlait que de ça, projetait même un voyage en Écosse ou en Équateur, je ne sais plus où vivait ce truc, donc il avait une autre source d'intérêt et s'en est remis relativement vite. Peu après, Rachel a elle aussi tourné la page Ethan, en déclarant que, de toute façon, les garçons ne l'intéressaient pas. Cela tombait bien dans la mesure où eux ne s'intéressaient pas à elle.

Les années ont passé. Rachel, Ethan, Annalise et moi on formait une petite bande (même si j'évoluais aussi, de mon côté, dans des cercles un peu plus branchés). Après le lycée, je suis restée en contact avec Ethan, mais principalement par le biais de Rachel. Ils étaient très proches, surtout au moment du divorce d'Ethan. Il venait très souvent à New York à cette époque, au point que j'avais fini par me demander s'ils ne sortaient pas ensemble. Mais Rachel répétait qu'il n'y avait rien de romantique entre eux.

— Tu crois qu'il est homo? lui ai-je demandé une fois, faisant référence à sa grande sensibilité, à son goût pour la musique classique et au fait qu'il avait beaucoup d'amies femmes.

Elle a répondu qu'elle était sûre que non, même s'ils n'étaient qu'amis.

Bref, en composant son numéro à Londres, j'avais un peu peur qu'il ne refuse que je vienne, par fidélité envers Rachel. Annalise nous aimait toutes les deux autant, mais Ethan avait toujours clairement préféré Rachel. Et ça n'a pas loupé, lorsqu'il m'a enfin rappelée, plus d'une semaine plus tard, après que je lui ai laissé deux messages et envoyé un mail bien tourné et juste assez désespéré, son «bonjour» était un peu tendu et hésitant.

J'ai pris le taureau par les cornes.

— Ethan, si tu refuses, je ne m'en remettrai pas. J'ai besoin de ton aide. Je sais que tu t'entends mieux avec Rachel, et je sais que tu es de son côté…

Je lui ai laissé une demi-seconde pour qu'il puisse me dire que non, pas du tout, mais comme il s'est tu, j'ai repris:

— Mais je t'en supplie, Ethan, il faut que je m'en aille d'ici. Je suis enceinte, mon petit ami m'a larguée, j'ai pris un congé sans solde, et je ne peux pas aller chez mes parents, ce serait trop humiliant.

Je connaissais les risques : il pouvait appeler Rachel et lui dire à quel point j'étais tombée bas. Je n'avais plus rien à perdre. J'ai gémi un dernier « s'il te plaît » et je me suis tue.

— Darcy, Rachel n'a rien à voir avec ça. C'est juste que j'aime vivre seul, et que je ne veux pas de colocataire.

— Ethan, je t'en prie, ce n'est que pour quelques semaines. Une petite visite. Je n'ai nulle part où aller.

— Et Indianapolis ? Tes parents ?

— Tu sais que je ne peux pas. Tu y serais retourné, toi, à Indianapolis, après ton divorce ?

Il a soupiré, mais j'ai bien senti que j'avais touché une corde sensible.

— Quelques semaines ? Combien exactement ?

— Trois ? Quatre ? Six au max.

J'ai retenu ma respiration.

— Bon, d'accord, Darcy, tu peux venir. Mais j'insiste, c'est temporaire, hein ? Mon appart est vraiment petit et, comme je te l'ai dit, j'aime la solitude. J'y tiens.

— Oh, merci ! Merci, merci, merci !

Je me sentais à nouveau moi, la Darcy qui triomphe, quelle que soit l'adversité.

— Tu ne le regretteras pas, Ethan, je peux te l'assurer. Je serai une hôte parfaite.

— Souviens-toi : une petite visite. Quelques semaines.

— Quelques semaines, oui, j'ai compris.

J'ai raccroché et j'ai imaginé ma nouvelle vie…

Que du glamour en Burberry's et en plaid écossais sur les pelouses au cordeau des parcs privés de Notting Hill. Dans une pâtisserie, un grand brun aux yeux bleus, bien plus beau que Marcus, bien plus sexy que Dexter, le coup de foudre. Une demande en mariage quelques semaines plus tard et l'emménagement dans une grande demeure de style victorien, parfaitement rénovée, avec majordome, bonne, cuisinière, la totale.

Et puis un matin, en avril, les premières douleurs, et la naissance, dans la meilleure clinique privée de Londres, de ma petite fille, qui me ressemble trait pour trait, et que mon mari décide d'adopter. « Notre fille », dira-t-il à tous. Et avant qu'elle ait sa première dent, personne ne se souviendra que son père biologique est un Américain mal dégrossi. J'aurai aussi oublié Dexter et Rachel, trop prise par ma nouvelle vie et par mon bonheur pour leur accorder ne serait qu'une pensée fugace.

18

Pendant les deux semaines qui ont suivi, je ne me suis plus consacrée qu'à une chose : préparer mon voyage et régler mes affaires à New York. J'ai passé une petite annonce, trouvé un jeune couple à qui sous-louer mon appartement, puis j'ai revendu ma bague de fiançailles dans une boutique du quartier des diamantaires et ma robe de mariée sur eBay. En totalisant ce que j'en ai tiré et ce que j'avais sur mon compte, j'ai calculé que j'avais assez d'argent pour tenir jusqu'à mon accouchement à Londres sans avoir besoin de travailler.

Enfin, j'ai été prête et, mes bagages pleins de mes biens les plus raffinés, j'ai pris un taxi pour l'aéroport Kennedy. J'ai embarqué en éprouvant un sentiment intense de satisfaction, je quittais la ville sans un mot pour ceux qui m'avaient trahie. Je me suis installée sur mon siège en classe affaires, j'ai mis une paire de petits chaussons en cachemire et je me suis endormie, profondément, paisiblement.

Sept heures plus tard, quand j'ai ouvert un œil, l'appareil survolait de vertes prairies en suivant un ruban scintillant et sinueux qui ne pouvait être que la Tamise. Mon cœur s'est mis à battre, ma nouvelle vie avait commencé. J'ai passé le contrôle des passeports en racontant les mêmes craques qu'à Ethan sur la durée de mon séjour, j'ai retiré du liquide à un distributeur et j'ai pris un gros taxi noir, direction l'appartement d'Ethan.

Le trajet n'a fait qu'ajouter à mon excitation. Je me sentais déjà chez moi. Je me suis assise bien droite, et j'ai parlé comme il faut à mon chauffeur plutôt que de lui aboyer mes ordres, comme je le faisais à New York. Nous étions en pays civilisé. Ici, j'allais trouver l'existence qu'il me fallait, une existence plus cultivée. Après tout, si des gens comme Madonna et Gwyneth Paltrow, qui pouvaient vivre n'importe où, avaient choisi Londres plutôt que New York ou Los Angeles, c'était bien pour une raison. J'avais beaucoup de choses en commun avec ces femmes : la classe, la beauté, un certain « je ne sais quoi ». Peut-être même que j'allais devenir leur amie. Et celle de Kate Moss, Hugh Grant et Ralph Fiennes.

Après quarante minutes d'une conversation polie, je suis arrivée en bas de chez Ethan. Mon chauffeur est descendu, m'a aidée à descendre, puis à tirer de son taxi mes bagages Vuitton, qu'il a alignés sur le trottoir. Je lui ai donné deux billets de vingt, violets, et un de cinq, vert, tous joliment décorés du portrait de la jeune Elizabeth 1re. Même l'argent était plus intéressant en Angleterre.

— Tenez, monsieur. Et gardez tout. Merci pour votre gentillesse, ai-je dit en esquissant une petite révérence, parce que cela me semblait très british, comme attitude.

Il a souri et m'a fait un clin d'œil avant de s'en aller.

Les choses commençaient bien. J'ai inspiré un grand coup, soufflé en regardant la buée qui sortait de ma bouche en cette fraîche matinée de novembre. Puis j'ai grimpé les six marches de marbre nettement usées, j'ai trouvé le numéro de l'appartement d'Ethan et j'ai appuyé sur le bouton en bronze juste à côté. J'ai entendu une sonnerie fatiguée, suivie d'un « Oui ? ».

— Ethan ! Je suis arrivée ! Dépêche ! Je meurs de froid !

Quelques secondes plus tard, Ethan me souriait à travers la fenêtre en verre cathédrale de la porte d'entrée, qu'il a ouverte en grand avant de me sauter au cou.

— Darcy ! Comment vas-tu ?

— En pleine forme !

Je l'ai embrassé sur les deux joues, à l'européenne, et j'ai passé une main dans ses cheveux couleur miel. Ils étaient plus longs que d'ordinaire, et les boucles formaient une véritable crinière.

— Pas mal, ta coupe !

— Merci. J'ai pas eu le temps d'aller chez le coiffeur. Je

suis content de te voir, a-t-il ajouté d'un ton apparemment sincère.

— Et moi je suis ravie !

— Comment te sens-tu ?

Sa main a caressé mon dos d'un mouvement circulaire bien agréable. J'ai répondu que j'irais mieux dès que je serais au chaud et que je me serais nettoyé le visage.

— L'air recyclé, la climatisation, tout ça, c'est vraiment une catastrophe pour la peau. Et encore, je n'étais pas en classe éco, avec le bétail. L'air y est encore plus mauvais !

Il a rigolé, et puis son sourire s'est figé quand il a vu mes bagages, toujours sur le trottoir.

— Je rêve… Tout ça pour quelques semaines ?

Je ne lui avais pas encore dit que mes projets allaient bien au-delà de quelques semaines et visaient plutôt quelques mois, voire une installation définitive. Il fallait que je procède en douceur. D'abord renouer les liens, faire en sorte que notre amitié soit plus forte que celle qui l'unissait à Rachel. Ensuite, je lui dirais la vérité. Et comme de toute façon j'allais rencontrer mon beau brun entre-temps…

Ethan a levé les yeux au ciel, puis il a empoigné mes deux plus grosses valises.

— Bon sang, Darcy, mais qu'est-ce qu'il y a, là-dedans ? Un macchabée ?

— Oui. Celui de Rachel dans la valise de droite, et celui de Dex dans celle de gauche.

Il a secoué la tête et m'a lancé un regard qui disait : « Attention, pas de ça, Rachel est quelqu'un de très cher. »

— Non, sérieusement, Darcy, c'est quoi, toutes ces affaires ?

— Juste des vêtements, des chaussures. Pas mal de produits de beauté, de parfums, tout ça.

Puis j'ai pris mes sacs les plus légers en expliquant qu'étant enceinte, je ne devais pas porter des charges de plus de dix kilos.

Quatre voyages plus tard, il avait hissé tous mes bagages jusqu'à l'entrée de l'immeuble. Je l'ai suivi dans un couloir sombre moquetté de vert bouteille et qui sentait la naphtaline. J'ai dû faire la grimace, parce que Ethan m'a demandé si quelque chose n'allait pas.

— C'est l'odeur de naphtaline.

— C'est toujours mieux que d'avoir des mites, non? Tu ne voudrais pas qu'elles bousillent tes pulls de marque?

Au bout du couloir, à mon grand désappointement, Ethan a descendu un étage. Je ne supportais pas les appartements en demi sous-sol. Ils me rendaient claustrophobe. Ils étaient par ailleurs synonymes de «pas de terrasse, pas de vue et pas de lumière». J'ai espéré que l'aménagement intérieur compenserait le reste.

— Voilà, a dit Ethan en poussant la porte. *Home, sweet home.*

J'ai jeté un regard circulaire à l'appartement, en essayant de dissimuler ma déception.

— Je t'avais dit que c'était petit, a juste lâché Ethan avec nonchalance.

Tout était impeccable, propre, rangé, et joliment décoré, mais rien ne m'a frappé comme étant particulièrement européen, sinon quelques rosaces en stuck au milieu de plafonds assez hauts. La cuisine était d'une banalité sans nom, et la salle de bains carrément sinistre. Les toilettes m'ont quant à elles semblées minuscules.

— C'est mignon, ai-je dit d'un ton faussement enjoué. Où est ma chambre?

— Patience, ma chère, j'y viens.

À côté de la cuisine, il a ouvert une porte qui donnait sur une pièce plus petite qu'une chambre de bonne à New York, et dont l'unique fenêtre était garnie de barreaux mangés par la corrosion, même si elle était bien trop étroite pour que l'on puisse s'y glisser. Dans un coin se trouvait une commode blanche, qui détonnait avec les murs, blancs aussi, et du coup l'ensemble semblait gris. En face de la commode se trouvait une petite bibliothèque, blanche également, et sur laquelle était posé un gros coquillage exotique.

Ailleurs que sur une plage de sable blanc, ce genre de conque me déprime complètement. Je me sens obligée d'écouter dedans, et je déteste le son caverneux, triste qui en sort. C'est ce que j'ai fait tout de suite, et ça n'a pas manqué. En la reposant, je me suis sentie triste. Je suis allée vers la fenêtre, qui donnait juste au niveau de la rue. Rien, mais alors rien du tout dans cette vue ne pouvait laisser penser que je me trouvais à Londres. J'aurais tout aussi bien pu être à Cleveland.

Ethan a bien vu que ça n'allait pas.

— Écoute, Darcy, si ta chambre ne te plaît pas, il y a plein d'hôtels…

— Comment? Mais je n'ai pas dit un mot! me suis-je exclamée d'un air innocent.

— Je te connais.

— Alors tu devrais savoir que je te suis infiniment reconnaissante et que je suis absolument ravie d'être ici. J'adore ma jolie petite cellule… heu… je veux dire, chambre.

Par-dessus ses lunettes à monture en écaille, Ethan m'a regardée, dubitatif.

— Je plaisantais!

Un serial killer dans le couloir de la mort était sans doute mieux logé que ça, mais bon…

Ethan a secoué la tête et est retourné chercher mes bagages. Quand tout a été posé dans ma chambre, il n'y avait pratiquement plus de place pour s'y tenir debout, et encore moins dormir.

— Je vais dormir où? ai-je gémi.

Ethan a ouvert un placard et a montré un matelas pneumatique.

— J'ai acheté ça pour toi hier. C'est un modèle de luxe, pour une fille de luxe.

J'ai souri. Au moins ma réputation était-elle intacte.

— Je te laisse t'installer. Prends une douche, si tu veux.

— Bien sûr que je veux! Je suis repoussante!

— Bon, alors prends-en une et, quand tu seras prête, on ira manger un morceau.

— Parfait!

Son appartement n'était peut-être pas celui que je m'étais imaginé, mais je savais que tout le reste irait au-delà de mes espérances. Londres et ses quartiers branchés compenseraient sans problème l'odeur de naphtaline et ma chambre de deux mètres carrés.

J'ai pris une douche en trouvant qu'il n'y avait vraiment pas de pression, et un courant d'air désagréable. Ethan avait plein de produits sympas, dont une mousse pour le visage à l'ananas de chez Kielh, que j'aimais beaucoup. Je lui en ai pris un peu, et j'ai soigneusement remis le flacon en place pour qu'il ne s'en aperçoive pas. Une invitée qui vous pique vos meilleurs produits de toilette, ça fait désordre.

— C'est bizarre, mes cheveux sont tout rêches, ai-je dit en sortant de la salle de bains, vêtue de mon plus joli peignoir en soie rose. Ça vient de l'eau?

— L'eau est très calcaire, ici. Tu t'y feras. Le seul problème, c'est qu'elle laisse des traces sur les vêtements.

Mince, allait-il falloir que je porte tout au pressing?

— Tu rigoles? On ne peut pas utiliser un adoucisseur d'eau?

— Je ne me suis jamais posé la question. Mais si tu veux t'en occuper, je t'en prie.

J'ai soupiré.

— Et je suppose que tu n'as pas de sèche-cheveux?

— Bonne supposition.

— Bon, alors je n'ai plus qu'à opter pour le look naturel. On ne voit personne, aujourd'hui, j'espère? Je tiens à être au top niveau quand je rencontrerai ta bande d'amis!

Ethan me tournait le dos et rangeait des papiers sur la table de la salle à manger.

— Je n'ai pas vraiment de bande. Juste quelques amis. Et je n'ai rien prévu.

— Ouf! Je tiens à faire bonne impression dès la première rencontre. Tu sais ce qu'on dit, la première impression, c'est celle qui compte pour la suite!

— Mum.

— Donc j'irais chez Harrod's aujourd'hui, pour acheter un sèche-cheveux.

— Pas la peine. Il y a un drugstore juste au coin de la rue, Boots.

— Super! Alors je m'habille et on y va!

— D'accord.

J'ai mis mon pull le plus chaud, et Ethan m'a emmenée déjeuner dans un pub, près de chez lui. De l'extérieur, c'était charmant: une petite bâtisse ancienne, en brique rouge, recouverte de lierre. Deux gros pots en cuivre avec des petites fleurs rouges encadraient l'entrée. À l'intérieur, c'était autre chose. L'endroit était sale et puait la fumée. Et surtout, il était bourré d'ouvriers en tenue de travail d'une propreté douteuse, alors que j'avais vu à l'entrée un panneau portant l'inscription «Tenue de travail présentable, SVP» et un autre panneau «Veuillez signaler tout sac ou colis suspect au gérant».

— Qu'est-ce que ça signifie? ai-je demandé à Ethan en montrant le panneau.

— C'est à cause de l'IRA.

— Li quoi?

— L'Armée républicaine irlandaise. Déjà entendu parler?

— Ah, ça...

Je me souvenais vaguement d'incidents terroristes au cours des années précédentes.

On s'est assis, et Ethan a suggéré qu'on commande des fish and chips.

— J'ai un peu mal au cœur. C'est soit la grossesse, soit le voyage. Je crois que je préfère quelque chose d'un peu plus passe-partout. Un sandwich au fromage grillé, peut-être?

— Tu as de la chance, ils font de bons croque-monsieur ici.

— Des croque-monsieur?

— Un nom français pour faire plus classe, en réalité un sandwich grillé au jambon et au fromage.

— Alors d'accord.

J'allais devoir réviser mon français, surtout pour mes petites escapades à Paris avec le beau brun.

On a commandé, et une serveuse mal fagotée nous a apporté notre repas, puis nous a tendu couteau et fourchette enroulés dans une serviette en papier avant d'échanger quelques mots avec Ethan à propos de l'écriture de son livre. Il devait manger là souvent. J'ai remarqué qu'elle avait des dents jaunes, qui se chevauchaient dans tous les sens, et je n'ai pas pu m'empêcher de faire un commentaire.

— C'est vrai, ce qu'on dit sur les dentistes, ici?

— Kiley est une fille très gentille, a répondu Ethan en salant son poisson, ses frites, et une espèce de purée verte.

— Je n'ai pas dit le contraire. J'ai juste dit qu'elle avait des dents vraiment moches. C'est quoi, cette purée verte, là?

— Ce sont des petits pois, en purée.

— Beurk.

Ethan n'a pas répondu. J'ai pris une petite bouchée de mon croque-monsieur et, en mâchant, j'ai été prise d'une irrésistible envie de prononcer le nom de Rachel, d'apprendre ce qu'Ethan savait sur sa relation avec Dexter. Mais il fallait que j'avance avec précaution. Si je me lançais dans une tirade, Ethan se refermerait comme une huître. Alors après quelques minutes de silence, consacrées pour ma part à l'élaboration d'une stratégie, j'ai abordé le sujet *via* l'évocation d'un souvenir d'école nous impliquant tous les trois. Et puis, d'un ton détaché, j'ai demandé :

— Et au fait, comment va Rachel ?

Ethan n'a pas mordu à l'hameçon. Il a levé les yeux de ses petits pois en purée et a simplement répondu :

— Elle va bien.

— C'est tout ?

Mon regard innocent n'a eu aucun effet sur lui. Ethan n'était pas facile à flouer.

— Darcy…

— Quoi ?

— Je refuse de faire cela avec toi.

— De faire quoi ?

— De parler de Rachel.

— Pourquoi ? Je ne comprends pas.

— Rachel est mon amie.

J'ai posé mon sandwich dans mon assiette.

— Tu es ami avec moi aussi, non ?

— Je sais, a-t-il répondu en mettant du vinaigre sur son poisson.

— Alors pourquoi ne pas me dire ce que tu penses ? Je ne me vexerai pas. Je veux dire… tu es de son côté, c'est évident, mais…

Prêcher le faux pour savoir le vrai, cela valait le coup d'essayer, même avec quelqu'un d'aussi intelligent qu'Ethan.

— Écoute, Darcy, je n'ai pas envie d'en parler, en fait. Tu n'as pas d'autre sujet de conversation que Rachel ?

— Oh, fais-moi confiance, j'en ai plein ! ai-je dit sur le ton de celle dont la vie est toujours aussi glamour et paillettes.

— Bon, très bien. Alors arrête de me pousser à dire du mal d'elle.

— Mais je n'ai jamais fait une chose pareille! Je voulais juste te parler à toi, mon ami d'enfance, d'une autre amie d'enfance… et de ce qui nous arrive. C'est si mal que ça?

Il m'a regardée un long moment., puis a fini de manger en silence. Ensuite, il a allumé une cigarette, en a tiré une longue bouffée et a soufflé devant lui, c'est-à-dire vers moi.

— Eh! Attention! J'attends un enfant, moi! ai-je glapi.

— Désolé.

Il a tourné sa chaise et a soufflé dans une autre direction.

— Tu vas avoir du mal, ici. Tout le monde fume, dans ce pays.

J'ai regardé autour de moi.

— C'est ce que je vois, et ça pue.

Il a haussé les épaules.

— Bon. Est-ce que je peux au moins te poser quelques questions?

— Pas si elles concernent Rachel.

— Arrête, Ethan. Ce sont des questions absolument anodines. S'il te plaît.

Il n'a pas répondu, alors j'ai posé la première.

— Tu lui as parlé, récemment?

— Assez récemment, oui.

— Est-ce qu'elle sait que je suis ici?

— Oui.

— Et elle n'a rien dit?

J'espérais que cela l'aurait rendue jalouse, que je sois à Londres avec son cher Ethan. Je voulais qu'elle ait l'impression que j'empiétais sur son territoire. J'avais hâte qu'Ethan lui envoie des cartes postales de nos petits voyages à Vienne, Amsterdam, Barcelone. Cartes sur lesquelles je me permettrais d'ajouter un petit «*P-S, tu nous manques*», pour lui montrer à quel point j'avais tourné la page, que j'étais passée à autre chose, à une autre vie.

— Ça ne lui pose pas de problème.

J'ai eu un petit rire en coin montrant bien que je n'y croyais pas un seul instant. Ethan a haussé les épaules.

— Alors, quoi de neuf de son côté?

— Pas grand-chose.

— Elle est toujours avec Dex?

— Darcy, j'en ai assez.

— Quoi? Dis-moi, c'est tout! Je me fiche de savoir s'ils sont toujours ensemble! Je suis curieuse, c'est tout.

— Arrête!

— Bon, bon. Mais je trouve vraiment idiot que deux amis ne puissent pas se parler en toute honnêteté. Enfin bref, on passe. À toi, maintenant.

— C'est ça. À moi, a dit Ethan, visiblement las.

Après le déjeuner, j'ai défait mes bagages pendant qu'Ethan allait travailler dans sa chambre. Plusieurs fois, je suis allée lui demander des cintres supplémentaires et, chaque fois, il a levé les yeux de son ordinateur portable, l'air agacé, comme si une toute petite requête de cintre avait interrompu son inspiration.

Au milieu de l'après-midi, ma chambre était aussi rangée qu'elle pouvait l'être étant donné le manque d'espace. J'avais bourré mes vêtements dans le placard, aligné mes chaussures devant, sur deux rangées, et installé tous mes produits cosmétiques et ma lingerie dans la bibliothèque. Ce n'était pas joli, mais c'était fonctionnel. Juste au moment où j'étais d'humeur à m'arrêter et à proposer à Ethan de sortir s'amuser un peu, je l'ai trouvé dans le salon en train de fourrer des papiers et un paquet de cigarettes dans une besace qu'il portait en bandoulière.

— Tu sors? ai-je demandé.

— Ouais.

— Tu vas où?

— Je vais écrire.

— Tu écris sur quoi, exactement?

— J'écris un chapitre dans un livre sur l'architecture londonienne et, récemment, j'ai commencé un roman. Et puis j'ai une tonne d'articles à rendre, comme pigiste. Des trucs qui paient le loyer, quoi.

— Il parle de quoi, ton roman? ai-je demandé en me disant que ma vie aurait fait une excellente trame.

J'étais sûre que je pouvais au moins lui fournir des idées originales.

— D'un gars qui perd toute sa famille à cause d'une intoxication au monoxyde de carbone et qui part vivre seul dans les bois pour essayer de s'en remettre.

— C'est gai !

— C'est plein d'espoir.

— Si tu le dis… Mais tu es obligé de bosser aujourd'hui ? Alors que je viens d'arriver ?

— Oui.

Et pas la moindre trace de « je suis désolé » derrière ce « oui ».

— Tu ne peux pas rester ici pour bosser ? Je vais faire très attention, je serai discrète. Une vraie souris de presbytère.

Là, il n'a pas pu s'empêcher de sourire.

— Toi ? Une souris de presbytère ?

— Allez, Ethan, s'il te plaît ? Je vais me sentir toute seule, moi.

Il a secoué la tête.

— Je n'arrive pas à réfléchir, ici.

Pas étonnant, dans un terrier pareil !

— Bon, bon, comme tu veux. Mais juste pour que tu saches : les lunettes et la casquette, ça ne va pas du tout ensemble. Il faut choisir, c'est l'un ou c'est l'autre. C'est comme si tu portais trop d'accessoires en même temps. Tu devrais faire plus gaffe à ton look.

Il a secoué la tête tandis que je le suivais jusqu'à la porte d'entrée.

— Je te trouve où si j'ai besoin de toi ?

— Tu n'auras pas besoin de moi.

— Non, sérieusement, Ethan ! Où est-ce que tu seras ?

— Je n'en sais rien. En général, je me balade jusqu'à ce que je tombe sur un café qui me plaise, où les vibrations sont bonnes. Pas trop calme, pas trop bruyant. Juste un endroit sympa. J'ai laissé mon numéro de portable sur le bloc-notes, là. Mais tu n'appelles que si c'est absolument nécessaire, d'accord ?

— Je ne peux pas venir avec toi ?

— Non.

— Pfff… Qu'est-ce que je vais faire, toute seule ? Je ne pensais pas que je serais seule dès mon premier jour ici.

Il a fait glisser sa besace dans son dos et m'a regardée, prêt à me sermonner.

— Désolée. Je vais trouver.

Il m'a tendu un trousseau de clés, et un gros cahier à spirale avec un plan sur la couverture.

— La petite clé est pour la porte d'entrée de l'immeuble. La jaune est pour le verrou du haut, l'autre pour celui du bas. Et prends ce plan, c'est la bible des rues de Londres. Indispensable.

— Je déteste les plans, ai-je répondu en feuilletant le truc, qui pesait une tonne. Et celui-là a l'air super compliqué. Il y a trop de pages.

— C'est toi qui es compliquée.

— Dis-moi juste où il faut que j'aille pour faire des courses.

— Il y a un index à la fin, cherche Knightsbridge. Il y a plein de boutiques dans ce quartier. Harrod's, par exemple. Et Harvey Nichols, qui te conviendra mieux, je pense.

— Ah bon? Dans quel sens?

— Plus destiné à l'élite branchée.

Enfin un compliment. J'ai souri.

— Et c'est loin, Knightsbridge?

— À pied, oui, en taxi non. Je t'expliquerai le métro un autre jour, je n'ai pas le temps.

— Merci, Ethan, ai-je dit en l'embrassant sur la joue. À ce soir, alors. Et d'ici là, j'aurai sûrement trouvé plein de fringues sympas!

— Ça me paraît être un bon plan! s'est-il exclamé avec un sourire encourageant.

Comme s'il avait compris que, pour commencer une nouvelle vie, j'avais absolument besoin d'une nouvelle garde-robe.

19

Ethan avait tout à fait raison, Harvey Nichols était exactement mon style de magasin. J'avais commencé par Harrod's, que j'avais trouvé trop grand et bourré de touristes. Harvey Nichols, en revanche, beaucoup plus chic et plus petit, me convenait tout à fait. J'étais aux anges, j'allais de présentoir en présentoir, m'emparant de différents bijoux de chez Stella MacCartney, Alexander McQueen, Dolce & Gabbana, Jean-Paul Gaultier et Marc Jacobs. Et puis j'y ai ajouté quelques noms du cru, de créateurs dont je n'avais jamais entendu parler, mais qui faisaient vraiment des choses magnifiques. J'allais être au top, cet hiver.

Le seul mauvais moment de l'après-midi a été quand j'ai voulu essayer tout ça et que je me suis rendu compte que je ne rentrais dans rien. J'étais enceinte de dix-sept semaines et je savais que j'avais pris quelques grammes, mais là, rien ne m'allait. Après un moment de panique, j'ai passé la tête par le rideau de la cabine d'essayage, et j'ai alpagué la vendeuse.

— Excusez-moi, les tailles ne sont pas un peu bizarres, chez Dries Van Noten?

Elle a eu un petit rire mélodieux.

— Vous êtes américaine?

J'ai acquiescé.

— Les tailles ne sont pas les mêmes, ici. Vous faites un quatre, d'ordinaire?

— Oui, en général, ai-je annoncé fièrement. Mais depuis quelque temps, je prends plutôt du six.

— Alors ici, c'est un dix, qu'il vous faut!

— Ouf! Vous me rassurez!

— Désirez-vous que j'aille vous chercher d'autres tailles?

J'ai fait oui de la tête avec un sourire reconnaissant, et je lui ai tout rendu. Puis j'ai attendu dans la cabine, en sous-vêtements, et j'ai examiné l'arrondi de mon ventre. J'avais réellement l'impression que cette petite bosse était apparue en une nuit, mais le reste de mon corps était encore ferme et mince. En prenant garde à ce que je mangeais, je devais pouvoir conserver ma silhouette encore quelques mois.

Quand la vendeuse est revenue, elle s'est exclamée :

— Mon Dieu, mais vous êtes enceinte! De combien?

— Quatre mois et quelque, ai-je répondu en passant la main sur mon ventre.

— Vous êtes éblouissante, pour quatre mois!

Le compliment, plus l'accent anglais... j'étais aux anges.

Une heure plus tard, je sortais de là avec cinq tenues qui auraient fait baver Claire. À la caisse, j'ai vaguement essayé de faire la conversion de livres en dollars, et puis j'ai décidé que cela n'en valait pas la peine. Quelques milliers de dollars, ou de livres, quelle différence? Je commençais une nouvelle vie, c'était un investissement.

J'y ai ajouté deux paires de Jimmy Choo, qui étaient très confortables et que je pourrais porter tout au long de ma grossesse, voire porter à ma sortie de la clinique, Beau Brun à mes côtés.

Et tant que j'y étais, après avoir quitté Harvey Nichols, je suis passée chez mes vieux copains Christian Dior, Valentino, Hermès, Gucci, découvrant avec délices que les marchandises proposées n'étaient pas tout à fait les mêmes qu'à New York.

J'ai craqué pour un sac Gucci vraiment magnifique, et j'ai pris un taxi pour rentrer chez Ethan. J'avais hâte de lui montrer mes emplettes, et qu'il voie que je m'étais très bien débrouillée toute seule. Il n'était pas encore rentré, alors je me suis servi une tasse de sorbet à la framboise et j'ai allumé la télévision. Quand Ethan est finalement arrivé, il était vingt-deux heures passées.

— Où étais-tu? ai-je demandé, mains sur les hanches.

Il a laissé tomber son sac sur le sol.

— J'écrivais.

— Tout ce temps?

— Oui.

— Tu es sûr? Tu sens la fumée, ai-je dit en fourrant mon nez contre son blouson. Ce n'est pas parce que je suis enceinte que je ne peux plus faire la fête, tu sais.

Il s'est dégagé d'un mouvement brusque en fronçant les sourcils.

— Je ne faisais pas la fête, Darcy. Je travaille dans les cafés, des cafés enfumés, je te l'ai dit.

— Bon... Mais si tu veux savoir, moi, je me suis drôlement barbée, ici. Et en plus, je meurs de faim. Je n'ai mangé qu'un peu de sorbet. Je ne devrais pas sauter des repas comme ça, dans mon état.

— Tu aurais pu manger sans moi. J'ai des trucs, ici, et il y a plein d'endroits qui servent à manger dans le quartier. Le libanais est très bon, ils ne livrent pas, mais tu peux appeler à l'avance et ils te préparent un truc à aller chercher.

Qu'il ne soit pas plus attentionné m'a un peu agacée, mais j'ai décidé de ne pas faire la tête, et j'ai opté pour le mini-défilé de mode. J'ai montré à Ethan tout ce que j'avais acheté, j'ai tournoyé, posé devant lui. J'ai eu droit aux quelques compliments de rigueur, mais j'ai bien vu qu'au fond tout cela ne l'intéressait pas le moins du monde. À un moment, il m'a même demandé d'arrêter parce qu'à la télé il y avait un flash info sur un kamikaze à Jérusalem. Alors j'ai renoncé à essayer de l'intéresser à moi, et je suis allée dans ma chambre pour gonfler mon matelas. Un peu plus tard, Ethan est apparu dans l'encadrement de la porte, avec des draps, une couverture et un oreiller.

— Alors, tu as trouvé comment marchait ce truc?

— Oui, ai-je dit en m'asseyant au bord, pour rebondir un peu. Il y avait une petite pompe, c'est plus facile que quand il faut souffler.

— Je t'avais précisé qu'il était de luxe.

J'ai souri, bâillé, et demandé poliment un bisou pour me souhaiter bonne nuit. Ethan s'est penché et en a déposé un sur mon front.

— Bonne nuit, Darcy.

— Bonne nuit, Ethan.

Il a refermé la porte, j'ai fait mon lit, et j'ai éteint la lumière. Puis j'ai fait de mon mieux pour essayer de trouver une position confortable mais, malgré la fatigue et le décalage horaire, je n'ai pas réussi à trouver le sommeil. Au bout d'une heure, j'en ai eu marre de faire la crêpe et j'ai pris ma couverture et mon oreiller, espérant que le divan du salon serait plus confortable. Ce n'était pas le cas. Il était trop court, du coup j'avais tout le temps envie d'allonger mes jambes et, quand je les posais sur l'accoudoir, j'avais l'impression au bout de quelques minutes que tout mon sang refluait vers ma tête. Je me suis assise, j'ai émis un petit gémissement, et j'ai regardé la pièce autour de moi, plongée dans l'obscurité.

Il ne me restait plus qu'une solution. Emberlificotée dans ma couverture, je suis allée sur la pointe des pieds jusqu'à la chambre d'Ethan et j'ai mis une oreille contre la porte. J'ai entendu la radio, et j'ai pensé que le silence qui régnait dans ma chambre était peut-être une partie du problème. J'avais trop l'habitude de la rumeur permanente de la circulation new yorkaise. J'ai frappé doucement, espérant qu'il serait encore éveillé et accepterait de parler un moment. Rien. J'ai frappé de nouveau. Toujours rien. Alors j'ai ouvert la porte tout doucement et j'ai appelé Ethan à voix basse. Pas de réponse. Je me suis approchée du lit et je l'ai regardé. Sa bouche était entrouverte, ses mains glissées sous sa joue de chérubin.

J'ai hésité, et puis d'une voix normale j'ai dit :

— Ethan ?

Voyant qu'il ne bougeait pas, j'ai contourné le lit. Il y avait largement de la place pour moi, alors je me suis allongée, par-dessus les couvertures. J'aurais préféré une longue conversation, mais le simple fait d'être en présence d'un ami m'a fait du bien, j'étais moins seule. Je glissais tout doucement dans le sommeil quand j'ai senti un mouvement. J'ai ouvert les yeux, Ethan me fixait, sourcils froncés.

— Qu'est-ce que tu fais dans mon lit ?

— S'il te plaît, je voudrais rester. Je me sens trop seule dans ma petite chambre à barreaux. Et je crois que le matelas me fait mal au dos. Aie pitié d'une jeune femme enceinte. S'il te plaît?

Il eut un soupir exaspéré, mais n'a pas protesté. Alors évidemment, j'ai poussé le bouchon un peu loin. C'est un truc que je n'ai jamais pu m'empêcher de faire.

— Est-ce que je peux me mettre sous les couvertures avec toi? J'ai besoin de contact humain. J'ai l'impression de mourir de l'intérieur.

— Arrête ton char, un peu, a grogné Ethan, avant de soulever les draps pour moi.

Je me suis extirpée de ma couverture et je me suis glissée à côté de lui.

— Et pas d'entourloupe, hein, a-t-il marmonné.

— Pas d'entourloupe.

C'était bon d'avoir un vrai ami homme. J'étais soudain reconnaissante au destin de ne jamais avoir fait de nous des amants, parce que me trouver dans le même lit qu'Ethan ne me semblait pas bizarre du tout. Une fois, quelques années auparavant, lors d'une réunion d'anciens de l'école, j'avais un peu bu et je lui avais fait du rentre-dedans, en me disant que ce serait marrant de sortir avec lui. Je me souviens avoir passé mes mains dans ses cheveux et suggéré qu'il me raccompagne chez moi. Mais au nom de notre amitié, il avait fait preuve d'une maîtrise de lui-même surhumaine ou alors il était homo. En tous les cas, son attitude avait clairement défini notre amitié, et c'était une bonne chose.

— Je suis heureuse d'être ici, j'ai murmuré.

— Mouais. Moi aussi, il a répondu sans conviction. Allez, dors, maintenant.

Je me suis tue pendant quelques minutes, et puis j'ai réalisé que j'avais envie de faire pipi. Après avoir résisté un moment, je me suis levée, et j'ai buté dans une pile de bouquins, juste à côté du lit.

— Darcy!

— Je suis désolée. C'est pas ma faute, il faut que j'aille faire pipi. Je te rappelle que je suis enceinte.

— Tu es peut-être enceinte, mais moi j'ai des insomnies. Et tu as intérêt à ce que je me rendorme vite après toutes tes histoires, parce que j'ai des tonnes de boulot, demain.

— Excuse-moi. Je te promets de ne plus faire de bruit.

Quand je suis revenue, Ethan a soulevé une nouvelle fois les draps pour moi.

— Et maintenant, silence, sinon c'est retour dans ta petite cellule. Et je ne plaisante pas.

— D'accord, j'ai dit en me pelotonnant à côté de lui. Merci, Ethan. J'avais besoin de ça, tu sais. Vraiment.

Pendant les deux semaines qui ont suivi, une certaine routine s'est installée. Je faisais du shopping toute la journée, découvrant chaque fois de nouvelles boutiques, de nouvelles griffes.

Le soir, je rentrais et j'attendais Ethan. Ensuite, on dînait ensemble et puis on discutait un peu ou on regardait la télé, et dodo. Je faisais toujours mine de me retirer dans ma chambre, histoire de dire que j'essayais vraiment de supporter le matelas pneumatique, avant de battre en retraite dans la chambre d'Ethan, qui jouait les exaspérés, mais dont je voyais bien qu'il appréciait ma compagnie.

Au milieu de la troisième semaine de son séjour, j'ai tellement insisté qu'Ethan a enfin promis de passer la journée du lendemain avec moi.

— Génial ! C'est pour fêter un truc spécial ?

— Heu… Thanksgiving, peut-être ? Tu te souviens de ça ou est-ce que tu es en Angleterre depuis trop longtemps ?

— C'est dingue, j'avais complètement oublié !

À vrai dire, depuis mon arrivée, je n'avais pas une seule fois consulté un calendrier, ni parlé à qui que ce soit de « là-bas ». Je n'avais même pas appelé mon frère ou mes parents pour leur dire que j'avais quitté New York, et je tirais une réelle satisfaction du fait que, le lendemain du sempiternel repas de Thanksgiving, mon absence ferait de moi *le* sujet de conversation du jour.

— Qu'est-ce que tu as envie de faire ? m'a demandé Ethan.

— Heu… les boutiques seront ouvertes, je suppose ?

Il a fait la grimace.

— Encore du shopping ?

— On pourrait trouver des trucs pour toi. J'adore les vêtements pour homme.

J'avais beaucoup «habillé» Dexter, qui était toujours d'une grande élégance. Maintenant qu'il était avec Rachel, j'étais prête à parier que son apparence avait baissé de quelques crans.

— Je pensais plus à une grande balade le long de la Tamise, ou dans Regent's Park. Tu connais?

— Non. Il fait un froid de canard, tu veux vraiment passer la journée dehors?

— Bon. Un musée, alors? Tu es allée à la National Gallery?

— Oui, j'ai menti, en partie parce que je n'avais aucune envie qu'il m'y traîne, et parce que l'éclairage au rabais de ces vieux musées me déprime, et puis aussi parce que je n'avais pas envie qu'il me fasse la morale sur ma façon d'occuper mon temps.

— C'est vrai? a-t-il demandé d'un air suspicieux. Tu ne me l'avais pas dit. Qu'est-ce que tu as pensé de l'aile Sainsbury?

— Oh, j'ai adoré! Pourquoi, tu en as pensé quoi, toi?

Répondre en posant une question est une bonne façon de s'en sortir quand on raconte des craques.

— Je trouve cet endroit génial. J'ai écrit un article dessus.

— Ah oui? À quel propos?

— À propos de la bataille entre les modernistes et les postmodernistes. Entre une architecture minimaliste et une structure en harmonie avec son contenu. Robert Venturi, l'architecte du projet…

J'ai zappé quasiment tout de suite. Ethan a continué sur le sujet avec un enthousiasme étonnant pour un truc aussi rasoir.

— … parce que le minimalisme, c'est l'ennui.

— Mum… Là, je suis complètement d'accord. C'est l'ennui.

Et il est reparti pour un tour. J'avais juste une oreille aux aguets pour rattraper la conversation au bon moment. Et quand il a dit que le projet machin aurait été comme une verrue sur le visage d'un ami cher, j'ai embrayé:

— Je verrais bien une verrue pareille sur le nez de Rachel, tiens.

Ethan n'a pas relevé et m'a demandé quels étaient les tableaux que j'avais préférés.

— Oh, il y en a tellement, comment choisir?

— Tu as vu *Le Souper chez Emmaüs*?

— Oui. Splendide.

— Et le portrait d'*Arnolfini et sa femme* par Van Eyck?

— Celui-là aussi je l'ai trouvé formidable.

— Tu as remarqué l'inscription, en bas du tableau?

— Rappelle-moi ce qu'elle disait, déjà?

— L'inscription sur le miroir... *Van Eyck était ici*, et on voit son reflet, avec celui d'un couple qui se marie et d'un invité. Je me suis toujours demandé pourquoi Van Eyck tenait à s'inclure dans ce tableau. Tu penses qu'il cherchait à dire quoi, exactement, toi?

J'ai tout à coup eu l'impression d'être à la fac et de devoir répondre à mon prof d'histoire de l'art.

— Heu... Je sais pas.

— Moi non plus, je ne vois pas. Ça fait réfléchir, tout de même... Et puis la taille de ce tableau, c'est dingue, non? Ce truc immense qui domine la pièce.

— Oui, ça, pour être grand, il est grand.

Ethan a secoué la tête en rigolant.

— T'es vraiment une embobineuse de première, Darcy. Ce tableau est minuscule. Tu n'as jamais mis les pieds à la National Gallery, n'est-ce pas?

J'ai eu un petit sourire timide.

— Bon, d'accord. Non. Tu m'as eue. Tu sais que je n'aime pas les musées, Ethan! Je préfère vivre plutôt que d'errer dans des salles mal éclairées en compagnie de tous ces veaux de touristes américains.

Mon excuse me semblait valable. Un peu comme les gens qui disent ne pas lire le journal parce que les nouvelles sont trop déprimantes. Ce que j'avais fait aussi, d'ailleurs.

— Je suis d'accord, passer tout son temps dans les musées n'est pas le meilleur moyen de découvrir une ville. Mais, en même temps, tu rates plein de trucs en faisant l'impasse sur *tous* les musées. En tout cas, moi, j'aimerais te montrer quelque chose de Londres. Autre chose que Harrod's et Harvey Nichols. Qu'est-ce que tu en dis?

J'en disais que j'avais vraiment envie de retourner chez Joseph pour acheter ce petit blouson de cuir auquel j'avais résisté la veille et dont j'étais sûre qu'il n'y serait plus si j'attendais le lendemain. Mais j'avais trop envie de compagnie, pour une fois, alors si Ethan voulait de la culture, j'étais prête à me plier à ses exigences.

Le lendemain, Ethan m'a réveillée à huit heures, tout excité à l'idée de cette journée. À neuf heures, on est partis pour Kensington High Street. C'était une journée glaciale, le ciel était gris et, en mettant mes gants en cuir aubergine fourrés en lapin, j'ai demandé à Ethan pourquoi on avait toujours l'impression à Londres d'avoir beaucoup plus froid qu'il ne faisait en réalité.

— C'est l'humidité. Elle pénètre n'importe quelle épaisseur de vêtement.

— Ça, c'est vrai. Je suis gelée jusqu'aux os.

D'un commun accord, on a accéléré le pas, et c'est légèrement essoufflés qu'on est arrivés à Holland Park.

— De tous les parcs de Londres, c'est mon préféré, a annoncé Ethan, radieux. C'est un endroit tellement intime, romantique.

— Essaierais-tu de me dire quelque chose, Ethan? ai-je plaisanté en glissant mon bras sous le sien.

Il a souri, s'est dégagé en levant les yeux au ciel.

— Oui, je m'apprête à te demander en mariage. Comment tu as deviné?

— J'espère que tu as un diamant taille émeraude, dans ta poche. La taille royale, c'est tellement surfait.

— La taille royale, c'est en rond?

— Oui.

— Mince, j'ai pris un gros caillou bien rond. Je suppose qu'on n'a plus qu'à rester amis, alors.

J'ai rigolé.

— Sans doute, oui.

— Enfin, bref, là, c'est le terrain de cricket, a dit Ethan en me montrant une immense étendue de gazon.

— On y joue encore, aujourd'hui?

— De temps en temps, oui. Le plus souvent, on y joue au foot. Et l'été, des centaines de personnes viennent y poser leur plaid pour s'allonger et profiter du beau temps. Il faut savoir qu'à partir de 15 degrés, les Anglais considèrent qu'il fait chaud et qu'on peut s'allonger sur l'herbe… Moi, quand je viens, je me mets toujours là. C'est mon coin préféré. J'ai fait de délicieuses siestes, sous cet arbre.

J'ai imaginé Ethan avec tous ses cahiers, essayant d'écrire mais succombant au sommeil. J'ai songé que ce serait drôlement agréable de venir ici en été, avec lui et mon bébé, pour pique-niquer. Tout en continuant notre promenade, j'ai réalisé à quel point j'étais bien avec Ethan. Et puis j'ai pensé à Rachel. J'aurais aimé pouvoir lui envoyer une photo de nous deux, déambulant dans Londres en ce jour de Thanksgiving. Je me suis demandé si Dex et elle étaient allés à Indianapolis pour ce long week-end, et je les ai imaginés dans la cuisine des parents de Rachel, buvant un café en regardant par la fenêtre, d'où l'on voyait la maison de mes parents.

Mais je tenais à rester de bonne humeur, et je me suis à nouveau concentrée sur Ethan, qui parlait, et parlait, enchaînant anecdote sur anecdote, comme il le fait souvent. Un détail sur Holland Park a tout de même retenu mon attention. D'après lui, plusieurs paons y avaient élu domicile cet hiver, que nous allions sans doute apercevoir.

— Oh! J'adore les paons!

Il a eu un regard de côté, et un sourire moqueur.

— C'est un animal auquel tu me fais souvent penser.

Je lui ai répondu que je prenais ça comme un compliment.

— Ça ne m'étonne pas. Tiens, ça c'est le restaurant Le Belvédère. Si tu es sage, je t'y inviterai à déjeuner un jour.

Après le restaurant se trouvaient des jardins, magnifiques, dont Ethan m'a expliqué qu'on y avait planté, sur les ordres de lady Holland, les premiers dahlias en 1790.

— Comment arrives-tu à retenir tous ces noms, ces dates, ces détails? ai-je demandé. Tu n'as pas l'impression que ton esprit est encombré par toutes ces infos?

— Mais l'histoire, ça n'encombre jamais ! S'encombrer l'esprit, c'est lui imposer tous ces détails que tu lis dans tes magazines de modes. C'est savoir quelle célébrité a rompu avec quelle autre et pourquoi.

J'ai commencé à lui expliquer que les célébrités d'aujourd'hui seraient les figures historiques de demain, et puis il m'a interrompue :

— Regarde ! Un paon !

Il était là, magnifique, arborant des dizaines de nuances de bleu et de vert, promenant son port altier dans un enclos herbeux.

— Waouh ! Il est beau. Tu imagines, un manteau avec toutes ces couleurs ?

— Je tâcherai d'y penser quand je te chercherai un cadeau de Noël.

Je savais qu'il me taquinait, mais l'entendre parler de Noël m'a vraiment fait plaisir. J'espérais pouvoir prolonger mon séjour au moins jusque-là. Après Noël, j'étais tranquille jusqu'à l'arrivée du bébé. Jamais Ethan ne me mettrait dehors au troisième trimestre de ma grossesse.

— Et là, on arrive à l'endroit que je préfère. Le Jardin de Kyoto. Tu ne trouves pas ça ravissant ?

C'était effectivement adorable. Le tout petit jardin était un havre de paix, avec une mare, des arbres si petits et si bien taillés qu'ils ressemblaient à des bonsaïs, des allées pavées de bois, et des cascades. J'ai dit à Ethan que ça me rappelait le jardin de M. Miyagi dans *Karaté Kid*, et il a rigolé. On a traversé un petit pont, il y avait un banc de l'autre côté, et il s'est assis. Puis il a fermé les yeux.

— Cet endroit est l'endroit le plus paisible de Londres. Personne n'y vient jamais. Même quand il fait chaud, j'ai ce jardin rien que pour moi.

Je me suis assise à côté d'Ethan et je l'ai regardé inspirer profondément, les yeux toujours fermés. Il avait les pommettes roses, et ses boucles dépassaient de son bonnet de marin bleu. Et là, sans que je voie rien venir, j'ai ressenti une attirance pour lui. Pas une attirance physique, comme avec Marcus, ni de l'admiration, comme pour Dexter. C'était plutôt la naissance d'un attachement profond pour un des rares amis qui me restaient. Ethan était à la fois un lien avec mon passé et une passerelle vers mon avenir, et rien que pour cela j'ai eu envie de l'embrasser. Évidemment, je me suis retenue. Ethan n'était pas du tout mon type d'homme, et par ailleurs je ne tenais absolument pas à remettre en question nos arrangements concernant notre vie – et nos nuits – en commun.

Quelques instants plus tard, Ethan s'est levé brusquement.

— Tu as faim?

J'ai dit que oui, et nous sommes retournés sur Kensington High Street, pour manger dans un petit salon de thé. En attendant qu'on nous serve, nous avons parlé de ma grossesse, et Ethan m'a demandé quand j'avais vu un médecin pour la dernière fois. Je lui ai répondu que c'était juste avant que je vienne vivre avec lui et que je devais avoir une autre visite bientôt.

— *Vivre* avec moi? m'a interrompu Ethan.

— Je voulais dire te voir.

J'ai rapidement changé de sujet. Je ne tenais pas à ce qu'il me pose des questions sur mon départ et découvre que je n'avais acheté qu'un billet aller.

— Et à la prochaine visite, je saurai le sexe du bébé... De toute façon, je suis certaine que c'est une fille.

— Ah bon? s'est étonné Ethan tandis que la serveuse nous apportait notre commande.

— Comment expliquer... c'est un sentiment assez fort, rien de plus. Seigneur, j'espère que ce sera une fille! Je ne porte pas beaucoup les hommes dans mon cœur, en ce moment. Toi mis à part. Et les homos.

Il a éclaté de rire. C'était l'instant ou jamais d'aborder le sujet.

— Tu n'es pas homo, si?

— Non. Tu pensais que je l'étais?

— Eh bien... tu n'as pas de petite amie, pour commencer.

«Et tu n'as jamais rien tenté avec moi», ai-je pensé.

— Je n'ai pas de petit ami non plus.

— C'est vrai. Mais bon... tu as du goût, tu es calé en art... je me disais que peut-être Brandi t'avait dégoûté des femmes.

— Elle ne m'a pas dégoûté de *toutes* les femmes.

Je l'ai regardé, sans parvenir à comprendre l'expression de son visage.

— Est-ce que je t'ai blessé?

— Pas le moins du monde, a-t-il répondu en beurrant un scone.

— Ouf! Parce que loin de moi l'idée de vouloir blesser mon meilleur ami.

J'ai attendu sa réaction, pour voir s'il était flatté. Peut-être même qu'il allait répondre un truc du style: «Toi aussi, tu sais, tu es ma meilleure amie.» Mais rien. Il a souri et a mordu dans son scone.

Réchauffés par le thé, on est ressortis, et Ethan s'est dirigé vers le métro.

— Et si on prenait un taxi, plutôt?

J'avais gardé de New York mon aversion pour les transports en commun et préférais de loin le taxi.

— Arrête de faire ta mijaurée, Darcy, a répondu Ethan en me tendant un billet rose. Et garde-le bien, tu en auras besoin pour ressortir.

Le quai était ouvert aux quatre vents, j'étais frigorifiée.

— Pourquoi est-ce qu'ils ne font pas des quais abrités?

— Cesse de te plaindre, Darcy, s'il te plaît.

— Je ne me plains pas, je remarquais juste qu'il faisait particulièrement froid aujourd'hui.

Une fois dans le train, une voix très civilisée, avec un délicieux accent anglais, nous a annoncé quelle était la prochaine station.

— Et nous, on va où? ai-je demandé à Ethan.

— Charing Cross. On est partis pour un tour complet et, autant que tu le saches, il comprend une étape à la National Gallery. Je sais que tu n'es pas très fan de musées, mais celui-là c'est un must. Donc, que tu le veuilles ou non, tu vas voir des Turner, des Seurat, et des Botticelli.

— Mais je veux bien, moi! ai-je protesté. Je t'en prie, éclaire ma lanterne.

J'ai donc eu droit au grand tour. Trafalgar Square, la colonne de Nelson avec les pigeons, l'église St. Martin-in-the-Fields, célèbre pour son militantisme social. Après une nouvelle pause thé, nous avons abordé la fameuse National

Gallery. Ethan m'a montré ses tableaux préférés, et je dois reconnaître que j'ai passé un très bon moment. Ses commentaires rendaient presque ces toiles intéressantes. C'était comme si je les voyais à travers son regard, notant des détails de couleurs ou de formes que je n'aurais jamais remarqués toute seule.

On est rentrés à la nuit. Après un repas de Thanksgiving improvisé à coups de saumon fumé, d'asperges et de couscous, je me suis glissée dans le lit, à côté d'Ethan, et je l'ai remercié pour cette journée.

Il s'est retourné et m'a fixée d'un air bizarre, sérieux.

— Tout le plaisir a été pour moi, Darcy.

— C'est le meilleur Thanksgiving que j'aie jamais fêté, tu sais, ai-je dit, surprise de sentir mon cœur se mettre à battre plus fort.

On est restés les yeux dans les yeux un moment, et j'ai repensé à ce que j'avais ressenti sur le petit banc dans le jardin japonais. Je me suis demandé si Ethan éprouvait parfois de l'attraction pour moi. S'il en éprouvait là, en ce moment.

Mais comme il reprenait brusquement sa place, loin de moi, et se penchait pour éteindre la lampe, je me suis dit que j'étais dingue. C'était sans doute les hormones qui me faisaient imaginer des bêtises pareilles.

Cela faisait déjà un moment qu'on était dans le noir quand Ethan, doucement, la voix étouffée par son oreiller, a dit :

— Moi aussi j'ai passé une super journée, Darcy.

J'ai souri. Ce n'était peut-être pas le Thanksgiving le plus réussi de sa vie, mais j'étais quasiment sûre que cette journée allait m'assurer quelques semaines supplémentaires à Londres.

20

Un matin de la semaine suivante, j'ai dit à Ethan que je n'en pouvais plus de ne pas sortir, de ne voir personne, et j'ai insisté pour qu'il m'emmène ailleurs que dans son pub et me présente à ses amis.

— Après tout, une femme enceinte ne devrait pas être forcée de sortir seule, si?

— Sans doute que non.

Un peu contraint et forcé, il a promis qu'il inviterait quelques amis à sortir samedi soir.

— Allons dans un endroit extraordinaire.

— En général, je ne fais pas dans l'extraordinaire. Est-ce qu'un gastropub un peu au-dessus de la moyenne te conviendra tout de même?

Je n'étais pas fana de pubs, qu'ils soient gastro ou autre, mais j'avais décidé de ne pas faire la difficile, alors j'ai accepté.

— Mais invite tes amis les plus cools, d'accord? Et masculins de préférence!

Donc, le samedi soir, j'ai sorti mon jean préféré, un Seven (que je pouvais encore boutonner), un manteau en soie ivoire brodée, une nouvelle paire d'escarpins Moschino et des pendants d'oreilles en tourmaline.

— Comment tu me trouves?

Il m'a regardée d'un coup d'œil rapide.

— Pas mal.

— Est-ce qu'on voit que je suis enceinte? Est-ce que ce haut souligne mon ventre arrondi?

Il m'a regardée à nouveau.

— J'en sais rien. Moi je sais que tu es enceinte, alors je le vois. Pourquoi, tu voudrais le cacher?

— Ben évidemment. Je n'ai pas envie de faire fuir tous les hommes disponibles dès le premier coup d'œil.

J'ai bien vu son expression un peu méprisante et agacée, mais je n'ai rien dit. Il est parti devant pour héler un taxi et j'ai pris mon temps pour le rattraper. Qu'il lève donc les yeux au ciel si cela lui faisait du bien! En le rejoignant, j'ai opté pour la flatterie.

— J'aime vraiment beaucoup ton Levi's.

— Merci. Il est tellement vieux, celui-là…

— Tu sais que les hommes se répartissent en deux catégories?

Il a eu l'air amusé, cette fois.

— C'est-à-dire?

— Il y a ceux qui portent les bons jeans, et les autres. Et ça n'a rien à voir avec la marque. C'est plus une histoire de coupe, de longueur, de teinte… des détails, quoi. Et toi, mon ami, tu maîtrises absolument l'art du jean, ai-je conclu en levant un pouce.

Ethan a rigolé et a fait mine de s'essuyer le front du revers de la main.

— Ouf, j'ai eu chaud!

J'ai souri et j'ai posé une main sur sa cuisse.

— Bon, alors, on va où?

— À Chelsea. Un pub qui s'appelle Admiral Codrington.

Le nom m'inquiétait un peu, mais j'ai tout de suite senti de bonnes vibrations quand on est entrés. Cet endroit n'avait rien à voir avec le pub de quartier un peu miteux que fréquentait Ethan. Le bar était pris d'assaut par de jeunes cadres dynamiques en costume, et j'en ai aussitôt remarqué deux qui pouvaient faire l'affaire. L'un était accoudé au bar et fumait, l'autre racontait une histoire. J'ai souri au second, qui m'a renvoyé un clin d'œil, sans cesser de parler. Son copain fumeur s'est alors retourné pour voir qui avait mérité un clin d'œil, m'a vue et a haussé les sourcils, comme pour confirmer le jugement de son ami. Je lui ai souri à lui aussi. À chacun sa chance.

— L'un d'entre eux ne serait pas ton ami Martin, par hasard? ai-je demandé à Ethan.

Il les a regardés.

— Non, mes amis sont tous sortis de l'adolescence.

— Mais ces types ne sont pas des ados!

Pourtant, à bien y regarder, j'ai réalisé qu'ils devaient à peine avoir vingt ans. C'est le problème quand on vieillit, le fossé se creuse entre la façon dont on voit les gens et celle dont ils vous voient.

— Alors, où sont Martin et Phoebe?

— Déjà à une table, sans doute, a répondu Ethan en regardant sa montre. On est en retard.

Ethan détestait être en retard, et je voyais bien que je l'avais énervé en mettant autant de temps à me préparer, ce soir.

— Ah, les voilà!

En voyant ses amis, Martin et Phoebe, j'ai eu le moral dans les chaussettes, parce que franchement, moi, je dis que l'habit fait le moine, et là, on n'avait rien de bien impressionnant. Martin était un grand maigre à la pomme d'Adam particulièrement proéminente et à la calvitie précoce. Il portait une veste en velours côtelé qui avait connu des jours bien meilleurs, avec des pièces aux coudes, et un jean à revers qui, par ailleurs, le plaçait automatiquement dans la catégorie «out». Phoebe était une femme assez forte avec des mains d'homme et la coiffure de Julia Roberts dans *Pretty Woman* avant les retouches.

Ma déception a dû se lire sur mon visage parce que Ethan a émis un râle d'agacement et est passé devant moi pour rejoindre ses amis. J'ai affiché mon plus beau sourire et je l'ai suivi, décidée à tirer le meilleur parti possible de la soirée. Après tout, Martin ou Phoebe avaient peut-être un frère sexy et célibataire.

— Martin, Phoebe, je vous présente Darcy, a dit Ethan quand on est arrivés à leur table.

— Darcy, ravi de te rencontrer, a dit Martin en se levant pour me serrer la main.

J'ai essayé de ne pas fixer sa pomme d'Adam et j'ai répondu «moi de même» avec un sourire tout en retenue, et une voix très Jackie Onassis.

De son côté, Phoebe affichait un sourire narquois et entendu qui me l'a instantanément et de façon rédhibitoire rendue désagréable.

— Darcy, on a tellement entendu parler de toi, a-t-elle dit d'un ton bourré de sarcasme et de sous-entendus.

Je me suis demandé quel portrait Ethan avait pu faire de moi qui puisse provoquer ce sourire. Celui de la fille enceinte et seule? Non. Cela ne pouvait décemment pas justifier la raillerie de la part d'une femme bâtie comme un bûcheron, avec des cheveux poil de carotte, et dont le seul espoir d'être mère un jour attendait dans une éprouvette à la banque du sperme. Celui de la colocataire qui tape l'incruste? Non, je n'étais pas chez Ethan depuis assez longtemps. Celui de la New-Yorkaise superficielle? Peut-être. Mais il était hors de question pour moi d'avoir honte d'aimer être présentable et bien habillée.

Et puis j'ai compris. Phoebe riait sous cape parce qu'elle savait pour Dexter et Rachel. Ethan avait dû leur raconter toute l'histoire. Et ça n'a pas manqué. Alors que je disais à quel point j'étais contente de mon séjour à Londres, le sourire de Phoebe est devenu une vraie banane, et j'ai été convaincue qu'elle était ravie de ce qui m'arrivait, ravie de savoir que mon ex-meilleure amie s'envoyait en l'air avec mon ex-fiancé.

— Qu'est-ce qu'il y a de si drôle? j'ai fini par lui demander. J'ai raté quelque chose?

Martin a grommelé qu'il n'y avait rien de drôle, Ethan a haussé les épaules, visiblement mal à l'aise, et Phoebe a caché son sourire dans sa pinte de Guinness, la boisson tout indiquée pour une force de la nature comme elle. Pour me calmer, je me suis répété mes petits mantras à moi. *Au moins, je n'ai pas des saucisses à la place des jambes. Au moins, je suis jolie et je ne porte pas un col roulé en acrylique marronnasse.*

Pour qu'Ethan remarque bien que je n'étais pas franchement ravie, je n'ai plus rien dit du repas, ou presque.

Et puis, comme on attendait l'addition, Phoebe a confirmé mon intuition en se penchant vers moi pour me chuchoter, d'une voix un peu pâteuse:

— J'ai rencontré votre amie Rachel, il y a quelques mois. Elle est charmante.

J'ai inspiré un grand coup et j'ai soutenu son regard, luttant pour garder mon calme.

— Oh? Vous avez rencontré Rachel? Ethan ne me l'avait pas dit.

Et j'ai fusillé Ethan du regard, qui a fait comme si quelque chose l'intéressait à la table d'à côté.

— Ouais, il a fini par lâcher. Martin et Phoebe ont rencontré Rachel quand elle est venue me voir.

Mon indignation a été telle que j'ai senti mon visage se tendre et se contorsionner de façon à ne pas pleurer. Comment Ethan avait-il pu organiser une soirée avec ces gens après leur avoir présenté Rachel? Et sans m'en parler, en plus! Le pire, c'était qu'à la façon dont se comportait Phoebe, je savais désormais que Rachel éprouvait des sentiments pour Dexter à l'époque et avait dû se confier à Ethan et à ses amis. Jusque-là, j'étais convaincue qu'elle n'avait pas beaucoup parlé de tout cela à Ethan parce que, lorsque nous étions gamines, elle m'avait confié une fois qu'elle ne racontait jamais rien de gênant, même dans son journal intime, car elle redoutait une mort prématurée et ne pouvait supporter l'idée que ses parents lisent quelque chose qui puisse leur laisser une impression un peu négative d'elle. Impression qu'elle ne pourrait plus jamais changer puisqu'elle serait morte.

Par conséquent, je pensais que son sens moral jusque-là jamais pris en défaut, et la peur de ce que les gens pouvaient penser d'elle l'auraient, si elle avait eu des sentiments pour Dex avant notre rupture, empêchée d'en parler. Je pense que je voulais aussi croire qu'Ethan, même s'il était plus proche de Rachel, était mon ami et ne m'aurait jamais caché ce genre de choses. Je réalisais avec horreur que non seulement il en savait beaucoup plus qu'il ne me l'avait laissé comprendre, mais que des inconnus, à Londres, étaient au courant de toute l'histoire. Je me faisais l'impression d'une idiote, et je déteste cette impression-là par-dessus tout. Le rouge me montait aux joues et je paniquais à l'idée que peut-être Dexter et

Rachel avaient commencé leur histoire bien avant que je ne les surprenne.

Pour essayer de connaître la vérité, j'ai regardé Phoebe droit dans les yeux et, peut-être un peu plus fort que nécessaire, même dans un restaurant bondé d'Anglais bourrés, je lui ai demandé :

— Quand vous avez rencontré mon amie Rachel, est-ce qu'elle vous a dit si elle était tentée de se faire mon fiancé ? Ou bien est-ce qu'elle le baisait déjà, à l'époque ?

Martin a eu l'air de souffrir vraiment, tout en étudiant notre addition. Ethan a secoué la tête. Phoebe a éclaté d'un rire guttural.

— Je suis ravie que cela fasse rire au moins quelqu'un, ai-je dit en me levant.

Dans mon élan, j'ai renversé ma chaise, qui a fait beaucoup de bruit, et tout le monde s'est tourné vers notre table. J'ai cherché mon portefeuille, et puis je me suis souvenue que je l'avais laissé à côté de mon lit. C'était dommage parce que, partir en jetant une liasse de billets sur une table, ça fait de l'effet, et j'avais toujours eu envie d'essayer. Au lieu de ça, j'ai dû marmonner à Ethan que je le rembourserais plus tard.

Je suis partie, en me demandant si j'allais pouvoir retrouver le chemin toute seule et si j'allais avoir vraiment mal aux pieds avec mes escarpins tout neufs. Une fois dehors, j'ai réalisé que je n'avais pas la moindre idée de l'endroit où je me trouvais. J'ai pris une direction, puis j'ai fait demi-tour, et mon soulagement a été grand de voir Ethan sortir en courant du restaurant.

— Darcy, attends-moi ici. Il faut que je paie notre part !

— Tu me dois des excuses ! ai-je hurlé.

— Ne bouge pas. Je reviens. D'accord ?

J'ai croisé les bras et j'ai dit d'accord. J'attendais. Comme si j'avais le choix. Une minute plus tard, Ethan m'a rejointe, l'air pas content. Il a hélé un taxi et m'a presque poussée dedans. Comment osait-il être en colère contre moi ? C'était moi qui avais subi un préjudice ! Si j'avais suivi mon instinct, j'aurais explosé de colère, mais je me suis retenue, mordant littéralement ma lèvre. Je voulais qu'il parle en premier. Il n'a rien dit pendant un long moment, et puis, d'un air faussement amusé, il a lâché :

— Le courant est drôlement bien passé, entre toi et Phoebe.

— Cette grosse vache est affligeante, Ethan !

— Calme-toi.

— Ne me répète pas de me calmer ! Comment oses-tu me faire passer une soirée avec eux alors qu'ils savent tout de mes histoires ! Tu aurais dû m'informer qu'ils avaient rencontré Rachel ! Vous vous êtes bien fichus de moi, hein ! C'était vraiment très drôle ! Et moi qui croyais que tu étais mon ami !

— Je *suis* ton ami.

— Alors dis-moi ce que tu leur as raconté, exactement, Ethan ! Et pendant que tu y es, dis-moi *tout* ce que tu sais sur Dexter et Rachel !

— On en parlera à la maison, d'accord ? a proposé Ethan, la mâchoire crispée.

— Non ! Maintenant !

Mais Ethan avait l'air résolu, et je n'ai pas voulu trop insister. Je voulais trop la vérité pour courir le risque de le voir se fermer comme une huître. J'ai eu du mal, mais je suis arrivée à me taire durant tout le trajet.

À la maison, Ethan a disparu dans sa chambre, j'ai cru qu'il allait appeler Rachel pour lui demander ce qu'il pouvait divulguer. Moi je me suis mise à faire les cent pas en me demandant ce qu'il allait m'apprendre, et si la vérité était si terrible que ça.

Il est revenu au bout de quelques minutes, a mis un CD de Coldplay et s'est laissé tomber sur le canapé.

— Écoute-moi bien, Darcy. J'en ai ras la casquette de toute cette histoire. Vraiment, vraiment ras le bol.

— Et moi donc !

— Bon. Alors on va en parler ce soir, et ensuite on n'en parlera plus jamais. D'accord ?

— D'accord. C'est exactement ce que je voulais depuis le début.

— Bon. Quand Rachel est venue me voir, elle m'a dit qu'elle… éprouvait des sentiments pour Dexter, et que…

— J'en étais sûre! Tu vois?

— Tu vas m'écouter, oui ou non?

J'ai refermé la bouche et baissé les yeux.

— ... et que ça faisait déjà quelque temps, mais pas très longtemps.

— Combien de temps?

— Quelques semaines. Peut-être quelques mois.

— Quelques *mois*? je me suis écriée.

Il a eu un regard d'avertissement, comme s'il était sur le point de clore notre conversation.

— Excuse-moi. Continue.

— Je n'ai pas grand-chose d'autre à dire.

— Quand est-ce qu'ils ont sauté le pas?

La réponse me terrifiait, mais j'avais besoin de savoir à quel point on s'était fichu de moi. Ethan a laissé passer un moment, puis m'a répondu qu'il ne savait pas.

— Et moi je sais que tu mens! Ça se voit comme le nez au milieu de la figure!

— Ce que je sais, c'est que Rachel ne voulait pas ressentir ce qu'elle ressentait. Cette histoire la mettait au supplice. Son intention était réellement de rentrer à New York, et d'être ta demoiselle d'honneur. Elle s'était préparée à oublier, à tourner la page Dexter, et à rester ton amie. Ce qui est beaucoup plus que n'en ferait la majorité des gens à sa place.

Mon cœur battait à tout rompre. J'étais obsédée par une chose, une seule.

— Donne-moi une date, Ethan. Quand est-ce que ça a commencé, entre eux?

Il a croisé les bras et a poussé un gros soupir.

— C'était avant ou après l'anniversaire de Rachel?

Franchement, j'ignore pourquoi j'ai parlé de cette date-là. Peut-être parce que c'est fin mai, juste avant le début de l'été. J'aurais tout aussi bien pu dire à la Pentecôte. Mais non. J'ai dit l'anniversaire de Rachel. Et à l'expression d'Ethan, j'ai compris que j'avais mis le doigt pile dessus. Alors j'ai repensé à cette soirée, à la petite fête surprise que j'avais organisée pour elle. Soudain, je me suis souvenue avec horreur que, ce soir-là, Dexter n'était rentré que vers sept heures du matin, qu'il avait prétexté être avec Marcus, que Marcus l'avait couvert. Ils m'avaient *tous* menti! Mon fiancé avait passé la nuit avec ma meilleure amie! Des mois avant que je ne le trompe!

Et puis tout est devenu très clair dans mon esprit. Les journées de boulot de Dexter, qui se sont allongées, le peu d'enthousiasme de Rachel pour la préparation de mon mariage, et le pont du 4-Juillet! Ils l'avaient passé ensemble à New York alors que j'étais dans les Hamptons!

J'ai détaillé tout cela à Ethan, qui n'a rien dit. Il m'a juste regardée, sans une trace de compassion ou de remords.

Je me suis mise à sangloter.

— Comment as-tu pu me faire un truc pareil, Ethan, comment?

— Comment quoi?

— Comment as-tu pu être son ami? Comment as-tu pu me faire rencontrer ces gens, qui étaient au courant? À cause de toi je suis passée pour une idiote! Vous vous êtes fichus de moi!

— Personne ne s'est fichu de toi.

— Ben, voyons. La grosse vache ne riait pas, peut-être?

— Phoebe a été un peu dure, je le reconnais.

— Reconnais le reste, pendant que tu y es! Reconnais que Rachel vous a avoué ce qu'elle me faisait à moi!

Il a hésité, puis a lâché:

— Sa relation avec Dexter a effectivement été mentionnée. Mais je ne pouvais pas m'imaginer que tu rencontrerais Martin et Phoebe un jour, si? En plus, l'idée n'était pas de dire: «Ah, ah, ah, cette pauvre Darcy, quelle conne», mais plutôt: «Mince, c'est terrible d'éprouver de l'attirance pour le fiancé de sa meilleure amie.» Tu vois la différence?

— Oh, la pauvrette, elle a *vraiment* souffert, alors? Pfff…

— Parce que toi, tu n'as pas souffert, quand tu as commencé ton histoire avec Marcus, alors que tu étais toujours fiancée à Dexter?

— Ce n'est pas la même chose, Ethan.

Il y avait une différence évidente entre tromper son fiancé et faire un sale coup à sa meilleure amie au monde, quand même ! Bizarrement, personne ne semblait s'en rendre compte.

— Il ne s'agit pas de Dex et de moi. Il s'agit de Rachel et de moi. Jamais, jamais je ne lui aurais fait un coup pareil ! j'ai expliqué, choquée à l'idée que mon amie en ait été capable.

Ethan a croisé les bras et penché la tête sur le côté avec un sourire narquois.

— *Vraiment* ?

— Jamais !

De toute façon, avec son physique, elle n'avait jamais eu que des petits amis gringalets, style premiers de la classe, voire un peu efféminés, alors…

— Si tu le dis, a commenté Ethan, sceptique.

— Qu'est-ce que tu veux dire par là ? Je n'ai jamais essayé de piquer son petit ami à Rachel.

Il a eu un sourire plein de sous-entendus, et j'ai compris où il voulait en venir : j'étais sortie avec Marcus alors que Rachel s'intéressait à lui.

— Arrête, Ethan ! Marcus *n'était pas* le petit ami de Rachel. Ils s'étaient embrassés quoi, une fois ? Deux peut-être ? Leur histoire n'allait nulle part.

— Je ne pensais pas à Marcus.

— Ben à qui, alors ?

— Eh bien… je pense simplement que, si les circonstances se présentaient, tu ferais exactement la même chose à Rachel. Si tu étais tombée amoureuse de son petit ami, rien ne t'aurait arrêtée. Ni les sentiments de Rachel ni l'idée de piquer l'homme de ta meilleure amie. Rien.

— Non. Ce n'est pas vrai, j'ai rétorqué d'un ton ferme.

Mais Ethan était lancé, et il a poursuivi, un doigt pointé sur moi.

— Moi, je dis que prendre ce dont tu as envie, c'est ton credo, Darcy, et depuis toujours. Quel que soit l'objet de tes désirs. Et quelles qu'en soient les conséquences envisageables. Jusqu'à présent, Rachel n'a fait que jouer les seconds couteaux. Et tu l'as laissée jouer ce rôle de dame d'honneur sans jamais te poser de questions. Pendant toute votre adolescence, elle était là, à tes ordres, s'effaçant pour que tu brilles plus. Ça te plaisait. Et maintenant que c'est fini, tu ne le supportes pas.

— Mais c'est… pas vrai! j'ai balbutié en me sentant rougir. Tu es tellement injuste!

Ethan a continué, comme si je n'avais rien dit.

— Au lycée, tu étais la star. À la fac, tu étais la star. À Manhattan, tu étais la star. Et Rachel était l'amie effacée. Aujourd'hui, tu es incapable de te mettre en retrait et d'être simplement heureuse pour elle.

— Être heureuse pour elle, qui m'a piqué mon fiancé? Mais tu plaisantes, j'espère!

— Darcy, tu as fait exactement la même chose. Les choses seraient peut-être différentes si tu avais été follement amoureuse de Dexter, et si tu ne l'avais pas trompé toi aussi.

— Mais ils l'ont fait en premier!

— Là n'est pas la question.

— Comment peux-tu dire ça?

— Parce que. Parce que tu ne te penches jamais sur ton propre comportement, Darcy. Ceux qui ont tort, ce sont toujours les autres, avec toi. Les autres, que tu ne vois jamais autrement que comme des rivaux. Des concurrents. Rachel a toujours été ta rivale. Et tout a toujours été une compétition avec toi. Et si tu vas si mal aujourd'hui, c'est parce que Dexter a choisi Rachel. Il l'a choisie plutôt que toi.

J'ai essayé d'intervenir, mais il a continué, continué à m'assommer avec ses mots cruels, assénés avec raideur, et d'un ton sans appel.

— Dexter voulait être avec elle, pas avec toi. Peu importe que tu ne veuilles plus être avec lui. Peu importe que tu l'aies trompé toi aussi. Peu importe que vous n'ayez pas été faits l'un pour l'autre et qu'en rompant vous vous soyez épargné un divorce. Tu ne vois qu'une seule chose: Rachel t'a, d'une certaine manière, battue. Et cela, tu ne le supportes pas. Moi, je te conseille, en tant qu'ami, de tourner la page et de passer à autre chose.

J'ai compris que c'était sa conclusion, et j'ai secoué la tête. Je lui ai dit qu'il se trompait. Et que personne, personne, dans ma situation, ne pouvait être heureux pour Rachel. J'étais mue par un violent désir de lui faire comprendre mon point de vue, comme j'avais essayé de le faire avec Marcus.

— C'est comme ça, Ethan. Même s'ils n'avaient rien fait derrière mon dos, même si leur relation avait commencé après qu'on avait rompu, ce serait quand même… mal. On ne couche pas avec l'ex de sa meilleure amie, point final. Comment se fait-il que les hommes aient tant de mal à le comprendre? C'est un principe de vie simple comme tout, pourtant.

— Elle *l'aime*, Darcy. *Ça*, c'est un principe de vie simple comme tout.

— Tu veux bien arrêter de remuer le couteau dans la plaie? Je ne veux plus entendre ce mot! Qu'ils s'aiment ou pas, là n'est pas la question. Tu ne comprends rien à l'amitié.

— Darcy, ne le prends pas mal, je ne dis pas cela par méchanceté, parce que je tiens beaucoup à toi, c'est d'ailleurs la raison pour laquelle tu es ici, en visite *prolongée*, mais…

— Mais quoi? ai-je gémi, redoutant ce que j'allais entendre.

— Mais je crois que c'est toi qui ne comprends rien à l'amitié. Rien du tout. Et c'est pour cela que tu es ici aujourd'hui, pratiquement sans amis, en guerre contre Rachel, en guerre contre Claire, en guerre contre le père de ton enfant, en guerre avec ta propre mère qui, si j'ai bien compris, ignore où tu te trouves en ce moment. Et maintenant, tu es en colère contre moi aussi.

— Ce n'est pas ma faute si vous m'avez tous trahie.

Il a écarté les bras, l'air triomphant.

— Tu vois? Exactement ce que je disais. La faute en incombe toujours aux autres, avec toi. Prends le temps de te regarder dans une glace, Darcy, de te regarder sans condescendance. Il faut que tu te rendes compte que ton existence superficielle n'est pas sans conséquences.

— Je ne suis pas superficielle, ai-je chuchoté, en ne le croyant qu'à moitié.

— Si, tu *es* superficielle. Tu es intrinsèquement égoïste, tu n'as aucun jugement et des valeurs de merde.

Il était allé trop loin. J'étais peut-être un tantinet superficielle, mais le reste était ridicule.

— On peut savoir ce que tu veux dire exactement? Aucun jugement?

— Je veux dire que tu es enceinte de quoi, cinq mois, maintenant? Et tu n'as rien fait pour préparer l'arrivée de ce bébé. Rien. Tu débarques à Londres pour une soi-disant visite, mais tu ne parles pas du tout de repartir à New York et, en attendant, tu ne fais aucun effort pour trouver un médecin qui suive ta grossesse. Pour couronner le tout, tu ne manges pas particulièrement bien, sans doute pour rester mince, aux dépens de ton bébé qui ne peut pas se développer comme il le faudrait. Tu as bu deux verres de vin, ce soir. Et plutôt que de faire des économies pour l'enfant que tu vas devoir élever seule, tu jettes l'argent par les fenêtres en dépensant tout en frivolités. Je t'assure que c'est stupéfiant de voir à quel point tu te comportes en gamine irresponsable et profondément égocentrique.

Je suis restée là, sans voix. Que fallait-il répondre à quelqu'un qui vous balance en substance que vous êtes une amie de merde, une future maman monstrueuse et irresponsable et une femme sans cervelle qui ne pense qu'à elle? À part quelques reproches reçus d'amoureux éconduits – donc peu objectifs –, jamais je n'avais été clouée au pilori de la sorte. Il avait dit tellement de choses, avait attaqué sous tellement d'angles différents, que je ne trouvais plus comment me défendre.

— Je prends quand même des vitamines spéciales pour la grossesse, ai-je lâché d'une petite voix.

Ethan m'a lancé un regard, comme pour dire: « Si c'est tout ce que dont tu es capable, alors je n'ai plus rien à ajouter. » Puis il s'est levé et a annoncé qu'il allait se coucher, avec une expression qui m'a fait comprendre que ce n'était pas la peine que je tente ma chance dans sa chambre ce soir.

Je suis restée dans le salon un long moment, j'ai léché mes blessures, pansé mes plaies en repensant à ce qu'il m'avait dit, et puis, juste pour être sûre, je suis allée jusqu'à sa porte. Je n'avais pas l'intention de l'ouvrir – j'ai ma fierté –, mais il fallait que je sache s'il m'avait interdit sa chambre pour de vrai. Regrettait-il ses paroles, si dures, maintenant que les effets de la bière s'étaient dissipés? J'ai posé la main sur la poignée et je l'ai tournée. Elle n'a pas bougé. Ethan m'avait enfermée dehors. Quelque chose, dans cette porte fermée, froide, a fait naître en moi un mélange de colère, de tristesse et de détermination.

21

Le lendemain, je me suis réveillée sur mon matelas pneumatique et, pour la première fois, j'ai senti mon bébé bouger. Un petit coup de pied, là, qui a glissé sur le côté…

J'ai posé la main à l'endroit où je l'avais senti, et j'ai attendu. Et ça n'a pas manqué, il y a eu un nouveau petit coup, et une petite bosse éphémère est apparue. Ça peut paraître fou, dans la mesure où mon ventre flirtait déjà avec la taille d'un ballon de basket, mais c'est ce petit coup de pied qui a tout à coup rendu ma grossesse réelle dans mon esprit. J'avais un bébé dans mon ventre, un petit être qui allait naître d'ici à quelques petits mois. J'allais être maman. D'une certaine manière, je l'étais déjà.

Je me suis recroquevillée en position fœtale et j'ai fermé les yeux tandis que m'assaillait une armée d'émotions. D'abord, de la joie pure. Un bonheur indescriptible, jamais ressenti jusque-là. Pas du tout le genre de bonheur qu'on éprouve en achetant un sac Gucci ou une paire de Manolo Blahnik. Un sourire s'est dessiné sur mes lèvres, et j'ai failli éclater de rire.

Mais très vite, ce bonheur s'est teinté d'une certaine mélancolie, quand j'ai réalisé que je n'avais personne avec qui partager ce moment. Je ne pouvais pas appeler le père du bébé, ni sa grand-mère. Je n'avais pas envie de parler à Ethan, après toutes les choses méchantes qu'il m'avait dites la veille. Mais surtout, je ne pouvais pas appeler Rachel. Et pour la première fois depuis que j'avais trouvé Dex dans son placard, j'ai réalisé qu'elle me manquait vraiment. J'avais encore Annalise, mais ce n'était pas pareil. J'ai repensé à tous les moments du passé où j'avais eu de bonnes nouvelles, de mauvaises nouvelles, des nouvelles bof-bof. Chaque fois, j'avais à peine pris le temps de les digérer avant de me précipiter à côté ou d'appeler Rachel. Quand nous étions petites, dans l'Indiana, Annalise était toujours la solution de remplacement, toujours la deuxième à être mise au courant, celle à qui je pensais après. Maintenant que Rachel n'était plus là, Annalise aurait dû prendre sa place, mais je me rendais compte que c'était impossible. Ce n'était pas aussi simple. Rachel était irremplaçable. Claire n'avait pas pu la remplacer, Annalise ne le pourrait pas. Elle pourrait trouver les bons mots, être aussi gentille que possible, elle ne parviendrait jamais à assouvir ce besoin profond de partager mes émotions avec Rachel.

J'ai repensé à ce qu'Ethan avait dit. J'étais une mauvaise amie, égoïste, égocentrique et superficielle. Et j'ai senti une vague de honte m'envahir au moment où j'ai pris conscience qu'il n'avait pas complètement tort. Je n'avais pas de médecin, pas de revenus, pas d'amie proche, pas de contacts avec ma famille. J'étais sur le point de dépenser mes dernières économies, et tout ce que j'avais pour me justifier, c'était un placard bourré de vêtements de luxe qui ne m'allaient plus du tout. J'étais partie pour Londres afin de changer, mais je n'avais pas changé du tout. Ma vie faisait du sur-place. Il fallait que je me remue. Pour moi et pour mon bébé.

Les yeux fixés sur les barreaux de ma fenêtre, en cette sinistre matinée londonienne, j'ai fait le serment que le jour où mon bébé avait bougé pour la première fois marquerait un tournant dans ma vie. J'allais prouver à Ethan que je n'étais pas celle qu'il avait décrite la veille au soir. Je me suis levée, j'ai trouvé un bloc de papier dans une de mes valises, j'en ai arraché une page et j'ai écrit tout en haut: «Devenir une meilleure Darcy: les étapes.» Puis j'ai réfléchi en repensant au discours d'Ethan. Et j'ai noté:

Trouver un gynéco accoucheur à Londres et me préparer à la maternité!

Préserver ma santé: manger mieux, plus de caféine ni d'alcool.

Me faire de nouvelles copines (pas de compétition avec elles!).

Informer ma famille que je suis à Londres et que je vais bien.
Trouver un boulot (qui aide les gens de préférence).
Arrêter d'acheter des fringues (et des chaussures, etc.) et commencer à économiser!

Ensuite, parce que j'avais l'impression qu'il manquait quelque chose, j'ai ajouté une catégorie fourre-tout:

Changer (être moins égoïste, penser plus aux autres, etc.).

En relisant ma liste, je me suis demandé ce qu'Ethan en penserait s'il la voyait. Saluerait-il mes efforts, ou se moquerait-il de moi? «Ne sois pas si naïve, Darcy. S'il suffisait de faire une liste pour changer du jour au lendemain, ça se saurait! Ça ne marche pas comme ça.»

Et d'abord, pourquoi l'opinion d'Ethan m'importait-elle autant? Une partie de moi avait envie de le détester. Parce qu'il avait pris fait et cause pour Rachel, parce qu'il m'avait menti, parce qu'il avait dit des choses horribles sur moi. Pourtant je n'arrivais pas à le détester. Si bizarre que cela puisse paraître, je n'avais envie que d'une chose: qu'il me voie changer ou, en tout cas, entreprendre de changer l'opinion qu'il avait de moi.

Je suis allée dans sa chambre, mais il était déjà parti. Alors je me suis préparé un petit-déjeuner équilibré, puis j'ai regardé ma liste et j'ai décidé de m'attaquer au ménage. J'ai fait la poussière, passé l'aspirateur, nettoyé les toilettes, sorti les poubelles, fait deux lessives dans sa mini-machine (question électroménager, l'Angleterre, c'est le tiers-monde), remis de l'ordre dans tous les magazines qui traînaient et lavé par terre dans la cuisine.

Quand l'appartement a été nickel, j'ai écrit un petit mot à ma mère en lui expliquant que j'habitais chez Ethan, à Londres. Puis j'ai ajouté *«Je sais qu'on n'est pas en très bons termes toutes les deux en ce moment, mais je voudrais que toi et papa ne vous fassiez pas de soucis pour moi. Je vais bien.»* Et en P-S, j'ai mis le numéro de téléphone d'Ethan, pour le cas où elle aurait envie de m'appeler. J'ai fermé l'enveloppe, mis un timbre et je suis sortie dans le crachin londonien, pour la poster et en profiter pour faire un tour. J'ai résisté à l'envie d'entrer dans toutes les boutiques, trouvant la force dans ma liste, pliée en quatre au fond de ma poche. Je me suis même arrêtée dans la boutique d'une organisation caritative pour demander du travail. Il n'y en avait pas, mais le simple fait de demander m'a fait du bien. J'étais fière de moi.

Sur le chemin du retour, je suis entrée dans un salon de thé pour me reposer un peu, j'ai pris un cappuccino déca, que j'ai bu à petites gorgées dans un grand fauteuil confortable. À côté de moi se trouvaient deux femmes, une blonde et une brune, qui semblaient avoir à peu près mon âge. La blonde tenait un bébé sur un genou et essayait de manger un brownie de sa main libre. Elles arboraient toutes les deux de minuscules diamants à leur annulaire gauche, et je me suis souvenue qu'Ethan m'avait expliqué que les Britanniques cherchaient moins à en mettre plein la vue que les Américains question bague de fiançailles. Peut-être ce genre de détail était-il emblématique de ce qu'il aimait à Londres. Le luxe mesuré, discret, par opposition au déballage bourré de morgue et de frime. Et je savais dans quelle catégorie il me plaçait.

Du coin de l'œil, j'ai continué à observer les deux amies. La blonde avait le menton un peu fuyant mais un balayage parfait, la brune portait un jogging en velours à faire peur, mais tenait un sac Prada très tentant. J'ai eu tout à coup peur d'être une fois encore superficielle, et puis je me suis rassurée en me disant qu'être observatrice, c'était toléré. Il fallait juste que j'évite d'en tirer des conclusions sur la personnalité de ces deux femmes. J'avais tellement jugé de gens à leurs chaussures… Je me suis jurée de ne plus jamais faire un truc pareil. Après tout, porter des bouts carrés alors que la mode est aux bouts pointus n'était pas un crime. Pour me le prouver, je me suis interdit de regarder leurs pieds. Déjà, je me sentais devenir plus forte, et ça m'a regonflé le moral.

Tout en buvant mon café et en feuilletant un vieux numéro de *Hello*, j'ai écouté leur conversation, et réalisé, non sans surprise, que leurs propos étaient plus intéressants que leur accent anglais. Elles discutaient de leurs soucis conjugaux. D'après la blonde, l'arrivée du bébé n'avait rien arrangé, au contraire. La brune se plaignait que depuis que son mari et elle avaient commencé à essayer d'en avoir un, faire l'amour était devenu une corvée.

— Au moins, vous le faites, a soupiré la blonde en remontant le bébé sur son genou et en lui collant une sucette dans la bouche, qu'il a sucé trois secondes avant de la recracher.

— Ça fait combien de temps? a demandé la brune avec une facilité qui m'a fait en déduire qu'elles se connaissaient depuis un bon bout de temps déjà.

Du coup, j'ai pensé à Rachel, avec qui ce genre de conversation était possible.

— Je ne sais même plus. Des lustres, a répondu la blonde.

J'ai reposé le magazine et j'ai croisé le regard de la blonde. Elle m'a souri, c'était une ouverture.

— Elle est vraiment mignonne, ai-je dit en montrant son bébé d'un mouvement de menton.

Je ne sais pas pourquoi j'avais dit «elle», le bébé était habillé unisexe, ça aurait très bien pu être un garçon.

— Merci, a répondu la maman.

Ouf! J'avais vu juste.

— Elle s'appelle comment?

— Natalie.

— Bonjour Natalie, ai-je lancé d'une petite voix enjouée.

L'intéressée m'a ignorée, cherchant à attraper le gâteau de sa mère.

— Quel âge a-t-elle?

— Vingt-deux semaines, a répondu la blonde en faisant sauter son bébé sur son genou.

— Donc... ça fait quoi? Cinq mois?

Elle a rigolé.

— Oui, c'est ça. Excusez-moi, je me souviens qu'avant d'avoir Natalie, je me demandais toujours pourquoi les jeunes mamans parlaient en semaines. Je suppose que c'est une prolongation de la grossesse.

J'ai hoché la tête. La brune me regardait d'un drôle d'air, comme si elle se demandait ce qu'une Américaine faisait ici un jour de semaine.

— Je comprends! Moi-même, j'en suis à dix-huit semaines, et…

— De grossesse? se sont-elles exclamées en chœur, comme si je venais de leur annoncer que je sortais avec le prince William.

Mine de rien, pour une fois que quelqu'un manifestait un certain enthousiasme devant ce qui m'arrivait, ça m'a fait du bien.

— Oui, j'ai répondu en écartant les pans de mon manteau pour caresser mon ventre d'une main sans anneau. Pour tout vous dire, ce matin, j'ai reçu mon premier coup de pied.

Quelque part, je trouvais un peu triste de devoir partager cette nouvelle fantastique avec deux parfaites inconnues, mais je me suis consolée en me disant que j'avais là deux amies potentielles, peut-être même de vraies super-copines à la vie à la mort.

— Félicitations! s'est exclamée la blonde.

— Vous avez gardé une sacrée ligne, pour dix-huit semaines! a dit la brune.

J'ai souri avec ce qui m'a semblé être une modestie sincère.

— Merci.

— Garçon ou fille?

— Je n'en sais encore rien, mais je suis presque certaine que c'est une fille.

— J'étais pareille, a dit la blonde en caressant la tête duveteuse de Natalie. J'étais sûre que c'était une fille.

— Et vous l'avez su avant?

— Non, je voulais avoir la surprise. Mais mon mari le savait, lui.

— Ah bon?

— Mon gynéco lui a montré ce qu'il y avait à voir à l'échographie pendant que je fermais les yeux. Et mon mari a juré qu'il ne le dirait à personne. Même pas à nos mères respectives, qui mouraient d'envie de savoir, évidemment.

— Et il a réussi à garder le secret? C'est dingue!

— Son mari est génial, pour ça, a dit la brune.

— Hum, a acquiescé la blonde. Pas une seule fois ça ne lui a échappé. Pas une seule faute de pronom, rien. Il faisait toujours bien attention à dire «il ou elle» ou «le bébé».

— Et pour les prénoms? Il a choisi des prénoms de garçons aussi?

— Absolument. Pour tout vous dire, il a même tellement insisté sur Gavin, que j'avais fini par croire qu'on allait avoir un garçon.

— Votre mari m'a l'air d'être un type drôlement bien.

Elles se sont regardées et ont éclaté de rire.

— On était en train de lui tailler un costume. Il est un peu insupportable, ces derniers temps.

— Je vois! ai-je dit, même si je ne voyais rien du tout. Au fait, moi, c'est Darcy, ai-je ajouté avec un sourire qui se voulait absolument charmant, et pas du tout compétitif.

— Moi, c'est Charlotte, a dit la blonde.

— Et moi, Meg, a dit la brune.

— Je suis ravie de vous rencontrer. Je finissais par me demander comment j'allais pouvoir rencontrer d'autres femmes, depuis que je suis arrivée.

C'était la vérité, mais je crois que je ne m'en suis rendu compte qu'en le disant.

— Quand êtes-vous arrivée à Londres? a demandé Meg.

— Il y a un mois.

— Vous êtes venue vous installer toute seule?

Avec la retenue toute britannique qui était la sienne, je savais que c'était sa façon de me demander si j'avais un mari.

— Oui.

Meg et Charlotte m'ont regardée avec ce que j'ai pris pour de l'admiration. Je leur ai souri d'un sourire chaleureux, ouvert, qui leur donnait la permission de me poser d'autres questions, ce qu'elles ont fait, d'un ton un peu hésitant. J'y ai répondu, n'embellissant que très peu de choses. Par exemple, je leur ai dit que j'avais surpris Dexter et Rachel au lit, et je n'ai pas parlé de Marcus, sous-entendant par conséquent que Dexter était le père. Ça me semblait plus simple, et franchement cela ne faisait pas grande différence. Les deux hommes étaient hors champ de toute façon. Mon public était suspendu à mes lèvres. Charlotte n'a même pas vu que Natalie s'attaquait à un *Evening Standard* qu'elle transformait en pâte à papier. J'ai continué mon histoire, expliquant que j'avais démissionné et que j'étais venue vivre à Londres avec Ethan, mon ami d'enfance.

— Il n'est pas homo, mais on n'est qu'amis, j'ai précisé.

Techniquement, cela faisait de moi « une fille bien », qui ne saute pas sur le premier célibataire venu.

Charlotte m'a quand même demandé si je ne ressentais rien du tout pour Ethan, et j'ai secoué la tête vigoureusement.

— Non, absolument pas. On n'est qu'amis. Même si on est sortis ensemble au cours élémentaire !

Elles ont rigolé.

— Donc je suis célibataire… si vous connaissez quelqu'un…

Un petit ami ne risquait-il pas de me détourner de mes autres objectifs, plus nobles ?

Non.

Meg et Charlotte ont échangé un regard, comme si elles faisaient un inventaire de toutes leurs connaissances masculines.

— Simon ? a suggéré Charlotte.

Meg a fait la grimace.

— Tu n'aimes pas Simon ?

— Je l'aime beaucoup, si, mais…

J'ai résisté à la tentation de leur demander à quoi ressemblait ce Simon, mais Meg a dû lire dans mon esprit parce qu'elle a rigolé et a dit :

— Ça m'étonnerait que Darcy aime les roux.

Elles se sont tournées vers moi.

— Disons que… le roux n'est pas ma couleur préférée…

Soyons diplomates, ai-je pensé. En plus, je savais d'expérience qu'entre un homme et une femme, il fallait qu'un courant passe, qui n'avait pas grand-chose à voir avec la couleur des cheveux. Marcus n'avait rien d'un Apollon. J'avais peut-être été attirée par lui pour plein de fausses raisons – le goût de l'intrigue, le sexe, la compétition avec Rachel –, mais pas pour son apparence. Je savais donc que j'étais capable de passer outre à ce genre de détails.

— … mais si on prend le prince Harry, j'ai repris, je le trouve très mignon, avec son petit sourire un peu coquin. En fait, tout dépend de la personnalité.

Charlotte m'a souri.

— Je suis tout à fait d'accord. Meg, si tu invitais Darcy à ta soirée, samedi? Simon doit venir, non?

— Quelle idée géniale! Vous devez venir, Darcy. J'ai invité quelques amis samedi soir. Qu'en dites-vous?

— J'en dis que ce sera avec grand plaisir.

J'étais ravie. En une seule petite journée, j'avais atteint pas mal d'objectifs de ma liste. J'avais aidé Ethan en nettoyant son appartement, adopté un comportement sain en ne buvant aucune boisson excitante, et je m'étais fait de nouvelles amies. Il fallait encore que je trouve un boulot et un gynéco. C'est pourquoi, après quelques minutes d'une conversation polie, j'ai demandé à Charlotte et à Meg si elles avaient des idées pour moi dans ces deux domaines.

— Oh, j'ai l'homme qu'il vous faut! s'est exclamée Charlotte. Le Dr Moore.

Dans la foulée, elle a sorti un petit carnet d'adresses et un stylo et a noté le numéro du médecin au dos d'une de ses cartes de visite.

— Tenez. Appelez-le. Il est vraiment charmant.

— Pour ce qui est du boulot, a dit Meg, il faut voir. Qu'est-ce que vous faisiez, à New York?

— J'étais dans les relations publiques. Mais je cherche autre chose, ici. J'ai envie d'aider. Les pauvres, les malades, les personnes âgées… Je veux me rendre utile.

— C'est vraiment très généreux de votre part, ont dit Charlotte et Meg à l'unisson.

J'ai souri en baissant les yeux.

Meg m'a indiqué une maison de retraite, dans le quartier, puis a noté son nom et son adresse sur un coin de serviette en papier.

— Venez, samedi, vraiment. Nous vous attendrons. Et Simon aussi, a-t-elle conclu avec un clin d'œil.

Je l'ai remercié, j'ai bu ma dernière gorgée de café et j'ai dit au revoir à mes nouvelles copines.

Ce soir-là, quand Ethan est rentré, je l'attendais avec une salade grecque préparée par mes soins, un verre de vin rouge et de la musique classique en fond sonore.

— Bonsoir! ai-je lancé, un peu nerveusement, en lui tendant son verre.

Il l'a pris d'un geste hésitant, en a bu une gorgée puis a regardé autour de lui.

— C'est nickel, ici. Et ça sent bon. Tu as fait du ménage?

— Oui. J'ai tout nettoyé. Même ta chambre.

Et puis je n'ai pas pu m'empêcher d'ajouter:

— Tu penses toujours que je suis une mauvaise amie?

Il a bu une autre gorgée et s'est assis sur le canapé.

— Ce n'est pas exactement ce que j'ai dit.

— Si, c'est ce que tu as dit, ai-je insisté en m'asseyant à côté de lui.

Il a eu un petit sourire.

— Tu peux être une vraie amie quand tu t'en donnes la peine, Darcy. Tu t'en es donné la peine aujourd'hui. Merci.

La Darcy d'avant aurait trouvé le compliment un peu léger, aurait préféré de plates excuses, le retrait total de ce qui avait été dit, et un petit cadeau pour compenser. Mais bizarrement, le simple «merci» d'Ethan m'a suffi. J'avais juste envie qu'on se réconcilie et qu'on continue.

— Et devine ce qui m'est arrivé ce matin? Le bébé m'a donné un coup de pied!

— Wouah! C'était la première fois?

— Oui, mais il n'a pas recommencé. Tu crois que je devrais m'inquiéter?

Ethan a secoué la tête.

— Non, je me souviens quand Brandi était enceinte... un jour elle sentait un coup de pied, et puis plus rien pendant plusieurs jours. Le médecin lui avait dit que cela dépendait de sa propre activité. En fait, plus vous bougez, mesdames, plus vous bercez votre bébé, qui roupille. C'est quand vous vous arrêtez qu'il ouvre un œil et se manifeste.

Une ombre est passée dans son regard, comme si l'évocation de ce bébé et de Brandi lui était douloureuse.

— Est-ce que cela te rend triste, de penser à elle?

— Pas de penser à Brandi, non. Mais parfois, quand je pense à Milo, oui.

— Milo? Le type avec qui elle t'a trompé?

— Non, Milo, c'est le bébé.

— Oh!

J'étais gênée, j'aurais dû me souvenir de ce détail. J'ai regardé Ethan, en me demandant quelles paroles réconfortantes Rachel aurait su trouver en ce moment précis. Elle avait un vrai don pour cela, trouver les mots qui faisaient du bien. Moi je ne trouvais rien, alors j'ai attendu qu'Ethan continue.

— Pendant neuf mois, j'ai cru que j'allais être père. Je suis allé à tous les rendez-vous chez le gynéco et je me suis mis à aimer les échographies qui montraient son profil… C'est même moi qui ai choisi le prénom Milo. Et puis il est né, et j'ai compris que ce n'était pas le mien.

— À quel moment est-ce que tu en as été certain?

— Dès la naissance. Il était très mat de peau, avait plein de cheveux noirs, on aurait dit un hérisson. Je n'arrêtais pas de penser aux photos de moi bébé. Tout rose, et chauve. Brandi est blonde aux yeux bleus elle aussi. Il ne fallait pas être bien doué pour comprendre ce qui s'était passé.

— Alors qu'est-ce que tu as fait?

— Les premiers jours, je crois que j'étais en état de choc. J'ai fait comme si de rien n'était, comme s'il s'agissait d'une fantaisie génétique. Mais je repensais sans arrêt au cours sur les gènes qu'on avait eu au lycée, en biologie… et qui disait que deux parents aux yeux bleus ne pouvaient pas avoir un Milo.

J'ai posé une main sur son bras, doucement.

— Ça a dû être terrible.

— Oui, parce que ce petit garçon, je l'aimais déjà. Au point que j'ai failli rester avec Brandi. Et au bout du compte… tu connais la suite. Je suis parti. C'était comme si quelqu'un de très cher était mort.

Sa voix s'est brisée. Je me suis souvenue que Rachel m'avait parlé du divorce d'Ethan et du fait que le bébé n'était pas le sien. À l'époque, je crois que j'avais de mon côté une crise à gérer, et je n'avais pas éprouvé plus d'empathie que cela pour Ethan.

— Tu as fait le bon choix, ai-je dit en lui prenant la main.

Il ne s'est pas dégagé.

— Je crois, oui.

— Tu crois que j'ai fait le bon choix, moi aussi? En gardant mon bébé?

— Absolument.

— Même si tu penses que j'ai été une mauvaise mère, jusque-là?

— Tu finiras par trouver un moyen d'être une excellente mère, il a dit en me serrant la main. J'ai foi en toi.

Je l'ai regardé, et j'ai ressenti la même chose que dans le jardin japonais, le jour de Thanksgiving. J'avais envie de l'embrasser, mais évidemment je ne l'ai pas fait. Je me suis demandé pourquoi, dans la mesure où, par le passé, j'avais toujours agi par impulsion, sans trop réfléchir aux conséquences de mes actes. Mais peut-être qu'avec Ethan les choses n'avaient plus rien d'un jeu, contrairement à ce qui s'était passé avec Marcus et tant d'autres garçons avant lui. Peut-être parce que là, j'avais plus à perdre. Effacer les limites entre amitié et amour était le meilleur moyen de perdre un ami. Et j'avais déjà perdu une amie cette année. Il était temps d'arrêter les frais.

Plus tard ce soir-là, après avoir regardé les infos à la télé, Ethan s'est tourné vers moi et a dit :

— Allez, on va se coucher?

— Dans ta chambre?

Il a rigolé.

— Oui. Dans ma chambre.

— Je t'ai manqué, hier soir?

Il a ri de nouveau.

— Je n'irais pas jusque-là.

Mais je voyais bien à son expression que oui, je lui avais manqué. Je voyais aussi qu'il était un peu embêté qu'on se soit disputés, même si presque tout ce qu'il avait dit était vrai. Ethan m'aimait bien, malgré mes défauts, et en m'endormant à côté de lui, je me suis dit qu'il allait aimer encore plus la Darcy nouvelle génération, modèle renforcé, amélioré, maternisé.

22

Le lendemain, poussée par une nouvelle série de coups de pied du bébé, j'ai décidé d'aller proposer mes services à la maison de retraite que m'avaient indiquée Charlotte et Meg. Sur l'ordinateur d'Ethan, j'ai tapé mon CV et une lettre de candidature spontanée expliquant que ma brillante carrière dans les relations publiques était due avant tout à ma personnalité extravertie, une qualité qui ne manquerait pas d'être un atout dans l'organisation hebdomadaire du bingo par équipe. J'ai relu, corrigé les fautes d'orthographe, puis j'ai pris une douche, je me suis habillée et je suis sortie dans le froid londonien.

En entrant dans la maison de retraite, j'ai été assaillie par l'odeur si particulière de la vieillesse et de la nourriture de collectivité, et j'ai ressenti ma première nausée depuis la fin de mon premier trimestre de grossesse. J'ai trouvé un bonbon à la menthe dans mon sac, inspiré un grand coup par la bouche, et je me suis avancée dans le hall. Deux petites mamies en fauteuil roulant s'y trouvaient, et j'ai aussitôt pensé, en les voyant discuter et rire toutes les deux, à Rachel et moi. Nous nous étions souvent dit que, quand nous serions vieilles et veuves, nous voulions être placées dans la même maison de retraite. Je l'entends encore m'assurer que, même à quatre-vingt-dix ans, j'attirerais toujours autant les hommes, et qu'elle comptait sur moi pour l'aider à brancher les petits vieux les plus mignons de la maison. Finalement, c'était ce qu'elle avait fait, avec soixante ans d'avance…

Enfin, une espèce de gnome s'est approché et s'est présenté comme étant le directeur de la maison de retraite.

— Je suis Darcy Rhone, ai-je dit en lui serrant la main.

— Bernard Dobbs. En quoi puis-je vous être utile?

— La question, monsieur Dobbs, est de savoir si moi, je peux vous être utile. Voyez-vous, j'aimerais beaucoup travailler dans votre bel établissement, ai-je dit en refaisant intérieurement la déco de l'entrée, miteuse et mal éclairée.

— Quel genre d'expérience avez-vous? m'a-t-il demandé.

— Je viens des relations publiques, j'étais attachée de presse, un domaine où priment l'interaction et le contact avec les gens. En réalité, ce que je tiens à faire ici, c'est redonner la joie de vivre aux personnes âgées.

M. Dobbs m'a regardée, sceptique, et m'a demandé si j'avais un permis de travail.

— Heu… non. Mais je suis bien sûre que ce n'est pas réellement un problème, n'est-ce pas? ai-je dit avec un clin d'œil et un sourire entendu.

Sans réagir, il m'a demandé si j'avais déjà travaillé avec des personnes âgées. J'ai envisagé de mentir, mais ça n'aurait pas collé avec la nouvelle Darcy.

— Non. Mais croyez-moi, je peux faire face à toutes les situations. À Manhattan, mon poste était extrêmement exigeant, je ne comptais pas les heures, et je m'en sortais très bien.

— Écoutez, je suis désolé, mais nous ne pouvons pas nous permettre d'embaucher le premier venu pour s'occuper de nos pensionnaires, a-t-il dit en me rendant mon C.V.

Le premier venu? Il plaisantait? J'ai imaginé ma future belle-sœur essuyant la bave d'un vieux sénile en chantant *O Susanna*. Son boulot ne nécessitait aucune qualification.

— Je comprends votre position, monsieur Dobbs… mais de quelle expérience avez-vous besoin exactement pour établir des liens avec les autres? C'est une chose que l'on a ou que l'on n'a pas en soi. Et je peux vous affirmer que je l'ai, moi.

Une pauvre vieille passait dans un couloir, complètement tordue par l'ostéoporose. Je lui ai lancé un «Bonjour madame!» tout à fait enjoué, rien que pour prouver ce que je venais de dire.

J'ai attendu qu'elle me sourie à son tour, imaginant quelle belle amitié allait naître entre nous deux. Nul doute qu'elle se confierait à moi, me raconterait ses souvenirs d'enfance, de guerre, de son mari, mort depuis déjà plusieurs dizaines d'années. Et puis une nuit, elle s'en irait doucement, tandis que je lui tiendrais la main. Plus tard, j'apprendrais qu'elle m'avait légué tout ce qu'elle possédait, y compris sa broche préférée, en émeraude, d'une valeur de plusieurs dizaines de milliers de livres. À son enterrement, je porterais la broche au revers de ma veste, et je ferais son éloge funèbre, devant un petit groupe de proches. «C'était une femme adorable. Je l'ai rencontrée un matin d'hiver...»

La vieille dame en question, plutôt que de sourire, s'est approchée de moi et a marmonné quelque chose. Son dentier était tout branlant.

— Je vous demande pardon? ai-je dit en me penchant vers elle, pour montrer à M. Dobbs que non seulement j'étais douce et gentille, mais aussi très patiente.

— Fichez le camp et ne revenez jamais, a soufflé la petite vieille.

Je lui ai fait un grand sourire, puis je me suis redressée et j'ai dit au directeur:

— Donc, comme je vous l'expliquais, je pense pouvoir être tout à fait à la hauteur de ce que vous pourrez me proposer comme poste.

— J'ai peur de ne pas être intéressé, a répondu M. Dobbs.

Et la vieille dame a eu un regard triomphant.

J'ai ravalé une envie de les envoyer balader tous les deux, et j'ai poliment remercié le directeur d'avoir bien voulu me consacrer un peu de son temps précieux.

Une fois dehors, j'ai inspiré et soufflé longuement pour me débarrasser de l'air vicié qui venait de passer par mes poumons et j'ai résolu d'acheter un journal pour voir ce que proposaient les petites annonces.

Le salon de thé où m'avait emmenée Ethan à Thanksgiving était tout près, c'était le QG de campagne idéal. Je suis allée m'y installer, à une petite table près de la fenêtre. J'ai commandé une tisane, des œufs brouillés et un scone.

En attendant qu'on me serve, j'ai regardé autour de moi, et remarqué une jeune femme minuscule qui buvait un café à une table non loin de la mienne. Elle avait des yeux immenses, les cheveux bruns coupés au carré, et portait un béret jaune canari. Au même moment, son portable a sonné, et elle a répondu, avec un accent français à y accrocher son chapeau – ou son béret en l'occurrence. Elle avait une voix grave qui jurait un peu avec son physique de gamine. Je l'ai entendue dire que la météo était encore pire à Paris et, au bout de quelques minutes d'une conversation sans intérêt, elle a conclu en V.O. non sous-titrée «À tout à l'heure, mon petit chou» avant de refermer son portable dans un claquement. J'ai essayé de me souvenir ce que «chou» voulait dire. Bébé chien, non? Non, c'était «chiot».

J'ai regardé le reste de la salle, mais il n'y avait qu'elle et un couple d'Américains plongés dans leur guide touristique.

Ma serveuse m'a apporté ce que j'avais commandé, et puis, juste comme je regrettais qu'Ethan ne soit pas là pour écouter le récit de ma conversation avec M. Dobbs, il est entré dans le salon de thé, mignon comme tout avec sa casquette rouge et son pull rayé de toutes les couleurs. Ses joues étaient roses, à cause du froid, et rendaient ses yeux encore plus bleus.

— Ethan! Coucou!

J'avais parlé d'une voix normale mais, dans la petite salle où régnait le calme, tout le monde a entendu. J'ai vu la Française me lancer un regard un peu désapprobateur, et j'ai vaguement regretté d'être une fois de plus l'Américaine à la grande gueule.

— Salut Darcy, a dit Ethan en s'approchant. Comment c'était à la maison de retraite?

Il avait dû passer chez lui parce que je lui avais laissé un mot pour lui dire que je partais chercher un travail.

— Pas terrible. Du coup, j'ai acheté le journal, pour regarder les petites annonces. Assieds-toi, ai-je dit en retirant mon sac de la chaise à côté de la mienne. Je suis contente que tu sois là, je pensais justement à toi. Comment est-ce qu'on se sert de ce truc, déjà? ai-je demandé en lui montrant la passoire.

Il s'est penché, a posé la passoire sur ma tasse et a versé la tisane.

— Assieds-toi, ai-je répété.

— Eh bien… c'est-à-dire que… en fait, j'ai rendez-vous avec quelqu'un.

Il semblait gêné.

— Ah bon? Qui?

J'ai redouté tout à coup que Phoebe débarque.

— La jeune femme que tu vois, là.

Ethan a fait un geste en direction de la Française, puis lui a lancé un clin d'œil plein d'affection et de douceur.

Elle lui a répondu d'un petit sourire qui en disait très long, trop à mon goût, surtout si j'y ajoutais son «mon petit chou». J'ai mis un moment à digérer le sens de tout cela…

Ethan a une petite amie! Et non seulement elle est mignonne, mais en plus elle est française!

Il lui a rendu un sourire, puis s'est tourné vers moi.

— Tu peux te joindre à nous, si tu veux.

Mais j'ai bien vu qu'il n'en avait aucune envie.

— Non, non, vas-y.

— Tu es sûre?

Il a eu un regard furtif, limite apitoyé.

— Oui, oui. De toute façon, il faut que j'y aille, pour passer des coups de fil. Vas-y, je t'assure.

— Bon, alors à plus?

— C'est ça. À plus, j'ai dit avec l'air de celle qui est déjà passée à autre chose.

En fait, j'étais gênée d'avoir pensé qu'Ethan était à ma disposition vingt-quatre heures sur vingt-quatre. En même temps, en le regardant s'éloigner pour rejoindre sa copine, j'étais un peu… contrariée. Presque jalouse. Cette réaction de ma part m'a surprise. Après tout, qu'est-ce que cela pouvait me faire qu'Ethan ait une petite amie? Je n'avais pas de vues sur lui. D'accord, j'avais vaguement eu envie de l'embrasser, mais cela ne signifiait pas pour autant que j'étais amoureuse de lui. Peut-être que le voir avec une fille me donnait envie d'avoir moi aussi quelqu'un à mon côté. Peut-être que je m'inquiétais de savoir si notre cohabitation allait continuer. Si j'allais encore pouvoir profiter du confort de son lit.

Je les ai regardés se faire la bise, une sur chaque joue, puis Ethan a pris une chaise et s'est assis en face d'elle. Sous la table, leurs genoux se touchaient. Quelque part, j'étais gênée, et un peu blessée aussi qu'Ethan ne m'ait pas parlé de cette fille. Un tas de questions m'ont traversé l'esprit. Qu'y avait-il exactement entre eux? Allait-il la rejoindre tous les jours, quand il me disait aller travailler à son bouquin? Faisaient-ils l'amour chez elle tous les soirs pendant que je l'attendais chez lui pour dîner? Pourquoi ne m'en avait-il pas parlé?

En me levant pour régler ma note, j'ai hésité à aller leur dire au revoir ou pas. D'un côté j'étais curieuse de rencontrer cette fille, et de l'autre j'étais un peu mal à l'aise, et préférais me glisser dehors sans me faire remarquer. Là encore, je ne comprenais pas pourquoi je réagissais de la sorte.

J'ai payé à la caisse, laissé un pourboire à la serveuse, et j'allais sortir quand derrière moi j'ai entendu la voix d'Ethan:

— Hé, Darcy, tu peux venir une seconde?

Je me suis retournée, en faisant mine d'être étonnée, et de chercher d'où venait cette voix. Puis j'ai affiché un sourire chaleureux, et je me suis dirigée vers leur table.

— Salut.

— Je te présente Sandrine, a dit Ethan. Sandrine, je te présente Darcy.

Elle avait une peau de rêve, pas un comédon, et des sourcils parfaits, alors que je ne m'étais pas fait faire les miens depuis que j'avais quitté New York.

— Ravie de vous rencontrer, Sandrine.

— Moi de même, a soufflé Sandrine d'une voix de téléphone rose.

On a échangé quelques banalités, j'ai réalisé que je me tenais comme une femme enceinte – genoux serrés, mains sur le ventre – et j'ai rectifié ça tout de suite. Et puis, pour le cas où il aurait oublié de mentionner ce détail à sa copine, j'ai lancé à Ethan:

— J'y vais. On se retrouve à la maison?

Mais sur le visage de Sandrine, je n'ai pas vu la moindre trace de surprise, de malaise, rien. Juste une indifférence assurée.

En sortant, je me suis sentie inexplicablement triste. Mon bébé m'a donné un coup de pied, et j'ai murmuré à son intention :

— Il faut que je te dise : Ethan a une petite amie, et je ne sais pas pourquoi ça me met dans cet état.

Ethan est rentré tard, ce soir-là, et seul. J'étais allongée sur le canapé, à moitié endormie, l'estomac un peu noué.

— Quelle heure est-il ?

— Vingt-deux heures, par là. Tu as mangé ?

— Oui. Et toi ?

Il a fait oui de la tête.

— Où étais-tu ? ai-je demandé, en me faisant l'effet d'une épouse qui a des soupçons et vient de découvrir une trace de rouge à lèvres sur la chemise de son mari.

— J'écrivais.

— Ben voyons, j'ai lâché, d'un ton que j'aurais voulu nonchalant, amusé.

— Tu sous-entends quoi, exactement, là ? a-t-il demandé en me faisant signe de lui laisser un peu de place sur le canapé.

J'ai remonté les jambes pour le laisser s'asseoir, puis je les ai reposées sur ses genoux.

— Je sous-entends : étais-tu vraiment en train d'écrire ou as-tu passé la soirée avec Sandrine ?

— J'étais vraiment en train d'écrire. Et toi, qu'est-ce que tu as fait ?

C'est cela, changeons de sujet.

— J'ai cherché du boulot, passé quelques coups de fil, surfé sur le Net. Sans résultat. Très frustrant. Bon, alors, c'est qui, cette Sandrine ?

— C'est une fille très sympa.

— Me prends pas pour une poire, Ethan.

Il a eu un regard interrogateur.

— C'est ta petite amie, oui ou non ?

Il a bâillé, s'est étiré.

— Non, ce n'est pas ma petite amie.

— Mais tu es son «petit chou».

— Quoi?

— Je l'ai entendue te parler au téléphone avant que tu arrives au salon de thé. Elle t'a appelé son petit chou.

Il a souri.

— T'es vraiment trop, toi.

— Ça ne te fait rien de te faire traiter de légume?

J'avais cherché la traduction de «chou» sur Internet dès mon retour. Et franchement, je trouvais ça avilissant, comme surnom.

Ethan a haussé les épaules.

— Je sais pas, j'ai pris espagnol, au lycée.

— Dommage!

— Pourquoi?

— Parce que ta petite amie est française, voilà pourquoi!

— Ce n'est pas ma petite amie, Darcy. On est juste sortis ensemble deux fois.

— Quand ça?

— La semaine dernière... et aujourd'hui.

— Vous avez dîné ensemble, la semaine dernière?

— Non, on s'est vus pour le déjeuner.

— Où?

— Dans un bistro de Notting Hill.

— Vous avez fait moitié-moitié?

— Non, je l'ai invitée. C'est bientôt fini, l'interrogatoire?

— Oui, oui. Pourquoi est-ce que tu n'as rien dit?

— Franchement, j'en sais rien. Ça n'a pas une grande importance, si?

Tout en parlant, il s'était mis à me masser le talon gauche, puis il est passé au droit. La dernière fois qu'on m'avait massé les pieds remontait à des lustres. J'avais trouvé ça encore meilleur qu'un orgasme. J'ai fait part de mon souvenir à Ethan, qui a souri fièrement, l'air de dire: «C'est parce que tu n'as jamais eu d'orgasme avec moi.» Et dans mon esprit j'ai vu Sandrine et lui, nus, enlacés, leurs corps luisants de sueur.

— Bon, parle-moi d'elle.

— Il n'y a pas grand-chose à dire. Je l'ai rencontrée à la Tate Gallery.

Il a fait rouler son poing fermé sur mes voûtes plantaires.

— Devant un tableau?

— Non, à la cafétéria du musée. Elle était derrière moi dans la queue et j'ai pris la dernière table libre. Elle m'a demandé si ça m'embêtait de la partager.

Je les imaginais, dans trente ans, elle suspendue à son bras, racontant cette histoire pour la millième fois au moins.

— Comme c'est touchant!

Ethan a ignoré l'ironie.

— Et après, on s'est promenés ensemble dans le musée.

Tout cela ressemblait d'un peu trop près à mon conte de fées à moi. J'ai essayé de trouver d'où pouvaient bien venir le nœud dans ma gorge et le sentiment d'oppression dans ma poitrine. On aurait dit un mélange d'envie, d'inquiétude et de solitude.

J'avais encore des dizaines de questions à poser à Ethan, mais j'ai décidé de les garder pour moi. J'en avais assez entendu. Alors on a écouté en silence la fin du CD de Norah Jones que j'avais mis. Ethan avait les yeux fermés, et les mains encore sur mes pieds quand il a dit:

— Tu avais l'air très enceinte, aujourd'hui, au salon de thé.

— Tu veux dire, grosse? ai-je demandé en repensant à Sandrine, à côté de qui je devais avoir l'air d'un sumo.

— Pas grosse, non, enceinte.

— Enceinte et grosse.

Il a secoué la tête, a ouvert les yeux et m'a regardée d'un drôle d'air.

— Non. Enceinte et radieuse.

Je me suis sentie toute drôle, et je n'ai pas pu retenir un large sourire.

— Merci, ai-je dit, timide tout à coup.

Ethan a continué à me fixer du regard, comme quelqu'un qui essaie de se rappeler qui est la personne qu'il a en face de lui, comment elle s'appelle.

— Oui, tu as vraiment cette aura.

Nos regards se sont croisés, puis chacun a détourné les yeux en même temps. Ensuite il y a eu un long silence, et Ethan s'est tourné vers moi tout à coup.

— Darcy, je me demandais... pourquoi es-tu allée à la maison de retraite, ce matin?

— Je te l'ai dit, pour trouver un boulot.

— Je sais, mais pourquoi dans une maison de retraite alors que ton domaine, c'est les relations publiques?

— Parce que j'ai envie d'aider les gens. D'être plus attentive, plus là pour les autres.

Il a secoué la tête en rigolant.

— Il n'y a vraiment jamais de commune mesure, avec toi, hein?

— Mais c'est toi qui m'as dit qu'il fallait que je change! Que je sois moins superficielle, et tout ça.

En disant cela, je me suis rendu compte à quel point je désirais qu'il réalise l'effort que je faisais.

— Je n'ai pas dit qu'il fallait *tout* changer chez toi, Darcy. Et tu n'as certainement pas besoin d'aller travailler dans une maison de retraite pour ça.

— C'est aussi bien, parce que je n'ai pas été embauchée. Et pour être tout à fait honnête, je n'ai pas vraiment envie de travailler avec des personnes âgées.

— Te transformer en martyre n'est pas indispensable. Ce qu'il faut, c'est trouver un boulot qui te convient et te constituer un petit pécule. Si en même temps tu peux rendre ce monde meilleur, alors pourquoi pas? Mais tu dois rester toi-même.

J'ai eu un sourire narquois

— Être moi-même, hein?

— Parfaitement.

Il s'est levé et s'est dirigé vers sa chambre.

— Il n'y a pas que du mauvais en vous, mademoiselle Rhone.

Je me suis levée pour le suivre, et puis j'ai hésité. Je savais que rien n'avait changé par rapport à la veille, et pourtant, maintenant que je l'avais vu avec une fille, coucher dans le même lit que lui me semblait désormais étrange, pas correct. Oui, nous étions des amis, même si de temps en temps j'avais de drôles de pensées à son égard. Oui, des amis pouvaient coucher dans le même lit. Alors?

Alors j'ai quand même attendu qu'il se retourne et qu'il me demande: «Tu viens?» pour lui emboîter le pas.

J'ignorais combien de temps il me restait avant que Sandrine n'affirme sa présence dans l'appartement, mais j'allais en savourer les moindres instants.

23

Le lendemain, j'ai appelé le secrétariat du Dr Moore, le gynéco recommandé par Meg et Charlotte. Un rendez-vous ayant été annulé pour le matin même, on me l'a proposé, et j'ai sauté sur l'occasion.

Le cabinet se trouvait dans un quartier résidentiel, dont la majorité des maisons anciennes semblaient avoir été transformées en cabinets médicaux. J'ai poussé une lourde porte rouge. L'entrée était tout en marbre, et une réceptionniste m'a indiqué la salle d'attente après m'avoir donné un dossier à remplir. Quelques instants plus tard, une petite bonne femme replète, avec des airs de mamie gâteau, est entrée et s'est présentée comme étant Beatrix, la sage-femme. Elle m'a fait monter jusqu'au bureau du docteur, qui s'est levé pour me tendre la main. Avec ses pommettes marquées, ses yeux bleus et son nez très romain, il était assez beau et très élégant, dans son costume bleu marine et sa cravate verte. D'un mouvement de menton, il m'a indiqué un fauteuil en face de son bureau, m'invitant à m'asseoir.

Beatrix a murmuré qu'elle allait revenir et s'est éclipsée. Le Dr Moore m'a posé toutes sortes de questions, histoire de faire connaissance. D'où je venais, depuis quand j'étais en Angleterre et quelle était la date prévue de l'accouchement. J'ai répondu, en lui expliquant très franchement qu'il s'agissait d'une grossesse surprise, que j'avais rompu avec le père et que j'étais venue m'installer à Londres pour recommencer une nouvelle vie. J'ai aussi dit que la date prévue était le 2 mai et que je n'avais pas vu de médecin depuis plusieurs semaines.

— Avez-vous eu une échographie?

— Non.

J'avais complètement oublié d'aller à celle de la dixième semaine, à New York.

— Bien. Alors nous allons vous examiner, et puis nous en ferons une pour voir si tout va bien, a dit le Dr Moore en notant quelque chose sur mon dossier.

— Vous pourrez me dire le sexe?

— En principe, oui. Si votre bébé est coopératif.

— Vraiment? Aujourd'hui?

Mon cœur s'est mis à battre, à la fois d'excitation et de trouille. J'allais voir ma fille pour la première fois. J'ai soudain regretté qu'Ethan ne soit pas là, avec moi.

— Bien, alors on y va? a proposé le docteur.

— On y va.

— Vous allez enlever le bas et vous installer sur cette table. Je reviens dans un instant avec Beatrix.

En me déshabillant, j'ai à moitié regretté de ne pas m'être fait épiler le maillot. J'allais faire une bien mauvaise première impression à ce Dr Moore si propre sur lui. Et puis je me suis dit qu'il avait dû voir bien pire.

Quelques instants plus tard, il est revenu avec la sage-femme.

— Bien, Darcy, je vais vous demander de glisser un peu vers moi et de mettre les pieds dans les étriers. Je vais vérifier votre col, vous allez simplement sentir une petite pression.

Il a mis des gants en latex et s'est exécuté.

— Parfait. Le col est long et parfaitement fermé. Si vous voulez bien remonter votre chemisier, maintenant, nous allons faire l'échographie.

Il a ôté ses gants et a répandu un gros paquet de gel sur mon ventre.

— C'est sans doute un peu froid, je vous prie de m'excuser.

— Ce n'est pas grave, ai-je répondu, touchée par cette attention.

Il a fait glisser la sonde sur mon ventre, et une image en noir et blanc assez floue est apparue sur l'écran. D'abord, ça ne ressemblait à rien, et soudain j'ai reconnu une tête et une main.

— Mon Dieu ! me suis-je écriée. Elle suce son pouce, n'est-ce pas, docteur ?

— Hum, a dit le médecin, tandis que Beatrix souriait.

Complètement submergée par l'émotion, je leur ai dit que je n'avais jamais rien vu d'aussi miraculeux.

— Elle est parfaite, non ? Vous ne trouvez pas, docteur ?

— Bien, très bien, a-t-il murmuré.

Et puis il a plissé les yeux et s'est penché pour regarder l'écran d'un peu plus près sans cesser de faire bouger la sonde sur mon ventre. L'image a disparu l'espace d'une seconde, puis a réapparu.

— Quoi ? ai-je demandé. Vous voyez quoi ? C'est bien une fille, n'est-ce pas ?

— Encore un petit instant. J'ai besoin de regarder tout cela d'un peu plus près. Puis je prendrai quelques mesures.

— Ah bon ? Des mesures de quoi ?

— De la tête, de l'abdomen et du fémur. Ensuite, nous vérifierons les différentes structures. Le cerveau, les cavités du cœur, etc.

J'ai tout à coup réalisé que mon bébé pouvait ne pas être parfait. Pourquoi n'y avais-je jamais pensé jusque-là ? J'ai regretté tout le vin que j'avais bu, tout le café auquel je n'avais pas pu résister le matin, et j'ai fixé avec angoisse le visage du Dr Moore tandis qu'il examinait calmement mon bébé sous toutes les coutures.

— C'est normal ? ai-je demandé à chaque relevé de mesures.

— Oui, oui. Tout est magnifiquement normal.

Et là, à ce moment précis, « normal » a été le mot le plus merveilleux que je connaisse. Que ma fille soit aussi belle que moi, peu m'importait ! Je voulais juste qu'elle soit en bonne santé.

— Alors, êtes-vous prête à entendre la grande nouvelle ? m'a demandé le Dr Moore.

— Oh, je sais que c'est une fille ! Je le sais. Je n'en ai jamais douté, mais je meurs d'envie que vous me le confirmiez, pour que je puisse commencer à acheter des grenouillères roses.

Le docteur a eu un petit rire.

— Ah, ah ! Bien. Alors il faut que je vous prévienne que le rose ne sera peut-être pas la couleur idéale.

— Quoi? Ce n'est pas une fille?

Je me suis redressée, pour tenter de mieux voir sur l'écran.

— Non. Vous n'allez pas avoir une fille, a-t-il dit en me regardant avec le sourire fier de l'homme qui suppose qu'un garçon est toujours plus attendu qu'une fille.

— C'est un garçon? Vous êtes sûr?

— Oui, j'en suis sûr. Vous allez avoir un garçon... a-t-il dit en montrant du doigt l'écran, sans cesser de manipuler la sonde, avant d'ajouter :... et un *autre* garçon.

Et, quittant l'écran des yeux, il m'a regardée avec un large sourire, attendant ma réaction.

J'ai eu comme une absence, jusqu'à ce qu'un mot, pourtant assez courant, arrive enfin jusqu'à mon cerveau : « jumeaux ».

— D... deux bébés? ai-je fini par bredouiller.

— Oui, Darcy. Vous attendez deux garçons. Félicitations !

— Il doit y avoir une erreur. Vous voulez bien revérifier?

Il se trompait forcément. Il n'y avait pas de jumeaux dans la famille. Je n'avais pris aucun médicament favorisant l'ovulation. Je ne *voulais* pas de jumeaux. Je voulais une fille, et une seule !

Le Dr Moore a échangé un regard entendu avec Beatrix, et j'ai cru qu'ils se payaient ma tête. Ethan m'avait dit que les Britanniques avaient un sens de l'humour un peu particulier, mais là, franchement, ils poussaient le bouchon un peu loin.

— Vous plaisantez, hein? C'est ça?

— Non, a dit le docteur. Je suis très sérieux. Vous allez avoir des jumeaux. Félicitations, Darcy !

— Mais je voulais une fille ! Et j'en voulais qu'une ! Pas *deux* garçons ! ai-je lâché d'une voix tremblante.

— Le problème, c'est que ce genre de chose ne se commande pas, a lâché le Dr Moore d'un ton pince-sans-rire.

— Est-ce qu'il vous arrive de vous tromper, quand même? ai-je demandé, au bord du désespoir. Vous avez déjà fait une erreur dans ce genre de cas?

Il a répondu qu'il était tout à fait sûr que j'attendais des jumeaux, puis il a ajouté qu'il arrivait parfois que l'on prenne une fille pour un garçon, mais beaucoup plus rarement le contraire.

— Alors vous êtes *certain*?

Avec une réelle patience, il m'a montré les deux fœtus sur l'écran. Deux battements de cœur. Deux têtes. Et deux pénis.

Je me suis mise à pleurer. J'ai revu mon petit frère, qui jouait à faire *vroum vroum* et nous cassait les oreilles sans arrêt avec ses bruits divers. J'allais avoir la même chose, puissance deux. Je ne pouvais pas.

Percevant mon désarroi, le Dr Moore m'a expliqué d'un ton très chaleureux que l'arrivée de jumeaux était la plupart du temps accueillie avec assez peu d'enthousiasme.

— Dans mon cas, c'est l'euphémisme du siècle, ai-je hoqueté.

— Il vous faut un peu de temps pour vous y habituer, c'est normal.

— Deux *garçons*?

— Oui. Des jumeaux monozygotes.

— Mais comment est-ce qu'un truc pareil a pu arriver?

Le docteur a compris la question au sens littéral, et s'est lancé dans une leçon de biologie, en montrant l'écran et en expliquant que mes bébés partageaient un placenta, mais deux poches amniotiques.

— Autrement dit une grossesse monochoriale biamniotique, a-t-il conclu. Ce qui signifie que votre ovule s'est divisé entre le troisième et le septième jour suivant la fécondation.

— Merde… ai-je murmuré.

Quelques instants plus tard, il m'a tendu deux photos, intitulées Bébé A et Bébé B. Je les ai prises parce qu'il insistait, mais franchement je n'en avais pas envie. Le Dr Moore m'a proposé de me rhabiller et d'aller boire un thé à la menthe avec Beatrix, qui s'est approchée de moi avec un sourire apaisant.

— Non, non, merci, ai-je dit en me rhabillant aussi vite que je le pouvais. Je dois y aller.

Ils ont essayé de me retenir, mais il fallait que je sorte de là, de cet endroit horrible qui avait transformé ma jolie petite fille en deux horribles garçons. Je devais m'en échapper, et tout allait rentrer dans l'ordre. J'allais chercher un autre médecin. Un Américain installé à Londres, tiens.

Je me suis retrouvée dans la rue, le mot «jumeaux» résonnant dans ma tête. Il tombait des cordes, mais il fallait que je marche. Alors j'ai marché, marché sans m'arrêter sinon pour m'abriter au moment où la pluie tombait particulièrement dru. La perspective d'avoir un bébé me faisait un peu peur, mais là, à l'idée d'en avoir deux, j'étais terrorisée. Comment allais-je arriver à m'occuper de jumeaux? Sans parler d'arriver à les reconnaître!

Vers quinze heures, alors que déjà la nuit tombait, je suis arrivé chez Ethan, frigorifiée, épuisée.

— Darcy? C'est toi? a lancé Ethan depuis sa chambre.

— Ouais, ai-je répondu en ôtant mon manteau et mes bottes.

— Viens par là!

Il était allongé sur son lit, un livre ouvert posé sur le ventre. La lampe de chevet jetait une lumière chaude, douce sur ses cheveux blonds, on aurait dit qu'il avait une auréole.

— Je peux m'asseoir? Je te préviens, je suis un peu mouillée.

— Bien sûr que tu peux.

Je me suis installée en tailleur au pied de son lit et j'ai frissonné.

— Tu t'es fait prendre par la pluie?

— Ouais. En quelque sorte. J'étais dehors toute la journée. J'avais oublié mon parapluie.

— Ah, à Londres, c'est une grave erreur!

— Tu ne croiras jamais ce qui m'est arrivé, aujourd'hui.

— Tu t'es fait piquer ton sac?

— Non. Pire.

Ethan a eu un rire narquois.

— Ah bon? Il existe pire que de te faire voler ton précieux sac Gucci?

— Ce n'est pas drôle, Ethan, ai-je dit d'une voix tremblante.

Son sourire a disparu. Il a fermé son livre, l'a jeté à côté de lui.

— Qu'est-ce qui s'est passé?

— Je suis allée chez le gynéco ce matin…

Il s'est redressé, visiblement inquiet.

— Tout va bien? Le bébé?

— Tout va bien, oui. *Les* bébés vont bien.

Ethan a fait des yeux comme des soucoupes.

— *Les*?

J'ai fait oui de la tête.

— Des jumeaux?

— Oui. Des jumeaux. Identiques. Et garçons.

Il est resté sans voix un moment.

— Tu plaisantes?

— Est-ce que j'en ai l'air?

J'ai eu l'impression qu'il se retenait d'éclater de rire.

— Je t'assure que ce n'est pas drôle, Ethan. Et ne me dis pas que je le mérite, s'il te plaît. Parce que c'est exactement ce que je me répète depuis tout à l'heure. J'avais peut-être une existence superficielle à Manhattan, à passer mon temps à faire du shopping, à ne compter que sur les apparences, à tromper Dexter avec Marcus, alors le bon Dieu s'est dit, celle-là, elle ne va pas s'en tirer à si bon compte, et il m'a collé deux embryons et…

J'ai fondu en larmes.

— Darcy, Darcy, calme-toi, ma belle. Ce n'est pas ce que je pensais.

— Alors pourquoi tu souris?

— Je souris parce que… je suis content.

— Content que je sois punie?

— Non, Darcy. Content pour toi. Si un bébé est un cadeau du ciel, alors deux, c'est carrément le gros lot! Deux bébés! C'est un miracle! Pas une punition!

Il avait trouvé des mots convaincants, le ton de sa voix et l'expression sur son visage l'étaient encore plus.

— Tu crois?

— J'en suis sûr! C'est merveilleux!

— Mais comment est-ce que je vais faire?

— Tu le feras, c'est tout.

— Je ne sais pas si j'en suis capable.

— Bien sûr que tu en es capable! Écoute, va prendre une douche, mets-toi en pyjama, pendant ce temps, je nous prépare un bon petit dîner.

— Merci, Ethan.

Déjà, je me sentais rassérénée. Le don qu'avait Ethan pour requinquer les gens était ce que j'aimais le plus chez lui. Il avait cela en commun avec Rachel. Elle, elle venait chez moi avec des pistaches quand j'avais un coup de blues, parce qu'elle savait que j'adorais ça. La proposition d'Ethan de faire à manger m'a rappelé cette époque.

— File sous la douche et commence à réfléchir à des prénoms de garçons.

Un peu plus tard dans la soirée, on a passé un long moment à admirer les profils parfaits de mes deux petits bouts, et puis on est allés se coucher.

— Comment ça se fait que tu ne passes jamais la nuit avec Sandrine? lui ai-je demandé au moment où on se glissait sous les couvertures.

— Ce n'est pas encore très sérieux entre nous, a-t-il répondu en éteignant la lumière.

Le «encore» m'a fait tout drôle, mais j'ai juste dit «Ah», et j'ai laissé tomber le sujet.

Après un long silence, Ethan a chuchoté:

— Félicitations, Darcy. Des jumeaux! C'est génial!

— Merci, Ethan.

— Ça va mieux, la nouvelle arrive à passer?

— Un tout petit peu, oui, je crois.

Je l'avais encore en travers de la gorge, mais au moins je ne voyais plus cela comme une malédiction ou une punition divine.

— Merci de faire comme si tu étais content, en tout cas.

— Mais je *suis* content.

J'ai souri.

— Je t'aime beaucoup, tu sais.

— Moi aussi, je t'aime beaucoup, Darcy.

Dans l'obscurité, mon sourire s'est élargi, et j'ai oublié mes soucis pour tomber dans un sommeil profond et paisible.

24

Le lendemain, la panique était revenue, fraîche comme une rose. Comment allais-je m'en sortir avec des jumeaux? Ethan accepterait-il qu'on reste chez lui? Mais deux berceaux tiendraient-ils seulement dans ma toute petite chambre? Et si je ne trouvais pas de travail? Il ne me restait que deux mille dollars, à peine de quoi paier les frais médicaux, sans parler du matériel de puériculture, de la nourriture, du loyer…

« Calme-toi, me suis-je dit. Concentre-toi sur ta liste, et prends les problèmes les uns après les autres. »

Donc j'ai passé le reste de la semaine à chercher du travail, partout, de toutes sortes. Et je n'ai rien trouvé, sinon quelques détails un peu déprimants concernant la difficulté d'obtention d'un permis de travail. Pire, j'ai découvert que toutes les employées avaient droit à un congé maternité de vingt-six semaines. Qui allait m'embaucher, à ce stade de ma grossesse, sachant qu'à peine installée à mon poste j'en partirais pour six mois? J'ai commencé à redouter de devoir rentrer à New York, reprendre mon ancien boulot, ma vie d'avant. Rien ne me déplaisait plus que cette idée.

Le samedi, j'étais complètement démoralisée et prête à décompresser un peu à la soirée de Meg. J'ai choisi une tenue sobre, robe noire bien ajustée qui mettait mon petit ventre en valeur (achetée chez H & M, ce n'était pas la ruine, et de toute façon rien dans mon ancienne garde-robe ne m'allait plus), maquillage léger, chaussures noires à talons pas trop hauts et diamants aux oreilles. Le résultat était, je dois le dire, d'une élégance discrète et d'un grand raffinement.

Ethan est rentré juste au moment où je m'en allais.

Il a poussé un sifflement et a posé une main sur mon ventre.

— Tu es ravissante. Tu vas où?

— À un dîner. Tu te souviens, les deux Anglaises que j'ai rencontrées au salon de thé la semaine dernière?

— Ah oui! Dis donc, tu es forte, toi. Décrocher une invitation comme ça, quand on est américaine, ce n'est pas rien. En général, ici, on attend que tu annonces ton retour au pays, pour t'inviter.

Ce n'était pas la première fois qu'il faisait une remarque sur l'aspect un peu replié sur soi-même de la société britannique, une des rares choses qu'il n'aimait pas dans ce pays.

— J'ai hâte de voir ce que ça donne! J'espère que ça va être un truc du style «ma soirée avec Bridget Jones»!

— Tu veux dire un groupe de filles qui fument comme des pompiers et ne parlent que de régime et d'aventures avec leur patron?

— Quelque chose comme ça! Et toi, tu fais quoi, ce soir?

— Je ne t'ai pas dit? Je dîne avec Sandrine.

J'ai senti une pointe de jalousie me titiller, tandis qu'il me regardait, un peu gêné. Il savait très bien qu'il ne m'en avait pas parlé. À vrai dire, il ne m'avait pas reparlé de Sandrine depuis le jour où je l'avais rencontrée.

— Non, tu ne m'avais pas dit. Apparemment, tu as des projets pour après le dîner, aussi, ai-je ajouté en montrant le sac contenant une bouteille de vin qu'il avait à la main.

— Peut-être. On verra comment se passe le dîner.

— Bon, ben, amuse-toi bien. J'y vais.

On n'allait pas non plus passer la soirée là-dessus.

— Tu prends un taxi?

— Heu, non, le métro. J'ai quelques problèmes de budget, ces temps-ci, au cas où cela t'aurait échappé.

— Il est trop tard pour prendre le métro seule.

— Mais tu disais que ce n'était pas dangereux, le soir?

— Je sais, mais... Écoute, tu es enceinte. Tiens.

Et il a tiré quelques billets de son portefeuille.

— Ethan, je n'ai pas besoin de ton argent. Mon budget est serré, mais pas à ce point.

Il a remis les billets dans son portefeuille.

— D'accord. Mais tu prends un taxi, hein? S'il te plaît.

Cette attention-là, ce côté protecteur m'a touchée.

— D'accord. Mais toi aussi, fais attention, ai-je dit avec un clin d'œil.

Il a eu un regard étonné.

— Mets une capote.

Il a levé les yeux au ciel et a fait un geste que j'ai traduit par quelque chose du style: «Arrête de dire des conneries, je ne suis pas sur le point de coucher avec elle.» Puis il m'a embrassée sur la joue, et j'ai senti son eau de toilette. Elle fleurait bon, je me suis sentie toute drôle, soudain. Mais Simon le Rouquin m'attendait, alors je suis partie.

Pourtant, dans le taxi, j'ai réalisé que je n'arrivais pas à être contente d'aller à ce dîner. Il n'y avait pas que l'espèce de jalousie ressentie envers Sandrine ou mon angoisse à l'idée d'avoir des jumeaux. En fait, j'étais anxieuse à cause de cette soirée. Et c'était bien la première fois qu'un événement un peu mondain me mettait dans un tel état. Peut-être était-ce parce que je n'avais plus de fiancé ou de petit ami pour m'y accompagner. Je m'apercevais tout à coup quel sentiment de sécurité il y avait à être deux dans ces situations-là. On se sentait moins obligé de plaire. Ironiquement, j'en avais souvent retiré une certaine liberté d'esprit qui m'avait permis une attitude extravertie me valant l'attention d'*autres* hommes.

Mais je n'étais plus la partie d'un tout nommé couple. Par ailleurs, je n'étais plus en terrain connu, comme à Manhattan, où je savais exactement qu'attendre de tel bar, telle soirée ou tel événement, où je savais que, quel que soit le lieu, je pouvais boire quelques verres et être non seulement la plus belle femme de la salle, mais en général la plus pétillante aussi.

Ce soir, je n'avais pas de petit ami, un gros ventre et même pas la possibilité de boire un petit coup pour retrouver mon entrain et être spirituelle. Formidable!

— Bonsoir, ma chère! Je suis ravie de vous revoir! s'est exclamée Meg en ouvrant la porte.

Elle portait elle aussi une robe noire. J'étais dans le ton, c'était déjà ça. Du coup, je me suis détendue un peu.

— Je suis ravie également! C'est tellement gentil à vous de m'avoir invitée.

Meg m'a présentée à son mari, Yossi, un Israélien ayant fait ses études à Paris, qui a pris mon manteau et m'a demandé ce que je voulais boire.

— Une coupe de champagne, peut-être?

J'ai posé une main sur mon ventre et poliment décliné son offre.

— Un Perrier, alors? a-t-il proposé à la place.

— Ce serait parfait, merci.

Meg m'a entraînée dans le salon, et j'ai cru entrer dans un magazine de déco, un numéro spécial «Demeures de rêve». Magnifique, mais intimidant.

Les invités aussi étaient intimidants. Ils ne ressemblaient en rien à ma bande habituelle, à New York. À vrai dire, la douzaine de personnes réunies dans la pièce était d'une telle diversité raciale et culturelle qu'on aurait dit une affiche de pub pour Benetton.

Yossi est arrivé et m'a tendu mon eau gazeuse dans un verre en cristal, et Meg m'a demandé si j'avançais dans mes recherches de boulot.

— Pas vraiment, pour l'instant. Mais je suis allée chez le médecin que vous m'aviez recommandé.

— Alors, vous savez, pour le sexe? m'a-t-elle demandé avec enthousiasme.

J'avais oublié de me préparer à cette question.

— Heu… oui.

— C'est une fille?

— Non. Un garçon.

En une fraction de seconde, j'avais décidé de ne pas parler des jumeaux tout de suite. Quelque part, sans que je sache exactement pourquoi, être célibataire et attendre un bébé me semblait acceptable, voire branché, alors que seule et future maman de jumeaux me paraissait carrément bas de gamme. En tout cas pas le genre de nouvelles qu'on avait envie d'annoncer lors qu'un dîner comme celui-là.

— Oh, un garçon! C'est fantastique! Félicitations! a dit Meg.

Et elle m'a aussitôt entraînée vers ses invités pour me présenter, si bien que je n'ai plus pensé à mon mensonge. Il y avait là, Henrik, un Suédois, et Cécilia, son épouse française, tous deux violoncellistes. Tumi, un Camerounais dessinateur de bijoux, Beata, une très belle jeune femme née à Prague, élevée en Écosse et qui travaillait en Afrique pour une ONG de lutte contre le SIDA. Uli, un Allemand un peu raide qui travaillait dans la banque, avec Yossi. Un monsieur plus âgé, arabe, dont je n'ai pas compris le nom, quelques Britanniques, dont Charlotte et son mari, John. Et puis Simon le Rouquin, dont le visage était constellé de millions de taches de rousseur, assorties au roux, vraiment très roux, des cheveux. À mon grand soulagement, il m'a ignorée, au profit de Beata qui était par ailleurs rousse elle aussi. (Ce qui soulève l'intéressante question de savoir si les roux s'intéressent aux autres roux par narcissisme, en quelque sorte, ou simplement parce qu'ils n'ont pas le choix, les non-roux n'étant en général pas intéressés.)

En tout état de cause, j'étais celle qui jurait le plus parmi les invités. La seule participante à cette mini-convention des Nations unies à n'avoir rien à dire sur l'état de l'économie en Asie, la menace du terrorisme, ou les conséquences de différentes élections sur la Bourse. Je ne savais rien du tout sur le conflit au Soudan qui poussait les réfugiés du côté du Tchad, n'avais pas la moindre idée de ce qu'une livre sterling faisait en euros, et n'avait jamais réalisé à quel point «l'histoire d'amour éhontée de Tony Blair avec les États-Unis» était vécue comme un affront par le reste du monde.

J'ai attendu que quelqu'un aborde le sujet de la famille royale, le seul sur lequel j'aurais eu un ou deux trucs à dire, mais, lorsqu'il a effectivement été abordé, ce n'était pas pour faire un commentaire sur les régimes de Fergie, la conspiration autour de la mort de Diana, Charles et Camilla ou la dernière petite amie en date du prince William. Non, à ma grande surprise, il a été question de savoir si la Grande-Bretagne devait continuer à être une monarchie. Je ne savais même pas que c'était une solution envisageable.

Après les cocktails, nous avons été invités à passer à table et, malgré le vin coulant à flots et l'alcool consommé avant, les conversations sont devenues encore plus intellectuelles, contrairement à New York, où plus les gens boivent, plus ils racontent des inepties. Même Rachel et Dex n'auraient pas pu tenir une conversation aussi pointue en ayant bu autant.

Assez vite, mon esprit s'est mis à vagabonder, et j'ai pensé à Ethan et à Sandrine, à ce qu'ils étaient en train de faire. Puis vers la fin du dîner est arrivé un dernier invité. Meg a levé les yeux et a lancé :

— Alors, Geoffrey, vous continuez à penser que le retard est à la mode ?

Ce à quoi le dénommé Geoffrey a répondu qu'il avait été appelé en urgence pour une césarienne. C'est là que je me suis tournée, pour me retrouver nez à nez ou presque avec le Dr Moore, incroyablement séduisant avec son veston en tweed, son pull en cachemire et son pantalon en twill gris.

Je l'ai regardé saluer ses amis, se baisser pour faire le baise-main aux dames. Puis ses yeux se sont posés sur moi. Il a eu l'air interloqué, a battu des cils deux ou trois fois, avant de sourire.

— Darcy. C'est bien ça ?

— Mais c'est vrai ! a dit Meg. J'avais oublié que vous vous étiez déjà rencontrés. Darcy nous a annoncé la fantastique nouvelle !

J'ai tout de suite compris qu'on courait à la catastrophe, et j'ai ouvert la bouche pour tenter d'aller au-devant, mais trop tard. Déjà le docteur confirmait :

— Oui, en effet, des jumeaux ! C'est merveilleux, n'est-ce pas ?

Pour la première fois de la soirée, il y a eu un grand silence. Tous les regards se sont tournés vers moi. Pour quelqu'un qui avait passé les trente dernières années à se repaître de l'attention des autres, j'aurais dû savourer ce moment, mais j'ai cru mourir de honte. Et puis j'ai avoué :

— Hum… oui. En fait, j'attends des jumeaux.

— Des jumeaux ! ont repris en chœur tous les invités.

— Oh, flûte, a lâché le Dr Moore, l'air horrifié, en prenant la place libre à côté de moi. Meg a dit « la fantastique nouvelle », alors j'ai cru… je suis réellement navré…

— Ce n'est rien, ai-je répondu doucement, tandis que Meg et Charlotte proposaient un toast à leur nouvelle amie américaine et à ses deux bébés.

Et voilà ! Je n'étais plus seulement l'Américaine inculte, j'étais aussi la mère-célibataire menteuse. J'ai souri à tout le monde, d'un sourire bien faux, et puis j'ai bredouillé, avec le peu de dignité qui me restait :

— Le Dr Moore… enfin, Geoffrey, m'a effectivement un peu surprise la semaine dernière en m'annonçant que j'attendais des jumeaux. Je suppose que je n'ai pas encore complètement intégré la nouvelle…

Puis j'ai attendu que les conversations reprennent, ce qui a pris un certain temps. Mais lorsque enfin les convives se sont remis à parler de sujets plus dignes d'une soirée en ville, mon malaise s'est estompé. Geoffrey, en revanche, a eu du mal à retrouver une contenance et a passé le reste de la soirée à m'éviter.

Aussi ai-je été très surprise lorsqu'il a proposé de me raccompagner au moment de prendre congé. J'ai accepté, supposant qu'il essayait de se faire pardonner. Mais à la façon dont il a posé sa main sur le bas de mon dos comme nous nous dirigions vers sa voiture, je l'ai soupçonné d'avoir une autre idée derrière la tête. Et même s'il me connaissait déjà de façon assez « intime » mais bien peu romantique, je n'ai pas pu m'empêcher de sentir une petite étincelle d'excitation quand il a ouvert la portière de sa Jaguar verte. Après tout, c'était le meilleur parti que j'aie rencontré jusque-là à Londres.

Je suis montée, remarquant au passage que son regard s'arrêtait sur mes chevilles avant de refermer ma portière et de contourner la voiture pour venir se glisser derrière le volant.

— Je me sens réellement stupide, pour ce qui s'est passé ce soir, Darcy, a-t-il dit en manœuvrant. Je suis navré, vraiment. C'était tellement peu professionnel de ma part… J'ai cru que vous l'aviez dit à tout le monde. Une supposition complètement idiote de ma part.

— Ne vous inquiétez pas, monsieur Moore.

J'avais décidé de tâter le terrain. S'il ne reprenait pas mon « monsieur », alors c'était qu'il me voyait toujours comme une patiente, qu'il raccompagnait par pure gentillesse, voire par pitié.

Mais au lieu de cela, il m'a regardée de ses yeux en amande aux cils incroyablement épais, et il a dit:

— Geoffrey. Je vous en prie, appelez-moi Geoffrey.

— Geoffrey, ai-je répondu d'une voix sensuelle, vous êtes pardonné.

Il a souri, et s'est concentré sur la route pendant un moment, avant de me demander:

— Alors, comment appréhendez-vous tout cela?

— Disons que je me fais peu à peu à l'idée. J'irais peut-être même jusqu'à dire que je suis un peu excitée.

— Eh bien moi, je trouve que c'est fantastique. J'ai un petit garçon. Il s'appelle Max.

— Ah bon? Quel âge a-t-il?

Geoffrey avait-il aussi une femme?

— Il vient d'avoir quatre ans. Ça passe à une telle vitesse. Un jour on change les couches, et le lendemain on les accompagne à l'école et ils ne veulent plus vous tenir la main parce que ça fait bébé…

Il a ri et, un peu maladroitement, a fini par m'informer du fait qu'il «n'était plus avec la maman de Max».

J'ai regardé par la vitre, souriant intérieurement. Geoffrey avait indéniablement une idée derrière la tête. Et ça m'a vraiment boosté le moral. Darcy Rhone était encore en piste, enceinte de jumeaux ou pas.

Quand nous sommes arrivés en bas de chez Ethan j'ai demandé à Geoffrey s'il voulait monter prendre un dernier verre. Il a hésité, puis il a dit:

— J'en ai très envie, oui.

Et quelques minutes plus tard, après avoir constaté qu'Ethan n'était pas encore rentré, je me suis assise de façon un peu suggestive sur le canapé et j'ai engagé la conversation. Nous avons parlé de New York et de Londres, de ma recherche d'emploi, de sa profession, de jumeaux monozygotes, du fait de devenir parent. Puis nous sommes passés à des sujets plus personnels. Il a évoqué la mère de Max et leur séparation à l'amiable. J'ai parlé de Marcus, et même, brièvement, de Dex et de Rachel. Geoffrey était toujours un peu dans la retenue, mais parler avec lui était facile, et le regarder dans les yeux aussi.

Vers minuit, il m'a demandé si cela me gênait de changer de médecin et de me faire suivre durant le reste de ma grossesse par son associé, le Dr Smith. J'ai souri et j'ai dit que j'avais pensé à la même chose.

— Bien... puisque la question est entendue, puis-je... vous embrasser? a-t-il demandé en se penchant vers moi.

J'ai répondu qu'il pouvait, et c'est ce qu'il a fait. C'était très agréable. Ses lèvres étaient veloutées, son souffle chaud, ses mains douces. Tout y était. Il aurait aussi bien pu s'appeler Beau Brun.

Et pourtant, pendant ce premier baiser, le premier depuis des mois, avec Geoffrey, un médecin anglais, complètement en pâmoison devant mon décolleté chaque jour un peu plus pigeonnant, j'avais l'esprit ailleurs, du côté de Sandrine et d'Ethan. Que faisaient-ils? Avait-il enfoui son visage dans son cou? Était-il amoureux d'elle? Était-elle aussi émoustillée que moi par son eau de toilette aux senteurs épicées et pourtant si subtiles?

25

Geoffrey m'a appelée avant midi le lendemain matin, prouvant qu'il n'avait plus l'âge de jouer au petit jeu du «j'attends au moins trois jours parce que sinon elle va croire que…». Il avait beaucoup apprécié ma compagnie et serait ravi de me revoir. J'ai trouvé cette franchise terriblement séduisante. Sans doute que moi aussi, j'avais mûri.

J'en ai parlé avec Ethan le soir même pendant qu'il nous préparait à manger.

— On dirait bien que te voilà prête pour une vraie relation, quelque chose de sain.

— Par opposition à vouloir faire ma vie avec Marcus?

Il a hoché la tête et a retourné les œufs dans la poêle.

— Marcus, c'était une façon pour toi de te rebeller. Inconsciemment, tu savais que Dexter n'était pas l'homme de ta vie, alors tu l'as trompé pour t'échapper de votre couple.

J'ai réfléchi un moment, puis je lui ai dit qu'il avait raison. Et j'ai embrayé sur un sujet qui me tenait à cœur.

— Alors, comment ça se passe, entre Sandrine et toi?

Il n'était pas rentré la veille, et j'avais passé la nuit à regarder l'heure en me demandant où ils pouvaient en être. Ethan a rougi sans quitter nos œufs des yeux.

— Alors? ai-je insisté. C'était comment, hier soir?

— Pas mal. On a passé une bonne soirée.

J'ai décidé d'aller droit au but.

— Vous avez couché ensemble?

Ses joues ont tourné au cramoisi. Bien. La réponse était donc oui. Ils avaient couché ensemble.

— Ça ne te regarde pas, a-t-il répondu. Tu veux bien préparer les toasts?

J'ai glissé deux tranches de pain complet dans le grille-pain.

— Ben si, ça me regarde quand même un peu.

— Ah bon? Et en quoi?

— Je partage ton appartement, ton lit. J'ai besoin de savoir si mon statut risque de changer bientôt.

— Ton *statut*?

— Ma place dans ton lit, quoi.

— Tu peux rester dans mon lit.

— Je peux? Mais pourquoi?

J'espérais vaguement qu'il me répondrait qu'à son avis, de toute façon, entre Sandrine et lui ce n'était pas sérieux.

— Parce que je ne vais pas lâcher une femme enceinte dans la nature. Je passerai la nuit chez elle, c'est tout, a-t-il ajouté, comme s'il avait déjà largement réfléchi au problème.

Peut-être même avait-il décidé qu'il n'était plus très correct pour nous de coucher dans le même lit.

Je gardais donc ma place dans son lit à court terme, mais que se passerait-il si Sandrine et lui décidaient dans quelque temps d'emménager ensemble? Cette perspective a fait monter une certaine angoisse en moi, et peut-être même un peu de tristesse. J'aimais la proximité qui existait entre Ethan et moi, et je ne voulais pas que cela change.

En tout état de cause, j'ai résolu de me préparer au pire. Si Sandrine et Ethan se lançaient dans une vraie relation, moi aussi, j'allais me lancer. Émotionnellement parlant, c'était mieux (c'est vrai, personne ne tient à se retrouver seul), et financièrement aussi (même si ce n'était pas facile à accepter). J'aurais vraiment aimé pouvoir ajouter «Être indépendante à tous points de vue» sur ma liste, mais je savais qu'il ne fallait pas trop en demander non plus. Par ailleurs, mon sens pratique se faisait une joie de me rappeler que sans boulot, avec deux enfants à venir, à Londres, les choses risquaient d'être compliquées.

Alors je me suis lancée tête baissée dans ma relation avec Geoffrey, allant même jusqu'à fantasmer sur un mariage et une vie de rêve avec nos trois garçons et nos deux épagneuls. Le conte de fées avait encore frappé.

J'ai parlé de mes espoirs pour l'avenir à Meg et à Charlotte, un après-midi où nous promenions Natalie dans Holland Park, et elles ont toutes les deux semblées ravies à l'idée que Geoffrey et moi on fasse notre vie ensemble. Pour elles, c'était un médecin hors pair, un père merveilleux, et un spécimen rare d'homme vraiment très évolué qu'une femme enceinte ne fait pas fuir.

— Et en plus, il est beau, et riche ! a conclu Charlotte.

— Dire que vous vouliez me brancher avec ce rouquin !

— Je ne sais pas pourquoi on n'a pas pensé à Geoffrey en premier, a dit Meg. Peut-être parce qu'on ne voyait en lui que ton futur médecin.

— Et pourtant, maintenant, c'est évident ! Vous êtes faits l'un pour l'autre !

— Il est fou amoureux ! a renchéri Meg. Et vous êtes *beaux* ensemble !

J'ai eu comme un instant de panique. C'était exactement ce que notre entourage disait de Dexter et de moi. Et quand on voyait où cela nous avait mené... Mais j'ai finalement écarté cette comparaison de mon esprit et, avec un petit rire, j'ai conclu :

— Il ne me reste plus qu'à vérifier si c'est un bon coup ! Et si c'est le cas, l'affaire est dans le sac.

Meg et Charlotte ont gloussé. Oh là là, les Américains, alors, qu'est-ce qu'ils sont crus, des fois !

Quelques jours plus tard, après un dîner exquis dans un des meilleurs restaurants de Londres, Geoffrey et moi sommes rentrés chez lui. Je l'avais imaginé dans un intérieur classique, proche de celui de Meg, mais il vivait dans un loft à la décoration moderne, minimaliste, avec beaucoup de tableaux monochromes, de sculptures et de meubles contemporains. J'ai repensé à l'appartement mal rangé de Marcus. Ici, pas de jeux vidéo qui traînaient, pas d'aquariums, pas de vieilles baskets sales, ni de cannettes de bière.

— J'aime beaucoup ton appartement. Nous avons les mêmes goûts pour plein de choses.

Le compliment a semblé lui faire plaisir, mais il a avoué qu'il avait eu recours aux services d'une décoratrice, par manque de temps, et de patience, aussi.

Dans un coin, j'ai remarqué une petite table rouge et deux chaises, avec des crayons de couleur, des feuilles de papier, et un puzzle à moitié fait.

— C'est le coin de Max?

— Oui. Mais la plupart du temps, il investit la totalité de l'appartement, il y en a partout.

J'ai souri.

— Tu as une photo de lui?

Il a montré la cheminée. Une photo de Max s'y trouvait, marchant sur une plage de galets, les yeux plissés face au soleil.

— Il a deux ans et demi, sur cette photo, a expliqué Geoffrey. Elle a été prise près de ma maison de St. Mawe.

— Qu'est-ce qu'il est beau! Il te ressemble, un peu.

— C'est gentil. En fait, il ressemble surtout à sa mère. Il a mon nez. Le pauvre!

J'ai rigolé.

— Mais je l'aime beaucoup, ton nez! Il a de la personnalité.

J'ai repensé à Rachel, qui parlait toujours de la personnalité d'un visage plutôt que de sa beauté. Ce soir, avec Geoffrey, je comprenais enfin ce qu'elle voulait dire.

Il a passé les bras autour de mes épaules et a embrassé le mien.

— Et moi j'aime le tien.

Nous en étions déjà à ces «j'aime ceci, j'aime cela chez toi, j'aime passer du temps avec toi», précurseurs d'un «je t'aime» plus direct, et plus... lourd de conséquences.

— Tu veux boire quelque chose? Un jus de fruits? Un thé? De l'eau?

— Non, merci.

Il est allé se servir un bourbon, puis a mis de la musique. Des chants africains qui me rappelaient *Graceland*, un album de Paul Simon. On s'est installés sur le canapé en cuir, il a passé un bras autour de mes épaules, et on a discuté. J'ai essayé de trouver à qui il me faisait penser, et j'ai fini par décider que j'avais à mon côté un Hugh Grant plus mûr, un Rupert Everett hétéro, et un Dex Thaler anglais. Il était exactement ce que j'aurais commandé sur le menu: l'absolu gentleman.

Il m'a embrassée, plusieurs fois, puis s'est levé et m'a assez formellement invitée à le suivre dans sa chambre. Je ne me le suis pas fait dire deux fois. Je n'avais pas fait l'amour depuis ce qui me semblait être une éternité, et cela me manquait énormément. Et surtout, je désirais vraiment que notre relation, sobre et formelle jusque-là, prenne une tournure plus intense, plus intime.

Quelques instants plus tard, mon souhait s'est réalisé. Face à face, on s'est déshabillés l'un l'autre, lentement, vêtement après vêtement, un peu comme un strip-poker où les joueurs n'arriveraient pas à se décider entre être nus, vulnérables, et contrôler la situation. Je désirais tout, en même temps. Mais j'étais patiente, aussi, et j'ai laissé monter le suspense. Enfin, on a été nus tous les deux. Pour la première fois, j'étais avec un homme et je redoutais la façon dont il allait regarder mon corps, mais Geoffrey a rapidement dissipé mon malaise en s'agenouillant pour embrasser mon nombril. Grâce à ce geste sensuel, je me suis sentie désirable et belle.

Puis il m'a prise par la main et m'a entraînée jusqu'à son lit. J'étais un peu comme dans un film où tout s'enchaîne en douceur, exactement comme on l'a rêvé. Après quelques préliminaires fort agréables, le déballage un peu maladroit d'un préservatif et les paroles rassurantes de Geoffrey disant que faire l'amour à ce stade de ma grossesse était absolument sans danger, il s'est plaqué contre mon dos et est entré en moi. À partir de là, j'ai pu constater qu'il était beaucoup moins réservé entre les draps que dans la vie de tous les jours, et je me suis à mon tour laissée aller.

Un peu plus tard, essoufflés, moites, nous nous sommes blottis l'un contre l'autre, il m'a embrassée dans le coup et a murmuré :

— Tu es fantastique.

Je l'ai remercié, et je l'ai complimenté à mon tour. Il était réellement fantastique.

On s'est endormis, avant de recommencer en plein milieu de la nuit, et encore une fois au petit matin. Là, dans ses yeux, j'ai vu un regard que je n'ai pas reconnu tout de suite. Au bout de quelques instants, cela m'est revenu. Ce regard, c'était celui de l'accoutumance. Geoffrey était accro. Et ce simple fait, je l'ai pris comme une victoire significative en ces temps de lourdes pertes.

Quelque temps plus tard, j'ai rencontré Max, le fils de Geoffrey. Il est allé le chercher chez sa mère, à Wimbledon, pendant que j'attendais chez lui. En d'autres temps, j'aurais profité de ce moment pour fouiner dans les tiroirs, à la recherche d'une photo de femme, d'une lettre d'amour, de quelque chose qui nourrisse mon besoin d'affrontement. Quelque chose qui me mette à cran, alimente mon instinct de compétition, ma jalousie. J'ignorais si la grossesse m'avait fait mûrir, m'avait adoucie ou avait simplement usé mes forces, mais cette fois jouir de cette nouvelle et calme relation me suffisait. Les barrières à franchir, l'adversité à surmonter ne m'intéressaient plus. J'avais juste envie de me laisser aller au gré de ce flot de sentiments nouveaux, qui coulait vers un happy end.

Quand Max et Geoffrey sont arrivés, je suis allée à leur rencontre avec un grand sourire.

— Bonjour, Max, comment ça va?

— Ça va, a répondu le petit bonhomme en évitant de me regarder.

Il était adorable – une vraie pub pour Gap Kids à lui tout seul. Il avait de grands yeux bleus, mais les épais cils bruns de son père.

Comme il avait déjà entrepris de faire rouler un gros camion sur le tapis, je me suis accroupie à côté de lui.

— Je suis vraiment très contente de te rencontrer, tu sais.

Geoffrey a articulé «il est timide» à mon intention, avant de demander à Max de me dire qu'il était content de me rencontrer aussi.

Il s'est exécuté poliment, avec un regard un peu bougon, cette fois.

J'ai soudain regretté de ne pas avoir plus d'expérience avec les enfants. Je me suis approchée de lui et j'ai dit:

— Il est drôlement chouette, ton camion!

Max a levé les yeux, m'a fixée un peu plus longtemps, avec curiosité cette fois. Puis il a poussé son camion dans ma direction.

— Il a de très grosses roues, t'as vu?

— Ça, c'est vrai. Elles sont énormes, même, hein?

Ma réponse ne l'a pas beaucoup impressionné. J'ai cherché ce que je pouvais bien avoir à dire sur un camion.

— Mon petit frère, Jeremy, il en a un tout rouge, comme celui-là. Sauf que le volant est de l'autre côté!

— De ce côté-là? a demandé Max en montrant le côté passager.

— Exactement!

Et puis sans vraiment y réfléchir, j'ai posé une main sur le camion, à côté de celle de Max, et j'ai fait:

— *Vroum!*

Bon, on était plus du côté moteur de Porsche que du diesel de 35 tonnes. J'ai rajouté quelques grognements plus graves et j'ai fait grimper le camion sur mon genou droit. Je me sentais un peu idiote, mais franchement pas beaucoup plus que lorsqu'un papa joue à la Barbie avec sa petite fille.

Heureusement, Max a semblé apprécier mes effets sonores, et j'ai vu se dessiner un petit sourire à la commissure de ses lèvres. Du coup, je me suis carrément lancée, et j'ai fait d'autres bruits. Le moteur à l'arrêt, l'enchaînement des vitesses, tout ça.

Max a éclaté de rire.

— Encore!

J'ai obtempéré de bonne grâce. Le camion a grimpé sur mon autre genou. Là, sans réfléchir, j'ai ôté mes chaussettes, je les ai roulées en boule et je les ai posées dans la remorque.

— Voilà votre cargaison, chauffeur. Direction, l'usine de… Liverpool.

Tout semblait si facile, si simple. J'ai réellement éprouvé un soulagement en constatant que les jeux de garçons n'étaient pas si ennuyeux que je l'avais cru.

À partir de là, entre Max et moi, le courant est passé sans problème. Il répétait sans arrêt mon prénom, avec son adorable accent anglais, et a insisté pour me montrer tous ses jouets. J'étais ravie qu'il m'ait acceptée de la sorte.

Un peu plus tard ce soir-là, après avoir couché Max, Geoffrey m'a rejointe dans la chambre, visiblement aux anges.

— Bravo! Il t'adore!

— C'est vrai?

— Parfaitement.

— Et tu es content? ai-je demandé en me blottissant contre lui.

— Tu n'imagines pas à quel point, a répondu Geoffrey en écartant une mèche de cheveux de mon visage. Tu n'imagines pas.

26

À Noël, Geoffrey m'a proposé de partir aux Maldives avec Max et lui. Il voulait même me paier le billet.

J'ai hésité.

— C'est où, les Maldives, exactement?

Il a eu le même regard d'affection que Dex avait à mon égard chaque fois que j'avouais mon ignorance.

— Dans l'océan Indien, chérie. Plages de sable blanc, eaux turquoise, palmiers agités par la brise légère.

Des vacances au soleil, c'était tentant, et j'avais réellement envie de pousser notre relation plus loin encore, mais j'ai poliment décliné l'invitation, arguant du fait que Max avait besoin de passer des vacances avec son papa. La vérité, c'était que je ne voulais pas laisser Ethan seul à Londres. Il n'avait pas les moyens de passer les fêtes en famille, et Sandrine rentrait à Paris pour la semaine. Je pense qu'il comptait sur moi, et au fond j'étais assez contente à l'idée de nous retrouver tous les deux. C'était un peu notre baroud d'honneur – et la fin de nos chassés-croisés entre son appartement et nos nouveaux quartiers respectifs – avant que chacun se consacre vraiment à sa vie sentimentale.

Ethan devait penser comme moi parce que, la veille de Noël, il est allé dire au revoir à Sandrine et est revenu gai comme un pinson, suggérant qu'on aille acheter un sapin ensemble. On s'y prenait un peu tard, il ne restait plus que les plus petits et les plus moches, mais une fois paré des quelques décorations que possédait Ethan et de certains de mes pendants d'oreilles les plus scintillants, on avait un arbre de Noël tout à fait respectable.

Ce soir-là, on a tamisé la lumière dans le salon, on a allumé la guirlande lumineuse du sapin, puis on est restés un long moment à le regarder en sirotant du cidre chaud et en écoutant Harry Connick Jr chanter des chants de Noël. Finalement, Ethan m'a demandé si j'avais réfléchi à des prénoms.

— J'ai une petite liste, oui, mais rien de définitif. Trevor, Flynn, Jonas… Qu'est-ce que tu en penses ?

— Honnêtement ?

— Oui.

— Alors… Trevor, ça fait petite frappe, Flynn, ça fait flan, tout mou, et Jonas, ça fait chasseur de baleines.

J'ai rigolé.

— Bon, ben, je vais chercher autre chose, alors…

— Ne change pas pour moi.

— Si, si. Je tiens à ce que tu aimes les noms que je choisirai.

Il a souri et a suggéré qu'on ouvre nos cadeaux. Il s'est levé, s'est assis devant le sapin et m'a tendu une grande boîte enveloppée de papier argenté.

— Tiens.

Je me suis installée à côté de lui et j'ai déballé mon paquet délicatement. À l'intérieur, enveloppé de papier de soie bleu turquoise, se trouvait un magnifique pull en cachemire gris de chez Brora, une boutique devant laquelle j'étais souvent passée, sur King's Road.

— Ce n'est pas réellement un vêtement de grossesse, mais il est assez large, et la vendeuse m'a assuré qu'elle en avait beaucoup vendu à des femmes enceintes, a expliqué Ethan.

Je me suis levée pour l'essayer tout de suite. Il m'allait parfaitement, avec encore de la place pour les mois à venir. Et le cachemire était d'une qualité somptueuse.

— Ethan ! Il est superbe, je l'adore !

— Tu as vu, il y a une ceinture, que tu peux desserrer au fur et à mesure… J'ai pensé que tu pourrais même l'emporter à l'hôpital, pour la naissance. Sur les photos, il rendra très bien.

— C'est une super idée, oui !

Ethan aimait beaucoup les photos. C'était une des rares personnes de ma connaissance qui prenait la peine de les mettre dans des albums. Je l'ai regardé et je lui ai dit qu'il avait intérêt à être là pour les prendre, les photos.

— Je ne voudrais pas non plus marcher sur les plates-bandes de Geoffrey…

— Geoffrey comprend notre amitié, ai-je répondu, sans vraiment savoir si c'était la vérité, mais consciente que notre relation ne pourrait jamais fonctionner si ça ne l'était pas.

Ethan a souri, puis a montré une enveloppe blanche au pied du sapin.

— Il y a un autre cadeau.

Sur l'enveloppe était écrit « Pour Darcy, Bébé A et Bébé B ». À l'intérieur se trouvait un carré de papier bleu.

— Qu'est-ce que c'est?

— C'est un échantillon de peinture. Je voudrais peindre ta chambre de cette couleur. Pour en faire une chambre d'enfant. J'avais pensé te faire la surprise, et puis j'ai eu peur que tu trouves que le bleu était un peu trop… prévisible. Tu préfères peut-être quelque chose de plus inattendu?

— Non, j'adore ce bleu.

J'ai senti une vague de chaleur m'envahir à l'idée qu'Ethan ait envie de me garder même après la naissance des jumeaux. Depuis déjà plusieurs semaines, j'hésitais à aborder ce sujet, et voilà que j'avais ma réponse. Je me suis jetée à son cou et je l'ai embrassé sur les joues.

Ethan m'a alors raconté qu'il était allé mesurer des berceaux, et qu'il en avait trouvé chez Peter Jones qui tiendraient en long dans la petite chambre. Il prévoyait ensuite d'installer une planche sur la bibliothèque pour en faire un meuble à langer. J'étais ravie. À mon tour, je lui ai tendu un paquet.

— Maintenant, ouvre ton cadeau!

J'avais trouvé une besace en cuir destinée à remplacer celle qu'il transportait partout, et dont la toile de nylon donnait de réels signes de fatigue. Ma seule grosse dépense en plusieurs semaines. Et j'avais visé juste. Ethan s'est aussitôt levé pour aller chercher l'autre et la vider de son contenu, qu'il a transféré dans la nouvelle. Puis il a réglé la bandoulière.

— Elle est géniale. Maintenant, j'ai vraiment l'air d'un écrivain !

Il faisait souvent des remarques sur son statut, depuis quelque temps, et je voyais bien qu'il se faisait du souci quant à l'avancement de son roman.

— Tu bloques toujours ? ai-je demandé, compatissante.

— Oui. Ça devient pathétique.

J'ai essayé de le rassurer. J'avais lu que ce genre de chose était arrivé à tous les grands auteurs, et je savais qu'il en verrait le bout.

— Merci, Darcy, c'est gentil. J'apprécie ton soutien, a-t-il répondu, sincère.

Ensuite, on s'est pelotonnés dans une grande couverture et on a regardé *La vie est belle*, en sautant les scènes les plus tristes parce qu'on n'avait pas envie de pleurer. Je n'ai pas pu m'empêcher de penser à ma propre vie, et en particulier au fossé qui s'était creusé entre ma mère et moi. Elle n'avait pas appelé, n'avait donné aucun signe de vie depuis que je lui avais envoyé mon petit mot. J'étais convaincue que la balle était dans son camp, dorénavant, mais en regardant la fin du film, la scène où la famille est réunie et heureuse, j'ai décidé de ranger mon orgueil au placard et de l'appeler.

Ethan a trouvé que c'était une bonne idée. J'ai composé le numéro de mes parents d'un doigt nerveux, et manqué de raccrocher quand ça a commencé à sonner. Au lieu de cela, j'ai pris la main d'Ethan. Ma mère a décroché au bout de cinq ou six sonneries.

— Bonjour maman, ai-je dit.

Je n'en menais pas large, je me sentais toute petite.

Elle a prononcé mon prénom d'un ton glacial, et un grand silence a flotté d'une rive à l'autre de l'Atlantique. Ma mère était rancunière à un point inimaginable. J'ai repensé à quel point j'en voulais à Rachel, et j'ai compris d'où je tenais mon attitude.

— Vous étiez à table ? ai-je demandé.

— Non. On a terminé. Jeremy et Lauren sont ici.

— Ah ! Comment se passe la préparation du mariage ?

— Très bien.

J'ai attendu qu'elle me demande comment j'allais, si j'étais toujours à Londres, ce genre de chose... Et comme rien ne venait, j'ai dit :

— Je suis toujours à Londres... tu as bien eu ma lettre?

Elle m'a répondu qu'elle était au courant, avant d'avoir reçu ma lettre, parce qu'elle avait rencontré la mère d'Annalise au centre commercial. Elle a ajouté qu'elle n'avait jamais eu aussi honte de sa vie, de devoir apprendre tout cela de quelqu'un d'autre que moi. J'ai trouvé son attitude un peu mesquine dans la mesure où j'avais quand même écrit, et que c'était moi qui prenais l'initiative de téléphoner, mais cela ne m'a pas empêchée de lui dire combien j'étais désolée d'avoir agi ainsi. Je lui ai dit que je comprenais qu'elle ait été choquée, qu'aucune mère ne pouvait décemment se réjouir de voir sa fille enceinte si vite après une rupture. Et je lui ai dit aussi qu'elle avait raison, pour Marcus.

— C'était un vrai con, maman. Je l'ai quitté. Je sais maintenant que ce que tu voulais, c'était que tout se passe le mieux possible pour moi.

Ethan a serré ma main et approuva du chef, comme pour dire : «Continue, c'est bien, vas-y!»

Alors j'ai inspiré un grand coup et je me suis lancée.

— Enfin bon... je voulais aussi te dire... j'ai fait une échographie... et je sais ce que ça va être...

— Une fille?

— Non, pas une fille. Je pensais aussi que ce serait une fille, mais non.

— Un garçon, alors. C'est bien, a commenté ma mère d'un ton sinistre.

— Oui, c'est un garçon... et un autre garçon. Je vais avoir des jumeaux, maman. C'est dingue, non? Tu te rends compte?

Je m'attendais au pire, mais pas à rien. Pas à cette réaction-là. Elle n'a rien dit, ne m'a pas félicitée, n'a pas posé de questions sur les prénoms, n'a pas demandé comment je me sentais, n'a pas dit qu'elle était heureuse pour moi. Elle s'est contentée de me demander comment je comptais m'en sortir avec des jumeaux. Les larmes aux yeux, je l'ai rassurée calmement, en lui expliquant que j'avais bien l'intention de m'en sortir, que je cherchais du travail et que les choses allaient certainement s'arranger. Je lui ai décrit la chambre d'enfants qu'Ethan et moi avions prévu d'installer. Et puis je lui ai dit que j'aimais ma vie à Londres, malgré la pluie. Ensuite, je lui ai souhaité un joyeux Noël et je lui ai asssuré que je l'aimais. Je lui ai demandé de transmettre mes vœux à papa, à Jeremy et à Lauren, et j'ai promis de la rappeler bientôt. Elle a répondu, d'un ton sec, froid, qu'elle m'aimait aussi.

J'ai raccroché, et puis j'ai fondu en larmes. Ethan m'a caressé la tête.

— Tu t'en es très bien sortie, Darcy. C'était bien, que tu l'appelles. Je suis fier de toi.

— Je n'aurais jamais dû téléphoner. Elle a été *horrible*!

— Si. Il fallait que tu appelles. Ne la laisse pas te casser le moral. Tu ne peux contrôler que des émotions, pas les réactions des autres.

— Mais c'est ma *mère*, tu te rends compte?

— Il ne te reste plus qu'à faire du meilleur boulot avec tes fils, et je suis convaincu que tu y arriveras.

— Comment tu peux en être sûr?

— Parce que, ces derniers temps, tu as montré de quoi tu étais réellement capable.

— Qu'est-ce que tu veux dire par là?

Doucement, il a posé sa main sur mon bras.

— Je veux dire que... tu es quelqu'un de bien, de fort. Tu vas être une maman merveilleuse.

Au cours des années, j'avais reçu de beaucoup d'hommes un très grand nombre de compliments et de flatteries très satisfaisantes pour l'ego. «Tu es belle.» «Tu es sexy.» «Tu es incroyable.» «J'ai envie de toi.» «Épouse-moi.» Mais ce que venait de me dire Ethan était la chose la plus gentille qu'un homme m'ait jamais dite.» J'ai posé la tête sur son épaule.

— Je vais essayer, Ethan. Je vais vraiment essayer.

Le lendemain, jour de Noël, Ethan avait décidé de nous préparer un bon repas de Noël. On avait fait les courses deux jours plus tôt, et le frigo débordait de victuailles. Juste avant de s'y mettre, Ethan m'a serrée dans ses bras en souhaitant un Joyeux Noël «à la future maman et à ses bébés».

Et comme s'il avait entendu, un de mes bébés a donné un bon coup de pied.

Le visage d'Ethan s'est éclairé.

J'ai éclaté de rire.

— Tu as senti?

— Oui! Ça fait drôle.

— Il t'a eu, hein?

— Ça, on peut le dire…

Doucement, il a posé une main sur mon ventre et a appuyé. Un des bébés a aussitôt répondu en donnant un autre coup. Ethan a ri à son tour.

— C'est dingue. Je n'arrive pas à croire que tu as deux bébés, là-dedans!

— Et moi donc! J'ai l'impression que je vais bientôt manquer de place. Mon ventre est de plus en plus tendu.

— Ça fait mal?

— Un peu. C'est surtout cette espèce de pression, qui est gênante. Et puis j'ai de plus en plus mal au dos.

— Tu veux un massage?

— Tu masses aussi bien les dos que les pieds?

— Mieux.

— Vendu, alors.

Je me suis allongée sur le côté. Ethan s'est frotté les mains pour les réchauffer. Il a soulevé ma chemise de nuit, dénudant mon dos et révélant mon string vert pomme. C'était la première fois qu'il me voyait quasi nue, et j'ai senti que mon cœur se mettait à battre plus fort. J'ai retenu mon souffle en sentant ses mains se poser au milieu de mon dos et remonter vers mes épaules.

— Ce n'est pas trop fort? m'a-t-il demandé doucement.

— Noooon… c'est géant, ai-je ronronné, sentant toutes les tensions et les raideurs abandonner mon corps.

Il a continué, et je n'ai pas pu m'empêcher de m'imaginer faisant l'amour avec lui. J'ai essayé d'écarter cette pensée, en me rappelant que cela anéantirait notre amitié, sans parler de nos relations amoureuses respectives qui, soit dit en passant, allaient très bien. Ces mêmes pensées traversaient-elles l'esprit d'Ethan, tandis que ses mains descendaient le long de mon dos, pétrissant mes muscles? Il est resté un long moment sur le bas de mon dos, a même baissé un peu le haut de mon string, puis ses mains se sont faites moins pesantes et ont glissé sur mes hanches, où il s'est attardé un instant avant de se redresser, signalant la fin du massage.

— Voilà.

Je me suis retournée, le souffle court.

— Merci. C'était fantastique.

Il n'a pas répondu, m'a juste regardée de ses grands yeux bleus. Il avait ressenti quelque chose, j'en aurais mis ma main à couper. Je suis même presque sûre d'avoir vu sa poitrine se soulever un peu rapidement, sous son tee-shirt, comme si lui aussi avait le souffle court.

Au bout d'un long moment, juste comme je croyais qu'il allait exprimer ses sentiments profonds, peut-être même m'embrasser, il a inspiré, soufflé et a déclaré :

— Bon, on le prépare, ce repas de fête ?

On y a passé pratiquement la journée. J'ai assumé dignement mon rôle de second, épluchant et coupant les légumes pendant qu'Ethan se concentrait sur la dinde et les choses plus compliquées.

En fin d'après-midi, j'ai pris une douche. Sous l'eau, j'ai laissé le souvenir du massage d'Ethan m'envahir à nouveau, étonnée de constater que mon colocataire était capable de me faire ressentir des choses pareilles, curieuse de savoir si lui aussi les éprouvait. Et puis, en m'habillant, je me suis dit que j'étais vraiment dérangée de voir une composante érotique dans un innocent petit massage du dos.

Dans le salon, Ethan avait installé la table de la cuisine juste devant le sapin. Pour la circonstance, il avait sorti une nappe en damassé blanc cassé et ses plus jolies assiettes.

— C'est drôlement beau, ai-je dit en l'embrassant sur la joue, soulagée de ne sentir que de l'affection pour mon ami.

Il a souri, a mis de la musique et a tiré une chaise pour moi.

— Et maintenant, à table !

On s'est régalés. Saumon fumé à l'aneth, dinde rôtie farcie aux poivrons roses, à la sauge et au citron, accompagnée de pommes de terres sautées, de choux de Bruxelles poêlés aux marrons, de carottes glacées à l'orange, de choux rouges à la pomme et de navets au sel de mer. Pour le dessert, Ethan avait acheté un macaron à la fraise qu'on a pratiquement fini à nous deux.

En sortant de table, on n'a pas pu aller plus loin que le canapé, tout en se félicitant mutuellement d'un si bon repas. On s'est installés dans notre couverture et on a regardé les bougies se consumer lentement. On se laissait doucement gagner par le sommeil quand le téléphone a sonné, nous faisant sursauter. J'ai intérieurement prié pour que ce ne soit pas Sandrine ou Geoffrey. Ils avaient tous les deux appelé un peu plus tôt dans la journée.

— Tu réponds? ai-je demandé à Ethan.

— Hum…

À contrecœur, il a tendu un bras vers le téléphone et a décroché. Il a eu un petit regard gêné dans ma direction puis a lâché, d'une voix un peu lasse:

— Salut, Rachel.

Je me suis redressée, le regard dans le vague. Je l'ai entendu lui souhaiter un Joyeux Noël, puis il m'a regardée à nouveau, l'air inquiet. J'ai souri, pour lui faire comprendre que tout allait bien, et je suis allée dans la chambre pour me pelotonner dans le lit. J'ai essayé de ne pas penser à Rachel, mais c'était impossible. Je me demandais si elle appelait d'Indianapolis, si Dexter était avec elle…

Quelques instants plus tard, Ethan m'a rejointe dans la chambre, solennel.

— C'était Rachel?

— Oui.

— Tu as raccroché?

— Pas encore. Je voulais voir comment tu allais.

J'ai enfoui ma tête sous les couvertures.

— Je vais bien.

— Bon. Je voulais aussi te demander… est-ce que je peux lui parler de tes jumeaux? Elle m'a demandé comment tu allais.

— Ça ne la regarde pas. Elle n'a rien à savoir de ma nouvelle vie.

Il a hoché la tête.

— D'accord. Je comprends. Je ne lui dirai rien.

J'ai attendu un instant, et puis j'ai sorti un œil.

— Oh et puis si, tu peux lui dire ! Je m'en fous.

— Tu es sûre ?

— Oui. Fais comme tu veux.

— Bon.

Il a refermé la porte et est retourné dans le salon. J'ai soudain été submergée par le chagrin et les larmes. Pourquoi ? Pourquoi est-ce que je n'arrivais pas à tourner cette page-là ? J'avais un nouveau petit ami, un nouveau meilleur ami avec Ethan, et deux bébés à venir. Enfin, j'étais sûre de trouver un travail au début de l'année. Tout allait bien, alors pourquoi cette tristesse ? J'ai réfléchi un long moment, et j'ai trouvé une réponse qui ne m'a pas vraiment plu. Je ne voulais pas l'admettre, mais au fond Rachel me manquait.

Sans réfléchir, je me suis levée et j'ai ouvert la porte de la chambre. Des bribes de conversation me sont parvenues. Ethan parlait à voix basse.

— Des jumeaux… oui. Monozygotes, tu te rends compte ? Je sais, c'est carrément formidable… Vraiment bien, oui… Complètement changée… On dirait quelqu'un d'autre… Oui ! Son gynéco (rires). Mais elle a changé de médecin, quand même ! Oui… c'est bien, pour elle… Et toi et Dexter ? Bien sûr. Oui… C'est logique…

Puis il y a eu un long silence, et enfin, un mot qui m'a glacée :

— *Félicitations.*

Il ne pouvait avoir qu'une seule raison de la féliciter. Merde ! Rachel et Dexter s'étaient fiancés ! Comment avaient-ils pu aller si vite ? Je mourais d'envie d'en savoir plus, mais je me suis forcée à refermer la porte et à retourner sous les couvertures. Puis je me suis répété, encore et encore : « Je me fiche de Dexter et Rachel. J'ai tourné la page. »

Lorsque Ethan est revenu, j'ai résisté à l'envie de l'assaillir de questions, et mon attitude l'a surpris. Il m'a récompensée d'un baiser sur le front et d'un regard doux. Puis il m'a dit qu'il allait ranger un peu.

— Reste au lit, et repose-toi.

J'ai hoché la tête, j'étais vidée, fatiguée.

— Merci, Ethan.

— Merci à *toi*, Darcy.

— Pourquoi?

Il a réfléchi une seconde.

— Pour cet excellent Noël, dont je me souviendrai longtemps.

J'ai réussi à lui sourire, puis j'ai attendu qu'il referme la porte avant de pleurer en silence dans mon oreiller.

27

Pour le réveillon du Jour de l'An, on est allés dîner tous les quatre, Ethan, Sandrine, Geoffrey et moi. Le restaurant figurait au guide Michelin. La nouvelle cuisine française qu'on y servait était délicieuse. Sublime pour Geoffrey, une symphonie de parfums pour Sandrine. J'ai trouvé leurs commentaires un peu pompeux, mais finalement correspondant assez bien à la vérité.

Malheureusement, entre nous quatre, l'atmosphère n'était pas tout à fait à la hauteur du contenu de nos assiettes. Pour moi, un dîner à quatre réussi dépend du courant qui passe entre les deux femmes et, entre Sandrine et moi, c'était de la très basse tension. Vu de l'extérieur, tout allait à merveille. Elle était très gentille avec moi et avait la conversation facile, mais je l'ai vite trouvée trop condescendante. C'était comme si, pour elle, j'avais besoin d'être rassurée sur tous les fronts. Elle a dû me dire au moins quatre fois que j'avais à peine l'air enceinte, ce qui n'était plus du tout le cas. J'en avais tout à fait l'air, et j'en tirais un certain bien-être. Mes nouvelles formes me plaisaient. Chaque fois que sa carrière de conservatrice de musée arrivait dans la conversation, elle m'assurait que j'allais trouver quelque chose très, très bientôt.

J'avais aussi la très nette impression qu'Ethan lui avait raconté quelle hédoniste j'avais été dans une autre vie, et elle n'arrêtait pas de me poser des questions sur mes boîtes de nuit, mes couturiers, mes vins, mes hôtels préférés. Bien sûr, j'éprouvais encore un certain plaisir à parler de ces sujets-là, mais j'aurais apprécié ne serait-ce qu'une petite remarque sur le fait que j'allais être maman.

Entre Ethan et Geoffrey c'était un peu la même chose : laborieux malgré des apparences faciles. J'étais quasiment sûre qu'Ethan trouvait Geoffrey trop réservé et terne, et que Geoffrey était, d'une façon générale, agacé par les liens existant entre Ethan et moi, en particulier par le fait que nous partagions le même lit. C'était d'ailleurs à ce propos que nous avions eu notre première dispute, la veille. Je ne sais plus comment le sujet était arrivé dans la discussion, mais Geoffrey s'est refermé comme une huître et j'ai dû lui tirer les vers du nez pour qu'il me dise enfin qu'il trouvait cet arrangement plus qu'étrange. J'ai eu beau le rassurer en lui expliquant qu'entre Ethan et moi c'était platonique, j'ai bien vu qu'il se sentait malgré tout menacé. C'est devenu évident pendant le dîner du lendemain. Je n'arrêtais pas de goûter le plat qu'avait commandé Ethan. Geoffrey a fini par me proposer de goûter le sien. Quand j'ai refusé, il s'est vexé. Comme si c'était ma faute ! Le filet de lotte en papillote et jambon de Parme, ça ne me disait rien.

Mais bon, le dîner s'est terminé normalement, et on est allés boire un verre au Annabel's, une boîte très sélecte où nous attendaient une dizaine d'amis de Geoffrey, tous plus fortunés les uns que les autres. Sandrine était dans son élément au milieu de cette foule élégante et a mis un point d'honneur à parler à un tas d'inconnus, des hommes pour la plupart. Je savais à quoi elle jouait, parce c'était un jeu que j'avais moi-même beaucoup pratiqué : elle montrait à Ethan qu'elle était désirée par d'autres hommes. À un moment, en la voyant en grande conversation avec un homme en smoking qui ressemblait à Sinatra jeune, j'ai demandé à Ethan si cela lui faisait quelque chose. Il m'a regardée sans comprendre.

— Quoi donc ? Qu'elle parle à ce type ?

— Oui.

Il a observé Sandrine un moment, impénétrable, et puis il a haussé les épaules.

— Non, rien.

Je n'ai pas pu m'empêcher d'être ravie de cette réponse. Je voulais qu'il soit heureux, mais pas fou amoureux, et de toute évidence ce n'était pas le cas.

Geoffrey, en revanche, l'était. Du moins était-ce mon impression. Il m'a présentée fièrement à tous ses amis, m'a demandé à plusieurs reprises si je me sentais bien et s'il pouvait m'apporter quelque chose. Juste avant minuit, quand tout le monde a commencé le compte à rebours, il m'a embrassée avec passion, m'a fait tourner dans ses bras et a hurlé :

— Bonne année, ma chérie !

— Bonne année, Geoffrey, ai-je répondu, toute rouge et heureuse d'entrer dans cette nouvelle année, ô combien importante, en compagnie de mon amoureux anglais.

Mais j'avais malgré tout la tête un peu ailleurs, et j'ai cherché Ethan et Sandrine du regard. Je les ai trouvés sur un canapé, ils se tenaient les mains, et à ce moment précis j'ai ardemment souhaité qu'il tourne la tête vers moi. Lorsque enfin il l'a fait, je lui ai discrètement envoyé un baiser. Il a souri comme un enfant et m'en a renvoyé un. Et là, tout à coup, j'aurais tout donné pour être à côté de lui et échanger avec lui mes premiers mots de cette année. Je voulais le remercier pour tout, le remercier d'avoir été un si bon ami quand j'en avais tant besoin.

C'est le moment qu'a choisi Geoffrey pour murmurer à mon oreille :

— Je suis en train de tomber amoureux de toi, Darcy.

J'en ai eu la chair de poule. Les mots de Geoffrey, c'était la réponse à tous mes vœux. Mais alors que j'étais sur le point de les prononcer à mon tour, de lui dire que moi aussi, j'étais en train de tomber amoureuse, j'ai croisé le regard d'Ethan, et les mots sont restés dans ma gorge.

Beaucoup plus tard ce soir-là, après avoir quitté Ethan et Sandrine, Geoffrey et moi on a fait l'amour, mais j'ai bien senti qu'il avait un peu la tête ailleurs.

— Tu t'inquiètes pour les bébés ? ai-je fini par demander. Tu es sûr qu'il n'y a toujours pas de risque ?

— Oui, j'en suis sûr. Je m'inquiète, c'est tout.

Et prouvant qu'effectivement il n'avait pas l'esprit à ça, il m'a dit qu'il préférait qu'on se fasse juste un câlin, si cela ne me dérangeait pas.

Ça ne me dérangeait pas du tout, moi aussi, j'étais inquiète. Il y a eu un long silence, et puis il l'a dit comme ça, brut de décoffrage :

— Je t'aime, Darcy.

Sa bouche était contre ma nuque, j'ai senti mes petits cheveux se dresser, et cette fois j'ai murmuré à mon tour que, moi aussi, je l'aimais. Puis, en silence, j'ai fait la liste des raisons pour lesquelles je l'aimais : pour sa douceur, pour le fait que malgré sa position sociale, qui en faisait un parti très enviable, il avait une vulnérabilité qui l'empêchait de se comporter en terrain conquis avec moi. Surtout, je l'aimais parce qu'il m'aimait.

L'hiver n'en finissait pas de finir. La date de mon accouchement approchait, et Geoffrey me couvait comme une mère poule. Il m'emmenait dans les plus grands restaurants, me couvrait de cadeaux tous plus luxueux les uns que les autres, qu'il laissait à mon intention sur son lit, me rassurait en me disant que j'étais un peu plus belle chaque jour, et ne parlait que de notre avenir. Il voulait que l'on voyage ensemble, que l'on ait une vie merveilleuse, et je me sentais chanceuse, rescapée.

Et pourtant, à son côté, toutes les nuits, je ne pouvais m'empêcher de songer que quelque chose clochait terriblement. Quelque chose manquait. Sans doute cela avait-il à voir avec ma situation financière. Jamais je n'avais été aussi fauchée. Jusque-là, tout ce que j'avais eu à faire en cas de besoin, c'était appeler mon père pour qu'il m'envoie quelques centaines de dollars. De toute évidence, cette solution n'était plus envisageable, alors j'ai fini par ravaler ma fierté et en parler à Geoffrey.

— Ne t'inquiète pas pour l'argent, chérie. Je peux subvenir à tes besoins.

— Mais je ne veux pas que tu sois obligé de le faire.

— Je ne suis pas obligé, je *veux* le faire.

— C'est tellement gentil à toi. Merci.

Je n'arrivais pas à le regarder en face. J'étais rouge de honte. Je n'avais pas d'autre choix, mais ce n'était pas facile.

— J'aimerais tant avoir un boulot. Ça me manque, de ne pas gagner ma vie, de ne pas être financièrement indépendante.

Il m'a rassurée. Il était sûr qu'après la naissance, je retrouverais sans problème un super job.

— Tu es intelligente, douée, belle. Quand les jumeaux auront six mois, tu pourras recommencer à chercher. Je peux te mettre en contact avec tellement de gens… En attendant, je suis là pour toi.

J'ai souri et je l'ai remercié encore une fois, en essayant de me persuader que je ne me servais pas de lui. Je l'aimais et, quand on aime quelqu'un, on ne se sert pas de lui. Pas vraiment. De toute façon, je savais que je le rembourserais un jour. D'une manière ou d'une autre.

Ce soir-là, je suis allée me coucher vraiment soulagée qu'on ait eu cette discussion et que le problème soit réglé, soulagée aussi de savoir que j'avais un filet de sécurité lorsque j'aurai dépensé mon dernier dollar. Mais ma tranquillité d'esprit a été de courte durée, et à peine quelques jours plus tard, j'ai eu de nouveau l'estomac noué.

Je m'en suis ouverte à Charlotte et Meg. On prenait le thé chez Charlotte, Natalie avait délaissé ses jouets pour vider les placards de la cuisine et jouait par terre avec des casseroles et des ustensiles divers. Je m'imaginais sans arrêt *deux* Natalie au même endroit. Le chaos généralisé.

— Je ne sais pas ce que c'est. C'est comme si quelque chose m'accablait.

Charlotte a hoché la tête.

— C'est juste l'angoisse qui monte à l'approche de la naissance. Cette dernière partie du voyage qui fait un peu peur. Et de voir *ça* ne doit pas beaucoup t'aider! a-t-elle ajouté en montrant Natalie, avant d'éclater de rire.

— Oui, c'est sûrement ça, a renchéri Meg. Finalement, on trouve toujours une raison de paniquer, hein?

Elle nous avait récemment annoncé la bonne nouvelle: elle aussi attendait un bébé. Comme elle n'en était qu'à quelques semaines de grossesse, elle s'inquiétait, elle, des risques de fausse couche.

— Oui, a confirmé Charlotte, la perspective de la responsabilité qui nous tombe dessus quand on donne la vie, ça ne peut que nous déstabiliser.

— Vous devez avoir raison, ai-je dit avant de leur parler des cauchemars insensés que je faisais chaque nuit.

Soit je perdais un bébé, soit les deux. On me les enlevait, ils mouraient dans un incendie, il leur manquait le pouce… mais la perte d'un bébé était le cauchemar le plus récurrent. Une fois, j'avais même rêvé que je haussais les épaules en disant à Ethan: «Oh, c'est pas grave, il m'en reste un. Et en plus, il a la même tête que celui que j'ai perdu!»

— C'est tout à fait normal, ces cauchemars, m'a rassurée Charlotte. J'ai fait les mêmes. Ils finissent par s'arrêter. Ce qu'il faut que tu fasses, c'est que tu te prépares à fond à devenir maman. De cette façon, tu retrouveras confiance en toi.

J'ai suivi son avis, appelant même régulièrement Annalise pour lui demander des conseils. Je me suis mise à lire des articles et des livres sur «devenir parent», sur l'allaitement, et je me suis inscrite à des cours de préparation à l'accouchement, où j'ai appris un tas de choses, de comment respirer pendant le travail à comment donner le bain à mes bébés.

La confiance est un peu revenue, mais le nœud était toujours là. Je ne comprenais réellement pas ce qui m'arrivait, mais mon esprit revenait sans cesse à Ethan. On ne se voyait pratiquement plus. Chaque fois que je passais chercher des vêtements chez lui, soit il était dehors, à travailler, soit il était chez Sandrine. Ou pire, une fois, j'ai entendu son rire à elle, un peu rauque, provenant de la chambre. Je n'étais pas jalouse, parce que j'étais très heureuse avec Geoffrey. Non, c'était plutôt une pointe de regret parce que les choses n'étaient plus ce qu'elles avaient été. Je me rassurais en me répétant que, quoi qu'il arrive, Ethan et moi resterions plus proches que nous ne l'avions jamais été avant mon arrivée à Londres. Il nous fallait juste faire l'effort de nous voir. C'est pour cela qu'après une semaine sans avoir eu de ses nouvelles, je l'ai appelé sur son portable et nous sommes convenus de dîner ensemble. Tous les deux.

— Le moral n'a pas l'air d'aller bien fort, m'a dit Ethan en plongeant des baguettes dans le plat thaï qu'on était passé chercher avant de manger chez lui.

— J'ai connu mieux. Je crois que c'est la perspective de tous ces changements. D'après Meg et Charlotte, c'est normal d'appréhender ce qui va arriver.

— C'est vrai, a-t-il répondu en hochant la tête. Ta vie est sur le point de *vraiment* changer.

Puis il a hésité un instant avant d'ajouter :

— Tu ne crois pas que cela a aussi à voir avec le fait que tu ne sois pas réconciliée avec ta mère ?

— Non. Et je ne pense pas que Rachel ait quoi que ce soit à voir là-dedans non plus, au cas où cette idée t'aurait effleuré l'esprit.

Je l'ai regardé, espérant qu'il m'en dirait un peu plus. Il ne m'avait toujours pas raconté leur conversation le jour de Noël au téléphone. Après tout, je ne le lui avais pas demandé. Je crois que je ne tenais pas à ce que la nouvelle de ses fiançailles vienne menacer l'équilibre fragile de ma nouvelle vie.

— En fait, ai-je repris en le regardant, je n'en sais rien. Je n'arrive pas à savoir exactement ce que je ressens. C'est juste que quelque chose ne tourne pas tout à fait rond.

— Tu as besoin de repos, peut-être, non ? Tu t'es préparée psychologiquement, mais reste la partie physique… En tout cas, je pense qu'il faudrait qu'on commence à installer la chambre. Je pensais me mettre à la peinture, ce week-end.

J'ai souri, ravie qu'il ait encore envie de nous, et puis, d'un ton hésitant, j'ai dit :

— Je… je crois que Geoffrey voudrait que je m'installe chez lui. Il parle de trouver un appartement plus grand.

J'ai été angoissée, tout à coup, comme si je trahissais Ethan en déménageant. Nous avions fait un sacré bout de chemin, tous les deux, depuis mon coup de fil frénétique de New York lui demandant l'hospitalité pour quelques semaines.

Ethan a trituré un poivron du bout de ses baguettes.

— C'est ce que tu veux ? a-t-il demandé d'un ton frisant le reproche. Habiter avec Geoffrey ?

— Pourquoi tu le dis comme ça ?

— Je ne… je veux dire… C'est juste que je ne pensais pas que c'était si sérieux entre vous deux.

Avec le sentiment de devoir me justifier, j'ai répondu que oui, les choses étaient sérieuses entre nous, et que Geoffrey était l'homme que j'avais toujours cherché.

— Du moment que tu es heureuse… c'est tout ce que je te souhaite.

— Je le suis.

Ethan a avalé une bouchée de riz, songeur. Il a mâché un long moment, a avalé, bu une gorgée de bière, et puis il a lâché :

— Je pense qu'on devrait quand même peindre la chambre. Au cas où.

— Au cas où Geoffrey et moi on romprait ?

— Non, ce n'est pas ce que j'ai voulu dire. Juste au cas où t'installer avec Geoffrey prendrait plus de temps que prévu. De toute façon, je tiens à ce que les garçons aient une chambre ici.

— C'est *tellement* gentil, Ethan. Tu es vraiment un ami merveilleux.

Ce week-end-là, pendant que Geoffrey était de garde, Ethan a peint la chambre en bleu, passé une couche de blanc sur la bibliothèque et monté les deux berceaux que j'avais achetés quelques jours plus tôt. Pendant ce temps, Meg et Charlotte m'ont emmenée faire du shopping « spécial bébés ». Je m'en suis tenue à l'essentiel – couches, lait de toilette, biberons, bodies, grenouillères, un matelas pour le change et une poussette double. J'ai payé avec ma dernière carte de crédit encore valable. Tandis que je réglais, Meg et Charlotte sont allées chercher deux magnifiques parures de lit en organdi bleu et un petit rideau assorti, le tout absolument hors de prix.

— On a vu que tu les regardais, a dit Meg.

Leur générosité m'a réellement touchée. C'était exactement le genre de geste dont était capable Rachel – une générosité que j'avais toujours considérée comme normale.

— Oh ! Merci, les filles. Merci !

— Mais de rien du tout, allons !

Elles avaient l'air aussi heureuses que moi. Je leur ai dit que j'avais vraiment de la chance d'avoir des amies comme elles à Londres.

Ce soir-là, tandis qu'Ethan et moi on mettait la touche finale à la petite chambre, je l'ai remercié aussi.

Il m'a souri.

— Ça va mieux, on dirait.

— Oui. Ça va mieux.

Il a posé un bras sur le berceau de Bébé A.

— Tu vois, ce n'était pas assez grave pour qu'une séance de shopping n'en vienne pas à bout.

J'ai rigolé.

— Tu as raison. Un peu d'organdi bleu, et je vois la vie en rose!

Mais en préparant mon sac pour partir chez Geoffrey, j'ai eu le pressentiment que les choses n'étaient pas aussi simples.

28

J'ai eu ma révélation le jour de la Saint-Valentin.

C'était moi qui avais eu l'idée de ce dîner à quatre, avec Ethan et Sandrine. Même si notre première tentative du genre n'avait pas été à proprement parler couronnée de succès, je tenais à essayer de nouveau. Geoffrey a protesté un peu, prétextant qu'il préférait être seul avec moi, mais je lui ai rétorqué que chez moi, la Saint-Valentin était un non-événement symbole de mauvais goût et que par conséquent on avait deux possibilités : ne pas la fêter du tout et commander une pizza, ou passer la soirée avec un autre couple, parce que de toute façon il était hors de question que je figure parmi ces couples seuls à table, habillés sur leur trente et un et commandant un menu pseudo-gastronomique au prix exorbitant. Sortir avec un autre couple, c'était une façon comme une autre de contrer le facteur mauvais goût. À contrecœur, il a reconnu que je n'avais pas tort et a réservé chez Daphne's, un restaurant italien.

Le soir du 14, Geoffrey et moi sommes arrivés au restaurant pile à l'heure. Ethan et Sandrine se sont pointés avec une demi-heure de retard et la tête reconnaissable entre toutes de ceux qui viennent de s'envoyer en l'air : cheveux ébouriffés, joues rouges, regard un peu vague, la totale. Évidemment, je n'ai pas pu résister, sachant combien Ethan aimait la ponctualité.

— On peut savoir ce qui vous a empêchés d'être à l'heure, tous les deux ?

Sandrine a eu un sourire coquin, visiblement très contente d'elle, et Ethan a marmonné avec un air coupable :

— Il y avait de la circulation. Désolé.

Un sourire en coin, j'ai retourné le couteau dans la plaie.

— Ben voyons, de la circulation. Mes pauvres!

Tandis que le maître d'hôtel nous entraînait vers notre table, on a échangé les banalités d'usage – qui, lorsque deux femmes sont de la partie, impliquent forcément des compliments. J'ai admiré les ballerines Chanel de Sandrine qui, pour la millionième fois, m'a dit que j'étais resplendissante. Et puis elle m'a touché le ventre sans me demander la permission (un truc que je n'apprécie de personne d'autre que d'Ethan ou de Geoffrey) et a dit, en forçant le ton:

— C'est *tellement* excitant!

Elle n'était pas sincère, sans doute parce que je me souvenais avoir dit exactement la même chose à Annalise lorsqu'elle était enceinte, tout en pensant: «Je préfère être à ma place qu'à la tienne, frangine.»

— C'est pour quand, exactement? a demandé Sandrine.

— D'après Geoffrey, le terme pour des jumeaux c'est trente-six ou trente-sept semaines. Donc il n'en reste plus que six, à peu près.

Geoffrey, qui était déjà plongé dans la carte des vins, a levé les yeux et m'a fixée d'un regard adorateur. Sous la table, sa main a trouvé la mienne et nos doigts se sont enlacés.

— Le suspense est terrible. Nous sommes très impatients.

J'ai vu les traits d'Ethan se raidir, un signe de contrariété chez lui. À quoi pensait-il? Au cas où il se serait senti exclu par le «nous» de Geoffrey, j'ai dit à Sandrine:

— Oui, ça devient vraiment de plus en plus concret, maintenant. Surtout depuis qu'Ethan et moi on a installé la petite chambre. Elle est adorable, non? Tu l'as vue?

— Non, a-t-elle répondu sèchement en regardant Ethan.

Cette fois, c'était à son tour d'être contrariée, et je pouvais la comprendre. Voir son petit ami héberger une copine et ses deux jumeaux, ce n'était guère encourageant. Alors elle a fait exactement ce que j'aurais fait à sa place, elle a provoqué la désapprobation de Geoffrey, son seul allié.

— Tu l'as vue, Geoffrey, toi?

La tactique a fonctionné, parce que le sourire de Geoffrey a disparu.

— Non, je ne l'ai pas encore vue… j'ai beaucoup de travail au cabinet, en ce moment, et puis je passe aussi pas mal de temps à chercher un appartement. J'aimerais quelque chose d'un peu plus grand pour nous.

Le visage de Sandrine s'est illuminé.

— Vous allez emménager ensemble Darcy et toi?

Geoffrey a ramené nos deux mains sur la table en me regardant pendant que je disais:

— Heu… oui, on y pense, en fait.

— Nous faisons plus qu'y penser, chérie… Nous recherchons activement un appartement, n'est-ce pas?

— Oui. C'est ce qui est prévu.

Un silence gêné s'est installé, et tout le monde s'est concentré sur son menu. Ensuite, chacun a fait de son mieux, mais, comme au réveillon du Nouvel An, la tension était palpable, les sourires factices. En fait, personne ne passait une bonne soirée.

Juste avant qu'on nous serve les desserts, je me suis excusée en disant qu'il fallait absolument que j'aille aux toilettes. Avec consternation, Sandrine s'est levée aussi et a annoncé qu'elle m'accompagnait. Dans les toilettes, chacune de notre côté, elle a dit que nous formions un beau couple, Geoffrey et moi. Incapable de lui rendre le compliment, je l'ai juste remerciée. Puis je me suis retournée pour tirer la chasse, et j'ai vu le sang. Il m'a fallu quelques secondes pour réaliser que c'était le mien.

Les minutes qui ont suivi restent un souvenir assez vague. J'ai poussé un cri suffisamment alarmant pour que Sandrine me demande si ça allait. J'ai dit non, ça n'allait pas. Je sentais battre mon cœur dans les oreilles, je me suis laissé retomber sur les toilettes.

— Qu'y a-t-il, Darcy? a demandé Sandrine derrière la porte.

J'ai réussi à répondre que je saignais. Devant mes yeux défilaient tous les cas possibles de fausse couche tardive, des mots comme «placenta previa» et «rupture prématurée des membranes». Je n'arrivais plus à respirer tant la panique m'étreignait la poitrine.

Quelques instants plus tard, j'ai entendu un brouhaha, et Sandrine a annoncé qu'un homme allait entrer dans les toilettes, puis la voix de Geoffrey.

— Darcy? Darcy, tu peux sortir? Tu peux ouvrir la porte?

Je me suis relevée, et j'ai tiré le loquet. Derrière Geoffrey, il y avait Sandrine, qui essayait de voir ce qui se passait, et d'autres femmes, bouche bée.

— Chérie, que se passe-t-il?

— J'ai perdu du sang...

Je m'entendais à peine. La tête me tournait.

— Beaucoup?

Je lui ai montré les toilettes. Le filet rouge s'était dissipé, colorant l'eau en un effroyable rose foncé.

Geoffrey a jeté un coup d'œil puis, d'une voix calme, m'a expliqué que les saignements n'étaient pas rares au troisième trimestre, en particulier pour les grossesses multiples. Il m'a assurée que tout allait bien se passer, mais qu'il fallait que j'aille à l'hôpital.

— Maintenant?

— Oui. Ethan est allé chercher ma voiture.

— C'est vraiment grave, hein? Tu crains le pire, c'est ça?

— Non, je ne crains rien, ma chérie.

— Je peux perdre mes bébés?

— Non.

— Tu es sûr?

Je savais qu'il n'y avait jamais rien de sûr dans ce domaine, mais l'entendre me le dire m'a fait un bien fou, et je lui en ai été profondément reconnaissante.

— Si j'accouche maintenant, est-ce qu'ils seront viables?

— Nous en sommes loin, mais si cela devait arriver, oui, ils seraient parfaitement viables. Tu vas voir, tout va très bien se passer.

Il m'a répété ça pendant pratiquement tout le chemin jusqu'à la voiture, puis durant le trajet jusqu'à l'hôpital. Je me souviens aussi avoir croisé le regard inquiet d'Ethan dans le rétroviseur. J'ai pensé que si Geoffrey se trompait, si les choses tournaient mal, j'en mourrais de chagrin.

À l'hôpital, on nous a immédiatement emmenés, Geoffrey et moi, dans une salle d'accouchement, où une infirmière m'a donné une grande chemise et m'a demandé de me changer. Le Dr Smith est arrivé quelques instants plus tard. Il a échangé quelques mots avec Geoffrey puis m'a examinée attentivement.

— Alors, j'ai demandé, qu'est-ce que j'ai? Qu'est-ce qui se passe?

Il m'a annoncé que le col était toujours fermé. Geoffrey a eu l'air soulagé.

— Est-ce que ça veut dire que les bébés vont bien? j'ai quand même demandé.

— Oui, mais on va vous mettre sous monitoring pour en être absolument sûrs.

L'infirmière s'est occupée d'installer trois moniteurs autour de mon ventre, un pour mesurer les contractions, les deux autres pour écouter le cœur des bébés.

Cramponnée à la barre de mon lit, je n'ai pas arrêté de lui demander si elle les entendait. Geoffrey m'a conseillé d'être patiente, que les battements du cœur n'étaient pas toujours faciles à localiser du premier coup. J'ai attendu, sans cesser d'imaginer le pire. Et puis un joyeux galop a retenti, et un autre. Deux battements. Deux battements bien distincts.

— Ils sont tous les deux en vie? ai-je demandé d'une voix tremblante.

— Oui, ma chérie, a répondu Geoffrey, un sourire jusqu'aux oreilles. Ils vont bien tous les deux.

C'est à ce moment-là, submergée par le soulagement, que j'ai compris ce qui me taraudait depuis quelque temps. C'était tellement clair, tout à coup. Peut-être que c'était à cela que servaient les moments de crise, à voir les choses qui sont pourtant évidentes? Ou peut-être était-ce le lien que je venais de ressentir avec mes bébés, en entendant le battement de leur cœur et le bruit de leurs mouvements dans mon ventre? Ou peut-être était-ce l'immense reconnaissance que j'ai éprouvée envers l'existence de me faire connaître le miracle non pas d'une mais de deux vies en moi? Quoi qu'il en soit, c'est à ce moment-là, dans cette salle d'hôpital, que j'ai ouvert les yeux, vraiment.

Pour en être certaine, j'ai demandé à Geoffrey si ça ne l'embêtait pas d'aller chercher Ethan.

— Mais bien sûr, a-t-il répondu. Je vais aller discuter de la marche à suivre avec le Dr Smith.

Il s'est penché vers moi et m'a embrassée sur le front avant de sortir avec son condisciple.

Quelques instants plus tard, Ethan encore très pâle est entré et s'est approché d'un pas hésitant. Il avait les yeux mouillés, comme s'il avait pleuré ou essayé très fort de ne pas pleurer.

— Geoffrey ne t'a pas dit? Tout va bien.

Ethan s'est assis au pied de mon lit et m'a serré timidement une cheville.

— Si, si, il m'a dit.

— Alors pourquoi tu fais cette tête?

— Je ne sais pas… Tu… tu m'as fait tellement peur…

Il n'a pas fini sa phrase. Alors je me suis redressée, et j'ai ouvert les bras, pour qu'il comprenne que j'avais besoin qu'il me serre contre lui. C'est ce qu'il a fait, sa joue posée contre la mienne. Et avec cette étreinte toute simple et pleine d'émotion, une réalité s'est confirmée dans mon cœur: j'aimais Ethan.

29

Geoffrey a fait irruption dans la salle en plein milieu de ce moment révélateur dans les bras d'Ethan. Je dis « a fait irruption » parce que, dans l'état d'esprit dans lequel je me trouvais, c'est l'impression que j'ai eue. En réalité, il est plus probable que, comme à son habitude, il soit entré très dignement. Toujours est-il que je me suis sentie comme prise la main dans le sac. Je me suis dit que, pour une fois, je n'avais pas trompé quelqu'un. Simplement, je ne contrôlais plus mes sentiments, et Geoffrey ne pouvait pas lire dans mes pensées. En apparence, je serrais un ami dans mes bras. Intérieurement, mon cœur battait la chamade.

J'ai regardé Ethan aller se mettre près de la fenêtre pour nous laisser un peu d'intimité, à Geoffrey et moi. J'avais envie de lui hurler : « Non ! Reste ici. Ta place est à côté de moi ! » Au lieu de cela, j'ai regardé Geoffrey, droit, digne. Malgré ce que nous venions de vivre, il restait maître de ses sentiments. Je savais maintenant pourquoi j'avais cru l'aimer, pourquoi j'avais tellement *voulu* l'aimer. Sur le papier, il était parfait : beau médecin, amant appliqué, sauveur apparent.

— Qu'est-ce qu'on fait, maintenant ? ai-je demandé en tripotant nerveusement la lisière de ma chemise.

Ma question s'appliquait évidemment aux minutes et aux heures qui allaient suivre. Intérieurement, je me suis posé la question à long terme. J'étais déjà tombée amoureuse d'un homme parfait sur le papier. Dexter avait tout pour lui, un C.V. de fiancé idéal – beau, élégant, riche. Mais il suffisait de regarder comment cette relation s'était terminée pour comprendre que cela ne faisait pas tout. Je me suis juré de ne pas refaire une erreur de sept ans, ni même une erreur de sept jours. Je devais rompre avec Geoffrey dans la semaine.

D'un ton très professionnel, mon futur ex-petit ami m'a annoncé qu'en concertation avec le Dr Smith, il avait été décidé que je devais rester couchée jusqu'à la naissance de mes jumeaux. Il a ajouté que cette situation n'était pas rare dans le cas d'une grossesse multiple, mais cette nouvelle m'a quand même fichu un sale coup.

— Je dois rester au lit toute la journée?

— Oui. À part pour aller aux toilettes et prendre une douche. Tu dois éviter tout stress, dans la mesure où le stress provoque des contractions.

— Je peux me lever pour me préparer à manger?

— Non, ma chérie. Je vais embaucher quelqu'un pour s'occuper de toi et te faire à manger pendant la journée.

Ethan s'est tourné vers nous, ses yeux lançaient des éclairs.

— C'est inutile, Geoffrey, a-t-il lancé avec une assurance très masculine que je ne lui connaissais pas, et qui le rendait sexy. J'écrirai à la maison, et je m'occuperai de Darcy.

J'ai souri, à la fois émue et soulagée. Je n'avais pas envie de m'installer dans l'appartement de Geoffrey. Je voulais rentrer à la maison avec Ethan. Je voulais être avec lui pour toujours. J'aimais Ethan. C'était dingue, mais c'était comme ça. Même s'il ne m'aimait pas, mes sentiments pour lui rendaient impossible un avenir avec Geoffrey. Je n'avais jamais compris les gens qui disaient préférer être seuls que mal accompagnés. Maintenant, je voyais tout à fait ce qu'ils voulaient dire. Je voulais Ethan, ou personne.

— Ça ne t'embête pas, d'écrire à la maison? ai-je demandé, hésitante.

— Pas du tout.

— Tu disais que tu n'arrivais pas à penser, chez toi? Je ne veux pas t'empêcher d'écrire.

Geoffrey, qui semblait comprendre ce qui était en train de se produire, s'est engouffré dans la brèche.

— Oui, on ne voudrait pas te gêner dans ton travail.

J'ai retenu mon souffle, et j'ai senti mes muscles se tendre comme Ethan s'approchait du lit pour venir me serrer l'épaule.

— Darcy et ses bébés ne me gêneront jamais.

Geoffrey m'a regardée d'un air plaintif, les deux mains plaquées l'une contre l'autre.

— Cet arrangement te convient-il?

J'ai baissé les yeux, comme pour m'excuser.

— Oui.

— Alors c'est réglé, a dit Ethan. On rentre à la maison.

Il était minuit passé quand Ethan, Sandrine et moi sommes montés dans la Jaguar de Geoffrey. Pendant le trajet, Sandrine n'a pas arrêté de raconter qu'elle viendrait me faire la cuisine, et Geoffrey a répété je ne sais combien de fois à Ethan qu'il lui était très reconnaissant de sa générosité. Moi j'ai regardé par la vitre sans rien dire, essayant d'analyser un peu plus précisément ce que je ressentais. De la culpabilité anticipée pour ma rupture avec Geoffrey. Du soulagement pour mes bébés. De l'angoisse pour tout le chemin que j'avais encore à parcourir. Mais surtout, de l'amour pour Ethan. Un amour qui trouvait sa source au plus profond de moi, et me rendait à la fois nauséeuse et euphorique.

Devant chez Ethan, Geoffrey et Sandrine ont poliment décliné l'invitation à venir boire quelque chose. J'ai entendu Ethan murmurer une excuse à Sandrine, qui a murmuré quelque chose à son tour, puis il y a eu le bruit d'un petit baiser. Geoffrey a fait de même, ses lèvres ont effleuré les miennes.

— Je t'appelle demain matin. Bois le plus possible, la déshydratation provoque des contractions, et ne te lève pas.

À son expression, j'ai bien vu qu'il n'avait pas oublié qu'il n'y avait qu'un seul lit digne de ce nom dans l'appartement d'Ethan.

Quelques instants plus tard, on est sortis, la Jaguar s'est éloignée, et il n'y a plus eu qu'Ethan et moi, sur le trottoir. Je me suis tournée vers lui, me sentant bien timide, tout à coup, devant le garçon que je connaissais depuis le cours élémentaire.

— Ils avaient l'air un peu… vexés, non?

Un petit sourire a retroussé le coin des lèvres d'Ethan.

— Un tout petit peu.

Son expression m'a fait éclater d'un rire nerveux.

— En fait, ils étaient absolument furax!

— Tu peux le dire!

Tandis qu'Ethan m'aidait à monter les marches, nous nous sommes répété que vraiment, ils n'avaient aucune raison d'être en colère. Pour enfoncer le clou, je me suis excusée d'avoir bousillé la Saint-Valentin d'Ethan.

— Arrête, t'as rien bousillé du tout.

— Sandrine ne serait peut-être pas du même avis.

Il a haussé les épaules.

— Sandrine s'en remettra. Ils s'en remettront tous les deux.

Ainsi Sandrine et Geoffrey étaient-ils devenus «ils», tandis qu'Ethan et moi, au moins jusqu'à mon accouchement, étions devenus «nous». J'aimais l'idée de former un «nous» avec Ethan.

Quand nous sommes arrivés dans la chambre, le lit était défait, et sur la table de nuit traînait encore un emballage vide de préservatif, confirmant les raisons de leur retard au dîner. Ethan a eu l'air gêné et m'a demandé si je voulais bien aller m'allonger dans le salon pendant qu'il changeait les draps. Quelque chose dans son expression peinée m'a donné envie de lui sauter au cou, de l'embrasser et de lui dire combien je l'aimais.

Au lieu de cela, je suis allée m'asseoir sur le canapé, ne tenant pas en place, toute chose à l'idée de coucher dans le même lit qu'Ethan. Mon cœur refusait de ralentir la cadence, même quand j'essayais de me rappeler que l'excitation est une forme de stress et peut donc provoquer des contractions.

Il est apparu quelques minutes plus tard, déjà en caleçon et en tee-shirt, et je n'ai pas pu m'empêcher de regarder ses jambes, qui n'avaient pas changé, mais que je trouvais désormais incroyablement attirantes.

— Tu vas te mettre en pyjama?

— Je voudrais bien, mais les miens ne me vont plus.

Ces dernières semaines, chez Geoffrey, je dormais nue, mais j'ai préféré ne pas faire part de ce détail à Ethan.

— Tu veux que je t'en prête un?

J'ai répondu oui, même en étant presque sûre qu'il ne m'irait pas non plus. Ethan n'était pas si bien bâti que ça.

— Tiens, essaie celui-là, a-t-il dit en me tendant un pyjama en flanelle écossaise.

Je suis allée me changer dans la salle de bains. Il m'allait tout juste. Mon ventre était tellement gros que je ne voyais plus mes pieds. Mais j'avais envie qu'il grossisse encore. Plus il serait gros, mieux ce serait. Je suis allée aux toilettes, je ne saignais plus. Tout semblait rentré dans l'ordre.

Dans la chambre, Ethan avait fait le lit.

— Allez, au dodo, a-t-il dit en tapotant mon oreiller.

Je me suis allongée, et il a tiré les draps sur moi.

— Et toi? Tu te couches?

— Dans un moment.

Je l'ai entendu aller à la salle de bains, puis décrocher le téléphone. Sans doute pour appeler Sandrine. La conversation n'a pas duré longtemps, et très vite il est venu se glisser à mes côtés. J'avais envie de le toucher, j'hésitais à lui prendre la main. Et juste comme je venais de décider d'attendre, il a déposé un baiser au coin de mes lèvres.

— Je suis tellement content que tes bébés aillent bien, Darcy. Et je suis heureux de t'avoir ici, aussi.

— Moi aussi, je suis contente, Ethan. Merci.

Dans l'obscurité, j'ai fermé les yeux pour que le noir soit total, et j'ai fait comme si Ethan et moi étions vraiment, définitivement un *nous*, sur le point de devenir une vraie famille.

C'est la sonnerie du téléphone qui m'a réveillée le lendemain matin. Ma première pensée a été: «Pourvu que ça ne soit pas Geoffrey», la deuxième: «J'aime toujours Ethan». Bien. Mes sentiments n'étaient donc pas qu'une illusion trouvant racine dans la quasi-tragédie.

J'ai senti bouger le lit comme Ethan tendait un bras pour décrocher. J'ai tout de suite reconnu l'accent français de Sandrine, et elle a dû demander où est-ce que je couchais, parce que Ethan a répondu:

— Ben, ici.

Cette tactique du coup de fil jaloux à l'aube, j'aurais tout à fait été capable de l'appliquer dans ma vie d'avant, et je me suis juré que, quelles que soient les circonstances, jamais, dans mes amours futures, je ne me comporterais plus de la sorte. C'était égoïste et vraiment pas flatteur. Ethan a réagi comme je m'y attendais, avec une retenue agacée. J'ai fait semblant de dormir pendant qu'il se levait pour aller chuchoter dans le couloir qu'elle était complètement ridicule.

— Tu étais avec nous, hier soir, non? Tu as vu ce qui s'est passé? Qu'est-ce que tu crois? Qu'il y a quelque chose entre nous?... Non. Non! C'est mon amie, Sandrine... Elle n'a pas envie de rester là-bas... je n'en sais rien! Tu veux lui poser la question?

La conversation s'est poursuivie comme ça pendant un moment, jusqu'à ce qu'il dise qu'il devait y aller. J'ai ouvert un œil et je l'ai vu, dans l'encadrement de la porte, les cheveux en pétard.

— Tout va bien?

— Ouais.

Mais il semblait nerveux. Il s'est habillé en vitesse.

— Sandrine est en colère?

— Non, non, a-t-il menti. Pas de souci. Comment tu te sens?

— Bien. Faut que je me lève pour aller aux toilettes.

Il s'est assis au bord du lit et a attendu que je revienne en lui assurant que tout allait bien pour se relever.

— Allez, recouche-toi, maintenant. Qu'est-ce que tu veux pour ton petit-déjeuner?

J'ai passé ma commande et je me suis plongée dans mon *Vous attendez des jumeaux*, que j'avais précautionneusement laissé là quelques semaines plus tôt. J'ai calculé que, pour l'instant, la tête de mes bébés avait la taille d'un citron, et que si j'atteignais mon objectif des trente-six semaines, elle aurait celle d'un pamplemousse. Je pouvais le faire.

Ethan est revenu une dizaine de minutes plus tard avec un plateau, qu'il a posé sur mes genoux avant de s'asseoir à côté de moi.

— Merci! Et toi, tu ne déjeunes pas?

— Je n'ai pas faim, mais je te tiens compagnie.

En prenant ma première bouchée, j'ai senti mes bébés bouger en même temps, Bébé A boxant juste sous ma cage thoracique, et Bébé B nageant tranquillement un peu plus bas, provoquant l'habituelle sensation de vague à la surface de mon ventre. Évidemment, cela aurait pu être un seul bébé, agitant un bras au moment où il donne un coup de pied. Mais depuis quelque temps, j'avais réellement le sentiment de pouvoir distinguer les mouvements de chacun et, à partir de cela, de pouvoir commencer à imaginer leurs personnalités respectives. Bébé A semblait plus décidé. Ce serait mon athlète, mon fonceur. Bébé B semblait plus doux, facile de caractère. Un artiste au cœur tendre. Je les imaginais tous les deux descendant du bus de l'école, l'un avec son ballon de basket, l'autre avec son étui de trompette.

Mais quels que soient leurs goûts respectifs, je voulais qu'ils soient heureux, possédant la sagesse et le courage de suivre leur cœur.

Pendant le reste de la journée, en dehors d'une douche de cinq minutes interrompue par Ethan qui n'arrêtait pas de me dire de me dépêcher, je suis restée couchée, à lire mon bouquin sur les jumeaux et à feuilleter des *Hello*. Et puis surtout, à penser à Ethan, à imaginer ce que serait un long baiser passionné avec lui, faire l'amour avec lui, l'entendre me présenter comme sa petite amie, puis comme sa fiancée. Je me suis aussi posé la question de savoir s'il ne s'agissait pas encore une fois de la manifestation de ce besoin d'être aimée par tous les hommes.

Mais au fond, je savais que non. Pour la première fois de ma vie, j'étais réellement amoureuse. Cela n'avait rien à voir avec ce qu'Ethan pouvait m'apporter, ou si on était beaux ensemble. C'était juste Ethan. Gentil, décalé, adorable, passionné, intelligent, fin. J'étais folle de lui. Je devais me retenir pour ne pas l'appeler toutes les cinq minutes. J'attendais patiemment qu'il passe la tête dans l'entrebâillement de la porte pour voir comment j'allais. Parfois il m'apportait de l'eau, d'autres fois il me disait juste coucou. Quand il m'apportait à manger, il restait toujours pour me parler pendant que je dévorais ce qu'il y avait sur le plateau. Et une fois, en fin d'après-midi, alors qu'il tombait des cordes dehors, il s'est glissé avec moi sous les couvertures pour faire un petit somme. Il s'est endormi en premier, et j'ai pu observer son visage. J'aimais tout. Ses lèvres bien dessinées, charnues mais pas trop, ses longs cils couleur sable, son nez aristocratique. Tandis que j'admirais ses traits, sa bouche a bougé dans son sommeil, son unique fossette est apparue brièvement. En cette seconde, j'ai su ce que je désirais pour mes garçons. Je voulais qu'ils aient Ethan comme papa.

30

La semaine a passé, mon existence tranquille avec Ethan me ravissait, tandis que les interventions de Geoffrey, qui appelait régulièrement et passait tous les jours en rentrant de son cabinet, me semblaient tout juste tolérables. Parfois il apportait le dîner, et j'étais forcée de passer la soirée avec lui plutôt qu'avec Ethan (qui disparaissait promptement en direction de chez Sandrine). D'autres fois, je faisais semblant de dormir, et il me laissait un mot sur son papier à en-tête qui, soit dit en passant, comportait aussi son blason de famille. Le genre de détail qui m'aurait enchantée à peine quelques mois plus tôt. Mais désormais, je préférais les blocs de papier brouillon jaune qu'utilisait Ethan. Désormais, je préférais tout ce qui était «Ethan».

Un après-midi de ma trente et unième semaine, Geoffrey est passé pendant sa pause déjeuner. Je m'étais endormie en lisant un magazine américain gentiment envoyé par Annalise et, quand j'ai ouvert les yeux, il était assis sur une chaise, à côté du lit, et me regardait. J'ai compris à son expression qu'il avait ressenti la même chose que moi en regardant Ethan dormir. Je devais mettre un terme à tout ça.

— Bonjour, chérie, comment te sens-tu?

Sa voix était grave, apaisante.

— Ça va. Juste fatiguée et incapable de trouver une position satisfaisante.

— Est-ce que le docteur Smith est passé, ce matin?

— Oui.

— Et qu'a-t-il dit?

— Que tout allait bien.

— Bon. Pas de crampes, de contractions, depuis l'autre jour, alors?

— Non.

— Parfait.

Il a écarté une mèche de cheveux de mon front puis, avec un petit sourire mystérieux, il a dit:

— J'ai quelque chose pour toi.

Il m'a tendu trois brochures d'agents immobiliers réunissant ce qu'il y avait de plus luxueux dans les quartiers les plus chics. Les maisons de mes rêves quand j'étais arrivée à Londres. Cinq chambres, terrasses, vues sur un parc, cheminées… Je me suis forcée à les lui rendre. Il ne fallait pas prendre le risque de laisser l'ancienne Darcy reprendre le dessus.

— Tu n'as pas envie d'y jeter un œil?

— Je ne pense pas que ce soit une bonne idée.

— Quelque chose ne va pas?

Il savait que ça n'allait pas. On sait toujours, finalement. J'ai cherché les mots qui convenaient, pas trop durs. Mais il est très difficile de rompre en douceur quand on est dans le lit d'un autre et qu'on porte son pyjama écossais. Alors j'ai tout déballé d'une traite. L'équivalent verbal d'un arrachage de pansement.

— Geoffrey, je suis désolée, mais je pense qu'il faut qu'on se sépare.

Il s'est concentré sur une annonce à Belgravia, le quartier de Gwyneth Paltrow et Chris Martin, et, l'espace d'un instant, j'ai fanstamé sur la possibilité de devenir leur voisine, sa copine à elle, pourquoi pas? Ethan en profiterait aussi, fan de Air, il aurait sûrement des places, et mes deux garçons iraient à la même école que la petite Apple, l'un d'eux l'épouserait peut-être, qui sait? «Allez, Darcy, reviens sur terre. Même Gwyneth ne te ferait pas changer d'avis à propos de Geoffrey.»

— C'est Ethan? a-t-il dit enfin.

Cette réaction m'a un peu prise par surprise. Je ne savais pas quoi répondre.

— Je… c'est juste que je ne ressens pas ce que je devrais ressentir pour toi. Je pensais que si… mais… mais je ne suis pas amoureuse de toi. Je suis désolée.

En m'entendant, j'ai réentendu les paroles de Dexter quand il avait rompu avec moi. J'ai réalisé que quel que soit le moment où sa liaison avec Rachel avait commencé, Rachel n'était pas la raison de notre rupture. Dexter et moi avions rompu parce que nous n'étions pas faits l'un pour l'autre, et parce que nous n'étions pas faits l'un pour l'autre, il avait pu tomber amoureux d'elle. Si notre relation avait été bâtie sur des bases plus solides, il ne m'aurait pas trompée. Comprendre cela m'a comme libérée, et j'ai senti s'échapper des bribes de ressentiment envers eux. Mais il fallait que je me concentre sur Geoffrey, qui n'avait toujours rien dit.

— Ce n'est rien, a-t-il fini par lâcher avec un mouvement de la main.

J'ai dû avoir l'air étonné par cette réaction un peu nonchalante, parce qu'il a précisé :

— Tu es dans une situation très difficile en ce moment. Passer toute la journée enfermée, allongée, à cogiter, ce n'est pas drôle, c'est normal que tu te poses des questions. Nous nous occuperons de tout cela plus tard. Après la naissance. En attendant, je tiens vraiment à t'aider, ma chérie. S'il te plaît, laisse-moi être là pour toi.

Venant de la plupart des hommes, ces paroles auraient semblé condescendantes, ou pathétiques, mais de la part de Geoffrey, c'était juste une déclaration digne, pragmatique, et sincère. L'espace d'un instant, j'ai été tentée d'y répondre favorablement. C'était la solution rêvée pour rester à Londres. Et surtout, Geoffrey, c'était mon filet de sécurité émotionnel. Il est impossible de décrire la vulnérabilité qui va de pair avec la grossesse, et Geoffrey savait comment apaiser mes angoisses. C'était un homme bon, qui prenait parfaitement soin de moi, et chacun de ses gestes exprimait implicitement son intention de le faire pour toujours.

Mais je ne l'aimais pas. C'était aussi simple que cela.

— C'est vraiment très gentil, ai-je dit en lui prenant la main. Je ne peux pas te dire à quel point j'apprécie ta bonté, tout ce que tu as fait pour moi, mais nous devons rompre. Rester ensemble ne rime à rien si moi je n'éprouve pas les mêmes sentiments que toi…

Je lui ai aussi dit qu'il allait me manquer, tout en sachant que les avantages que présentait la vie avec lui allaient me manquer un tout petit peu plus…

J'ai lâché sa main. Il a plissé les yeux. Des yeux tristes, mais secs. Sans la moindre trace d'amertume, il m'a dit qu'il regrettait, qu'il était désolé de me perdre, mais qu'il comprenait. Puis il a remis les brochures dans sa serviette en cuir, s'est levé et s'est dirigé vers la porte.

— Est-ce qu'on peut rester amis? ai-je demandé, un peu déstabilisée malgré tout par le fait qu'il renonce si facilement.

Il s'est retourné et a répondu qu'il aimerait beaucoup que cela soit le cas.

La Darcy d'avant aurait posé cette question pour s'assurer qu'elle comptait encore pour lui, qu'elle pourrait obtenir certaines choses de lui malgré tout. Celle d'aujourd'hui l'avait fait simplement parce qu'elle aimait la personne qu'il était.

Plus tard, dans la soirée, j'ai annoncé à Ethan que j'avais rompu avec Geoffrey. Je lui ai tout raconté, à l'exception de la question de Geoffrey le concernant.

— Eh ben, a dit Ethan. Je ne savais même pas que vous aviez des problèmes.

Il avait pris un air étonné mais, au ton de sa voix, j'ai compris qu'il n'était pas surpris du tout. Comme Geoffrey.

— Disons que… je ne le sentais pas, c'est tout.

— Il l'a bien pris?

— Je crois, oui.

— Et toi?

— Je n'en sais rien. Je me sens un peu coupable, après tout ce qu'il a fait pour moi, et aussi un peu triste, sans doute. Mais je pense que c'est quand même une bonne chose. Même si ça implique que je vais devoir rentrer à New York plus tôt que prévu.

— Quoi?

— Je disais que je me sentais un peu coupable…

— Non, non, ton retour à New York, c'est quoi?

— Je n'ai pas de boulot, Ethan. Je vais sans doute devoir rentrer après la naissance pour récupérer mon ancien boulot. Je n'ai pas les moyens de rester ici.

— Tu peux rester aussi longtemps que tu veux.

— Non. Je me suis déjà suffisamment imposée comme ça. Et ce n'est pas comme si tu nageais dans le pognon, j'ai conclu en souriant.

— Mais j'*adore* t'avoir ici, Darcy. J'ai hâte que les bébés arrivent, je me sens une pêche d'enfer. Ne laisse pas les problèmes d'argent te forcer la main. On trouvera une solution. J'ai des économies.

J'ai regardé son visage engageant, sincère, et j'ai résisté à l'envie de lui avouer mes sentiments. Non pas que j'avais peur qu'il me rejette mais, pour la première fois, mes sentiments n'avaient rien d'égoïste, et me soulager auprès d'Ethan ne me paraissait pas très juste. Il avait une petite amie. Il s'inquiétait pour moi à cause de la grossesse, je ne voulais pas qu'il s'inquiète en plus du mal qu'il pouvait me faire en me repoussant, si cela devait être le cas.

Alors je me suis contentée de sourire.

— Merci, Ethan. On verra comment les choses vont se passer.

Mais intérieurement, je savais que mon temps à Londres, et par conséquent mon temps avec Ethan, était compté.

31

Le lendemain, j'ai franchi le cap de la trente-deuxième semaine qui, selon mon bouquin, signifiait que les enfants pouvaient naître prématurément sans risquer de souffrir de conséquences à long terme. Pour moi, c'était un énorme pas de franchi, qui plus est sans lever le petit doigt, en traînant au lit, en lisant des magazines et en grignotant.

Pour fêter ça, Ethan a fait un gâteau au chocolat et l'a apporté sur son plateau en bois, avec trente-deux bougies allumées, en chantant – faux – *Joyeux anniversaire, Bébé A et Bébé B !*

J'ai éclaté de rire, fait un vœu, et soufflé les bougies en deux fois (mais ça comptait puisque j'allais avoir deux bébés, dixit Ethan). Puis on a dévoré, enfin, j'ai dévoré le gâteau, en en prenant trois fois. Ethan a remporté le plateau à la cuisine et est revenu avec une grosse boîte enveloppée de papier vert amande à pois blanc.

— Il ne fallait pas, ai-je dit, en espérant qu'il ne s'était pas ruiné.

Il a déposé cérémonieusement la boîte sur mes genoux.

— Ce n'est pas moi, c'est Rachel qui l'a envoyée.

J'ai fixé la boîte un long moment. Évidemment, emballé avec autant de soin et de goût, ça ne pouvait venir que d'elle. Et je ne sais pas pourquoi, un tas de bons souvenirs, de bons moments passés avec elle me sont revenus à l'esprit.

Ethan m'a regardé, indécis.

— Tu… es en colère ? Je n'aurais pas dû te la donner, peut-être. J'ai hésité, et puis…

— Non, non, ça va.

J'ai passé les mains sur la boîte. Les mains de Rachel l'avaient touchée aussi, et j'ai tout à coup eu la plus absurde des sensations, celle de communiquer avec un mort.

— Tu ne l'ouvres pas?

J'ai acquiescé.

— Elle l'a envoyée il y a quelques semaines, mais elle voulait que j'attende que la date de l'accouchement se rapproche. J'ai pensé qu'aujourd'hui, c'était bien, parce que je suis rassuré. Les bébés vont bien.

Le cœur battant, j'ai défait le gros nœud blanc, ouvert le papier, puis la boîte, et découvert deux petites couvertures bordées de soie bleu pâle. Jamais je n'avais touché d'étoffe plus douce, plus somptueuse que celle de ces couvertures. Je me suis souvenue que Rachel avait offert une couverture du même genre à Annalise pour la naissance de sa fille, mais celles-ci étaient encore plus belles. Au bout d'un long moment, j'ai sorti la carte de l'enveloppe. Deux petits landaus étaient dessinés dessus, et à l'intérieur il y avait cette écriture si familière, si régulière. J'ai entendu sa voix en la lisant:

Chère Darcy,

J'aimerais d'abord te dire à quel point je suis désolée de ce qui s'est passé entre nous. Notre amitié me manque, et je regrette de ne pas pouvoir partager avec toi ces moments si importants de ta vie. Mais malgré la distance qui nous sépare, je veux que tu saches que je pense à toi souvent. Plusieurs fois par jour. Je suis tellement contente d'apprendre par Ethan que tu es heureuse et que tu vas bien! Et tu attends des jumeaux! C'est tellement toi, ça, de transformer un événement merveilleux en soi, en quelque chose de doublement excitant! Je voudrais aussi te féliciter du fond du cœur d'avoir le courage de t'embarquer dans cette incroyable voie qu'est la maternité. J'espère un jour rencontrer tes fils. Je sais qu'ils seront beaux, et fabuleux, comme leur maman.

Avec tous mes vœux de bonheur, et toute mon amitié,

Rachel

Sans lâcher la carte, j'ai posé la tête sur l'oreiller. Pendant des mois, j'avais attendu des nouvelles de Rachel, mais c'est en lisant sa carte que je me suis rendu compte à quel point je désirais en avoir. J'ai regardé Ethan. Son visage était tranquille, patient.

— Eh ben… pour une surprise… ai-je dit pour rompre le silence.

— Qu'est-ce qu'elle raconte?

J'ai volontairement calmé mon émotion en levant les yeux au ciel.

— Disons simplement qu'elle essaie de faire un come-back.

J'avais voulu faire celle qui le prenait de haut, mais ma voix s'est cassée, trahissant mes sentiments. Malgré moi, je me sentais fléchir. J'ai tenté une dernière pirouette en lui lançant la carte à la manière d'un frisbee.

— Tiens, t'as qu'à lire.

Il l'a lue, puis a levé les yeux.

— C'est vraiment gentil, non?

— Oui. Et ces couvertures sont très belles, aussi, ai-je dit en passant le doigt sur la bordure en soie. Je crois que je n'ai plus envie qu'elle aille en enfer, ai-je ajouté en riant. Juste dans un gourbi au paradis.

Ethan a souri.

— Tu crois qu'il faut que je l'appelle?

Une partie de moi-même avait envie qu'il me réponde: «Oui, tu dois l'appeler tout de suite», parce que je cherchais une excuse pour ravaler mon orgueil et renoncer à la détester. Mais Ethan s'est contenté de dire:

— Tu n'es pas obligée. Tu n'as qu'à lui envoyer un petit mot pour la remercier.

Il m'a rendu la carte, et je n'ai pas pu m'empêcher de la relire à voix haute.

— Elle écrit qu'elle est désolée de ce qui s'est passé entre nous, pas de ce qu'*elle a fait*.

— Je pense que c'est sous-entendu.

— Mais ça veut dire quoi, exactement? Qu'elle ne referait pas ce qu'elle a fait avec Dex si elle avait su?

— Elle regrette probablement de ne pas avoir géré les choses autrement.

— Comment, par exemple?

— Je n'en sais rien. En attendant que Dex et toi ayez rompu pour entamer une relation avec lui.

— C'est ce qu'elle t'a dit? Tu es sûr de ça?

— Non, je n'en suis pas sûr.

— Bon, ensuite… «malgré la distance qui nous sépare». Tu penses qu'elle parle de distance géographique ou émotionnelle?

— Des deux, probablement.

— Elle pense à moi tous les jours! Elle en rajoute un peu, là, tu ne crois pas?

— Non, je crois qu'elle est sincère. Tu ne penses pas à elle tous les jours, toi?

La réponse était oui, mais j'ai fait comme si je n'avais pas entendu la question, et j'ai continué mon commentaire de texte.

— … «ravie d'apprendre par Ethan»… Tu lui as raconté quoi, exactement?

— Eh bien, que tu allais avoir des jumeaux. Tu m'avais dit que je pouvais… et que tu allais bien, que tu t'étais fait des amies. Je lui ai aussi parlé de Geoffrey.

— Tu l'as eue depuis qu'on a rompu?

— Non.

J'ai hésité à lui poser des questions sur les fiançailles de Rachel, mais j'ai décidé que je n'étais pas encore prête à entendre la confirmation de cette nouvelle. J'ai glissé la carte dans l'enveloppe.

— Elle croit vraiment qu'on peut redevenir amies?

— Elle te connaît bien, Darcy. Je ne pense pas qu'elle s'attende que tu cèdes.

Il avait dit ça sur le ton de l'évidence, mais à son expression j'ai compris qu'il pensait: «Tu vas finir par céder», ou même: «Tu as déjà cédé».

J'ai repoussé pendant presque deux semaines le moment de lui répondre, parce que je n'arrivais pas à décider quoi écrire et sur quel ton. Devais-je lui pardonner? Lui dire qu'elle me manquait elle aussi et que, même si je n'accepterais jamais complètement sa relation avec Dex, je voulais reprendre notre amitié? Mais était-ce seulement le cas?

Un soir, le samedi de ma trente-quatrième semaine, quelque chose m'a poussée à sortir du lit et à aller chercher un petit album-photo en cuir que j'avais glissé au dernier moment dans la poche intérieure d'une de mes valises. Je l'ai feuilleté au lit. Il y avait des photos de Claire, de Dex, et d'autres amis. Je me suis arrêtée sur une de Rachel et de moi enlacées prise dans les Hamptons, au bord de la mer, et j'ai regardé longtemps nos attitudes insouciantes, nos larges sourires. Je sentais presque l'air iodé, la brise océane et le sable s'effaçant sous mes pieds. Je l'entendais même rire, je crois.

Et là, j'ai repensé à tout ce qui s'était passé, pour arriver à la conclusion, une nouvelle fois, que les failles existant dans nos relations respectives avaient été le terreau de toutes ces trahisons. Dex et moi nous étions trompés mutuellement parce que, dès le départ, nous n'étions pas faits l'un pour l'autre. Rachel m'avait trahie parce que notre amitié n'était pas fondée sur du solide. Je lui avais menti à propos de Marcus pour les mêmes raisons. Entre nous il y avait toujours eu cette compétition tacite capable de mettre à mal la plus grande des amitiés, capable d'anéantir la nôtre.

J'aurais réellement aimé pouvoir les tenir pour responsables de ce qui était arrivé, mais je réalisais que je n'étais pas moi-même complètement irréprochable. Nous étions tous des acteurs de cette hécatombe. Nous avions tous menti, trompé. Cependant, je savais que nous étions encore des gens bien. Nous avions tous droit à une seconde chance, une chance d'être heureux. « Qui a trompé trompera », disait-on. Je n'y croyais pas. Un couple heureux, dans une relation saine, ne se trompait pas. Je ne pouvais pas imaginer Rachel trompant Dexter, tout comme j'étais sûre que si, un jour, je partageais ma vie avec Ethan, je ne le tromperais pas, jamais.

C'est à ce moment-là, alors que le pardon devenait envisageable, évident même, que le travail a commencé. J'ai d'abord ressenti une forte crampe dans le bas du ventre et, quand je me suis levée pour aller aux toilettes, j'ai senti du liquide couler le long de mes jambes. Je perdais les eaux. Avec un calme étrange, qui m'a surprise moi-même, j'ai appelé le Dr Smith et je lui ai décrit mes symptômes. Il a confirmé que le moment était venu et m'a conseillé de me rendre à l'hôpital le plus vite possible, où il me retrouverait.

Ethan avait une soirée basket dans un pub de Piccadilly où l'on retransmettait les grands matches du tournoi de la NCAA. Interrompre un tel événement m'embêtait réellement, mais il m'avait fait promettre de l'appeler «pour la plus petite des raisons» et je me suis dit que perdre les eaux entrait dans cette catégorie. Il a décroché à la première sonnerie.

— Darcy? Ça va?

— Ça va. Comment s'en sort Stanford?

— C'est pas encore ça. Je regarde Wake Forest. Ils sont bons. Ça tombe bien, j'ai parié qu'ils atteindraient les quarts de finale.

— Le match a commencé depuis longtemps?

Peut-être pouvait-il regarder la fin avant de me rejoindre à l'hôpital.

— Non. Pourquoi? Tu ne te sens pas bien?

J'ai hésité, et puis j'ai craché le morceau.

— Écoute, Ethan, je suis désolée. Je sais que ce tournoi, tu l'attendais depuis longtemps, et tout, mais... je viens de perdre les eaux, et... Tu penses que tu pourrais passer me chercher pour qu'on aille à l'hôpital?

— Seigneur! Ne bouge pas! a-t-il hurlé dans le téléphone. J'arrive!

Dix minutes plus tard, il a déboulé, en nage.

— Le taxi est dehors! Le taxi est dehors!

Je l'attendais tranquillement dans le salon, mon petit sac, prêt depuis des semaines, à mes pieds.

— Comment tu te sens? m'a-t-il demandé en m'embrassant sur la joue.

— Bien. Je suis contente que tu sois là. Tu peux me faire mes lacets? Je n'arrive plus à me baisser.

Il s'est agenouillé pour nouer les lacets de mes baskets en tremblant.

— Mince, quand je pense que je n'étais pas là! Je suis tellement désolé!

— Où est ton blouson? ai-je demandé, remarquant qu'il était en tee-shirt. Il fait un froid de canard.

— Je l'ai oublié au bar.

— Oh, Ethan, je suis désolée! Et puis je suis désolée d'avoir interrompu ta soirée, aussi.

— Arrête de raconter des bêtises. Je passerai récupérer mon blouson plus tard, et les matches, je m'en fiche.

Comme il se penchait pour ramasser mon sac, j'ai vu qu'il portait un patch sur le bras.

— Tu as arrêté de fumer?

En posant ma question, j'ai réalisé que je ne l'avais plus vu avec une cigarette depuis longtemps, ni senti le tabac sur ses vêtements.

— Oui. La fumée, ce n'est l'idéal, pour les bébés et toi.

— Merci, ai-je dit, touchée par cet effort.

— Oh, je t'en prie! Il fallait que j'arrête, de toute façon. Bon, allez, on y va, maintenant!

Quelques instants plus tard, dans le taxi, il s'est frotté les mains, en inspirant un grand coup.

— Cette fois, c'est la bonne! On est partis!

Pendant le trajet, on a compté les minutes entre les contractions, et la durée des contractions. Ethan m'a aidée à bien respirer.

— Ça fait très mal? a-t-il demandé chaque fois qu'il me voyait faire la grimace. Sur une échelle de un à dix?

J'avais une résistance à la douleur très faille, c'était de notoriété publique, m'enlever une écharde me faisait hurler. Donc là, je me situais plutôt du côté d'un onze ou d'un douze. Mais j'ai dit quatre, pour qu'il soit fier de mon endurance. Je lui ai aussi affirmé que je n'avais pas peur, et c'était vrai. Je n'avais pas peur. Je savais que tout allait bien se passer, que mes bébés seraient en pleine forme. J'étais arrivée jusqu'à trente-quatre semaines et demie, et j'avais Ethan à mes côtés. Qu'aurais-je pu espérer de plus? J'étais la femme la plus heureuse du monde. J'étais prête à rencontrer mes fils.

À l'hôpital, on nous a installés dans une salle de travail, et Ethan m'a aidée à passer une chemise. Il a rougi quand je me suis déshabillée devant lui et, l'espace d'une seconde, j'ai été un peu gênée moi aussi.

— Je te préviens, t'as encore rien vu, ai-je dit pour détendre l'atmosphère. À partir de maintenant, la pudeur est un mot qui n'existe plus ! J'espère que tu n'as pas l'estomac trop délicat !

Il a souri, m'a pris la main et m'a assuré qu'il tiendrait bon. Puis il m'a aidée à m'allonger. Ça m'a fait du bien, et un profond sentiment de fatigue m'a envahie. Dormir est devenu une idée fixe, mais la douleur s'est chargée de me rappeler à l'ordre.

Le Dr Smith et la sage-femme sont arrivés, m'ont examinée. Mon col était ouvert de cinq centimètres.

Peu après, l'anesthésiste m'a administré la péridurale. Jamais je n'avais été aussi contente de voir une aiguille de près et, si j'avais pu, je lui aurais sauté au cou, à cet homme. La douleur avait disparu, ne restaient que les sensations. J'étais quasi euphorique.

À partir de là, tout s'est enchaîné très vite. Je me souviens d'Ethan me tenant une jambe, de la sage-femme tenant l'autre, et du Dr Smith m'ordonnant de pousser. Ce que j'ai fait. De toutes mes forces. Encore, et encore. Je me souviens avoir eu du mal à reprendre mon souffle, avoir transpiré à grosses gouttes et fait toutes sortes de grimaces en émettant des cris gutturaux. Au bout de ce qui m'a semblé être une éternité, le médecin a annoncé que mon premier bébé arrivait. Je me suis redressée pour apercevoir des cheveux foncés, plaqués sur un petit crâne, puis des épaules, un torse, et deux petites pattes maigrichonnes.

— C'est un garçon, a confirmé le Dr Smith.

Et j'ai entendu le premier cri, plaintif, poussé en ce monde par mon fils. Sa voix était enrouée, comme s'il venait de passer des heures à hurler dans mon ventre.

— Je veux le voir, ai-je hoqueté en tendant les bras.

— Dans une seconde, a dit le Dr Smith. Il faut couper le cordon. Ethan, vous sentez-vous capable de le faire ?

— Je peux ? m'a demandé Ethan.

J'ai acquiescé de la tête, en pleurant plus fort.

— Bien sûr que tu peux.

Alors Ethan a pris les grands ciseaux que lui tendait la sage-femme et a délicatement coupé le cordon ombilical. Le médecin a examiné brièvement le bébé, puis l'a enveloppé dans une couverture et l'a posé sur moi. J'ai installé sa tête contre mon cœur, et il s'est aussitôt calmé, pendant que je continuais à sangloter. J'ai regardé son visage angélique, j'en ai enregistré les moindres détails. Le contour de ses pommettes, ses lèvres minuscules mais charnues malgré tout, la fossette au creux de sa joue gauche. Bizarrement, j'ai trouvé qu'il ressemblait beaucoup à Ethan.

— Il est parfait. N'est-ce pas, qu'il est parfait? ai-je lancé à tout le monde, et à personne en particulier.

Ethan a posé doucement sa main sur mon épaule.

— Oui. Il est parfait.

J'ai savouré ce moment. Tout ce que j'avais lu, vu, entendu sur la naissance n'était rien en comparaison de ce que je ressentais en cet instant précis.

— Comment s'appelle-t-il? a demandé Ethan.

J'ai regardé mon fils, cherchant une réponse. Mes idées un peu originales, du style Roméo ou Enzo, semblaient ridicules tout à coup, et complètement à côté de la plaque. Son prénom, je l'ai soudain entendu.

— John, ai-je dit. Il s'appelle John.

J'étais certaine qu'il serait à la hauteur de ce nom simple et fort à la fois. Ce serait un John merveilleux.

Et puis le Dr Smith m'a rappelé que j'avais encore du travail. La sage-femme a pris John et l'a tendu à une infirmière. Presque aussitôt, une nouvelle vague de douleur m'a vrillé les intérieurs. J'ai fermé les yeux en gémissant. La péridurale ne faisait plus autant d'effet, et j'ai demandé une autre dose. Mais le Dr Smith a refusé, offrant une explication que je n'ai pas eu le loisir d'écouter vraiment. De son côté, Ethan m'a répété que j'allais y arriver.

Plusieurs minutes d'agonie plus tard, j'ai entendu un autre petit vagissement. Le frère de John était né, quelques secondes après minuit. De vrais jumeaux, avec des jours anniversaire différents. Là encore, Ethan a coupé le cordon, puis on m'a tendu mon bébé. À travers un nouveau rideau de larmes, j'ai pu constater qu'il partageait les traits de son frère, mais en légèrement plus fin. Il était plus petit, aussi, et avait plus de cheveux. Il affichait une expression déterminée qui m'a fait rire sur un aussi petit visage. Cette fois encore, son prénom m'est venu naturellement.

— Toi, tu t'appelles Thomas, lui ai-je murmuré.

Il a ouvert un œil et m'a regardée, comme pour me dire qu'il était d'accord.

J'ai demandé à les prendre tous les deux, et le Dr Smith a posé John à côté de son frère.

Ethan m'a demandé si j'avais pensé aux deuxièmes prénoms. J'ai réfléchi. Je voulais que mes enfants portent quelque chose de l'homme auquel je tenais le plus, et je savais que le deuxième prénom d'Ethan était Noël, alors j'ai répondu :

— Oui. Ils s'appellent John Noël, et Thomas Ethan.

Ethan m'a regardée, les yeux brillants de larmes, à la fois ému et surpris.

— Je me sens tellement… honoré.

Puis il s'est penché pour nous serrer contre lui, et a murmuré :

— Je vous aime, Darcy. Tous les trois.

32

Pendant les vingt-quatre heures qui ont suivi, j'ai perdu toute notion du temps. Il n'y avait plus que John et Thomas. Ethan ne m'a pas quittée d'une semelle sauf pour partir en mission à la recherche de biscuits à la cacahuète au distributeur, de calmants à l'infirmerie, ou de chaussons de bébés à la boutique de cadeaux dans l'entrée de l'hôpital. On lui avait installé un lit de camp à côté du mien, il m'aidait pour tout et prenait photo sur photo.

C'est aussi lui qui m'a poussée à appeler ma mère. Quand j'ai rechigné, arguant du fait que j'étais épuisée et très susceptible à cause des hormones, il a composé lui-même le numéro sur son portable et me l'a tendu.

— Tiens. Tu le regretteras toute ta vie si tu ne le fais pas.

J'ai finalement cédé, juste au moment où ma mère décrochait.

— Bonjour, maman. C'est moi.

Je me sentais battue avant même que la conversation ne commence.

— Bonjour, Darcy.

Le ton était aussi dur et formel qu'à Noël. Je suis allée droit au but.

— J'ai eu mes bébés, maman.

Et sans lui laisser le temps de répondre, je lui ai fait un compte rendu détaillé de l'accouchement, des tailles et des poids respectifs, et de leur date de naissance.

— Tu te rends compte? Des jumeaux qui ne sont pas nés le même jour!

J'ai contemplé John, qui dormait dans mes bras, et Thomas, que tenait Ethan.

Ma mère m'a demandé de tout lui répéter pour qu'elle puisse le noter. Ensuite, elle m'a félicitée. Dans sa voix, il y avait de la douceur.

— Merci, maman.

De son côté, Ethan m'engageait à en raconter encore plus.

— Dis-lui que John pleure plus que Thomas, et qu'il a une tache de naissance qui ressemble à l'Italie sur le genou. Dis-lui que Thomas te regarde toujours d'un œil…

J'ai suivi son conseil et, alors que les choses auraient pu basculer dans un sens comme dans l'autre, ma mère a choisi de se réjouir.

— Ça n'est pas trop dur, toute seule? m'a-t-elle même demandé d'un ton qui semblait sincèrement préoccupé.

— Non, maman, ne t'en fais pas. Je ne suis pas seule. Je suis avec Ethan.

Je voulais qu'elle comprenne l'importance d'Ethan dans ma nouvelle vie. En m'entendant, il a souri, et remonté un peu Thomas vers lui pour déposer un baiser sur sa tête ébouriffée.

— Oui, mais rien ne remplace une mère.

Elle avait raison, et sa remarque m'a émue.

— Je sais, maman, je sais.

— Alors je vais venir, dès que je peux… début juin. Dès que le mariage de Lauren et Jeremy sera passé.

— D'accord, maman. Ce sera *vraiment* super. Merci.

— Darcy?

— Oui?

— Je voulais te dire aussi que… je suis très fière de toi.

Rien ne pouvait me faire plus plaisir.

— Merci, maman.

— Et je t'aime, ma chérie, a-t-elle continué d'une voix un peu cassée.

— Moi aussi, je t'aime. Dis à papa et à Jeremy et à Lauren que je les aime aussi. Je suis vraiment désolée de ne pas pouvoir assister à leur mariage.

— Jeremy comprend. Nous comprenons tous.

Après avoir raccroché, j'ai réfléchi à la signification de l'arrivée de John et Thomas dans notre famille. J'avais donné naissance à une nouvelle génération. La responsabilité qui en découlait était monumentale. Les larmes me sont montées aux yeux pour au moins la centième fois depuis mon arrivée à l'hôpital.

— C'est pas de la rigolade, leurs histoires de dépression *post partum*, hein, ai-je dit à Ethan en essuyant mes yeux d'un revers de manche.

Ethan m'a posé Thomas dans les bras, et nous nous sommes installés tous les quatre sur le lit.

— Elle va venir nous voir?

Le «nous» ne m'avait pas échappé. J'ai souri.

— Oui. Après le mariage de Jeremy.

— Et ça te fait plaisir?

— J'ai hâte qu'elle arrive. Hâte qu'elle les voie.

Ethan a hoché la tête puis, avec un regard en coin, a demandé:

— Tu n'as pas envie de passer d'autres coups de fil?

Je voyais bien qu'il pensait à Rachel, alors j'ai prononcé son nom, qui a résonné dans la chambre, deux syllabes à la fois réconfortantes et menaçantes.

— Qu'est-ce que tu en penses?

— J'en pense que je vais l'appeler, ai-je déclaré d'un ton décidé. Ensuite, j'appellerai Annalise, puis Meg et Charlotte.

C'était le bon ordre.

— Tu es sûre que tu veux lui parler, alors?

— Oui.

J'avais du mal à l'expliquer mais, d'une certaine façon, je ressentais un besoin urgent de conclure une trêve officielle avec mon ex-meilleure amie. Quel qu'ait été le passé et quoi que nous réserve l'avenir, je voulais que Rachel apprenne la nouvelle de la naissance des jumeaux de ma bouche.

Pendant que le téléphone sonnait, je me suis demandé si je préférais que ce soit elle ou le répondeur qui décroche. C'est celui auquel je n'avais pas pensé qui l'a fait.

— Allô! a répondu Dexter d'une voix enjouée.

J'ai paniqué, lancé un regard terrifié à Ethan en articulant: «C'est Dex!»

Il a fait une grimace, puis a lancé un poing en l'air pour me motiver.

— Vas-y. Demande à parler à Rachel.

C'est ce que j'ai fait, en regardant John pour me donner des forces. John qui faisait un tout petit bruit de succion en dormant. Dex appartenait à une autre vie, c'était évident.

J'ai inspiré un grand coup et je me suis lancée.

— Bonjour, Dex, c'est Darcy. Est-ce que Rachel est là?

— Bonjour, Darcy, a-t-il répondu d'un ton presque obséquieux. Rachel est là, oui.

Il y a eu un long silence, le bruit d'une main que l'on pose sur le combiné pour que l'interlocuteur n'entende rien. J'ai entendu quand même qu'il lui disait de ne pas se laisser entraîner dans un conflit.

J'ai repensé à la dernière fois que j'avais vu Dex, et à ce que j'avais essayé de lui faire croire pour qu'il change d'avis. Sans doute ma réputation était-elle méritée, je ne pouvais guère lui en vouloir de se méfier de moi, aujourd'hui.

— Bonjour, Darcy, a enfin dit Rachel à l'autre bout du fil.

Cette voix, que j'avais entendue presque tous les jours pendant vingt-cinq ans, m'a semblé à la fois familière et étrangère.

— Bonjour, Rachel. Je voulais… te dire quelque chose. Les jumeaux sont nés cette nuit. Deux garçons.

— Félicitations, Darcy. Je suis *très* heureuse pour toi.

Sa voix était chaleureuse et sincère.

— Merci.

— Et… comment s'appellent-ils?

— John Noël et Thomas Ethan.

— J'adore! Est-ce que… c'est pour Ethan?

— Oui.

J'ignorais si Ethan lui avait dit que nous étions devenus très proches. Si c'était le cas, allait-elle penser qu'une fois de plus, je cherchais à prendre sa place auprès de lui? L'ancienne Darcy l'aurait fait sans hésiter et, une fois encore, celle que j'avais été m'a fait honte. Mais j'ai résisté à l'envie de lui expliquer les raisons qui m'avaient poussée à choisir ces prénoms, et je lui ai donné toutes les mensurations de mes amours.

— Comment te sens-tu? a-t-elle demandé doucement.

— Ça va. L'accouchement proprement dit s'est bien passé. Je suis juste très, très fatiguée et, d'après ce que j'ai entendu, ça ne fait qu'empirer, ensuite.

— Et ta mère? Elle va venir t'aider?

— Oui. Je viens de lui parler. Tu es la deuxième personne que j'appelle.

Je tenais à ce qu'elle le sache. Je voulais qu'elle y voie une sorte d'excuse, qu'elle comprenne que j'étais réellement désolée moi aussi de ce qui s'était passé entre nous.

Il y a eu un long silence, et puis elle a dit:

— Je suis vraiment contente que tu aies appelé, Darcy. J'ai beaucoup pensé à toi, ces derniers temps, je me demandais où tu étais.

— J'ai eu ton mot. Et les couvertures, aussi. Elles sont vraiment… spéciales. Je les adore. Merci.

— Je t'en prie. Ça m'a fait tellement plaisir. Vraiment.

— Et toi, alors… comment vas-tu? ai-je demandé, réalisant que je ne voulais pas que notre conversation s'arrête là.

— Ça va. Ça va bien, a-t-elle répondu d'un ton un peu hésitant.

— Quoi de neuf dans ta vie?

Je faisais référence à Dexter, évidemment, mais au reste, aussi.

— Eh bien… j'ai enfin fini de rembourser mon prêt étudiant, j'ai démissionné du cabinet, et je travaille maintenant au service juridique d'une association de lutte contre le SIDA, à Brooklyn.

— C'est super. Ça doit te plaire beaucoup plus, hein?

— Oui. Et les trajets ne sont pas si terribles.

Je sentais bien qu'elle évitait le sujet Dex. Après encore quelques secondes de silence, je me suis lancée.

— Et… Dex et toi, vous allez bien?

Je tenais à ce qu'elle sache que la situation me convenait désormais et, même si les imaginer ensemble me faisait encore un peu drôle, j'avais acquis, à ma grande surprise, un relatif détachement vis-à-vis de tout cela. Comment aurais-je pu reprocher à quelqu'un d'être heureux quand j'étais moi-même si comblée et satisfaite?

Elle a semblé hésiter, et puis elle m'a demandé:

— Ethan ne t'a rien dit?

— Pour vos fiançailles? ai-je dit au hasard.

— Heu… à vrai dire… en fait… Dex et moi sommes mariés… Nous nous sommes mariés hier.

— Ah! Je ne savais pas.

J'ai attendu les assauts conjugués de l'amertume et de la jalousie, ou au moins d'une bonne dose de nostalgie. Au lieu de cela, j'avais l'impression de lire les détails d'un mariage people dans un magazine, comme si je n'étais pas vraiment concernée.

— Félicitations! ai-je fini par dire, comprenant pourquoi Dex avait accueilli mon appel avec tant de méfiance.

La coïncidence était indéniablement suspecte.

— Merci, Darcy. Je sais que… ça fait un peu bizarre, n'est-ce pas?

J'avais l'impression qu'elle s'excusait d'épouser Dexter, ou de ne pas m'avoir invitée. De tout en même temps. Alors j'ai mis les choses au clair.

— Écoute, Rachel, c'est très bien comme ça. Vraiment. Je suis heureuse pour vous.

— Merci, Darcy.

Ma curiosité a été plus forte. Je n'ai pas pu m'empêcher de lui poser tout un tas de questions sur où, quand, comment, avec qui, auxquelles elle a répondu de bonne grâce. Et puis il y en avait une dernière qui me titillait un peu, malgré tout.

— Vous partez en voyage de noces? ai-je demandé en pensant à Hawaii.

— Oui. On part pour l'Italie ce soir.

— Super! J'ai eu de la chance de te trouver, alors.

— Oui. Heureusement que tu as appelé maintenant.

— Je vous souhaite vraiment un bon voyage. Embrasse Dex pour moi, d'accord?

Elle m'a promis qu'elle le ferait. On s'est encore félicitées mutuellement, et puis on a raccroché. J'ai regardé Ethan à travers un nouveau Niagara de larmes.

— Je voulais te le dire, a-t-il soufflé. Mais avec les soucis de la grossesse, et puis hier, ce n'était pas le moment non plus… En plus je trouvais que c'était à Rachel de te l'annoncer.

— Ne t'excuse pas. Ça va, tu sais. Je suis surprise moi-même, mais ça va. Je suppose que tu étais invité?

— Oui. Mais je n'ai jamais eu l'intention d'y aller.
— Pourquoi?
— Tu crois que je t'aurais laissée toute seule?
— Tu aurais pu.
Il a secoué énergiquement la tête.
— Hors de question.
— Tu es plus proche d'elle, quand même, ai-je dit, peut-être pour tester ses sentiments à mon égard et aussi parce que je me sentais coupable.
Il avait raté le mariage d'une de ses meilleures amies à cause de moi.
— C'est de *toi* que je suis le plus proche.
J'ai souri. Je n'avais aucun sentiment de victoire sur Rachel, simplement la sensation d'une proximité incroyable avec Ethan.
— Et puis regarde ce que j'aurais loupé, a poursuivi Ethan en fixant John et Thomas.
J'ai repensé à ces deux événements – la naissance de mes jumeaux et le mariage de Rachel – qui s'étaient produits quasi simultanément de part et d'autre de l'Atlantique.
— Tu te rends compte! Tout est arrivé le même jour!
Ethan a secoué la tête.
— Franchement, j'ai encore du mal à y croire.
— Je suppose que, du coup, je n'oublierai jamais leur anniversaire de mariage.
Ethan a passé un bras autour de mes épaules et m'a laissé pleurer tout mon soûl.

Le jour de notre sortie de l'hôpital, Geoffrey est passé nous voir. Il a serré la main d'Ethan, m'a embrassée sur la joue, a admiré mes bébés.
— C'est vraiment un type bien, a dit Ethan après son départ.
— Oui, il décrocherait sans conteste le titre d'ex-petit ami de l'année, ai-je répondu, certaine malgré tout que j'avais pris la bonne décision en le quittant.
D'ailleurs, le simple fait qu'il ait endossé aussi facilement le costume d'ami après avoir quitté celui d'amant ne faisait que le confirmer un peu plus.

J'ai mis le pull qu'Ethan m'avait offert pour Noël tandis qu'il emmitouflait John et Thomas dans les couvertures offertes par Rachel.

— Je n'ai pas envie de m'en aller, ai-je soupiré.

— Ah bon? Pourquoi?

J'ai essayé d'expliquer ce sentiment de confort propre à l'hôpital, avec son armée d'infirmières et de médecins répondant à tous mes besoins et à tous ceux de mes enfants. J'enviais les femmes qui arrivaient pour accoucher, et j'ai dit à Ethan que j'encaisserais la douleur sans problème rien que pour passer encore quelques nuits ici.

Il m'a assurée qu'il ne fallait pas que je m'inquiète.

— On va très bien s'en sortir, tu vas voir... a-t-il déclaré d'un ton ferme.

C'est ce «nous» qui m'a fait supporter la folie des premiers jours et des premières semaines. Ce «nous» qui m'a aidée à surmonter la peur que mes bébés arrêtent de respirer la nuit, les difficultés de l'allaitement, l'angoisse des bains et toutes ces tâches apparemment insurmontables et pourtant si simples. Et surtout, surtout, c'est ce «nous» qui m'a permis de tenir malgré les nuits sans sommeil. J'avais entendu les parents d'un nouveau-né raconter combien le manque de sommeil rendait tout le reste bien plus difficile, mais pratiquer le cycle incessant du lever-nourrir-changer avec des jumeaux est tout bonnement inimaginable. Disons simplement que j'ai compris pourquoi la privation de sommeil était numéro un au hit-parade de la torture des prisonniers politiques.

Les journées n'étaient pas beaucoup plus faciles. Lessives, vaisselle et factures s'accumulaient à une vitesse alarmante. La nourriture disparaissait encore plus vite, et plus d'une fois on s'est retrouvés à ouvrir une boîte de conserve poussiéreuse retrouvée au fond d'un placard plutôt que d'avoir à nous déplacer jusqu'au supermarché du coin. Quant à l'énergie nécessaire pour se maquiller, se faire un brushing ou même se regarder dans la glace, elle n'était plus là. Je ne me regardais plus dans un miroir qu'en passant, juste le temps d'avoir des visions d'horreur du style cheveux plats, yeux cernés et six ou sept kilos en trop du côté de la taille.

Tout cela pour dire que question histoires de cœur, les conditions n'étaient pas tout à fait réunies pour que ça marche. Et pourtant, entre Ethan et moi, c'était chaque jour plus évident, dans chaque petit geste gentil. L'amour, le vrai, grandissait. Un amour qui me rendait plus patiente, plus loyale, et plus forte. Un amour grâce auquel je me sentais bien plus accomplie que dans mon passé glamour et griffé.

Pourtant, en apparence, Ethan et moi restions «juste amis». Ces deux petits mots me hantaient, surtout lorsque Ethan partait rejoindre Sandrine, tous les deux ou trois jours. C'était toujours sa petite amie. J'étais toujours son amie. Une amie avec qui il échangeait des regards qui en disaient long, avec qui il couchait dans un lit où la tension sexuelle était palpable, une amie avec qui tout était prétexte à un contact physique. Malgré cela, j'avais peur qu'il ne franchisse jamais le pas qui ferait de nous un vrai couple, une équipe faite pour durer. Je faisais des cauchemars dans lesquels Ethan épousait Sandrine tandis que je repartais à New York avec John et Thomas. Je me réveillais, en sueur, en larmes, avec dans la bouche le goût de ce que serait ma vie si je devais la passer à me répéter qu'ensemble, nous aurions été heureux, si seulement l'un de nous avait osé se lancer.

Et puis, un après-midi de la fin avril, alors qu'on promenait les jumeaux, comme chaque jour, à Holland Park, il m'a annoncé solennellement qu'il avait rompu avec Sandrine. J'ai senti monter en moi une bouffée d'excitation. Entre nous s'est installée une certaine gêne, aussi. Notre dernier obstacle n'était plus. Et ensuite?

— Comment tu te sens? ai-je fini par lui demander en choisissant mes mots avec soin.

Ethan a haussé les sourcils.

— Ça va. Ça couvait depuis déjà quelque temps. Je crois que je manquais trop de sommeil, simplement, pour pouvoir m'en occuper plus tôt. Tu comprends ce que je veux dire?

J'ai hoché la tête. Oh que oui, je comprenais!

— Je ne me sentais pas vraiment proche d'elle, en fait. Pourtant, ça commençait à faire pas mal de temps, j'aurais dû au moins avoir le sentiment de la connaître. Je veux dire... je connaissais ses goûts en musique, en peinture, en nourriture, en littérature. Mais elle, vraiment, je ne la connaissais pas. Et peut-être que je n'en avais pas tant envie que ça.

J'ai hoché une nouvelle fois la tête, remarquant qu'on avait pressé le pas et qu'on n'arrivait toujours pas à se regarder.

— Mais il n'y avait pas que ça, a-t-il ajouté tout à coup, un peu sèchement.

Il s'est arrêté pour remettre en place le bonnet de John, qui avait glissé sur ses yeux, et il a ajouté :

— Elle était tellement antiaméricaine, c'était insupportable. Tu sais que je suis le premier à critiquer notre gouvernement, et tout, mais, quand c'était elle, ça me mettait hors de moi. Je me retrouvais à ronger mon frein sans arrêt et à me retenir de lui balancer à la figure : « Eh, sans nous, vous parleriez allemand, aujourd'hui. »

J'ai souri, feignant de m'intéresser à un match de foot sur la pelouse voisine.

— Et puis il y a son odeur...

— Comment ça ? Elle ne se lave pas ?

— Non, non, ça n'a rien à voir avec la propreté. Elle se lave, elle met du parfum. Mais je voulais parler de son odeur à elle, de l'odeur de sa peau. Je ne l'aimais pas, c'est tout. Et ça, c'est difficile à rectifier...

— Et moi ? Je sens quelque chose quand je ne porte pas de parfum ? ai-je demandé, inquiète tout à coup qu'Ethan n'aime pas mon odeur non plus, que notre connexion physique n'existe que dans mes rêves.

Il m'a regardé, il était rouge pivoine.

— Oui, tu as une odeur, a-t-il dit lentement.

— Et ? ai-je demandé, le cœur battant.

Il s'est arrêté, m'a fait face et m'a regardée droit dans les yeux.

— Ton odeur évoque celle des agrumes. Sucrée, mais pas trop.

Son expression m'a ôté toute trace de doute. J'étais sûre maintenant qu'Ethan m'aimait autant que je l'aimais. J'ai souri, la tête me tournait un peu. Il a refermé une main sur la mienne, tenant toujours le landau de l'autre. On s'était souvent tenus par la main mais, cette fois, c'était différent. C'était un signe précurseur d'autre chose. Et ça n'a pas manqué. Ethan m'a attirée contre lui. Puis il a fermé les yeux, a enfoui son visage dans mon cou, et a respiré profondément.

— Oui, c'est ça. Tu sens l'orange, a-t-il murmuré. Une orange dans les chaussons le matin de Noël.

J'ai senti comme une décharge électrique me parcourir de haut en bas, et j'ai compris l'expression «avoir les genoux en coton». J'ai passé les bras autour des épaules d'Ethan et je l'ai serré fort. Et là, au milieu de Holland Park, parmi les footballeurs, les chiens et les enfants, Ethan et moi avons échangé notre premier vrai baiser. J'ignore combien de temps il a duré, dix secondes, cinq minutes, mais je sais qu'autour de nous, c'était comme si tout s'était arrêté, sauf nos deux cœurs qui battaient l'un contre l'autre. Je me souviens de sa main chaude qu'il a glissée sous mon pull, de ses longs doigts fins pressés contre mon dos. Je me souviens à quel point j'ai eu envie de sentir sa peau contre la mienne.

Quand on s'est finalement écartés l'un de l'autre, il a prononcé mon nom comme jamais je ne l'avais entendu, la voix chargée d'affection et de désir.

— Je pense que tu sais pourquoi Sandrine et moi on a rompu, a-t-il chuchoté.

— Oui, je crois que je sais.

Je me sentais radieuse, impatiente de vivre ce qui nous attendait. Cet après-midi, et tous les jours qui suivraient. J'ai glissé mon bras sous le sien, il a fait faire demi-tour à la poussette et on est rentrés chez nous.

Deux ans plus tard

C'est une magnifique journée de juin à Londres. J'attends dans Holland Park et je porte une robe en mousseline de soie ivoire d'une douceur telle que je ne peux m'empêcher de la toucher. C'est un modèle de style 1900, à la fois simple et romantique, et, quand la vendeuse m'a dit ça, j'ai pensé que cela plairait à Ethan. C'était la première robe de mariée que j'essayais, mais j'ai tout de suite su que c'était la bonne.

Tandis que le quatuor à cordes commence à jouer, je jette un œil au coin du Belvédère, dans les jardins, pour entrevoir Ethan. Nous ne sommes séparés que depuis vingt-quatre heures mais, pour nous, c'est presque vingt-quatre heures de trop. J'ignore si c'est cette séparation, ou son costume Armani, ou l'émotion, mais je ne l'ai jamais trouvé aussi beau. Mon cœur se serre et je souffle doucement pour m'empêcher de pleurer. Je ne tiens pas à faire couler mon mascara, la journée ne fait que commencer. L'espace d'un instant, je regrette de ne pas avoir mon père sur qui me reposer, ou une demoiselle d'honneur pour me suivre. Mais non, j'ai la certitude que j'ai pris la bonne décision. J'avance seule jusqu'à l'autel, pas par mépris des conventions ni pour brandir mes convictions, mais simplement pour me montrer à moi-même tout le chemin parcouru.

J'inspire un grand coup et je m'avance en direction des jardins. Je vois bien Ethan, maintenant. Je vois sur son visage qu'il me trouve magnifique, et je suis impatiente de l'entendre traduire ses sentiments en paroles, un peu plus tard. Personne ne s'exprime aussi bien que lui. Je plonge mon regard dans le sien et je ne le quitte plus. Enfin, me voilà à son côté.

— Bonjour, toi, murmure-t-il.

— Bonjour, je réponds tout bas.

Le pasteur commence à parler. La cérémonie est courte, Ethan et moi l'avons voulue ainsi. Nous prononçons nos vœux, que nous avons préparés nous-mêmes, pour leur conférer un sens vraiment personnel. À la fin, Ethan a les yeux humides et un peu rouges. Il se penche et effleure mes lèvres. J'embrasse mon mari, tout en mémorisant cet instant, la caresse du soleil sur ma peau, le parfum des fleurs sauvages de la pergola, les applaudissements et le bruit des appareils photo, les envolées jubilatoires de l'*Ode à la joie* de Beethoven.

Je suis rayonnante lorsque Ethan et moi nous nous retournons pour faire face à nos invités. Je vois d'abord ma mère, qui se tapote les yeux avec un mouchoir en dentelle. Mon père est à côté d'elle et tient John et Thomas par la main. Mes parents sont heureux que j'aie trouvé l'amour, qui plus est avec un romancier diplômé de Stanford, dont le livre racontant comment trouver l'amour dans les endroits les plus inattendus est un best-seller international – l'argent, l'aspect matériel des choses, l'image auront toujours de l'importance pour eux, mais je sais désormais que notre brouille était aussi due à l'inquiétude qu'éprouvent tous les parents pour un enfant. Aujourd'hui, je comprends ces émotions-là.

Tandis qu'Ethan et moi remontons l'allée du jardin, en souriant à nos amis, je vois aussi mon frère Jeremy, et Lauren, enceinte de quelques mois… les parents d'Ethan qui, à en croire le dîner de la veille, ont entamé une nouvelle histoire d'amour tous les deux… Annalise, Greg et la petite Hannah, si mignonne, qui va avoir trois ans… Martin et sa nouvelle petite amie, Lucy… Phoebe, que je commence à apprécier, et même à trouver très sympa, après quelques verres… Charlotte et John, avec Natalie… Meg, Yossi et leur fils, Lucas… Geoffrey et Sandrine, qui, pour notre plus grand amusement, à Ethan et à moi, se sont récemment fiancés.

Et puis je les aperçois, au dernier rang. Rachel, Dex et leur petite fille, Julia, véritable clone de sa maman, avec les cheveux bruns ondulés de son papa. Elle porte la robe rose à smocks que j'ai envoyée pour son premier anniversaire. En passant près d'eux, je montre la bordure de soie bleue des couvertures largement usées de John et de Thomas, qui noue mon bouquet de mariée. Rachel et moi on ne se parle pas très souvent, mais elle sait que j'avais prévu de me servir de ce ruban pour avoir mon «quelque chose de bleu» le jour de mon mariage. Je sais que cela l'a touchée.

— Tu es magnifique! articule-t-elle à mon intention.

Dex me sourit, presque tendrement, et je hoche la tête pour accuser réception de ce sourire. J'ai du mal à croire que nous ayons passé sept ans ensemble. Je ne le considère plus aujourd'hui que comme une connaissance éloignée avec une nature de cheveux vraiment remarquable.

Au bout du chemin, je m'arrête pour me tourner vers Ethan, et puis nous prenons les jumeaux, qui ont échappé à mon père et ont couru nous rejoindre.

— Alors, on est mariés, maman? me demandent-ils avec un accent anglais qu'ils n'ont pas appris à la maison.

J'éclate de rire.

— Oui!

— Oui! On est mariés! s'exclame Ethan à son tour.

Enfin.

Je repense à ce jour d'automne où Ethan m'a demandée en mariage. C'était un week-end à Édimbourg, on fêtait mon nouveau boulot de chercheuse de mécènes pour une association caritative. On se baladait dans les collines qui surplombent la vieille ville, et là, après avoir admiré la vue, Ethan m'a tendu un petit morceau de papier tellement usé qu'il était doux comme du velours. C'était celui que je lui avais donné en cours élémentaire. Le petit mot qui demandait «Veux-tu sortir avec moi?» avec la case «oui» remplie au stylo rouge.

— Tu l'avais gardé? ai-je demandé, émue par le fait qu'il ait conservé la plus ancienne pièce de notre puzzle à tous les deux.

— Je l'ai retrouvé dans une boîte qui contenait des vieux papiers, m'a-t-il dit en souriant. Je croyais te l'avoir rendu mais, apparemment, je ne l'ai jamais fait!

— Non, tu m'avais juste dit «oui» à la récréation, tu te souviens?

— Oui, je me souviens. Regarde de l'autre côté.

J'ai retourné le bout de papier, et j'ai vu qu'il y avait écrit une autre question.

Veux-tu m'épouser?

J'ai levé les yeux, stupéfaite. Puis je me suis mise à pleurer, et j'ai dit: «Oui, *oui!*» Les mains d'Ethan tremblaient légèrement quand il a tiré une petite boîte de sa poche, l'a ouverte et a glissé à mon doigt un diamant princesse.

— On n'a pas besoin d'une cérémonie ou de partager des gènes, pour former une famille, a-t-il chuchoté. On en est déjà une. Mais je veux que ce soit officiel. Je veux que ce soit pour toujours.

Et puis, pour immortaliser ce moment, il a tendu le bras et a pris notre photo de fiançailles. Je savais que je n'étais pas bien coiffée à cause du vent, et qu'on avait tous les deux le nez rouge à cause du froid, mais je m'en fichais. J'avais appris à passer outre à ces détails superficiels et à préférer le contenu au contenant. Je savais que chaque fois que je regarderais cette photo de nous deux, je n'y verrais aucune imperfection, et ne penserais qu'aux paroles d'Ethan. «Je veux que ce soit officiel. Je veux que ce soit pour toujours.»

Alors voilà. En cette glorieuse journée, sous des cieux si bleus qu'on les dirait peints, nous sommes cela et rien d'autre: une famille officielle, s'apprêtant à embarquer pour son «toujours».

Plus tard, quand nous nous retrouvons tous au Belvédère pour un brunch au champagne, les toasts aux mariés commencent. Certains plaisantent sur notre amourette au cours élémentaire. D'autres évoquent notre vie mouvementée en tant que parents de jumeaux, se demandant comment on fait pour y arriver. Tous expriment leur joie de nous voir heureux.

Puis, au moment où je crois que les toasts sont terminés, Rachel se lève, hésitante, et se racle la gorge. Elle semble nerveuse, mais peut-être cela est dû au fait qu'elle déteste parler en public.

— Rien ne pouvait me rendre plus fière, ni plus heureuse que d'être ici aujourd'hui et d'assister au mariage de deux amis si chers. Je connais Darcy et Ethan depuis pratiquement toujours, et je sais à quel point ce sont des êtres formidables. Je sais aussi qu'ils sont plus formidables encore ensemble.

Elle fait une pause et croise nos regards, celui d'Ethan d'abord, puis le mien, avant de reprendre :

— Sans doute est-ce là le pouvoir de l'amour et de l'amitié, lorsqu'ils sont vrais... Sans doute ne s'agit-il que de cela, au bout du compte. Alors je lève mon verre à Ethan et à Darcy, à l'amour vrai, et à l'amitié vraie.

Tandis que tout le monde applaudit et boit une gorgée de champagne, je souris à Rachel. Elle a raison. L'amour et l'amitié font de nous les êtres que nous sommes et peuvent nous changer, si on le veut bien.

8385

Composition Chesteroc Ltd
Achevé d'imprimer en France (La Flèche)
par CPI Brodard et Taupin
le 30 septembre 2010. 60297
Dépôt légal septembre 2010. EAN 9782290338565
1er dépôt légal dans la collection : juin 2007

Éditions J'ai lu
87, quai Panhard-et-Levassor, 75013 Paris
Diffusion France et étranger : Flammarion